D

MW01516552

Tim Krohn
Vrenelis Gärtli

Roman

Diogenes

Die Erstausgabe erschien 2007
im Eichborn Verlag, Frankfurt am Main
Copyright © 2007 by Eichborn AG, Frankfurt am Main
Lizenzausgabe mit freundlicher Genehmigung
Umschlagillustration: Giovanni Segantini,
›Le cattive madri‹, 1894 (Ausschnitt)
Foto: Copyright © Österreichische
Galerie Belvedere, Wien
Umschlaggestaltung nach einer
Idee von Christina Hucke

Veröffentlicht als Diogenes Taschenbuch, 2010
Alle Rechte an dieser Ausgabe vorbehalten
Diogenes Verlag AG Zürich
www.diogenes.ch
20/15/36/3
ISBN 978 3 257 23962 1

Inhalt

Erstes Buch

Frühling auf Fessis

Das Glarnerland liegt in den Bergen, wie eine Axt im Scheit bheggt. Der Talboden ist selten breiter als einen Steinwurf oder zwei, manchmal auch nur ein Schlitz ganz ohne Boden, daneben und dahinter gehen die Felswände in die Höhe, stotzig, gar überhängend, bis in den Himmel und weiter. Einen Schlitz nennen die Eingesessenen das Tal daher auch, das eigentlich nicht eines ist, sondern zwei, oder noch eigentlicher zwar eines, das sich aber zmittst gabelt, so wie ein tanniges Wettergäbeli sich gabelt. Die beiden Äste heissen das Grosstal und das Kleintal, dabei sind in Wahrheit beides munzig kleine Täler und verlotteret dazu, und ständig troolen Trämel z'Tal und verschlagen die Hüttli, und mit dem Regen schwemmt es Steinigs durab, danach staut sich das Wasser, der Talboden ist überschwemmt und eine einzige Günte, das Fieber kommt übers Land, und am End ist das halbe Glarnerland verräblet. Oder es kommt die Pest, oder die Dürre, ständig kommt etwas, und die Glarner lernen daraus rein nüüt und machen weiter wie zuvor und bauen ihr Hüttli auch ein zweites und drittes Mal, aber fädig unter dem Lauihang oder holzen just an der Stelle, an der es schon den halben Berg z'Tal geschwemmt hat. Und immer finden sie einen Nachbarn, der schuld ist an ihrem Elend, damit sie selbst nicht schuld sind, und besonders, wenn der Nachbar ein fremder Fötzel ist. Dann heisst es sofort, der sig mit dem Tüüfel im Bund, und ein Venediger muss den Zauber bannen, oder der fremde Fötzel wird erschlagen oder verjagt, und danach geht alles weiter wie davor, wahrscheinlich auf ewig.

Und z'Trotz trieb in einem kalten Maien ein Fremder unverdrossen seine Herde Kühe vom Flachen her in den Glarner Schlitz hinein, so als warte dem Veh dort saftiges Futter. Dabei lag noch alles unter Schnee und Pflotsch, und es schneite und regnete auch am säben Tag, und wo der Fremde entlangging, kamen die Bauern an den Weg und pfuttereten, was der Galöri sich denke, ihnen asen früh die Kühe für den Alpsommer zu bringen, als hätten sie nicht längst alles Heu verfüttert, und dass an den Hängen heuer nüüt wachse, gsäch er doch selber, sie wären mit dem eigeten Veh schon genug in der Not. Tatsächlich stägereten rings nur auf Haut und Bein abgemagerte Kühe über die Weiden, dort scharrten sie z'hürchletsen den Schnee nach einem faulen Hälmli vom Vorjahr auf. Aber der Fremde, der ein Spränzel war mit langen Scheichen und durchscheinenden Ohren, schlug stumm den Kragen hoch und beinlete an den verpfnüsleten Bauern vorbei, und erst als er Glarus erreichte, stand er kurz still. Denn da kam wieder ein Bauer an den Wegrand, einer mit einem Rücken wie ein Tenntor, doch statt zu pfutteren, fragte er, ob der Fremde nicht gschwind well auf ein heisses Kaffi unter Dach kommen, er heig gewiss den Chlummeri in den Fingern, und seine schönen Tiere wollten auch ruhen.

Das war der Tschudi vom Tschudihof ob Glarus, der gleich gesehen hatte, welch buspere Kühe der Fremde vor sich her trieb, mit leichten Grinden und feinen Hörnern und breitem, appartigem Euter, und chäche Hintere hatten sie und die Ohren hoch und flammig fast wie Rehe. Und weil der Tschudi ein umsichtiger Bauer war, hatte er dem langen, zähen Winter zum Trotz noch Heu im Stock und bot dem Fremden graduus an, er well die Herde kaufen.

Der Fremde meinte jedoch, die könne er nicht verkaufen, mit der müsste er selber wirtschaften, und auch den Chlummeri heig er wohl, aber sie hätten vor dem Einnachten noch so viel vor, dass es für ein Kaffi will's Gott nicht lange. Und so dankte er nur und trieb seine Herde tiefer ins Gfogg hinein, während die Bauern zum Tschudi liefen und wissen wollten, was die zwei geschnurret hätten, und danach werweissten sie, was einer, der hier weder Hof noch Weide hatte, sein Veh in ein nüüteligs, verfrornigs Tal trieb, aus dem kein Weg führte als der, den er gekommen war.

Der Fremde trieb derweil die Kühe ohne Rast bis zu den Sümpfen vor Untersool. Dort richtete er den Tschoopen, strich sich den Schnee aus dem Haar und stieg den Stotz hinauf nach Sool, wo er die Herde beim Dorfbrunnen liess und aufs Amt ging. Als er nach einer halben Stunde wiederkam, kaufte er noch im Dorfladen ein Fass Salz und zwei Sack Mehl, dann stieg er mit den Kühen weiter bergwärts, fädig in Eis und Wetter hinein, derweil der Gemeindeschreiber Muggli in den »Bären« preesnete, wo im Winter all die Sooler Bauern hockten und lang schon vom Fenster her gegüünet hatten, und verzellte, der fremde Fötzel heig gad den verlottereten, verfluchten Fessishof erstanden, und um lötigs Silber, und dazu heig der Teiggaff noch gemeint, er gedenke hier zu bleiben seiner Lebtig, und der Schreiber sell ihn afed als neuen Bürger ins Gemeindebuch schreiben.

Was da der Muggli verzellte, gab ein zünftiges Glächt bei den einten, so sell ihm doch das Veh verhungern und erfrieren ob all dem Schnee oder vertroolen im Gestrüpp und losen Steinigen, meinten sie, andere meinten, der Tüüfel würde den fremden Fötzel noch vor dem anderen Morgen vertreiben, und zuletzt rief der Gemeindeschreiber gar eine Wette aus, ob der Siech die Nacht auf Fessis überstünde oder noch hinecht Reissaus nähmt.

Zwei Stunden später war der Fremde tatsächlich wieder im Dorf, doch als der Muggli schon den Gewinn einstreichen wollte, musste er sehen, dass der andere nur nochmals in den Dorfladen ging, dort kaufte er eine schwere Axt und stieg wieder in den wetterverhangenen Stotz hinein.

Und am selben Abend noch drehte der Wind, Föhn kam auf und vertrieb die Wolken. Über die Berge kam ein Abendgluet wie das Erröten von einem verschämten Jümpferli, und fast im Gleichen prätschte von Fessis herab ein Axtschlag und hallte am Glärnisch wider und war zu hören bis weit talauswärts. Ein zweiter folgte, und so prätschte es danach die halbe Nacht so stetig, als schlüge einer dem Frühling den Takt, und der Föhn blies fort und wurde wärmer und endlich so süttig, dass bis zum Morgen der Schnee bis über die Maiensässe hinauf geschmolzen war und zänntummen das Gras ausgeschossen, und mit dem ersten Morgenlicht tätschte es Primeli und Maienblumen auf, und endlich wagten sich auch die Amseli und die Schwalben in die Luft und metzgeten um den schönsten Ecken für ihre Nester, und die Hummeli schneuggten von Katzentääpli und Glockenblumen und taten überstellig wie Goofen.

Wenn das Glarnerland aussieht wie ein Wettergäbeli, lag Fessis dort, wo das Ästli sich gabelt, zur einen Seite tat sich das Kleintal auf, zur anderen das Grosstaler Hinterland und zur dritten das Unterland. Und wohl lag Fessis höher am Berg als jeder andere Hof, höher gar als die meisten Maiensässe, doch weil rings die Berge sich öffneten und der Himmel so weit war, schien stets von irgendwo die Sonne auf die Flanken, und das Wildheu wuchs dicht und saftig wie sonst nieneds und mit Gräsern und Kräutern, für die hatten die Glarner nicht einmal Namen.

So war es in früheren Zeiten den Fessisbauern ein Leichtes gewesen, mit Frau und Kind und Veh z'Berg zu überwintern, und in Reichtum, denn ihr Käse war der beste weit und breit und meist schon vor dem Herbst um gutes Geld verkauft. Erst vor hundert Jahren geschah das Unglück, dass eine Tochter des Bauern beim Heuen die Heugabel aufrecht in der Erde bheggen liess, solange sie sägetste, wie man es eben macht. Doch als das Jümpferli dann das Heu tschöchelen sollte, konnte es die Heugabel ums Verroden nicht aus dem Boden rupfen, es musste ebigs schränzen, bis sie sich endlich aus der Erde löste, und mit der Heugabel kam der halbe Boden mit, und in der Tiefe funkelte es von Gold und Edelstein, und das Jümpferli staunte und fand es ein ebigs schönes Lugen und wollte schon zulangen, als zeinersmal der Hörelimaa in der Grube stand und meinte, hä ja, es sell nur ordeli zulangen, und ihm gar selber von dem Gold reichen wollte. Doch das Jümpferli war asen veschrocken, dass es laut »Jesses Mariili!« rief, wie es das immer tat im Verschrecken, und danach musste der Hörelimaa wohl oder übel fort und pfutterete wohl noch einen Weil, dass das

Jümpferli auch gescheiter sein Gold genommen hätte als sich dem Herrgott anbefohlen, der nämlich löhne für ihre Seel keinen Rappen, aber dann war er von der Alp und liess sich nicht wieder blicken.

Das Jümpferli blieb allerdings vertrüllet und vergesslich und sprach kaum noch ein Wort, und es machte auch nie mehr einen Schritt fort von Fessis, obwohl ihm nadisnah die ganze Familie starb und es allein zurückliess, und mit den Jahren verkam die Alp, weil das Jümpferli längst zu alt war zum Buurnen. Und all Jahr fiel Steinigs vom Gufelstock auf Fessis nieder, und wo auf den Weiden einst Mutteri und Hungblumen gewachsen waren, standen bald nur noch Fideri und Blätschgen. Und irgendeinmal brannte vom Blitz der Stall ab, und das Schöpfli frassen die Würmer, und das Hüttli wurde grab und eischier und verkeite nadisnah, und die Brombeeren wuchsen darüber, und der Schnee drückte das Dach ein. Die letzten Jahrzehnte lebte das altledige Frauele ganz verhuschelet in einem Eggli, mit numen noch einem einzigen verrupften Geissli, das endlich z'beeggetsen auf Sool gelaufen kam, und da wussten die Glarner, das Jümpferli war gestorben. Hundert war es geworden. Und nicht einmal jetzt fand es seinen Frieden, denn im Tod trug es am Finger zeismal einen goldigen Ring, den hatten die Glarner davor nicht an ihm gesehen, und weil danach das Gerücht ging, das Jümpferli heig all die Jahre über mit dem Tüüfel als seinem Schpuusi auf Fessis gelebt, begrub es der Herr Pfarrer nur vor der Friedhofsmauer.

Fortan blieb Fessis verlassen, selbst das chüschtige Futter von den Wildheuplanggen liessen die Bauern verkommen. Die Alp sig ds Tüüfels, hiess es nur noch, und versprang von den Nachbaralpen ein Stierli oder eine Geiss und lief auf Fessis, mussten die Sennen ihre Vehbuben mit Schlägen über die Alpgrenze treiben, damit sie ihm nachstiegen und es heimholten.

Von fremden Mächten bekam der neue Fessisbauer allerdings nichts zu fühlen. In schönstem Maienwetter, in einem Ghürsch von Summervögeln und Biendli schönte er in den kommenden Wochen die unteren Weiden ab und rodete das Bödeli vor dem Hüttli, er sägte Bretter und zimmerte Balken und baute den Kühen einen Unterstand, auch Steine hieb er zurecht und besserte damit das Hüttli aus. Stets bis weit in die Nacht und bereits wieder lange vor dem Morgengluet hörten die Glarner ihn werken und wunderten sich zwar ob seinem Fleiss, doch weil kein Übel übers Tal kam und auch der Fessisbauer selber sich nicht blicken liess, vergassen sie ihr Wäffelen über den Fremden, und bald war ihnen das Klopfen und Töggelen so vertraut wie das Singen der Vögel in den Bäumen und das wütige Chrosen der Linth, in der in säben Tagen von allen Stotzen her das Schmelzwasser nidsi fuhr. Wenn nachts das Pöpperlen auf Fessis anhub, weckten sie ihre Frau und hiessen sie aufstehen und einfeuern und meinten, der Fessisbauer schlage amel schon wieder den Morgen an.

Der Einzige, den der Fessisbauer besuchte, war der Joggel Marti, der hatte seinen Hof nicht weit von Fessis z'Tal an der Sernf. Der Fessisbauer hatte eine Brente mit abgerahmter Milch gebuckelt und meinte, er finde zum Käsen noch nicht die Zeit, und bevor ihm die Milch verderbe, well er sie lieber dem Joggel Marti zu verkäsen geben.

Da durchfuhr den Joggel Marti erst der Schreck, was, wenn die Milch des Tüüfels wäre, dachte er. Doch seine eigenen Kühe gaben nach dem strengen Winter so wenig Milch, dass es zum Käsen kaum noch vertlohnte, und so sagte er nicht fädig nein, sondern meinte listig, hei, wie das Wetter due umgeschlagen heig, just mit des Fessisbauern Ankunft, das heig ihn ja fast wie Tüüfelsplunder gedünkt, und danach wartete er, was der Fessisbauer dazu sage.

Der lachte aber nur und meinte, hätte er in seinen jungen Jahren als Wildheuer im Wallis nicht das Wetterlesen gelernt gehabt, hätte ihn schon tuusigsmal der Blitz erschlagen, und dass vom Tödi her der Föhn drücke, heig man im Fall noch zu Zürich unten gerochen.

Dann hiess er den Joggel Marti von der Milch kosten, und der hatte seiner Lebtig keine bessere Milch getrunken und hätte noch so gern damit gekäst. Er könne den Fessisbauern nur leider nicht bezahlen, meinte er, der lange Winter heig ihn geradewegs z'Armentagen gebracht.

Der Fessisbauer verlangte aber nicht mehr als ein Vergeltsgott für seine Milch, und wenn der Joggel Marti ihm dazu noch ein Stündli lang well helfen, das Hüttendach frisch zu decken, so meinte er, wäre die Milch mehr als wie gelöhnet.

Von nun an brachte er dem Joggel Marti all Abend eine Brente voll Milch, und paar Tage später kam der Joggel Marti auch zum Helfen auf die Fessis Alp und wunderte sich lauthals, wie süüferli bereits die Flanken geschönt waren und das Bödeli umzäunt und die Wände am Hüttli geflickt, und ein frisch gezimmertes Bänkli stand vor der Tür, und die Kühe hatten schon ihren Unterstand. Doch der Fessisbauer wollte kein Lob hören und stieg nur stumm aufs Dach und hiess den Joggel Marti ihm die Schindeln reichen, danach schnurreten sie kein Wort mehr. Und selbst als das Dach gedeckt war, meinte der Fessisbauer nur, er würde ihm ja gern ein Gläsli reichen, nur leider wäre er pressant, seine Herde müsste noch vor dem Regen auf die obere Weide, sonst vertschlipfe ihm beim Aufstieg im nassen Gras am End eines, die Kühe wären das stotzige Gelände noch nicht gewohnt.

Als der Joggel Marti obsi lugte, war aber der Himmel tätschblau und ohne alle Schlirggen, und beim Abstieg wäfelete er über den Geizknäpper und fand, ein Gläsli Weissen hätte er wohl verdient gehabt. Doch als er aus dem Hohwald herauskam, sah er, wie ob dem Tödi sich eine Föhnmauer türmte wohl tuusigs Schritt hoch, und noch bevor er wieder zu Sool war, prätschte ein Regen durab, als heig der Herrgott im Himmel seine Waschgelte überleert.

Er konnte sich eben noch in den »Bären« retten, und dort verzellte er allen von ds Fessisbauers Künsten im Wetterlesen und im Zimmern und Maurern, und der Gemeindeschreiber Muggli rief zwar dazwischen, das müsste auch erst bewiesen werden, dass all säb der Fessisbauer selber gemacht heig und nicht vielmehr der Hörelimaa, aber nachdem der Joggel Marti gemeint hatte, er heig ja mit eigeten Augen gesehen, wie geschickt der Fessisbauer sein Dach gedeckt heig, fanden auch die anderen Sooler, der Fessisbauer sig einen bitz maulfaul und menschenscheu, aber dängg schon ein ehrlicher Chrampfer. Nur der Gemeindeschreiber Muggli zündete auch fortan gegen den Fremden und meinte, im Sommer würden sie es schon sehen, dann würden die Talbauern nämlich ihre Herden zum Sömmern vergeben, und gewiss würden heuer alle ihr Veh auf Fessis bringen wollen in der Hoffnung, es käme im Herbst so schön und pützlet zurück wie dem Fessisbauern seine eigete Herde, und die alteingesessenen Älpler hätten das Nachsehen.

Doch als der Joggel Marti einmal den Fessisbauern beim Milchfassen fragte, wie er es heuer eigentlich mit Alpnen well halten, er würde doch gewiss Zusenn und Vehbub dingen und ein währschaftes Sennten z'Berg nehmen und selber käsen, da meinte der Fessisbauer, für die Vehwirtschaft wäre ihm das nächste Jahr noch früh genug, heuer well er nur in die Wildi gogen heuen. Auf Fessis heig es asen gutgräsige Planggen, und die Glarner könnten paar mehr Arveln Heu im Winter schiints auch gut gebrauchen.

Das hörten die Sooler gern, und nicht einmal der Muggli wollte danach noch rüsslen. Aber z'Trotz hatte der Fessisbauer im Tal nicht nur Freunde. Als er eines Nachts in eine der obersten Flanken am Hächlenstock stieg, um mit dem ersten Licht zu heuen, chräsmete dort schon einer im Hang, ein junger Knecht mit einer grossen Hutte auf dem Buckel, und war just die Pflänzli am Günnen, um deretwegen die Kühe auf Fessis ihre süsse Milch gaben, die Frauenschüeli und das Brandknabenkraut und den Schwälbliwurz-Enzian. Und zwar entschuldigte er sich, als der Fessisbauer meinte, die säb Flanke wäre im Fall sein Eigen, und lief ohne Anstände ab der Alp. Aber schon am anderen Tag pöpperlete er den Fessisbauern aus dem Hüttli und stellte sich vor als der Fränz von Glarus und Gehilfe vom Doktor Tuet, und als der Fessisbauer fragte, was er well, verzellte der Fränz, er günne drum dem Doktor Tuet schon seit mängem Jahr seltene Pflänzli, und der Doktor Tuet koche daraus seine Medizin und praktiziere wahre Wunder an den kranken Glarnern, aber die seltensten Pflänzli wüchsen just auf Fessis und nieneds sonst im Glarnerland, und so bat der Fränz im Auftrag vom Doktor Tuet, dass er auch künftig die säben Pflänzli dürfe günnen, den kranken Mäntschen zuliebe.

Darauf meinte der Fessisbauer aber, sein Veh wäre ihm nicht minder wichtig als die Mäntschen, und drum blüben die Pflänzli stehen und würden mit ins Futter geheuet, und wenn z'Tal einer wirklich so krank wäre, dass er ohne Frauenschüeli oder Knabenkraut müsste verräblen, so schenke er ihm gern eine Hampflen Kraut, aber nie und nimmer liesse er sie einem Tokter, dass der danach aus der Kranken Säckel ein Vermögen züche.

Am dritten Tag kam der Fränz nochmals, säb Mal brachte er Geld und einen verschlossenen Brief, in dem der Doktor Tuet schrieb, er heig zwar noch jede Medizin im Vorrat, aber im Hinblick auf die Zukunft well er hiermit den Fessisbauern zum Pflänzli-Günnen anstellen an ds Fränzes statt. Der Fessisbauer fragte danach den Fränz, ob er wüsste, was sein Meister geschrieben heig, und als der Fränz es nicht wusste, gab er ihm den Brief zu lesen und riet ihm, sich einen besseren Meister zu suchen. Dann schickte er ihn mit dem Geld wieder nidsi und hielt die Sach für erledigt.

Das Vreneli chräsmet in die Welt

Das Heu, das der Fessisbauer in jenem Herbst verkaufte, roch süss und schwer wie eine Apotheke und fuhrete wie Nidel. Und weil er trotz seiner langen Scheichen kein Leider war, wurde er bald auf mängs einen Hof zum Bauernsonntag geladen. Er ging aber nie, und als der Joggel Marti meinte, so blübe er aber ledig seiner Lebtig, lachte er nur und meinte, das wäre immer noch besser, als sich beim Tanz die Scheichen zu brechen.

Erst sommers übers Jahr tauchte er an der Linthaler Chilbi auf. Bei einem fahrenden Händler kaufte er sich ein silberbeschlagenes Pfiifli, damit hockte er auf einen Schoppen in den »Adler«, und als er ein zweites Halbeli bestellte, fragte er die Wirtsmagd, ob sie nicht well auf ein Glas zuechen sitzen.

Die Wirtsmagd, mit Namen Mariili, war einen bitz ein Huscheli, aber mit Augen so gelb wie Honig und mit einer Stimme, als hätte der Herrgott ihr das Gurgeli mit Fell ausgeschlagen. Erst lugte sie den Fessisbauern nur ebigs lang an, fast als verstünde sie nicht recht, was er well, dabei wirkte sie nicht verärgert, nur vertwundert. Dann zuckten ihre Maulwinkel, als well sie giglen, doch dazu kam es nicht, denn vorher wandte sie sich ab, so heftig, dass die Bändel ihrer Schoss verflogen, und beinlete zurück in die Küche und kam nicht wieder.

Der Fessisbauer wartete noch einen Weil vergebis auf sein Halbeli, dann klopfte er seine Pfeife aus, liess einen Batzen auf dem Tisch und ging. Und doch hiess es schon anderntags, der Fessisbauer well weiben, und just die kurligste und widerspinstigste Jumpfer im Tal.

Das Mariili war die Tochter aus einem Gschleigg, das seine Mueter mit einem welschen General gehabt hatte. Der war dem General Suworow nach, als der Napoleon wider die Russen zog, doch dann war der Suworow ab über den Panixer Pass, und als der Franzos ihm nachkam, lag schon Schnee, und es foggete weiter, und so blieb er ds Gotts Namen den Winter über zu Linthal und schmüselete stattdessen mit der Frieda Wichser, so hiess ds Mariilis Mueter, und als der Winter vorüber war, zog der welsche General z'Trotz nicht weiter, weil due die Frieda schon diggete und er sein Töchterli gschauen wollte. Und selbst im Jahr darauf, als das Mariili auf der Welt war und ds Friedas angeheirateter Mann, der Heiri Wichser, aus einem anderen Krieg heimkehrte – er hatte im Italiänischen gesöldnert –, wollte der Kommandant nicht fort und verlief lieber von seiner Truppe und lebte fortan mit dem Mariili im Keller unter ds Wichsers Haus versteckt. Wann immer der Heiri das Haus verliess, kam die Frieda zu ihnen in den Keller und schöppelete das Mariili und schmüselete mit dem Franzosen, oder sie holte beide an die Luft. Aber nach wieder einem Jahr oder zweien stieg auch der Heiri endlich in den Keller und metzgete den welschen Kommandanten und die Frieda und zuletzt sich selber, so oder ähnlich, denn nur der Heiri wurde tot gefunden, die Frieda und der Kommandant, so hiess es, hätten sich in zwei Vögeli verwandelt und wären über den Panixer und weiter.

Das Mariili kam danach zu ds Leglers, die zu Linthal den »Adler« führten und keine Kinder hatten. Die zogen es auf wie die eigete Tochter und liessen es ihm an nichts fehlen, z'Trotz blieb das Mariili vertrüllet und verschtuunet und als wäre es schon halben ab der Welt. Nur selten machte es die Schnurre abenand, und selten merkte es, wenn etter mit ihm sprach. Und allpott verlief es von daheim, danach fanden es die Jäger neumeds hoch oben auf einem Grat, am Bös Fulen oder am Glärnisch oder am Ober Gheist, wie es zmittst in einem Lauihang hockte oder am äussersten Eck von einem überschüssigen Bort, mit nüüt als Leere unter sich wohl tuusigs Schritt tief, an Stellen, die für Mäntschen gar nicht zu erchräsmen waren. Dort sass es dann über Stunden mit offenem Maul und wie tot und machte keinen Wank. Und mängsmal hockte neben ihm ein Gämsi mit einem roten Bändel um den Hals, vielleicht hatte säb das Mariili getragen. Ein gewöhnliches Gämsi jedenfalls war es nicht, denn paarmal trafen die Jäger es ohne das Mariili an und wollten es schiessen, doch immer vertätschte es ihnen entweder das Gewehr in der Hand, oder die Kugel flog ganz neumeds anderscht hin.

Z'Trotz hatte das Mariili bald viele Verehrer, denn wenn es nicht gad am Traumen war, schaffte es ordeli, und zum Anlugen wurde es je längers, je appartiger. Von den zünftigen Bauern und Handwerkern wollten es nicht viele haben, den meisten war ds Mariilis Familie zu stigelisinnig für zum mit dem Mariili wiederum Kinder machen. Aber wilde Siechen und Abenteurer gab es eine Schwetti, die ihm nachstellten, und ahnungslose Reisende, die im »Adler« einkehrten und das Mariili gschauten und gad ein zweites Kaffi bestellten oder gar ein Zimmer über Nacht und die es endlich wie der Fessisbauer auf einen Schoppen luden.

Das Mariili hockte aber zu keinem zuechen. Erst sagte es, es heig in der Wildi ein Gämsi mit einem Bändel um den Hals und heirate den Burschten, der ihm den säben Bändel bringe und keinen anderen. Dann musste die Obrigkeit zu Glarus ihm verbieten, sertigs zu sagen, denn um das Mariili zu gewinnen, stiegen so viele Burschten in die Berge, dass für die Jäger kein Platz mehr blieb, und das Wild floh ennet den Grat, und wer die Berge nicht kannte, verlor oft genug den Weg und fror sich z'Nacht z'Tod oder fiel in ein Tobel, und keiner fing je das Gämsi mit dem roten Bändel. Danach sagte das Mariili überhaupt nichts mehr, wenn ein Burscht es auf einen Schoppen lud, sondern verlief nur stumm, und den Leuten schien, das eint war dem Mariili so recht wie das ander.

All säb hatte der Fessisbauer schon gewusst, als er auf Linthal in den »Adler« kam, denn tags davor hatte er bei der Milchabfuhr dem Joggel Marti berichtet, er heig emalen am Urnerboden ein Meitli in der Wildi auf einem Stein gesehen, so still, als wäre es tot, gleichzeitig so gschpässig schön als wie das bare Leben, und säb Meitli gech ihm seither nicht aus dem Grind.

Darauf verzellte der Joggel Marti ihm ds Mariilis Geschichte und meinte endlich, in letzter Zeit gsäch man es oft beim Bersiäneli, einer Hex auf dem Urnerboden, und dort gehöre es auch hin, denn das Mariili heig mehr von einem Hexli oder von einem Tierli, als dass es den Glarnern im Tal gleiche.

Der Joggel Marti fragte dann noch, ob das Mariili ihm öppen den Grind vertrüllet heig, und warnte ihn, eines wie säb bringe nur immer Elend. Der Fessisbauer gab keine Antwort, doch anderntags lief er, wie schon berichtet, auf Linthal in den »Adler« und lud das Mariili vergebis zum Schoppen, und wieder tags darauf trieb er all seine Kühe dem Joggel Marti auf den Hof und bat ihn, sie zu gaumen und zu melken, und kündigte an, er gech gogen das Mariili weiben.

Danach schritt er ein zweites Mal auf Linthal und ging in den »Adler« und stand vor allen Gästen vor das Mariili hin und sagte zu ihm, er gech jetzt und fange säb Gämsi. Und das Mariili schwieg zwar auch jetzt, aber bevor es mit Gläser figlen fortfuhr, schenkte es ihm doch ein Blickli aus seinen honiggelben Augen, und als der Fessisbauer wieder aus der Tür war, trat es zu den Bauern, die schon am Fenster güüneten und spöttleten, und sah dem Fessisbauern nach, wie er das nächstbeste Bort hinauf expresste mit Sätzen, so hoch und so wild als wie ein überstelliges Geissli.

Die Bauern hatten noch lange ob ihm ein Glächt. Erst als es einnachtete, und der Fessisbauer war noch immer nicht zurück, wurden sie still. Das Mariili hingegen wurde immer gischpliger, ein ums ander Mal vertleerte es den Wein, und als es noch ein Glas im Waschtrog zerschlug, schimpfte die Frau Legler es lauthals ein Fegnest und schickte es in die Kammer. Danach witzlete die Frau Legler noch mit Mann und Gästen darüber, ob das Mariili aus Sorge um den Fessisbauern asen ins Schuslen geraten war oder doch mehr im Sorgen um sein Jumpferen-Sein, aber so recht lachen mochte sie selber nicht, und so schwiegen bald alle im »Adler«, und nicht anders den ganzen nächsten Tag, und das Mariili erschien gar nicht erst in der Wirtsstube, sondern hockte in seiner Kammer am Fenster bis in die Nacht und lugte bergwärts den Eckstock-Flanken nach, hinter denen der Fessisbauer verschwunden war.

Am dritten Tag endlich beschloss der Legler nach der Melketen, er lüffe mit zwei Mannen obsi und hole den Fessisbauern z'Tal, oder was von ihm übrig wäre. Doch als sie eben marschieren wollten, kam das Mariili die Stäge durab polderet und weiblete an ihnen vorbei und rief, es müsse zu seinem Gämsi, das plange gewiss nach ihm, und rannte, wie es war, aus der Wirtsstube hinaus und den Flanken vom Eckstock zu. Vom Türloch her sahen ds Leglers es noch den Hoger empor segglen, und wie sich ihm erst die Zöpfe lösten und weiter oben am Hang der Bändel von seiner Schoss, die dann im Wiesli liegenblieb als ghüüsleter Tolggen im Gras, und die Frau Legler hatte zeinersmal nasse Augen und meinte zu ihrem Mann, ihr wäre, als würden sie das Mariili nicht wiedersehen.

Am Nachmittag verzellte dann ein Gast, der Fessisbauer wäre wohlbehalten wieder z'Tal und das Mariili mit ihm, aber heim auf Linthal kam es tatsächlich nümmen. Vom Glärnisch her waren sie gekommen und auf Schwanden abgestiegen, ohne ds Mariilis Gämsi, dafür trug das Mariili selber einen roten Bändel um den Hals, und es lief neben dem Fessisbauern her mit glänzigen Backen und asen im Frieden, als wären sie nie anders als zu zweit gewesen, und so stiegen sie ennet der Linth wieder z'Berg, durch den Hohwald auf Fessis zu, und nur zu Sool auf dem Amt kehrten sie kurz ein und bestellten das Aufgebot.

Keinem verzellten sie, was am säben Tag am Glärnisch geschehen war, und überhaupt blieben das Mariili und der Fessisbauer für sich. Sie heirateten auch ganz ohne Fest, mit nur dem Joggel Marti und seiner Frau als Zeugen, nicht einmal ds Leglers hatten Bescheid. Das alles war sonderbar, und die Glarner zerrissen sich gehörig die Mäuler. Doch dann werkten das Mariili und der Fessisbauer asen appartig Hand in Hand, dass die Alp bald nochmals dopplet schön war – fast schien es, als wollten alle Blumen nur noch auf Fessis blühen. Dann herbstete es, Seite an Seite sägetsten sie am Gufelstock und am Heustock, stumm und mit leuchtigen Augen stiegen sie noch durch die gächsten Stötze dem Heu nach. Und auf den Winter kam ein nochmals ganz anderes Leuchten in ds Mariilis Augen, und bald darauf hatte es einen Bauch.

Im Frühjahr zur Quatemberzeit kaufte der Fessisbauer noch Kühe dazu und käsete fortan selber und war bereits in der Käschuchi am Einfeuern, als das Mariili eines Morgens zmittst in der Melketen zeismal ein Räblen und Morgsen fühlte und eben noch vom Melkschemel auf den Boden hocken konnte, bevor ein Meitli so bleich und gschmürelet als wie versottene Milch und mit einem Ghürsch von rotem Haar zur Welt kam und gad z'zabletsen kam, als das Mariili es mit einem Gutsch Milch aus der Brente abwusch und mit einer Hampflen Heu trocknete. Und als der Fessisbauer in den Stall kam, um die Milch zu holen, hob es eben da ein erstes Mal die Augendeckel und gschaute den Vatter mit Augen so tief und blau als wie zwei Bergseeli. Der Fessisbauer liess die Brente fahren und sprang zur Futterkrippe zum ihm ein Bettli machen, doch das Meitli hielt nüüt von Ranzenplanggen, das stemmte schon die feisten Ärmli ins Heu und schob ein Bein unter den Ranzen und das zweite und stemmte den Hinder obsi, als wäre es ein Kälbli, und erst knickte ihm noch ein Knie ab, und es vertschlipfte ihm ein Tääpli, aber zuletzt stand es tatsächlich auf seinen vieren und gigelete ein erstes Mal und füdlete der Sonne nach auf das Bödeli hinaus.

Und das Mariili schien nicht einmal verwundert ob seiner pressanten Tochter. »Luägsch, dass es nüd gad i ds Chäschessi gumped«, rief es dem Fessisbauern nur nach, als er dem Meitli nachen höselete, und als er zurückrief, wie sie das Meitli eigentlich nennen sollten, rief das Mariili, Vreneli würde passen, und dabei wischte es schon die Hände in der Strau ab und molk weiter. Und erst als die letzte Kuh gemolken war, legte es der Kuh die Stirn an die Flanke und kam ins Süüfzgen und ins Tschuderen, aber nur kurz. Dann knüpfte es den roten Bändel auf und lief über das Bödeli zum Hüttli, zum ihn dem Vreneli umtun, und dabei hatte es ganz für sich ein Glächt.

Die nächsten Wochen chräsmete das Vreneli meist über das Bödeli und schnäderete in tuusigs erfundenen Sprachen mit jedem Stein und Blüemli und Chäferli und hatte allen viel zu verzellen, und bald darauf fing es schon an laufen und beinlete den Kühen nach über die Weide, und wenn es ihm zu stotzig wurde, hangelte es sich von einem Kuhschwanz zum anderen, und mängsmal stürchlete es und bekam statt dem Schwanz nur noch das Euter zu fassen und einen Sprutz Milch ins Gesicht und hatte darob ein ebiges Glächt – ausser es war an dem Tag gad tuucht, das kam wie angeworfen, und dann brieggete es grüüli über die vergeudete Milch und entschuldigte sich tuusigsmal beim Chueli und gab ihm Ääli und hatte sich noch beim Einschlafen nicht beruhigt.

Im Herbst dann lernte es dereinst beim Znacht die ersten Wörter, »Biner« und »süüferli« und »witt nu mih«, und das Mariili meinte, es wäre aber auch an der Zeit gewesen, dass es anfange schnurren. Was, rief der Fessisbauer vertwundert, ihn dünke im Gegenteil, beim Vreneli gech alles einen bitz gar gschwind. Doch darauf schüttelte das Mariili ganz kurlig den Kopf und tat erst, als well es antworten, und betrachtete ihn dann nur stumm und ebigs lang, und der Fessisbauer glaubte schon, es heig ihn am End gar nicht gehört gehabt, da lächelte das Mariili, aber nicht wie im Gschpass, sondern so, als heig es ettis im Sinn, das es noch nicht verraten dürfe, und dann sagte es ganz leise: »Für üüsereis isch ds Lebä duch schu asä kurz.«

Danach schwiegen sie erst alle beide, und als der Fessisbauer endlich doch fragte, warum es das jetzt gesagt heig, war seine Stimme eng und wie verhaglet. Aber das Mariili brauchte nicht mehr zu antworten, denn das Vreneli fing zeinersmal mit dem schweren hölzigen Löffel an schimpfen, dass der nicht well, wie es ihn heisse, und schlug ihn zur Strafe gegen den Tisch, und danach nahm das Mariili dem Vreneli den Löffel fort und hob es hoch und gab es dem Fessisbauern in die Arme, und dabei versprach es dem Vreneli, ihm warte itzed ein grosses und schwieriges Abenteuer, der Vatter würde es nämlich das Still-Schlafen lernen.

Dem Fessisbauern sagte es, es gech noch gschwind auf die Nachtweid und luge dem Veh, danach ging es aus dem Hüttli und kam nicht wieder, bis der Vatter das Vreneli das Still-Schlafen gelernt und den Znacht verraumt und den Tisch gefiglet und dem Mariili ein Licht ins Fenster gestellt hatte und selber schlafen gegangen war.

Das goldige Hummeli

Im kommenden Jahr nahm der Fessisbauer zu den Milch-
kühen noch zwei Dutzend Jungkühe und Stierkälber
z'Alp, die wollte er auf Fessis sömmern und auf den Herbst
wieder verkaufen. Doch die Kälbli kannten sich nicht aus
z'Alp und verliefen sich ständig, und der Fessisbauer musste
ihnen nach, und daneben musste er melken und käsen und
das Veh auf die Nachtweid bringen und wunde Euter sälbelen und sah das Mariili nur noch selten. Das flickte derweil
im Hüttli Gwand und buk Brot und versott Beeren zu Saft
und anknete im Keller. Und kaum war im Sommer das Wildheu ausgeschossen, da chräsmete es z'Berg und sägetste für
zwei und blieb oft über Tage fort.

Und auch die Vriinä expresste mit dem ersten Morgenlicht
aus dem Hüttli und beinlete das nächste Bort hinauf und kam
erst zum Znacht zurück und verzellte von tuusigs Hexli und
Schrättli und Wildmanndli, die sie auf ihrer Reise getroffen
heig, und fiel noch z'schnurretsen ins Bett und pfuusete bis
wieder zum ersten Sonnenstrahl und kein Minütli länger und
sprang die Stäge vom Schlafgaden durab und höselete schon
wieder vors Hüttli, und wenn der Vatter rief, sie heig doch
aber noch keinen Zmorged gehabt, und gegessen müsse auch
sein, rief sie zurück, das Wildmanndli am Gufelstock lange
ihr gewiss ein Gamskäsli oder zwei, und wenn nicht, so well

sie von den Heublüemli chaflen, und trinken täg sie aus den Fessisseeli, die Gämsi miechten es auch derenweg.

Dann kam der erste Schnee, der Fessisbauer brachte das ge-sömmerte Veh z'Tal, damit es der Sooler Schmied beschlug, und beim Znacht meinte er, er züche anderntags mit der Herde über die Alpen ins Welsche, dort könne er sie um weit besseren Lohn verkaufen als hier. Da sprang das Mariili aber auf und rief, das wäre ja noch, und wenn etter auf Reisen gech, so wäre das noch immer die Mueter, und der Vatter blübe beim Kind und verzelle ihm von der Welt und tröste es z'Nacht und lerne ihn, was es zu lernen heig. Der Fessis-bauer stutzte erst, dann meinte er geduldig, das wäre aber wider die Natur, bei allen Mäntschen luge die Mueter dem Kind, und der Vatter gech gogen wirtschaften. Davon wollte aber das Mariili nichts wissen, dafür fing es an stämpfelen und kam z'briegen und rief, am End well er ihr einreden, sie wäre schuld, dass ihre Eltern due gestorben wären, und wenn sie ihren Vatter in die Welt entlassen hätte und mit der Mueter daheim geblieben wäre, so hätte ihn der Heiri nicht gepäcklet und säb Gstrütt gemacht, und die Mueter und der Vatter hätten nicht ab der Welt gemusst und als zwei Vögeli verfliegen. Und danach rannte das Mariili in den Keller und hockte auf ein altes schwarzes Käschessi, das dort noch vom altledigen Jümpferli her lag, und starrte ins Leere und hörte gar nicht mehr, was der Fessisbauer ihm noch alles sagte, und kam erst am anderen Morgen wieder obsi. Ganz bleich und durchsichtig war es geworden, aber es meinte, so sell der Vatter ds Gotts Namen mit der Herde ins Welsche, es blübe derweil beim Vreneli.

Der Vriinä war nicht so wichtig, wer bei ihr blieb, sie war vor allem für die Kühe aufgeregt und stellte dem Vatter eifrig alles Veh in eine Reihe, das grösste zuvorderst, und band ihnen Blumen an die Schwänze und steckte Tannigs zwischen die Hörner und wünschte jeder Milchkuh ein schönes neues Diheimed und den Stierli ein schönes Brätlen in der Pfanne. Und als der Vatter endlich das rote Chäppli aufhöckte, das ihm das Mariili gleich nach der Heirat gelismet hatte, und die Herde durch den Hohwald durab trieb, segglete sie das Bort derauf und wollte von den Fessisseeli her winken, wenn sie aus dem Wald kämen und talauswärts lüffen. Aber bis sie oben war, hatte sie schon wieder so vieles erlebt, dass der Vatter und das Veh darob vergessen gingen.

Zum Znacht hatte die Mueter ihr allerbestes Rahmmus gekocht und hockte stumm daneben, als das Vreneli ass. Doch dann hörte das Vreneli nicht auf gwünderen und wollte genau wissen, wie sie als kleines Mariili mit dem Vatter im Keller gelebt heig, und endlich kam das Mariili ins Berichten und hockte gar mit dem Vreneli in den Käskeller und sang ihm die Lieder, die ihm der welsche Kommandant gesungen hatte. Und als anderntags das Vreneli wissen wollte, wo jetzt der Vatter mit der Herde sig, verzellte das Mariili ihm, dass er im Welschen wäre, und zwar in einem anderen Welschen als dem, aus dem der welsche Kommandant kam, der Vatter war nämlich im Italiänischen, und der Kommandant war aus dem Französischen, und wie es im Italiänischen aussah, wusste das Mariili selber nicht genau, aber vom französischen Welschen kannte es dafür tuusigs Müsterli, die ihm sein Vatter im Keller verzellt hatte, vom Meer verzellte es dem Vreneli und von der Stadt Paris, und es konnte sogar vormachen, wie sie dort schnurreten.

Und weil in jenen Tagen einenweg wüst Wetter war und der Wind Regen und später Eismöggli und nasses Laub und Tannigs gegen das Fenster schlug, hockten sie endlich fast stets im Käskeller und stellten sich vor, sie wären im Welschen, und schnurreten mitenand ein Kuderwelsch, das beim Mariili ettis hiess und beim Vreneli nicht, und das Mariili verzellte, wie seine Mueter ihm amed das Essen in den Keller gebracht hatte und danach wieder obsi stieg ans Licht, und es selber blieb mit dem Vatter allein zurück und stellte sich vor, wie sein Müeti nicht nur bis ins Hüttli stieg, sondern immer weiter obsi, z'Berg, und war überzeugt, die Mueter stägere all Tag asen in die Wildi und metzge sich mit Toggeli und Belzebuben. Dabei holte die Mueter es ans Licht, sobald der Heiri, vor dem sie sich versteckten, für einen Weil fort war, und das Mariili konnte rein nüüt Wildes um das Hüttli entdecken, nur ein grünes Bödeli mit Herdöpfeln und Kohl und paar Geissli. Und doch blieb in seiner Vorstellung die Mueter eine, die wohnte hoch oben im gächsten Steinigen, und wenn dann wieder der Heiri mit der Mueter im Hüttli war und das Mariili mit dem Vatter im Keller, und wenn dann ein Räblen war über ihren Grinden, und der Heiri und die Mueter ächzten und triisseten und geusseten zuletzt gar, und der Vatter liserete ihm ins Ohr, dort oben herrsche jetzt drum die Erwachsnigenwelt, und bei ihnen im Keller herrsche die Kinderwelt, und in der Erwachsnigenwelt wäre oft genug numen Mord und Krieg und ein ebigs Wüsttun, und er sig schon noch froh, dürfe er mit dem Mariili im Keller verhocken und müsse nümmen zurück zu seiner Armee, dann stellte das Mariili sich die Mueter nicht mit dem Heiri im Hüttli vor, sondern es sah sie hoch im Gebirge tuusigs wilde Siechen besiegen, und der Heiri diente der Mueter zu, und all säb, zum das Mariili und den Kommandanten beschützen, weil eben die Welt rings um das Hüttli in Wahrheit doch grüüli gefährlich war, wenn es von Auge auch nicht zu sehen war.

Und wenn z'Nacht die Vriinä und das Mariili aus dem Käskeller kamen und in den Schlafgaden stiegen, lag das Mariili ganz eng beim Vreneli und hebete es, wie früher der welsche Kommandant das Mariili gehebet hatte, und wenn sie danach einschliefen, war dem Vreneli, als gingen sie jetzt selbst auf Reisen und flögen ebigs weit, es und sein Müeti, bis auf Paris und überall dorthin, wo das Mariili mit dem welschen Kommandanten gewesen war, und einmal flogen sie gar zum Tanz um ein Feuer auf einem Berg, der aber ganz anders aussah als die Berge, wie sie die Vriinä kannte, und eine Frau mit numen einem roten Schuh war dort und lachte allpott, dass der Berg gwagglete, aber gefährlich war es nicht, weil nämlich die säbe Frau uumäär stark war und alle beschützte.

Als danach das Vreneli vertwachte, roch ds Mariilis Haar noch immer nach dem Feuer am Berg, und wenn auch das Mariili nur lachte und meinte, es wäre nächtig gewiss auf keinem Berg gewesen und das Vreneli heig alles geträumt, so wusste das Vreneli doch, sie waren dort gewesen, und das Mariili wollte es nur nicht verraten.

Dann polderete es einst beim Einnachten vor der Tür, der Fessisbauer war zurück und liess den vollen Geldgurt auf das Tischblatt tämeren, zudem brachte er goldige Ohrringli für das Mariili, ein Flötli für das Vreneli, dann Salz zmittst aus dem Meer für jene Kühe, die daheimgeblieben waren, und Tubak für sein Pfiifli. Dann sass er ab und war für einmal gar nicht maulfaul, sondern verzellte lange, wie er bis auf Neapel geloffen war und dort die ganze Herde auf einen Tätsch einem richtigen Herzog verkauft heig, wobei ein Herzog ettis war öppen wie ein Alpvogt, wie er dem Vreneli erklärte. Und das Mariili und das Vreneli loseten wie die Schweine im Föhn, und erst als die Vriinä fragte, wie er das Salz aus dem Meer geholt heig, lachte der Vatter und meinte, das blübe sein Geheimnis, und danach verzellte er nicht mehr, sondern zeigte der Vriinä, wie sie ins Flötli blasen musste, dass es tönte.

Und das Mariili stand zeinersmal auf und ging die Kühe melken. Und wann immer danach das Vreneli mit ihm in den Käskeller hocken wollte, damit es ihm verzelle oder eines von seinen welschen Liedli singe, meinte es nur, jetzt wäre der Vatter wieder da und müsste verzellen. Doch auch der Vatter war, nachdem er seine Reise fertig berichtet hatte, wieder nur maulfaul und zimmerte stumm an Haus und Stall ummenand. Und seit das Vreneli sein Müeti gebeten hatte, es sell doch wieder emalen neben ihm einschlafen wie due, stapfte das Mariili all Nacht zum Hüttli hinaus in die Wildi, als müsste es gogen heuen, zmittst im Winter, und blieb fort bis zum Morgen, bis auch das Vreneli nichts mehr auf Fessis hielt, es beinlete z'Berg noch vor dem Zmorged und stüübte durch den Schnee den Wildmanndli und den Hasen nach und wollte mit ihnen spielen.

Das Mariili aber fand im säben Winter den Rangg nümmen. War es für einmal nicht ab in die Wildi, vergass es zmittst im Werken seine Arbeit und hockte über Stunden im Stall bei den Kühen oder im Käskeller über dem Ankenfass, ohne zu melken und zu ankmen, oder dann stieg es am hellen Tag in den Schlafgaden und verhockte dort am offenen Fenster bleich und steif und wie tot und wollte sich selbst dann nicht verroden, als das Vreneli es entdeckte und zu ihm kam und ihm rief und an ihm rupfte, und erst ebigs später dünkte das Vreneli, es wäre gad ettis Kleines, Goldigs seinem Müeti ins Maul geflogen, und das Mariili tat wie vertwachen und schüttelte den Grind und meinte, im Traumen heig es ganz vergessen, dass Winter sig und kalt, und schloss das Fenster und lief dem Vreneli voran in die Stube.

Sertigs geschah immer öfter, und das Vreneli gewöhnte sich daran, auf das Mariili aufzupassen, wenn säb die Milch am Sieden war und je längers, je verschtuuneter das schwarze Ofenloch gschaute, als gschaute es den schönsten Garten, und derweil übersott ihm die Milch, oder wenn es auf dem Weg zwischen Stall und Hüttli im Traumen zeinersmal das Laufen vergass und nadisnah im Schnee versoff.

Die Vriinä fand sertigs sogar noch lustig, und als der Vatter eines Tages mit dem Heuschlitten überobsi wollte zum den Kühen ein frisches Fuder holen, und die Vriinä durfte mit, da fragte sie zum Gschpass, ob nicht eines von ihnen daheimbleiben müsste und die Mueter gaumen. Gleich wurde aber der Vatter gällig wie nie zuvor und packte die Vriinä und sagte ihr ins Gesicht hinein, dass das Mariili in zwei Welten daheim wäre, das sig im Fall nicht zum Lachen, sondern eine ganz bsunderige Gabe, und hätte das Mariili nicht jene Gabe, so hätte er es am End auch nicht geheiratet gehabt und so wäre auch das Vreneli nicht geboren worden, und darum sell es fortan zweimal studieren, ob es ob seinem Müeti well ein Glächt haben.

Doch auch dem Fessisbauern war mit dem Mariili nicht mehr wohl, und endlich holte er beim Schwandener Apotheker eine Kur mit Aufgüssen und Umschlägen und hiess das Mariili, es sell auf den Ofenbank hocken und kuren. Das meinte aber nur, ihm fehle nüüt, und jetzt, da es eine Tochter heig wie das Vreneli und einen Mann wie den Fessisbauern und dazu die schönste Alp im Tal, da wäre es auch will's Gott eine Schande, wäre es nicht glücklich. Und wie zum Beweis, dass es glücklich sig, nahm es zuletzt ds Vrenelis Flötli und blies darauf ein Lied, das geriet nur leider elend traurig.

Sig's wegen dem traurigen Lied oder weil das Mariili danach wieder die halbe Nacht auf einem Bort ob dem Hüttli im Schnee verhockte und steifgefroren war, als es der Vatter fand, jedenfalls lief er anderntags gad wieder z'Tal, und ohne ein Wort, und danach wurde das Mariili so still und angespannt, als wüsste es, jetzt gschäch glii ettis uumäär Wichtigs, und so unheimlich wurde es im Hüttli, dass nicht einmal das Vreneli mehr schnurren mochte und stumm neben seinem Müeti im Stübli hockte den ganzen Tag lang. Da hörte es ein erstes Mal, wie es tönte, wenn es einfach nur still war in der Welt, denn vor dem Fenster fiel der Schnee und hatte schon das halbe Hüttli verschluckt, und weil das Mariili wohl hatte einfeuern wollen, es dann aber wieder vergessen hatte, vertätschte es auch nie ein Scheit im Ofen, und keine Glut liserete. Nur ein Talglicht brannte still, davon kamen in der Luft schwarze Schlirggen von Russ z'hangen, die im Leeren schwebten blab und müd wie Totenseelen, und ds Vrenelis und ds Mariilis Schnauf machte Wölkli, von denen wuchsen am Fenster gläsige Blüemli.

Dann endlich polderete es, das war der Vatter, der sich den Schnee von den Böden schlug, danach stemmte er die Tür auf und wollte etwas sagen, es wurde dann aber nur ein Grochzen daraus, dann lief er mit langen Schritten zum Ofen und feuerte erst einmal ein, und zmittst ins Einfeuern hinein meinte er endlich, er wäre auf dem Urnerboden gewesen, beim Bersiäneli, und säb läss ausrichten, das Mariili könne zu ihm ins Hüttli zügeln.

Während der Vatter säb sagte, lugte er das Mariili nicht an, sondern tat, als wäre er ebigs beschäftigt mit Holz nachenschoppen, und er sagte auch nichts mehr, und das Mariili auch nicht, und als er fertig war mit Einfeuern, war es fast wieder so still wie den Tag durch, ausser dass es jetzt mängsmal ein Scheit im Ofen vertätschte. Dann rief aber das Mariili zeismal, es well doch gar nicht fort, es heig beim Bersiäneli nüüt mehr verloren, es well kein Hexli sein wie säb, es sig jetzt eine Bäuerin wie sein Müeti und ein Mäntsch wie alle Mäntschen, es heig amel Mann und Kind, denen well es lugen, das sig seine Aufgabe im Leben, und wenn es mängsmal ettis verschtuunet wäre und ab der Welt, so täg das überhaupt nüüt zur Sach, sein Müeti wäre auch all Tag fort in eine andere Welt und immer zurückgekommen – amel immer ausser ganz am Schluss, als das Müeti und der Kommandant als Vögeli verflogen wären. Und dann rief das Mariili zeinersmal nümmen, sondern meinte ganz liislig, wenn es der Vatter jetzt zum Bersiäneli schicke und es fortan kein Mäntsch mehr sein dürfe wie alle Mäntschen und all säb aufgeben müsse, das Vreneli und den Vatter und das Wirtschaften auf dem Hof, so well es lieber sterben.

Danach gschaute es den Fessisbauern, als müsste der ettis sagen, aber er stand nur stumm am Ofen und sah ins Feuer, und auch das Mariili wusste nüüt mehr zu sagen und schwieg so still, dass das Vreneli schon brieggen wollte, dann meinte es aber stattdessen, gegessen müsse auch sein, und stand auf und holte ganz allein den schweren Käs vom Gestell und schleiggte ihn zum Tisch, und dann nickte endlich auch der Vatter und wandte sich vom Feuer ab und meinte, er möge will's Gott einen Schnäfel Käs und Brot vertragen. Und wenn auch das Mariili nicht mit ihnen ass, sondern das Kopfweh hatte und gogen liggen ging, wurde es doch noch fast gemütlich, als der Vatter zur Vriinä zuechen hockte und ihr einen Kanten Brot und einen Moggen Käs schnitt und sich selber auch; und als er fragte, was sie den ganzen Tag getan hätten, strahlte sie und meinte, sie und das Müeti hätten Blüemli ans Fenster zauberet.

Nachts stürmte es dann und rüttlete an den Fenstern, so dass der Vatter aus dem Hüttli musste die schweren Läden einhängen, und als sie anderntags vertwachten, war zwar der Sturm vorbei, doch ettis pöpperlete noch fein gegen die Läden, und als der Vatter vors Hüttli trat, sah er gad noch ettis Goldigs, Pelzigs ab dem Bödeli fliegen und fort. In seiner Müedi dachte er zwar nicht viel und hängte numen gschwind die Läden wieder aus, damit der Tag ins Hüttli scheinen konnte. Erst als das Mariili vom Licht nicht vertwachte und auch nicht, als er es päcklete und rief, begriff er zeinersmal und hockte schwer ab und musste grüüli brieggen, und als das Vreneli über das Mariili zu ihm gechräsmet kam und meinte, er sell nicht asen brieggen, der Mueter müsse nur ettis Goldigs ins Maul fliegen, danach vertwache sie von selber, da meinte er, säb Mal vertwache das Mariili drum nümmen. Das Vreneli suchte z'Trotz im Hüttli ettis Goldigs und fand zuletzt die goldigen Ohrringli von ds Vatters Fahrt ins Welsche und schoppete sie der Mueter ins Maul. Aber der Vatter behielt recht, auch mit den Ohrringli im Maul wollte die Mueter nümmen vertwachen, und endlich stand der Vatter auf und deckte das Mariili mit dem Liilachen und hiess die Vriinä an den Tisch hocken und reisete den Zmorged.

Und während er dem Vreneli Milchmöggli brockte, erklärte er ihm, dass das Mariili drum ein Hummeli gewesen sig, das heig das Bersiäneli ihm verraten gehabt, und so ein Hummeli müsste halt auch fliegen, das wäre ds Gotts Namen seine Natur, und nächtig war das Mariili zu weit geflogen und hatte den Heimweg nümmen gefunden.

Das Müeti wäre doch aber schon dervor verflogen und heig den Heimweg immer gefunden, sagte das Vreneli. Der Vatter wusste jedoch, dass ein Hummeli, wie das Mariili eines gewesen war, nur neunundneunzig mal neunundneunzig Schnaufer aus seinem Mäntsch heraus durfte, danach musste es zurück sein, sonst war ihm der Weg wie vernaglet, und das Mäntsch fing an kalten. Und säb Mal war ds Mariilis Hummeli drum länger fortgeblieben als neunundneunzig mal neunundneunzig Schnaufer, sig's wegen dem Sturm oder weil er die Fensterläden eingehängt hatte, oder weil das Mariili es gar nicht anders hatte wellen, und darum hatte es jetzt gekaltet.

Ja, kalt sig ds Müetis Mäntsch beim Eid gewesen, fand das

Vreneli und wollte wissen, was sie jetzt mit dem Mäntsch miechten, weil wenn das Müeti nümmen heimkam, war vielleicht das Mäntsch für anderes zu gebrauchen. Der Fessisbauer verzellte ihm aber, der Brauch well, dass sie das Mäntsch im Boden verlochten und der Pfarrer darob die Messe sang, und erst wollte das Vreneli ds Müetis Mäntsch für sertigs nicht hergeben, aber dann fand es, eigentlich wäre ihm gleich, was mit dem Mäntsch würde, viel mehr nähmt's es wunder, ob auch es selber und der Vatter und überhaupt alle Mäntschen in Wahrheit Hummeli wären mit numen einem Mäntsch ringelsum.

Ein Tierli in sich hätten die wenigsten, sagte der Vatter, die meisten hätten numen die bare Seel, die sig wie durchsichtig, aber das Vreneli wollte viel lieber ein Tierli in sich haben als nur eine bare Seel, und am liebsten ein Füchsli, da musste es nicht lang studieren. Und am allerschönsten wäre gewesen, der Vatter wäre auch ein Füchsli, und sie könnten fortan zämen im Hohwald oder oben in der Wildi am Gufelstock leben und bräuchten gar kein Hüttli mehr und kein Gwand und müssten nie mehr Löffel und Biner figlen. Aber der Vatter meinte, er heig doch eher nur eine bare Seel, und so figleten sie ds Gotts Namen nach dem Zmorged das Geschirr und lugten dem Veh, und nach der Melketen liefen sie ins Dorf zum Pfarrer und hiessen ihn ds Mariilis Mäntsch begraben.

Das Bersiäneli

Mit dem Mariili war auch der Frieden auf Fessis verflogen. Zänntummen schnurreten die Glarner über sie. Die einten meinten, der Fessisbauer heig das Mariili gezwungen, sich z'Tod zu chrampfen, andere nahmen seinen Tod als Beweis, dass die Fessis Alp eben doch ds Tüüfels war, und ds Mariilis Seel war der Abschlag, den der Fessisbauer dem Hörelimaa geschuldet hatte für all sein Gfell mit Alpnen über die Jahre.

Am Abend vor der Beerdigung erzählte der Sooler Totengräber im »Bären«, als sie das Mariili aufgebahrt hätten, heig es bald böckelet und gjeselet in der Kirche, als wäre der Tüüfel selber abgelegen, und erst nachdem der Pfarrer das Weihrauchchessi geschwungen und dreizehn Mal den Englisch Gruss gebetet heig, sig der Gestank verrochen. Aber auch danach heig der heilige Boden das Mariili nicht wellen haben, sondern sig vom einten Tag auf den anderen asen hart gefroren gewesen, dass ihm beim Graben gad beide Schaufeln verbrochen wären.

Danach kamen nur wenige Sooler und Linthaler an die Beerdigung, kein Einziger langte am Grab dem Fessisbauern und dem Vreneli die Hand, und auch zum Totentrunk in den »Bären« kamen sie nicht. Und weil der »Bären«-Wirt auch ganz vergessen hatte, im Säli Licht zu machen, hockten der Vatter und das Vreneli allein ein halbes Stündli im Dunkeln bei einem Tassli Tee und warteten stumm, ob vielleicht noch etter käme, zumindest der Joggel Marti mit seiner Frau oder der Herr Pfarrer, dann stiegen sie wieder auf Fessis.

Am anderen Tag hängte der Fessisbauer noch das Liilachen, in dem das Mariili gestorben war, an einem Stecken vor das Hüttli und meinte zur Vriinä, asen well es der Brauch: Wie nämlich das Totentuch im Wetter verrotte und verkeie, so verrotte und verkeie im Gleichen ds Mariilis Mäntsch unter der Erde, und dadermit wäre bewiesen, dass sie das Mariili nicht öppen lebig begraben hätten. Danach ging alles seinen Gang wie davor, der Fessisbauer molk die Kühe wie immer und anknete und besserte die Käsledi aus. Nur war er noch stummer als vor ds Mariilis Tod, und erst half das Vreneli ihm noch melken und misten, aber dann wurde es ihm zu still daheim, lieber pfurrete es durch den Schnee und spielte, es wäre ein Füchsli, oder es warf im Hohwald den Jägern Schneeböllen an oder baute hinter den tuusigs Eiszäpfen am Wasserfall vom Hellbächli an einem Palast, und wenn es gschwind zum Vatter ins Hüttli kam, verzellte es, wie das Wildmanndli am Morgen am Gufelstock seine Gämsi in eine Brente aus Kristall gemolken heig und danach die Milch zu Käsli verkäset oder wie es den Wetterhexen am Oberen Gheist geholfen heig, Eisblumen zu blasen, und der Vatter losete ihm stumm, oder vielleicht losete er auch nicht und blieb sonst stumm, und wenn das Vreneli verzellt hatte und noch einen Weil gewartet, ob ihm vielleicht für einmal doch ettis zu schnurren z'Sinn käme, und es kam dem Vatter aber nie nüüt z'Sinn, sprang es auf und lief wieder überobsi.

Doch ein Wildmanndli oder eine Wetterhex traf es nicht

alle Tage, und Mäntschen kamen keine mehr auf Fessis, und auch im Schnee war es oft nur ebigs still, und so blieb es doch wieder beim Vatter und wollte ein Ärbetli, und der Vatter schickte es zum Anknen in den Käskeller und merkte erst, als es den Anken versalzen hatte, dass ettis nicht recht war, und als er fragte, verzellte das Vreneli, dass ihm drum im Käskeller wie angeworfen im Sinn gestanden war, dass sein Müeti ja nicht nur neumeds z'Berg war wie früher und irgendwann zurückkäme und ihm ein Rahmmus kochte, sondern säb Mal war es fort auf ebigs, und säb »ebigs« war im Käskeller so grüüli schwarz vor ihm gestanden, dass es dahinter gar nüüt anders mehr gesehen hatte, und für ein Momentli hatte es gemeint, es müsste gad selber auch sterben, so leer war ihm geworden, und je länger es anknete und je mehr im Fass der Nidel diggete und zu Anken wurde, desto fester und verhockter war es in ihm selber geworden, und zuletzt fühlte es sich in ihm numen noch hart und kalt an wie Eis und Stein, und darum wollte es fortan auch lieber hinaus in den Schnee und an der uumäären Stille dort verräblen, als dass es noch einmal allein in den Käskeller stiege.

So hiess es der Vatter den Geissen lugen, die brauchten zwar keinen Gaumer und taten überstelliger, wenn sie gehütet wurden, als wenn man sie sich selbst überliess, aber dafür waren sie weder schwarz noch still, und wenn die Vriinä ihnen Schimpfis gab, gaben sie zurück und püfften sie von hinten, und die Vriinä hatte zu wäffelen und fitzte mit der Rute und war beschäftigt.

Und einmal nach dem Einnachten kam der Fränz von Glarus, und die Vriinä weiblete um ihn herum und hatte ebigs Freud ob dem Besuch und fragte, ob der Fränz auch Kinder heig, und als der Fränz von seinen Buben verzellte, dem Fridli und dem Melk, bettelte sie, dass er sie mit auf Fessis brächte, es well ihnen seine Wildmanndli zeigen und seine Seeli und das Totentuch von seinem Müeti. Dann musste es aber ins Bett, ohne dass der Fränz ettis versprochen hätte, und als es im Schlafgaden verschwunden war, fragte der Vatter den Fränz, ob er wieder in ds Tuets Namen käme, weil Pflänzli verkaufe er dem säben nach wie vor nicht, und der Fränz meinte, dem Tuet ginge zwar tatsächlich immer mehr von seinem Heilkraut aus, doch darum sig er nicht gekommen, sondern weil er den Fessisbauern ettis fragen well. Und also sass der Vatter mit ihm zuechen und losete, was er zu fragen heig.

Er sig drum in der Not und bräuchte Hilfe, fand der Fränz, und ob es stimme, dass der Fessisbauer zaubere. Danach sah ihn der Fessisbauer erst nur stumm an, dann fragte er, wer sertigs meine. Alle, antwortete der Fränz, zänntummen heisse es, er heig an seinem allererssten Tag auf Fessis den Föhn ins Glarnerland gezaubert, und das Mariili heig er danach auch mit Zauberkraft päcklet, und dass sein Veh und seine Milch und sein Käs und sein Heu allesamt die besten im Land wären, sig dängg auch mit nüüt als Zauber oder Tüüfelspakt zu erklären.

Solange er Hände zum Chrampfen heig, sagte darauf der Fessisbauer, sell keiner ihm mit Zauberwar kommen, sertigs wäre für Ranzenplangger und Galgenvögel, ein rechter Bauer käme ohne aus. Und einenweg ligge auf Fessis ein Bann, der alle Zauberei vernüüte, wer es nicht glaube, sell es nur versuchen. Auf Fessis, sagte er dann noch, und dabei stand

44

er schon auf und öffnete dem Fränz die Tür, auf Fessis käme alles Glück und alles Unglück vom Herrgott und von keinem sonst, und asen müsste es auch sein.

Der Fränz hatte ihm zugehört mit Lippen so schmal als wie ein Schnitt in der Haut. »Ds Gotts Namä«, meinte er zuletzt, dann langte er dem Fessisbauern noch die Hand und stieg mit seiner Not wieder durab.

Danach kam keiner mehr auf Fessis, und der Vatter ging auch nicht z'Tal. Erst im Märzen, bald nachdem ds Mariilis Leichentuch verfötzlet war und vom Stecken in ein Gebüsch gewindet, ging das Mehl aus, und danach gab es all Tag nur Käs und Milch und wieder Käs und Milch. Dann war aber auch das Salzfass leer, und endlich band der Vatter zwei Geissen an einen Strick und lief mit ihnen übers Achseli auf Glarus zum sie verkaufen um Salz und Mehl und einen Sack mit Türkengriess. Doch als er zu Glarus durch die Gassen lief und seine Geissen feilbot, hängten die Glarner ihm Schlötterlig an und warfen Dreck nach ihm und Steine, und aus dem Pfutteren und Chiibnen hörte er heraus, dass wenige Tage davor der Fränz an der Pest erfallen war und ds Fränzes Frau mit, und der Doktor Tuet hatte verzellt, säb Unglück wäre geschehen, weil insgeheim der Fränz mit dem auf Fessis geschäftet heig und gesunde Pflänzli verschoben wider das Gesetz, und endlich heig der Fessisbauer den Fränz noch bschissen und seine Seel dem Hörelimaa verkauft.

Der Vatter sagte zu all dem nüüt und zog nur den Grind ein und zerrte seine Geissen weiter, die beeggeten und Schiss hatten und verhöselen wollten, und suchte noch immer einen Käufer für seine Geissen und machte derenweg die Glarner nur immer gälliger, bis ihn vor der Dorfkäserei ein paar schon päcklen wollten und in der Schotte ersäufen. Da kam aber der Bauer Tschudi gelaufen und stand vor den Fessisbauern mit seinen Schultern wie ein Tenntor und rief, ob sie denn alle vergessen hätten, wie due der Fränz gemeinsam mit dem Tuet die Pest im Glarnerland besiegt heig und das Pestweib im Bett angenaglet und ein Held geworden sig. Und wenn er jetzt selber an der Pest erfallen sig, so wäre das gewiss kein Tüüfelsplunder, sondern ds Gotts Namen der Preis für seine Heldentat, und besser würden sie den Fränz ehren, als dass sie ihm und anderen Schlötterlig anhängten. Und wenn z'Trotz einer gute Gründe heig, dem Fessisbauern ettis anzulasten, so sell er seine Gründe aufs Amt tragen und ihn verklagen, aber nicht tun wie ein Börzi, sie wären amel Glarner, und Glarner hätten noch immer Anstand bewiesen.

Danach wäffelete keiner mehr, und es wollte auch keiner aufs Amt. So hiess der Tschudi sie wieder ihrem Tagwerk nachgehen, und den Vatter begleitete er noch ein Stück Wegs zurück auf Fessis.

Als er sich hinter Ennenda verabschieden wollte, meinte der Vatter noch, vielleicht well ja der Tschudi ein Geissli postnen, doch der Tschudi hielt keine Geissen, und geschlachtet hatte er gad. Dafür wollte er wissen, warum der Fessisbauer es stumm gelitten heig, dass die Glarner ihm derenweg Schlötterlig anhängten, und sich nicht gewehrt.

Er heig seiner Lebtig genug boosget, antwortete der Vatter, und trage er an ds Fränzes Tod auch keine Schuld, so heig er ein paar Steine an den Grind dängg schon verdient.

»Dänn isch es öppä wahr, dass ihr a ds Mariilis Tod tschuld sind?«, fragte der Tschudi graduus.

Darauf sah ihn der Vatter erst nachdenklich an, dann meinte er mit einer Stimme wie verlochet, das wüsste er selber gern, ob ds Mariilis Tod seine Schuld wäre oder vielmehr seine Strafe.

Bevor der Tschudi aber nachfragen konnte, meinte der Vatter, seine Kühe hätten übrigens kalberet und der Tschudi wiederum heig seinerzeit Veh von ihm wellen kaufen, itzed verkaufe er.

Doch der Tschudi hatte seit due neben dem Buurnen noch mänges Amt gefasst, er war der Alpvogt auf der Dräckloch Alp und zudem am Gericht und fand kaum Zeit, das Veh zu pflegen, das schon im Stall stand.

»Jä ho«, meinte darum zuletzt der Vatter und müeslete noch einen Gruss und zerrte seine Geissen wieder obsi, über den Schafläger auf Fessis.

Am anderen Morgen weckte er das Vreneli, noch bevor es tagete, und brachte es mit allem Veh fort von Fessis. Als die Sonne aufging, waren sie schon hinter Linthal und bald danach beim Bersiäneli auf dem Urnerboden. Das Bersiäneli wohnte in einem Hüttli, das fast wie eine Höhle war, weil nämlich mit den Jahrhunderten der Berg dem Hüttli rings um die Wände und übers Dach gewachsen war, wie alten Leuten das Fleisch über den Hochzeitsring wächst, und mehr als wie ein eischieres Türli war nicht mehr zu sehen. Als die Vriinä und der Vatter zuechen kamen, hockte das Bersiäneli im Wiesli vor dem Hüttli, es trug ein bunt geschecktes Gwändli und wusch in einer Quelle Lumpen und Papier zu Gold.

Beim Aufstieg hatte der Vatter geschnurret wie lange

nicht mehr und der Vriinä gar mängs vom Bersiäneli verzellt: dass es seit vielen hundert Jahren lebe und darob wohl
alt und älter geworden war, nur sterben mögte es ums Verroden nicht – warum, das wussten wohl nur es selber und
der Herrgott. Bekannt war aber, dass es im Warten auf den
Tod schon dreimal um die Erde geschuhnet war, alle fünf-
hundert Jahre einmal. Dazwischen verhockte es dann amed
für ein Jahrhundert oder zwei auf dem Urnerboden und
chlütterlete ettis, damit die Zeit verrann, und jääblete und
werweisste, wie lange der Herrgott es noch läss auf die Ebigkeit warten. Die ersten tausend Jahre, wie es noch jung war,
plagte es zudem die Langeweile, und zum die Zeit vergüegc-
len, hatte es mit Hexen und Venedigern anbändelet und den
Sennen das Veh auf der Weid vergelstert, und wenn zu Linthal einer noch spät in der Nacht durch die Gassen lief, warf
es ihm Laubsäcke und Schindeln an den Grind, und verlief
sich einer auf den Urnerboden, so zeuslete es ihm mit blos-
sem Aatääpelen alles Gwand vom Leib und hetzte ihn füdlenblutt wieder z'Tal. Erst mit den letzten paar hundert
Jahren dann war das Bersiäneli gmögiger geworden und
mied lieber die Mäntschen, als sie zu plagen, und mängsmal
half es ihnen gar. Und wenn es auch jetzt noch, wann immer
ein Unglück geschah und Mäntschen z'Tod kamen, hiess, säb
heig dängg wieder das Bersiäneli boosget, zeigte der Herrgott doch endlich Verbärmscht und rief dem Bersiäneli vom
Tödi her zu, noch ein alleriletztes Mal sell es ringelsum, danach dürfe es ds Gotts Namen zu ihm in die Ebigkeit. Inzwischen war das Bersiäneli daran, sich für die säbe Reise zu
rüsten, und brach dängg noch im nämlichen Jahrhundert
auf.

Was sie dann aber mit dem Veh dort machten, fragte die Vriinä, die hoffte, sie würden mit dem Bersiäneli rings um die Erde reisen.

Der Vatter sagte aber nichts von reisen, stattdessen meinte er, das Bersiäneli sell sie und die Herde gaumen, derweil er ausser Landes lüffe zum dort ein Kalb verkaufen oder zwei.

Das Gleiche sagte er dann auch am Urnerboden dem Bersiäneli, und das tat nicht eben gfreut und wäffelete den Vatter an, hätte er due das Mariili gebracht, so wäre er jetzt nicht asen in der Not, und dass er mit dem Veh käme, säb gech ja noch, aber es heig will's Gott anderes im Sinn als fremder Leute Goofen gaumen.

Der Vatter wäffelete dann auch und meinte, dafür, dass seinerzeit das Mariili nicht heig zum Bersiäneli wellen, heig es gewiss gute Gründe gehabt, und er well gar nicht wissen, was alles das Bersiäneli dem Mariili eine Kindheit lang eingeschwätzt heig, dass das Mariili darob asen stigelisinnig geworden sig, und tuusigsmal lieber nähmt er das Vreneli mit sich oder gäbt es sonst neumeds in Obhut, aber mitnehmen wäre ds Gotts Namen zu gefährlich, nach dem, was die Glarner ihm gestern an den Grind geworfen hätten, und das Vreneli gaumen täte ihm auch gewiss so glii keiner.

»So?«, meinte darauf das Bersiäneli nur und wusch weiter Gold, als wären sie nicht da, und legte es auf dem Bödeli aus, damit es an der Sonne trockne, und erst einen rechten Weil später meinte es, wenn es das Vreneli sell gaumen, täge das Meitli bei ihm aber auch Sachen lernen.

»Sell's«, sagte der Vatter knödig, »solang's nüd uuglüggli wird derbii.«

Das Unglück hange nicht davon ab, was eines lerne, sondern was es damit angattige, gab das Bersiäneli noch knödiger zurück und meinte, der Vatter wüsste sehr wohl, dass ds Mariilis Unglück nicht vom Zauberen gerührt heig, das Mariili heig sein Unglück schon mit sich auf den Urnerboden gebracht.

»Sig's wes well«, sagte der Vatter, und dann hiess er die Vriinä ja dem Bersiäneli losen und nahm zwei der Kälber und zwei Geissen an den Strick und stieg mit ihnen z'Tal.

Das Vreneli hatte dem Gstrütt mit grossen Augen zugehört, und als sie allein waren und das Bersiäneli meinte, es wäre dängg hungrig nach dem Aufstieg und ob sie ins Hüttli wollten ettis gogen haberen, sagte das Vreneli als Erstes, sein Müeti wäre im Fall gar nicht unglücklich gewesen, sie hätten es sehr schön gehabt auf Fessis, und darum wäre es auch due im Winter bei ihnen geblieben und nicht fort zum Bersiäneli, und auch jetzt wäre es nämlich nicht fort auf ebig, es heig nur als Hummeli sein Mäntsch nümmen gefunden und müssen neumeds unterschlüüfen vor dem Schnee und vor der Kälte, aber im Sommer, wenn auch die anderen Hummeli wieder flögen, käme es wieder heim.

Und das Bersiäneli stand auf den Stock gestützt und musterte das verrupfte Meitli mit seinen Augen wie Bergseeli und seinem Ghürsch von füürzündrotem Haar und seiner Schnudernase und wartete, bis die Vriinä ausgeredet hatte, dann schlarpfte es z'chüüchetsen und z'triissetsen dem Hüttli zu und murmelte ettis vom cheiben Gsüchter, der es plage. Und weil der Berg auch über die Fenster vom Hüttli gewachsen war, hiess es das Vreneli vom Gold mitnehmen, damit es ihnen im Dunkeln leuchte.

So leer ds Vrenelis Hüttli auf Fessis war mit nüüt als der War zum Käsen und Schemel und Tisch und Beggeli und Biner und Löffel und einem Brotkasten, so pläpplet voll war es beim Bersiäneli. Das hatte alle Wände voll mit Gestellen und Kästen und Züügs wie Wurzeln und geglätteten Chrotten und mit Heiligenscheinen just wie auf den Helgeli in der Kirche, nur noch ohne einen Heiligen darin. Und wo nichts hing, waren die Wände vollgeschrieben in einer Schrift, die aussah wie die Äderli auf einem Kuheuter oder wie wenn die Geissen im Salatbeet gewesen waren, und nicht einen Brotkasten hatte es im Hüttli, sondern zwei, und statt der Schemel hatte es echte richtige Bärengrinden, und lebige Vögel hatte es, tätschbunte, und Rättli, die liefen auf den Hinteren wie Mäntschen und trugen Hösli, und Grillen hockten auf schwarzen Büchern, von denen es eine Uuschwetti gab, und musigeten, und die schwarzen Bücher wiederum hockten feist und verbogen und gmögig auf den Borten, so als wären auch sie noch lebig und würden, well eines in ihnen schneuggen, sich ein Pfiifli anzünden und gad selber anfangen verzellen. Und der Tisch war wie unter einem Gletscher gefangen, es war aber kein Eis, sondern Wachs von dängg tuusigs abgebrannten Kerzli, und als das Bersiäneli dem Vreneli ein Beggeli mit warmer Milch hinstellte, schloff das Beggeli nadisnah in das Wachs hinein, so wie das Vreneli z'Nacht unterschloff, und erst wagte es gar nicht zu trinken, weil es dachte, am End würde es damit das Beggeli wieder wecken. Dafür ass es vom Kuchen mehr als einmal und ass überhaupt das erste Mal seiner Lebtig einen Kuchen und fand ihn eine ebige Güeti, und überhaupt war es beim Bersiäneli viel schöner als daheim. Und während das Vreneli ass, sprang es immer wieder auf und vom Einten zum Nächsten und fragte das Bersiäneli Löcher in den Ranzen. Und zeinersmal war es schon Abend geworden, und es pöpperlete im einten Brotkasten, und das Bersiäneli sagte, der Brotkasten, das wäre den armen Seelen ihrer, die müssten auch gespiesen sein, und nahm den übrigen Kuchen und tat ihn hinein.

Weil aber das Vreneli auch wieder Hunger hatte, stellte das Bersiäneli sich endlich an den Herd und rief seinen Tierli, die sprangen dann rings um das Bersiäneli und auf dem Herd umher, und eines langte dem Bersiäneli das Salzfass und das andere die Kochkelle und das dritte ein Sieb zum das Mehl sieblen, und nur das vierte wartete mit leeren Pfötli, und das Vreneli meinte schon, das sig dängg einfach ein fauler Chogen, aber als das Bersiäneli sagte: »Hans-Chaschperli, chotz mer Schmalz«, da speuzte säb Tierli ihm tatsächlich Schmalz in die Pfanne, und reichlich, und darin sott das Bersiäneli einen Fänz, den assen alle mitenand, auch die Tierli. Und als der Fänz gegessen war, gingen sie noch einmal vor das Hüttli zum das Gold einsammeln, und weil es schon Nacht war, funkelte es ebigs, unten das Gold und oben die Sterne, und das Vreneli durfte das Gold in einen Laubsack sammeln und war dabei ganz still, weil das Gold so fürnehm leuchtete, und dachte nur still bei sich, hoffentlich käme der Vatter nicht zu bald wieder.

Und erst als sie danach im Heu lagen, das Vreneli auf der einten Seite vom Tisch und das Bersiäneli mit seinen Tierli auf der anderen, hatte es einen bitz Heimweh und fragte, wo jetzt der Vatter wäre, und das Bersiäneli meinte, der wäre dängg über die Widersteiner Furggel ins Sanktgallische zum dort märten, und als das Vreneli fragte, ob sein Müeti jetzt auch in einem Brotkasten verhocke oder ob es bei den Hummeli anders wäre, studierte das Bersiäneli erst einen bitz, bevor es meinte, wahrscheinlich wäre das Mariili schon lang ab der Welt und in der Ebigkeit, und im Brotkasten würden mehr die Seelen verhocken, die im Leben wüst getan hätten und darum noch nicht zum Herrgott dürften. Und als das Vreneli wissen wollte, ob es in der Ebigkeit auch ordeli warm und hell und schön wäre, antwortete das Bersiäneli, genau wüsste es das selber nicht, aber es well doch meinen, in der Ebigkeit wäre es z'Tag warm und hell und z'Nacht warm und dunkel und aber immer schön.

Dann hiess das Bersiäneli die Vriinä schlafen, und die Vriinä versuchte es, aber dann musste sie doch noch fragen: »Dert i dr Ebigkeit wärisch du selber au geerä, gell?«

Und das Bersiäneli hockte vertwundert auf und meinte, ja beim Eid, dort wäre es schon gern – aber jetzt wäre es halt hier und heig dafür das Vreneli zu Besuch, und asen passe es ihm gad auch.

Die Vriinä füchslet und lernt zaubern

Am anderen Morgen wollte das Vreneli mehr über sein Müeti hören, und so hockte das Bersiäneli nach dem Melken mit ihm aufs Bödeli, das rings ums Quelleli schon aaper und grün war wie im schönsten Frühling, derweil rings auf dem Urnerboden und bis ins Tal durab noch alles tief verschneit war, und hiess das Vreneli fragen und gab ihm Antwort. Und derenweg erfuhr das Vreneli, dass das Mariili schon als Meitli oft ab war von daheim, due wohnte es bei ds Leglers, und z'Berg war und auf einem Stein verhockte und dann so sehr ins Traumen geriet, dass es fast nümmen zu sich zurückfand. So überraschten es aber mängsmal die Jäger oder fahrende Gesellen und wollten es päcklen und abschmüselen, und in seiner Vergelstereten wusste es nicht wie sich wehren und wäre endlich um ein Haar z'Tod geschmüselet worden. Weil es due aber auf dem Urnerboden hockte, kam das Bersiäneli vorbei und konnte den Jäger gad noch päcklen und mit einem Tschutt in den Ranzen vertreiben, und danach half es dem Mariili finden, was es schon lange in sich spürte, dass es nämlich ein Hummeli in sich trug, welches so ebigs nach dem Fliegen plangete. Und danach brachte es ihm auch bei, wie es das Hummeli fliegen läss und wie das Hummeli den Weg zurück fände wieder ins Mariili hinein, und von den neunundneunzigmal neunundneunzig Schnaufern erzählte

54

es ihm, nach denen spätestens das Hummeli zurück sein musste und dem Mariili wieder ins Maul geschloffen, wenn das Mariili nicht tot well ab dem Stängeli keien. Und weil das Bersiäneli das Mariili geheissen hatte, es sell fortan nur noch rings um den Urnerboden verhocken, wo es darüber wachen konnte, dass kein Jäger ihm mehr wüst well, kam das Mariili danach fast alle Tage zu den Wasserfällen und flog zwischen dem Berglistüüber und dem Ölstüüber und dem Hellstüüber und dem Fall und liess sich durch die Winde tragen, und wenn die Sonne nidsi kam und tuusigs Farben ins Stüüben zauberte, troolete das Hummeli durch säbe tuusigs Farben und war am Schluss wie besoffen, und wenn das Hummeli wieder zurück in ds Mariilis Mäntsch geschloffen war, kam das Mariili noch zum Hüttli und hockte zum Bersiäneli und seinen Tierli auf eine warme Milch und ettis Znacht, und dabei meinte es oft, abgestochen wie das Bersiäneli well es später auch leben, frei in der Wildi mit nüüt als einem eischieren Hüttli und einem Stüüber und gwandeten Tierli und Kuchen zum Znacht.

Als das Bersiäneli der Vriinä bis hierhin verzellt hatte, war auch bei ihnen der Tag vorbei und wieder Zeit zum Melken, und die Tierli hatten den Znacht gereiset, und nach dem Melken und dem Znacht war die Vriinä vom vielen Losen und Fragen so müde, dass sie einschlief, bevor sie überhaupt richtig abgelegen war.

Am anderen Tag wollte das Vreneli dann selber fliegen wie ein Hummeli. Doch das Bersiäneli sagte, das mit dem Hummeli sig so eine Sach, nicht jeder heig ein Hummeli als Seel. Das hatte der Vatter ja auch schon gesagt gehabt, und als das Vreneli wieder meinte, wenn es kein Hummeli sein dürfe, wäre es ebenso gern ein Füchsli, fand das Bersiäneli, säb könne sehr wohl sein, dass das Vreneli eine Füchsliseel heig, und wollte es herausfinden und lachte z'hürchletsen, als das Vreneli meinte, es heig aber vielleicht ein zu kleines Maul, als dass ein Füchsli darin könnte ein und aus gehen. Nur die Mäntschen mit den kleinen Seelen müssten sie aus dem Körper fahren lassen, erklärte es dem Vreneli, die mit den grösseren Seelen würden sich gad ganz in säb Tierli verwandeln, und das Gute daran wäre, dass sie sich darum nicht nach neunundneunzigmal neunundneunzig Schnaufern zurückverwandeln müssten, sondern in ihrer Tierseele ummenand schuhnen dürften, solange sie nur wollten.

Danach hiess es die Vriinä über den Urnerboden füchslen und rief sie nach einem Weil zurück und meinte, es gsäch ganz aus, als heig sie in der Tat eine Füchsliseel, und so müsste sie jetzt numen noch ordeli üben, dann wüsste bald keiner mehr zu sagen, ob da ein echtes Füchsli ummenpurre oder ein Mäntsch mit einer Füchsliseel. Die Vriinä zog erst einen Lätsch, üben tönte nach Chrampf, doch das Bersiäneli sagte, das Füchslen wäre ds Gotts Namen wie Auf-den-Händen-Laufen oder Zweistimmig-Pfeifen oder Mit-den-Ohren-Gwagglen, ganz ohne Begabung könne das keiner lernen, aber eine Begabung allein lange auch nicht. Und das Üben war dann auch nichts Schlimmes, die Vriinä musste nur alle Tage nach dem Melken durch das Gjätt segglen, als wäre sie ein Füchsli, ganz wie sie schon auf Fessis amed durch das Gjätt gesegglet war, und bis der Frühling rings die oberen Stafel erreicht hatte, sah das Bersiäneli in der Tat nur noch ein Füchsli über den Urnerboden pfurren, und die Vriinä selber fühlte sich ganz gschpässig gleitig und meinte, so als Füchsli könne sie ebigs weit laufen, ohne den kleinsten bitz müd zu werden, und eines Tages well sie derenweg einmal um die ganze Welt wie das Bersiäneli.

Dazwischen war auch der Vatter einmal auf den Urnerboden gekommen und hatte verzellt, er heig bis weit ins Sanktgallische müssen laufen zum das Veh verkaufen, aber jetzt heig er es glücklich verkauft und gech wieder auf Fessis, und wollte das Vreneli mit sich nehmen. Das wollte aber viel lieber noch beim Bersiäneli bleiben, zumal der Vatter auf seiner Reise nicht fröhlicher geworden war, und das Bersiäneli sagte gar, das Possli wäre ihm dann keine Last, und da fand auch der Vatter, welenweg wäre das Vreneli beim Bersiäneli sicherer als bei ihm auf Fessis, und nahm, als er wieder z'Tal stieg, nur die Herde mit sich und sagte, er käme dann später im Frühling nochmals zum die Vriinä holen.

Danach wurde es aber Sommer, ohne dass der Vatter gekommen wäre, und die Vriinä segglete als Füchsli über alle Berge und jagte zum Gschpass die Wildmanndli am Märcherstöckli und half dem Bersiäneli Gold waschen für seine Reise und Pflänzli günnen für die Reiseapotheke und hatte ob fast allem ein Glächt.

Aber dann kamen mit dem Sommer auch die Hummeli z'Alp, und es waren alles nur gewöhnliche, fremde Hummeli und kein Mariili dabei, und die Vriinä wurde mit jedem Tag tuuchter und behauptete nümmen, dass ihr Müeti wiederkäme, und behauptete überhaupt nüüt mehr, sondern sah nur still einem jeden Hummeli entgegen, das goldig und pelzig über den Urnerboden gesurret kam, und plangete, ob es sie wohl erkenne, und hatte glänzig nasse Augen, sobald das Hummeli an ihr vorbei gesurret war, ganz ohne sie zu kennen, und füchslete wie blind neumeds das Bort hinauf und blieb dort bis zum Abend versteckt.

Dann fragte sie aber einmal, als sie schon z'Nacht im Heu lagen und nur noch brandschwarze Nacht ringsum war mit einem Muckensäckli Goldglanz an der Decke, der aus dem Sack mit ds Bersiänelis Reisegold kam, wegenwerum ihr Müeti überhaupt mit dem Vatter auf Fessis gegangen sig, wenn es doch am liebsten beim Bersiäneli geblieben wäre seiner Lebtig, und ob das Bersiäneli es am End verjagt heig. Und das Bersiäneli verzellte, dass es im Gegenteil das Mariili eingeladen heig, von ds Leglers fort und zu ihm zu züglen. Weil kaum etter im Glarnerland noch das Zaubern und das Bannen und die anderen Künste verstand, wollte es dem Mariili das Zaubern beibringen, fast als wäre das Mariili die eigete Tochter.

»Und hett's dänn au ds Zauberä glernet?«, fragte das Vreneli aufgeregt.

Da zögerte das Bersiäneli erst, als müsste es studieren, was es well verraten und was nicht, und meinte endlich, nein, das Mariili heig das Zaubern nie gelernt, sondern gemeint, es müsste die ganze Sach noch überdenken, und danach war nüüt mehr gewesen wie dervor. Das Mariili kam zeinersmal numen noch selten und liess sein Hummeli lieber wieder andernorts fliegen, den Jägern und den Wandergesellen z'Trotz, und wann immer das Bersiäneli fragte, ob es sich afed entschieden hätte, gab das Mariili zur Antwort, es sig die Sach noch am Überdenken.

»Was hett's dänn so ebigs müessä überdänggä?«, fragte das Vreneli verwundert, und das Bersiäneli zögerte wieder und meinte dann nur, das wüsste es auch gern, weil recht angegattigt wäre das Zaubern nämlich eine gfreute Sach.

»Aso ich tät's grüüli geerä lernä!«, rief das Vreneli und wollte am liebsten gleich damit anfangen.

Es sell erst eine Nacht lang darüber studieren, meinte jedoch das Bersiäneli, und wenn es anderntags noch immer well, so wollten sie ettis probieren.

In säber Nacht schlief die Vriinä noch lange nicht, und als sie am Morgen vertwachte, rief sie als Erstes, sie well im Fall noch immer lernen zaubern, und danach zaubere sie eine Welt, in der nie niemert müsste sterben und in der alles immer blübe, wie es war!

Was das Bersiäneli ihr in den Tagen darauf beibrachte, waren allerdings nur Zauber zum das Heu verraumen und zum es regnen lassen und zum anknen und käsen und die Kühe melken, und selbst da geschah nüüt Bsunderigs, wie sehr die Vriinä sich auch bemühte. Bis endlich am fünften Tag das Bersiäneli meinte, heute würden sie erstmals so richtig echt zaubern, und zwar ein Wölkli. Dazu sollte aber das Vreneli den roten Bändel abtun, den es trug, seit es geboren war, und das Vreneli gschaute erst ebigs vertwundert den Bändel, weil es ihn derenweg gewohnt war, dass es ihn ganz vergessen hatte, aber dann meinte es, ganz sicher nicht täg es den Bändel ab, den heig ihm due sein Müeti umgetan, und lieber well es überhaupt nicht zaubern.

Den roten Bändel kenne es wohl, sagte darauf das Bersiäneli, es selber heig ihn einst dem Mariili geschenkt, dass es geschützt wäre vor fremdem Zauber. Das nämlich war das Besondere an dem Bändel, dass er keinen Zauber herein liess ausser vom säben Mäntschen, der einem den Bändel umgetan hatte. Aber er liess eben auch keinen Zauber hinaus, und darum musste ihn ds Gotts Namen abtun, wer zaubern wollte.

Und so nestelte das Vreneli endlich den Bändel doch ab und sagte das Sprüchli, das es gelernt hatte zum ein Wölkli zaubern, und gleich sott das Quelleli vor ds Bersiänelis Hüttli, und es dampfte wie winters beim Wäsche-Aussieden, und schon hockte ein chäches kleines Wölkli auf dem Wasser und tat erst rein gar nüüt ausser ranzenplanggen, und dann päcklete es zeinersmal die Strömung und nahm es mit durab quer übers Bödeli und durch die Rafauslen und Königskerzen und Gliisseli, die dem Bächli nach blühten, und immer gschwinder trieb das Wölkli und löste sich endlich vom Bächli und kam über dem Wiesli ins Schweben und gwagglete ebigs fürnehm auf und nidsi, als wüsste es nicht, dass es nur ein nüüteligs Wölkli war, und hielte sich für ein rundes, gmögigs Schiffli, und dann wurde es immer dünner und länger und war endlich numen noch ein Schlirgg im Blauen und zuletzt ganz und gar verrochen.

Die Vriinä wollte erst gar nicht glauben, dass sie säb Wölkli gemacht heig, aber als das Bersiäneli sie das Sprüchlein nochmals hersagen hiess, wuchs aus dem Quelleli ein zweites, abgestochen gleiches Wölkli, und danach konnte die Vriinä mit nur je einem Sprüchli und ettis Gugus dem Bersiäneli seine Chueli melken und die Milch verkäsen und das Schlafheu verraumen und dem Bersiäneli seine zwei Säuli füttern und den Zmittag reisen. Sogar das Einschlafen konnte sie herbeizaubern, zmittst am Tag, nur danach beim Wieder-Vertwachen musste ihr das Bersiäneli helfen.

Nach dem Zmittag zauberte die Vriinä dann ein währschaftes Wetter herbei und wieder süttige Sonne und eine kleine Hungersnot und eine Überschwemmung, und erst als sie zaubern wollte, die Chueli würden Sauen und die Sauen Würste, und das Bersiäneli mit seinen Tierli und der Vatter und die Vriinä selber würden Sterne am Himmel, und das Mariili käme zurück, da meinte das Bersiäneli, sertige Zauber kenne sie nicht, und wenn es sie gebe, zum Buurnen nützten sie nichts, und also bräuchte die Vriinä sie auch nicht zu lernen.

Da fing die Vriinä aber an flamänderen und meinte, für numen zum Heuen und Anknen heig sie sicher nicht zaubern gelernt, das heig sie schon ohne Zauber gekonnt, und wenn sie schon nicht ihr Müeti könne wieder auf die Alp zaubern, so well sie zum mindesten Sachen zaubern, die es davor nicht gegeben heig, ein Schloss aus numen Eis zum Beispiel, oder einen Chriesibaum, von dem die Chinden essen könnten, so viel sie wollten, ohne dass sie davon das Ranzenpfeifen überkämen, oder dass sie wieder an die säben Orte fliegen könne, an die sie amed z'Nacht mit ihrem Müeti geflogen war, ins Welsche und ans Meer und zum Tanz auf den Berg.

Und das Bersiäneli lachte erst wieder und hürchlete, und dann meinte sie, asen zu zaubern wäre drum die höchste Kunst, und wenn die Vriinä sertigs well zaubern, heig sie sich viel vorgenommen. Unmöglich wäre es nicht, allerdings gech es mit dem Zaubern wie sonst im Leben auch, erst müsste die Vriinä beweisen, dass sie es wert sig, sertigs zu zaubern, und säb hiesse vor allem anderen, sie müsste bescheiden sein und zufrieden mit dem wenigen, das sie bislang gelernt heig, und zudem müsste sie beweisen, dass sie ein gutes Mäntsch sig und ihre Zaubermacht nicht missbrauche, dann erst dürfe sie mehr lernen.

»Und wänn isch das?«, fragte die Vriinä misstrauisch. In zehn oder zwanzig Jahren wäre sie wohl reif für einen neuen Zauber, antwortete das Bersiäneli, danach käme alle zehn Jahre ettis mehr dazu, und so mit hunderti hätte sie dängg ausgelernt.

»Mit hunderti?«, rief die Vriinä und zog erst einen Lätsch, dann lugte sie jedoch gad wieder wie ein Engeli und meinte, ganz sicher wäre sie allzeit ein gutes Mäntsch, das Bersiäneli könne ring eine Ausnahme machen und ihr schon itzed alles lernen.

Da wurde das Bersiäneli aber plötzlich gällig und sirachte, was ein verwöhnter Goof sie sig, und just ihr Zwängelen beweise, dass sie nicht reif sig für gefährlichere Zauber. Und die Vriinä verschrak erst und wäffelete gleich darauf zurück, wenn es nicht gschwinder gech mit säben Zaubern, so sige ihr das alles der Mühe nicht wert, und kein Wunder, heig due ihr Müeti nicht beim Bersiäneli wellen lernen.

Danach neuslete das Bersiäneli ettis am Herd und sagte nichts mehr, bis es geruhiget hatte, dann aber meinte es, die erste Stufe heig die Vriinä ja bestanden, und wenn sie fortan mit Anstand zaubere, könne sie in zehn Jahren noch immer entscheiden, ob sie well fortlernen oder nicht.

Anderntags wollte das Bersiäneli mehr davon hören, wie das Mariili sie in den Nächten auf Reisen genommen heig, und als die Vriinä berichtet hatte, erklärte das Bersiäneli, die Reisen wären kein Zauber gewesen, sondern sie wären als Schrättli gereist, dazu bräuchte es keine Kunst. Sich in ein Schrättli zu verwandeln, wäre eine Begabung wie das Füchslen, gewisse Leute hätten sie und andere nicht. Die Wissenschaft heig noch ein Gstrütt darum, ob numen Mäntschen mit einer Tierseele des Nachts als Schrättli reisen könnten oder auch Mäntschen mit einer baren Seele, aber säb musste die Vriinä nicht kümmern. Viel wichtiger war ihr, dass das Bersiäneli versprach, ganz sicher würde sie wieder als Schrättli reisen. Sie musste nur genug nach einem Mäntsch oder auch einem Plätzli plangen, säb Plangen selber nämlich würde sie dann dorthin züchen, und danach wäre sie mit ihren Gefühlen und ihrem Verstand und auch dem halben Körper dort. Die eine Hälfte blübe drum daheim, das Warme und das Fleischige, auf Reisen ginge nur ein durchscheinendes Ettis, das für die Mäntschen zwar zum Anlangen wäre, nur meistens kalt und wie tot, eben das Schrättli.

Dann könne es sein Müeti gogen besuchen, rief das Vreneli begeistert, weil nach ihm plangen täg es gewiss mehr als genug, und schon in der nächsten Nacht wollte es zu ihm fliegen. Das Bersiäneli meinte wohl, kein Schrättli läss es sich befehlen, zu wem es z'Nacht zu fliegen heig, auch nicht von seinem eigeten Mäntsch. Aber die Vriinä war ganz sicher, ihr Schrättli well so ebigs gern dem Müeti nach wie sie und wüsste nur nicht, wohin säb geflogen war. Und zeinersmal hatte sie die Idee, ds Bersiänelis Bücher wüssten Bescheid, wo es zur Ebigkeit ging und wie sie aussah, und wollte wissen, was sie machen müsste, dass sie ihr Pfiifli anzündeten und anfingen verzellen, und als das Bersiäneli nur lachte und meinte, die säben Bücher wären Bücher wie andere auch und die Vriinä müsste sie schon lesen, da hockte die Vriinä ds Gotts Namen an den Tisch und hiess das Bersiäneli ihr lernen lesen.

Das Gletscherli

In den folgenden Wochen lernte die Vriinä lesen und schreiben, erst beim Bersiäneli, das ihr die Buchstaben zeigte, dann auch beim Hans-Chaschperli, der ihr ein Wort ums andere auf eine Tafel schrieb, und die Vriinä lernte danach das Wort lesen und schrieb es ab. Und als der Altweibersommer da war und ds Bersiänelis Tierli Spinnwebfäden aus der Luft fingen zum sich daraus Socken lismen, da konnte das Vreneli schon richtig in den Büchern lesen. Es fand aber in keinem geschrieben, wohin ein goldigs Hummeli flog, wenn es winters nicht in sein Mäntsch zurückkonnte, und chiibnete endlich mit dem Bersiäneli und mit den Tierli, dass keines ihm beizeiten gesagt heig, dass es das Lesen ganz vergebis lerne. Und als der Hans-Chaschperli meinte, es heig doch aber erst in zwei oder drei Büchern gelesen, und auf den Gestellen im Hüttli stünden noch deren tuusige, da fand es z'Trotz, es heig das stigelisinnige Lesen jetzt schon überoben, und überhaupt lerne es beim Bersiäneli nur Züügs, das wäre für nüüt zu gebrauchen, ausser vielleicht dem Füchslen, und es vertäg seine Zeit. Und dann stand es auch gad auf und lief aus dem Hüttli und beinlete z'grindeletsen heimzu.

Auf Fessis war aber nichts mehr wie früher. Der Vatter hatte die Zäune, die im letzten Winter der Schnee gelitzt hatte, noch immer nicht aufgerichtet und auch die verkeiten

Mürli nicht wieder geschichtet und schiints all Sommer keine Weiden abgeschönt und keinen Kuhdreck vom Bödeli geschaufelt und nicht gemistet und an den Planggen nicht geheut und keine Wege ausgebessert und kein Brückli geflickt. Numen den Geissen und Kühen lugte er, aber schon käsen tat er nümmen, stattdessen leerte er die gemolkene Milch den Sauen in den Trog und hockte gleich wieder stumm vor dem Hüttli mit dem erkalteten Pfiifli im Maul und sah zu, wie nadisnah der Wald den Hang obsi chräsmete und Bödeli und Hüttli überwucherte.

Selbst als die Vriinä stolz das Bändeli abnahm und meinte, jetzt müsste er lugen, sie heig nämlich das Zaubern gelernt und würde ihm im Hui die Alp abschönen, wäffelete er nur, dass die Mueter ihr säb Bändeli nicht umgetan heig, dass sie es leichtfertig wieder abzüche, und als die Vriinä gad wieder ins Grindelen kam und z'Trotz fortzaubern wollte, sah er ebigs zu, wie sie sich abmühte und ihre Sprüchli abenschnetzlete, bis sie ins Schwitzen kam, ohne dass nur der kleinste Zauber geschah, und erst als sie anfing stämpflen und das Brieggen zuvorderst hatte und meinte, das könne nicht sein, dass sie nicht einmal den kleinsten Zauber möge angattigen, erklärte er endlich, es heig halt einen Bann auf Fessis, der alles Zauberen vernüüte. Aber er well einenweg nicht, dass sie die verlotterete Alp wieder herrichte, am besten gech sie wieder zum Bersiäneli und läss ihn auf seinem Bänkli hocken, bis dass der Herrgott sich seiner erbarme.

Da fing das Vreneli aber an pfutteren und fand, es sig im Fall hier auch daheim, nicht numen er, und fing an misten und das Bödeli abschönen, und danach ging es ins Hüttli und reisete den Znacht.

Weil aber der Vatter dennoch nur stumm vor dem Hüttli verhockte, stieg die Vriinä endlich obsi zu ihren Fessisseeli, die hoch über allem lagen wie stets und so ebigs tief leuchteten, als wären sie der Himmel selber, und dorthin kam sie fortan alle Tage und spielte, die Seeli wären ihre Wohnung, und schönte rings das Bödeli ab und figlete die Steine. Und dann fand sie beim Baden gar ein Knöspli von einem Pflänzli, das vielleicht ein Seerösli war, und baute um das Seerösli einen Hag zmittst im See, damit es auch ja käme, und als endlich überall abgeschönt und alles pützlet war und nichts mehr zu tun, lag sie nur noch im See wie eine Herrschaft im Bad und schupfte Welleli ans andere Ufer und sah, wie die Sonne durch die Welleli ins Wasser prätschte und Welleli aus Licht auf ihre Haut warf, und fand sich asen das schönste Meitli überhaupt. Dann sah sie übers Tal und auf den Selbsanft und den Tödi und den Clariden und den Gemsfairen und den Bös Fulen und endlich den Glärnisch mit seinem ebigs langen Grat, und als sie sah, dass auch die Berge waren wie uumäre eisige Welleli, da wusste sie zeinersmal ganz bestimmt, dass ihre Welleli weitergewandert waren über das Ufer vom Fessisseeli hinaus in die Berge und weiterwandern würden über die ganze Welt, und so war sie nicht nur die Schönste, sondern auch die Mitte von allem, und das war fast noch schöner, als wäre sie selber um die Welt gereist, und am liebsten wäre sie ebigs so zmittst in der Welt gelegen und hätte ranzenplangget.

Sogar als einst zwei Wetterhexli vorbeikamen, das eine vom Wiiss Chamm her, das andere vom Schwarz Stöckli, die unterwegs waren zu einem Hexentreffen im Bündnerland und sich zufällig an den Fessisseeli getroffen hatten und vor dem Vreneli preesneten, was wunders sie für Hexli wären, und das erste Hexli schwang eine Haspel und trüllete sie und machte asen den Föhn blasen, und das zweite spann auf einem Spinnrad und machte asen gar Hagel, worauf das erste wiederum meinte, säb könne es dann auch, und sich im Kreis schwang und die Rockschösse fliegen liess, und wirklich haglete es unter den Rockschössen hervor, da meinte die Vriinä zwar noch, all säb könne sie auch, doch als die Hexli es sehen wollten und gar versprachen, sie nähmen die Vriinä dafür zu ihrem Hexentreffen mit, waren ihr die Ruhe und das Ranzenplanggen doch zu lieb, und lieber meinte sie, sie heig gad leider ihren zauberfreien Tag, und liess sich von den Hexli verlachen und blieb allein mit ihrem Seerösli zurück.

Danach war es an den Fessisseeli zeinersmal grüüli still, und die Vriinä hatte ebigs Freude, als endlich ein Gesell auf Wanderschaft aus dem Sanktgallischen geloffen kam, derweil sie am Bädelen war, und wollte mit ihm schnurren und fragte, wo er schon überall gewesen wäre und was er auf der Fahrt alles angetroffen heig. Aber der Wandergesell schnurrete kein Wort, der gaffte nur nach dem Vreneli und rupfte sich zeismal alles Gwand ab dem Leib und stieg zum Vreneli ins Bad und wollte mit ihm schmüselen und vertrampte dabei gar noch dem Seerösli den Hag, und um ein Haar hätte die Vriinä ds Müetis Bändel abgetan und ihm Blitz und Hagel um die Ohren gezaubert. Dann musste sie dem Galöri aber nur gad einen einzigen Gingg in den Ranzen geben, schon liess er einen Geuss und stieg aus dem See und verhöselete und stürchlete in seinem Pressant noch gar und troolete ins Tobel vom Hellbach.

Danach blieb die Vriinä aber tuucht und dachte, wie schön es gewesen wäre, hätte er von seiner Fahrt verzellt, und studierte lange, was sie wohl falsch gemacht hatte, dass der Gesell so gar nüüt hatte wellen verzellen. Und weil im säben Sommer kaum ein Wildmanndli sich zeigte – auch Munggen und Summervögel hatte es viel weniger als in anderen Jahren –, so erfand die Vriinä sich gegen die Stille endlich ein Gschpändli, mit dem sie schnurrete, ein Meitli wie sie selber, nur wiederum ganz anders, eines, das haushalten konnte und büetzen und zünftig werken. Mit dem stritt sie dann ebigs, wer das schönere Leben heig, und natürlich hatte die Vriinä das schönere Leben, aber z'Trotz war sie mängsmal dem anderen Meitli verguuschtig und tat, als wäre das andere Meitli gar nicht da, nur zum es plagen, und pläuderlete stattdessen mit dem Seerösli. Nur leider war das Seerösli wie teigged geblieben, nachdem der Sanktgaller Galöri es vertrampet hatte, und wollte nie blühen und wurde nur erst grau und dann braun und versoff endlich im Seeli, und danach schimpfte das andere Meitli mit der Vriinä und meinte, sie hätte ihm halt besser müssen lugen und einen höheren Hag bauen, und danach chifleten sie bis in den Abend, und zuletzt war die Vriinä gällig und tuucht gad beides und glaubte schon selber, dass sie allein die Schuld daran trug, dass säb Seerösli nie hatte mögen blühen.

Und wenn dann noch die Sonne hinter dem Glärnisch versank und die Gletscher an der Glärnischflanke ebigs leer und verlassen im Schatten lagen, und ganz besonders ein kleiner nüüteliger Firn, der unter dem Grat lag und noch lange wie sehnsüchtig über das finstere Tal hinweg zum Vreneli sah, musste es laut pfnuuzgen und gschaute mit nassen Augen seinerseits säb Gletscherli und sah zu, wie es nadisnah in der schwarzen Nacht verschwand. Erst dann durfte es zum Hüttli absteigen und in den Schlafgaden schlüüfen, und manchmal stieg es auch überhaupt nicht ab und schlief gad neben seinen Fessisseeli. Und einmal konnte es vor Trüürigi nicht einmal mehr schlafen, sondern lag wach bis wieder zum ersten Licht und plangete nach säbem Gletscherli und stand noch vor dem ersten Sonnenstrahl auf und lief zum Urnerboden zum das Bersiäneli fragen, was wunders der säb Firn heig, dass ihm vom blossen Lugen fast das Herz verspringen müsste, und ob am End just dort die Ebigkeit begann.

Das Bersiäneli sass eben mit seinen Tierli beim Zmorged und rief, kaum trat die Vriinä in die Tür, das well es dann bisseguet kein zweites Mal, dass sie so einfach verlüffe ohne jeden Bescheid, sonst wäre sie die längste Zeit Gast auf dem Urnerboden gewesen. Und ehe die Vriinä antworten konnte, hiess das Bersiäneli sie zuechen hocken und mittun, und erst wollte die Vriinä grindelen, aber dann sah sie auf dem Tisch den Fänz und den Nidel und den Holderensaft, und zu Fessis gab es nur all Tag grabes Brot und Milch, und so hockte sie ab und haberete, und bis sie fertig ghaberet hatte, hatte sie ganz vergessen, dass das Bersiäneli ihr geschumpfen hatte und sie eigentlich grindelen müsste, und fragte graduus nach dem Gletscher am Glärnisch und wegen der Ebigkeit.

Und das Bersiäneli verzellte ihr, dass als es seinerzeit dem Mariili den roten Bändel umgetan hatte zum es vor fremdem Zauber schützen, dass due das Mariili den Bändel bald wieder abgetan und ihn einem Gämsi umgetan hatte, von dem es behauptete, es wäre seine neue Freundin und besser als wie ein jedes Mäntsch. Und das Bersiäneli hatte zwar pfutteret und gemeint, sertige Bändeli wären eine rare Sach und viel zu wertvoll zum sie einem Gämsi umtun, und es heig dem Mariili den Bändel geschenkt, weil es ihm wertvoll wäre und es ds Mariilis Leben well beschützen, aber das Mariili hatte zurückgezündet und gemeint, säb Gämsi wäre ihm im Fall auch wertvoll, sogar noch wertvoller, als es sich selber wertvoll wäre, und erstens dürfe es darum sehr wohl dem Gämsi seinen Bändel umtun, und zweitens hätten es und sein Gämsi ein Gletscherli bezogen, das ligge asen ab der Welt, dass einenweg rein niemert zuechen könne, dort wäre es auch ohne Bändel sicher und könne traumen und hummelen, soviel es well. Und nach dem säben Streit war das Mariili z'grindeletsen ab und kam nur selten noch zum Urnerboden, und wenn es kam, blieb es nur kurz und lief gad wieder fort und meinte, am liebsten spiele es halt doch mit seinem Gämsi auf dem Gletscher.

»Und, isch's säb Gletscherli undän am Glärnisch gsii?«, fragte die Vriinä gespannt. Das Mariili heig nie verraten, wo sein Gletscher sige, sagte das Bersiäneli. Wann immer es gefragt heig, heig das Mariili gemeint, der Gletscher sige seiner ganz allein, und niemert müsse wissen, wo er ligge.

Die Vriinä war aber überzeugt, der kleine Firn am Glärnischgrat gehörte seinem Müeti, bestimmt war es dorthin geflogen, nachdem sein Mäntsch gekaltet hatte, und lebte dort mit seinem Gämsi, und am liebsten wäre sie sofort obsi und auf den Gletscher. Doch zeinersmal musste sie denken, dass wenn das Mariili wirklich dort war und aber hässig wurde, wenn sie kam, weil keiner ausser seinem Gämsi auf den Gletscher durfte, und wenn das Müeti sie dann wieder z'Tal schickte und sie nie wieder sehen well, so wäre säb tuusigsmal schlimmer als nicht zu wissen, ob das Müeti wirklich auf dem Gletscher wäre oder aber woanders oder nieneds, und als ds Gotts Namen fortzutraumen, es wäre dort und käme dann dereinst und nähmt sie zu sich.

Aber nachdem die Vriinä so gedacht hatte, war sie asen vertrüllet, dass sie gar nicht mehr wusste, wo sie hinsollte, wenn nicht auf den Gletscher, und so beinlete oder füchslete sie den ganzen langen Herbst zwischen dem Fessisbödeli und den Fessisseeli und dem Urnerboden umher und fühlte sich an keinem Ort daheim, und wenn sie beim Einnachten mit gestrecktem Schwanz durch die Dörfer weiblete, durch Leuggelbach oder durch Schwändi, immer eng den Häusern nach, verschreckte sie die alten Fraueli, die von den Kommissionen kamen und im Verschrecken das Körbli fallen liessen, und je längers, je mehr hatte sie sogar Gschpass daran, oder dann stellte sie den Jägern nach, und wie sie schiessen wollten, hängte sie ihnen Schlötterlig an, bis die Jäger in ihrer Galle das Wild verfehlten und ganz ohne Beute z'Tal mussten, oder sie fensterlete zu Glarus im Walchergut und stellte sich vor, sie lebe dort als Taglöhnermeitli mit einem Müeti, das ihm das Sockenstopfen und das Bodenbretterfiglen lerne, und fand säb asen gfürchig und schön zugleich zu denken, dass sie darob ins Tschuderen kam. Aber noch lieber fensterlete sie bei den Fürnehmen in der Meerenge, die sogar werktags beim Znacht ein Liilachen unter den Tellern hatten, und die Chinden hatten Kissen unter das Füdlen geschoppet und löffelten mit silbrigen Löffeln, und es schmöggte all Tag nach Braten und pützlet und nach brätleten Äpfeln. Und nur bei Hagel oder Gsträäz hockte sie zum Bersiäneli in die Stube,

und das Bersiäneli pfutterete zwar, aber fort schickte es sie
nie, und immer brannte ein Kerzli, und meist backten die
Tierli gad Chrämli oder Pastetli, und der Hans-Chaschperli
chotzte dafür das Schmalz, und es heimelete fast so sehr wie
bei den Herrschaften zu Glarus. Und wenn das Bersiäneli
dann gar noch mit dem Vreneli ob einem feisten schwarzen
Buch verhockte und sie von goldigen und gläsigen Städten
neumeds in ebigs fernen Ländern lasen, verstand das Vreneli
gar nicht mehr, warum es so lange nicht gekommen war.
Doch anderntags war es schon wieder ganz woanders und
spielte den Glarnern Streiche oder fensterlete, und ganz im
Geheimen sah es ab und zu nach seines Müetis Firn und
hoffte, es käme einst ein Hummeli oder auch nur ein Gämsi
zu ihm herab.

Stattdessen pässlete ihm der Vatter ab, als es einmal vom
Tal her zu den Fessisseeli wollte, und fragte streng, ob es im
Sommer einen Gesellen aus dem Sanktgallischen verzaube-
ret und ihn verschlagen und zuletzt halbtot in den Hellbach
geworfen heig.

Und als die Vriinä reklamierte, gezaubert heig sie im Fall
nicht, und der Galöri heig ihr Seerösli vertrampet, fragte er
fort, als heig er sie nicht gehört, ob sie öppen den Glarner
Jägern nachstelle und ihnen das Wild verscheuche und als
Füchsli durch die Dörfer schleiche und alte Fraueli z'Tod
verschrecke, und die Vriinä antwortete nicht mehr, aber dann
nickte sie doch mit rotem Kopf, und der Vatter meinte noch
ernster, der Sooler Pfarrer sig drum zu ihm gekommen. Dass
die Vriinä beim Bersiäneli ein und aus ging, heig er auch
schon gewusst und daraus geschlossen, dass sie verwahrlose

und fortmüsste, neumeds hin, wo sie mit strenger Hand erzogen würde.

Was ›verwahrlosen‹ heisse, fragte die Vriinä, doch als der Vatter meinte, es heisse ›verlumpen‹, rief sie: »Verlumpä sicher nüd!« Und der Vatter meinte, das heig er dem Pfarrer auch gesagt, aber der heig nur einen Blick auf den Hof geworfen, der ds Gotts Namen verlotteret und verdreckt war, und heig zu ihm gemeint, er wüsste wohl um sein Leid, es wäre kein Schleck, so früh die Frau zu verlieren und ganz allein zu sein mit einem Kind und allem Alpwerk und noch dem bösen Gschnurr, aber das Possli dürfe unter seiner Trauer nicht leiden.

»Liidä gar nüd!«, beschwerte sich die Vriinä und fragte, was daderzu der Vatter gesagt heig.

»Gseit hänem, dass wenn's di iinä Aaschtalt bschlüüsset oder zu sust ettis zwinget, dass es äs Uuglück git, uuf dr eintä odr anderä Siitä!«

»Und was hett er gmeint?«, fragte die Vriinä.

Zum mindesten müsste sie in die Schule, hatte der Pfarrer dem Vatter erklärt, dort lerne sie fürs Leben und wäre unter Mäntschen. Den Vatter wiederum hatte er geheissen, die Alp herzurichten und ihr ein ordeliges Heimet zu bieten. Danach, so hatte der Pfarrer gemeint, würden die Glarner Bauern auch hoffentlich ihr ebiges Geschnurr lassen und wieder mit ihm geschäften.

Von einem Sooler läss sie sich rein gar nüüt vorschreiben, grindelete die Vriinä und dachte, der Vatter wäre gewiss ihrer Meinung. Stattdessen jedoch meinte er, in allem gech es um das richtige Mäss. Sie hätten alle beide im Trauern ums Mariili schiints das rechte Mäss verloren gehabt und müssten cs dringend wiederfinden. Danach dürfe sie wieder füchsbn und zum Bersiäneli und alles, halt fortan im rechten Mäss. Fürs Erste aber müsse sie auf Fessis bleiben und mit ihm heuen, und winters müsse sie ds Gotts Namen z'Tal und in die Schule, er heig dem Herrn Pfarrer darauf nämlich schon eingeschlagen. Und wie er es noch sagte, reichte er auch der Vriinä seine grosse, schwere Hand, und die Vriinä zögerte noch kurz, dann schlug sie aber ein und meinte gleichzeitig mit dem Vatter: »So gilt's.«

Die Vriinä sucht Schätze und
trifft die Frau Tschudi

Und so stiegen sie anderntags in die Planggen zwischen Heustock und Gufelstock und heueten, wie früher der Vatter mit dem Mariili gheuet hatte, und das Vreneli lernte nicht nur die Sägetsen führen und denglen und wie es im Stotz das Heu tschöchelen und ins Heutuch binden musste, ohne dass es vertschlipfte und z'Tal säderete. Aber dann wusste es, was es zu wissen galt, und der Vatter schwieg wieder, so dass nur noch das Sirren von den Sägetsen im Gras zu hören war und das leise Töggelen vom Wetzstein im Steinfass, welches mit Wasser gefüllt an ds Vatters Gurt hing, und ihrer beider Schnaufen, und asen vergingen die Tage. Dann endlich fand das Vreneli, ihm tötele es zu fest, und ob der Vatter denn kein Müsterli zu verzellen heig, und als der Vatter meinte, mit dem Mariili heig er beim Heuen auch immer geschwiegen, verzellte es ds Gotts Namen selber, erst aus Bersiänelis Büchern, dann alles andere, was ihm z'Sinn kam, aber endlich wusste es auch nichts mehr zu sagen und tschöchelete wieder stumm, und dabei stellte es sich vor, es wäre sein Müeti und gern so stumm, und mängsmal dachte es auch, wäre es nur stumm genug, so käme vielleicht sein Müeti selber wieder geflogen, es kam aber nie. Und abends stand das Vreneli in der Küche auch wie früher dic Mueter und wollte zum mindesten den besseren Fänz kochen, als ihn der Vatter zuweg brachte, oder am liebsten gar ein Rahmmus wie ds Müetis Rahmmus, aber es wurde dann doch immer nur ein Fänz wie dem Vatter sein Fänz und überhaupt nüüt Feines.

Und dann kam die Kälte und gleich darauf der Schnee, und fortan werkten sie nur noch in Stall und Hüttli, und als das Vreneli bei sich dachte, dass jetzt einenweg kein Hummeli mehr flüüge und dass, wenn sein Müeti im säben Jahr nicht gekommen war, es dängg überhaupt nie wiederkäme, stieg es ganz von allein in den Käskeller und hockte dort und brieggete.

Als es bis durab ins Tal geschneit hatte, reisete der Vatter den Heuschlitten und brachte die Vriinä auf Sool in die Schule und hiess sie nochmals ja immer den Bändel anbehalten und wünschte ihr viel Gschpass und schickte sie durch die Tür hinein und zog den Schlitten wieder obsi.

Gschpass hatte sie dann aber überhaupt keinen, und lernen tat sie auch nichts Neues. Weil nämlich die anderen Kinder allesamt nicht lesen und nicht schreiben konnten, nur die Vriinä, meinte der Lehrer, dann müsste sie es halt mit den anderen ein zweites Mal lernen. Und da hockte die Vriinä noch aufs Maul, aber als der Lehrer sie zudem hiess den roten Bändel abtun, weil in der Schule alle gleich wären, und Schmuck und mehrbessere Kleider wären verboten, da stand sie auf und erklärte graduus, das täg sie nicht. Und als der Lehrer meinte, das müsste sie aber, weil er es nämlich befehle, gab sie zurück, der Vatter heig ihr just befohlen, den Bändel anzulassen, und danach musste sie schon ein erstes

Mal ins Eggli stehen, weil nämlich der Lehrer fand, nicht einmal der Fessisbauer würde seinem Kind ettis derenweg Stigelisinnigs verbieten wie einen verfötzleten Bändel abzuzüchen, und also heig die Vriinä gelogen und müsse lernen, dass sie säb nicht dürfe.

So lernte sie das Lügen, das hatte sie davor noch nicht gekannt. Und zudem lernte sie den Balzli kennen. Der nämlich rief dem Lehrer drein, sertige Bändel wären dann kein Schmuck, sondern Zauberzüügs, sein Hexli auf der Silberen heig ihm davon verzellt, und erstens durfte man in der Schule nicht dreinrufen, und zweitens schon gar nicht ohne Aufstehen, und drittens meinte der Lehrer, es gäbt überhaupt keine Hexli und keine Zauberei und z'alleriletzt im Glarnerland, und eben gad der Balzli, der schon den zweiten Winter zur Schule ging, müsste säb wissen und hätte also mit Absicht einen Mist verzapft, und das sig so gut wie ebenfalls gelogen, und darum musste der Balzli ins andere Eggli. Von dort schnitt er der Vriinä Gesichter, so hatte sie doch noch ihren Gschpass.

Und nach dem Unterricht verzellte er ihr, dass er von Leuggelbach war und nur zur Schule ging, weil er sonst in die Fabrik musste, und zu Sool ging er zur Schule, weil ihn der Leuggelbacher Lehrer schon einen Winter unterrichtet hatte und keinen zweiten unterrichten wollte. Dann liefen sie zur Sernf und warfen Schneeböllen ins Wasser, weil der Balzli meinte, er täg so amed Forellen fangen. Nur heute fing er keine, dafür verzellte er, wie er am Vortag bei der Mattlaui einen Kübel Gold aus der Erde gegraben heig, säb Gold heig aber leider asen geleuchtet, dass er gad nüüt mehr gesehen heig und es wieder heig müssen vergraben, sonst wäre er noch erblindet, und als die Vriinä vorschlug, sie täge einen Nebel über das Gold zauberen, so miechte es nicht blind, und sie könnten es z'Trotz einsacken, liefen sie zur Mattlaui und suchten nach dem Kübel. Aber inzwischen schneite es wieder, und so fanden sie die Stelle nicht.

Am nächsten Tag gingen sie gar nicht erst zur Schule, der Balzli hatte Katzenhaar und Totentalg gebracht und wusste, wie sie damit Fässer gefüllt mit Gold finden konnten, ein ganzer Wagen voll lag schiints beim Steinschlag hinten vergraben, und fast fanden sie ihn auch, nur hätten sie bis zuletzt muggsmüüslistill sein müssen, und das Vreneli konnte im allerletzten Augenblick das Lachen nicht verheben, so wurde es dann nüüt. Und dann fiel dem Balzli ausserdem ein, dass sie in der Osternacht hätten suchen sollen, und davor mussten sie schwarze Geissböcke schlachten, für jedes Fass einen, sonst fanden sie den Wagen einenweg nicht.

Lustiger als in der Schule hatten sie es dennoch, und fortan wusste der Balzli an jedem Morgen etwas, womit sie reich werden konnten, bis er nach wohl zwei Wochen von einem auf den anderen Tag nicht mehr auf Sool kam. Die Vriinä wartete vergebis vor der Schule, sogar den Weg auf Leuggelbach nahm sie und hoffte, sie entdecke ihn neumeds. Und weil sie z'Trotz nicht in die Schule wollte, stägerete sie endlich ennet dem Tal obsi und auf den Urnerboden und sah dem Bersiäneli zu, wie es sich Socken gegen den Gsüchter lismete, derweil die Tierli all das gewaschene Gold biigneten und verpackten, und als sie fragte, wozu das Bersiäneli das viele Gold eigentlich bräuchte, hiess es, säb bräuchte es, für wenn es das vierte Mal mit seinen Tierli um die Welt züche, weil sertigs koste heutzutags, vor allem, seit sie die Gebresten heig und nümmen alles möge beinlen. Danach verriet die Vriinä, sie und der Balzli wären auch am Goldgräbern, aber das Bersiäneli lachte nur und rief: »Ja, ja, der Balzli!«

Danach lief die Vriinä noch öfter statt in die Schule auf den Urnerboden, oder dann füchslete sie allein durch den Schnee, und kurz vor Weihnachten war auch der Balzli wieder da und pässlete ihr ab und wollte berichten, wie er um ein Haar der reichste Fötzel im Glarnerland geworden wäre. Und zwar hatte er das Meermanndli geweckt gehabt, das tief im Meer versunkene Schätze hütete und nur ans Trockene kam, wenn eines Brot und einen Krug Wasser und die Heilige Schrift in einem Kämmerli auf den Tisch tat und sich selber ins Kämmerli einbeschloss und danach drei lange Tage und Nächte auch nicht ein einziges Mal die Augendeckel schloss und nur alle drei Stunden drei Bissli Brot ass und drei Schlücke Wasser trank und dabei nie nüüt schnurrete und kein einziges Minütli schlief. Wer all säb glücklich geschafft hatte, und der Balzli hatte es geschafft, der durfte mit dem Elfi-Schlag der dritten Nacht den Riegel vom Kämmerli zurückstossen und einen Wunsch tun, und dann warf das Meermanndli einem den Sack voll Gold ins Kämmerli, oder was sonst der Wunsch war. Und der Balzli hörte schon das Meermanndli durch den Gang tüüsseln und wünschte sich ein Schiff von barem Gold mit einer goldigen Meerjumpferen am Spitz und stiess den Riegel zurück und öffnete die Tür und zwängte sich in ein Eck, damit das Schiff ihn nicht vertrugge, da merkte aber dängg noch im letzten Momentli das Meermanndli, dass drum nicht die Heilige Schrift auf dem Tisch lag, sondern ein Liederbuch, das der Balzli aus der Leuggelbacher Kirche vertlehnt hatte, weil sie daheim die

Schrift nicht hatten, und als er in den Gang spienzlete, war das Meermanndli schon wieder ab, und alles Warten und Wachen war für nüüt gewesen.

Das Vreneli schlug vor, es well beim Bersiäneli eine Heilige Schrift vertlehnen, die hatte es gewiss, und danach sell der Balzli es ein zweites Mal probieren. Aber der war zu müde und wollte nur noch gogen liggen und lud die Vriinä ein, mit ihm beim Joggel Marti ins Heu zu steigen.

Nur war die Vriinä überhaupt nicht müde und liess den Balzli lieber allein ins Heu steigen und füchslete auf Glarus zum bei den Fürnehmen fensterlen. Die hatten nämlich auf die Weihnacht Sterne an ihre Fenster gemalt und Engeli und sangen mit den Chinden schöne Liedli.

Als an jenem Abend die Vriinä mit dem Vatter beim Znacht hockte, kam der Herr Pfarrer und brachte ds Leglers mit, bei denen das Mariili aufgewachsen war und die erstmals überhaupt auf Fessis waren, weil nämlich nach ds Vatters Besuch im »Adler« due das Mariili ohne allen Dank ab war und zu ihm auf Fessis züglet, und erst Wochen später war es ein letztes Mal zu ihnen in den »Adler« gekommen, aber nur zum sein Wärli packen, und erst als es schon wieder in der Tür war, müeslete es noch, es heirate dann im Fall, und wenn sie wollten, könnten sie ans Hochzeit kommen. Ds Leglers waren dann gad z'Trotz nicht gekommen, und zu ds Mariilis Beerdigung kamen sie auch nicht, weil sie erst später hörten, es wäre gestorben. Und darum machten sie auch jetzt ein Gesicht, als wollten sie am liebsten wieder verlaufen, und hockten auch nicht ab, und weil sie beim Eintreten den Schnee nicht von den Böden geschlagen hatten, standen sie bald in einer Günte. Als die Vriinä aber hörte, säb wären ds Mariilis Pflegeltern und also fast wie ihre Grosseltern, und eine ebige Freud hatte und aufsprang und wollte, dass sie doch zuechen hockten, und den Legler bei der Hand fasste zum ihn aufs Bänkli züchen, da schupfte der sie einfach fort und wäffelete, dass sie ihn ja nicht anlange, und das Vreneli verschrak so sehr, dass es nur weidli hinter dem Tisch verschloff. Auch die Frau Legler war verschrocken und meinte vorwurfsvoll zum Legler: »Aber Vatter!«, und der Vriinä erklärte sie, er heig es nicht so gemeint, denn in Wahrheit lägen sie nur mit ds Vriinäs Vatter im Argen, sie selber wäre ihnen stets willkommen, und zwar so sehr, dass sie ihr gar ein Kämmerli bereitet hätten im »Adler« zu Linthal, für den Fall, sie well sie emalen gogen besuchen.

Die Vriinä freute es aber schon nümmen, dass sie Grosseltern hatte, und der Vatter meinte finster, wenn weiter nichts zu berichten sig, so wäre hinter ihnen die Tür. Aber da sagte der Pfarrer, sie hätten schon noch ettis zu berichten, und zwar, dass die Vriinä nur gad einen einzigen Tag zu Sool in der Schule gewesen sig und seither dängg wieder numen auf der Fenderi oder am Die-Leute-Plagen, und wenn der Vatter für ihr Fehlen keine saugute Erklärung wüsste, nähmt die Gemeinde sie auf Neujahr fort von Fessis und täg sie neumeds versorgen, wo ihr besser geachtet würde.

Dass die Vriinä die Schule schwänzte, hörte der Vatter zum ersten Mal, denn wohl hatte er sich vertwundert gehabt, als sie am zweiten Morgen bereits nümmen wollte, dass er sie mit dem Schlitten z'Tal brachte, und behauptete, die anderen Chinden hätten ob ihr ein Glächt. Doch wann immer er abends fragte, ob sie auch ettis Rechts gelernt heig, sagte die Vriinä, hä ja, das heig sie wohl, und dass sie säb beim Balzli gelernt hatte statt beim Herrn Lehrer, verriet sie nicht.

So blieb der Vatter jetzt im Schrecken stumm, bis die Frau Legler zwänglete, ob er denn die Vriinä nicht well fragen, wo sie allpott gewesen wäre, und wohl wusste, wenn er jetzt fragte, war dadermit bewiesen, dass er nicht wusste, wo sie sich herumtrieb, und dann nahm die Gemeinde sie fort. Und darum schwieg der Vatter auch dann noch, als der Legler spöttlete, der Fessisbauer wüsste dängg schon, wegenwerum er die Vriinä nicht frage, und gruusig lachte, und seine Frau lachte mit, und der Herr Pfarrer musste den Finger gegen ds Leglers erheben und »So da!« rufen und wiegte danach sorgenvoll den Tschüder und sagte »So, so« zu sich selber.

Dann tat der Vatter eben das Maul auf zum ds Gotts Namen die Vriinä fragen, wo sie all Tag gewesen wäre, da lugte die Vriinä selber hinter dem Tisch hervor und sagte laut und deutlich: »Muäss dängg i d Fabrik gogä schaffä. Am Vatter siis Heu chauft üüs ja niämert, und gessä muäss z'Trotz sii.«

Das Lügen hatte sie vom Herrn Lehrer, und wenn sie auch wusste, dass der sie dafür ins Eggli gestellt hätte, freute sie sich doch, dass sie in der Schule fürs Leben gelernt hatte, und wurde selbst dann nicht rot, als es im Hüttli zeismal still war und alle erst sie anstarrten und dann enand und wieder sie. Erst als der Vatter sich verrodete und sein Gesicht mit Händen abwischte, so als wäre er sein Leben müde und well es fortwischen und ein neues auflegen, verschrak sie zeinersmal grüüli ob sich selbst und hatte ebigs Verbärmst mit dem Vatter und war ganz sicher, mit ihrer Lüge heig sie alles noch viel, viel schlimmer gemacht. Da räusperte sich jedoch der Herr Pfarrer und meinte erst nur »Jä so« und nach einem Weil »Ja dänn«, aber dann legte er dem Vatter den Taapen auf die Schulter und meinte, ja aber Armut wäre doch nüüt zum sich schämen, und gar mänges Kind im Glarnerland müsste in die Fabrik, und auch dort lerne das Vreneli gewiss fürs Leben, und er hätte es ihnen will's Gott dürfen sagen.

In welcher Fabrik das Vreneli denn schaffe, fragte der Pfarrer zuletzt, und bevor das Vreneli nochmals lügen konnte, antwortete der Vatter, es schaffe zu Glarus, als Handlangerin im Hänggiturm.

»Z' Glaris«, rief der Pfarrer, »ja, da häsch äs Gläuf!«, und das Vreneli nickte und meinte, aber das mache ihm nüüt, es laufe drum gern, und Handlangerin im Hänggiturm sig es auch gern.

So, meinte gleich darauf der Vatter, jetzt sell sie aber underen gogen liggen, anderntags müsste sie noch vor den Fünfen wieder auf, sonst wäre sie nicht beizeiten in der Fabrik, und hielt den Herrschaften die Tür auf, und erst auf dem Bödeli müeslete der Legler noch, er gech der Sach dann nach. Als sie fort waren, hiess der Vatter die Vriinä gogen liggen, ohne dass sie den Znacht hätte aufessen dürfen, und anderntags weckte er sie noch zur Nachtzeit, bucklete seinen letzten Käs und stieg stumm vor ihr her durch den Schnee, über das Achseli auf Glarus.

Zu Glarus lief der Vatter an den Fabriken vorbei zmittst in das Gnuusch von eischieren Hüüsli und Hüttli und Schuppen hinein. Paarmal stürchlete die Vriinä, weil die Strassen asen ausgekarrt und verdreckt waren und mehr Günten als Strassen. Wiewohl es noch immer nicht taget hatte, war in den Gassen schon zünftig Betrieb. Aus allen Fensterlöchern schmöggte es gschpässig und geheimnisvoll, oder es stank grüüli, aus den Chämi und von den Schmiedefeuern speuzten Funken und Rauch so gelb wie Schwefel. Und ein elendes Lärmen war, beeggete hinter einer Tür einmal kein Goof, wiichsete gewiss gad eine Schlachtsau, oder es pfutterete etter und hängte der Regierung Schlötterlig an. Überhaupt war zu Glarus ein einziges Rüsslen und Heepen und Ausrufen, dazu kam das Räggelen und Meisen von tuusigs Wasserrädern, die so eng über die Bächli und Kännel gebaut waren, dass oft kein Wasser mehr zu sehen war, und all die tuusigs Rädli trieben nochmals tuusigs Maschineli und Sägen und Hämmer, die alle tschädereten und chlepften, und das Wasser in den Bächen prätschte im Stotz vom Berg durab, und im Oberdorf war gar ein Bach überloffen, weil etter ein totes Kalb ins Bett troolet und das Wasser gestaut hatte, und die Mäntschen hatten die Beinkleider bis über die Knie gschoppet und flamänadereten, welcher Galöri sertiges täg, und seggleten aus den Häusern und wieder zurück zum ihre War retten, und dabei püfften sie allpott die Vriinä und den Vatter und achteten ihren überhaupt nicht.

Aber dann waren sie endlich aus dem Dorf und unter dem Bergli und glii darauf am Tschudihof. Der Tschudi hatte bereits gemolken und hockte gad in der Küche hinter einem Beggeli Kaffi und Brot, als sie kamen. Er fand aber, er wäre einenweg gad fertig, und kam an die Tür und langte ihnen beiden die Hand und hiess den Vatter reden, derweil die Vriinä vom Türloch her die Küche gschaute und aus dem

Staunen nicht herauskam. Der Tschudi heig sich doch due bei der Dorfkäserei vor ihn gestellt, fing der Vatter an, jetzt well er ihn bitten, es ein zweites Mal zu tun. Die Vriinä bräuchte drum eine Anstellung in der Fabrik, und er selber könnte sie nicht bringen, der Tschudi wüsste ja, was die Glarner von ihm hielten. Für dass der Tschudi sich aber nicht um ein Vergeltsgott müsse mühen, heig er ihm einen Käs gebracht, und der jesele zwar einen bitz, weil er zweijährig sige, aber es sige sein bester.

Der Tschudi nahm den Käs und pöpperlete ihn ab, dann meinte er, das gsäch nach einer süüferligen Arbeit aus, und umso lieber nähmt er des Fessisbauern Käs, als seine eigeten Käs heuer missraten wären. Seiner vielen Ämtli wegen könne er drum nümmen selber alpnen und heig sein Veh auf die Dräckloch Alp vergeben, die Sennen dort hätten aber gar keine glückliche Hand für das Käsen. Was hingegen das andere angech, so wäre er due bei der Dorfkäserei nur eingestanden für was Recht und Ordnung sig, und wenn er das Vreneli zum Heer in die Fabrik bringe, täg er auch säb allein, weil es dort an Büetzern fehle und weil er dem Heer gesonnen sig. Er nähmt darum des Fessisbauern Käs auch nicht als Lohn, sondern als Geschenk und danke dafür ordeli.

Der Vatter meinte darauf, z'Trotz sige es an ihm, dem Tschudi zu danken, und langte ihm die Hand, dann hiess er die Vriinä recht tun und ging, derweil der Tschudi die Vriinä noch geschwind in der Küche warten hiess und seinen Tschoopen holte.

Die Vriinä hatte kaum zugehört, sie staunte noch immer grüüli ob all der glänzigen Geschirrli und irdenen Töpfli auf den Wandbrettern und wie alles gefiglet war und von einer

Ordnung wie in der Apotheke, und es duftete nach Äpfeln und Gebackenem und Geräuchtem, und auf dem Herd war Platz zum ein ganzes Rind braten, und die Tische waren von einem Holz so leuchtig braun und so glänzig wie das Fell von einem einjährigen Chueli und uumär gross, einer war zum die War rüsten und einer dängg zum sie reisen oder zum einfach daran verhöcklen bei einem warmen Beggeli, so wie dervor der Tschudi. Und Licht gab nicht ein lumpiges Talglicht, sondern eine gläsige Lampe an der Tili mit Docht und Schirm und geschmiedetem Gestältli.

Wie aber das Vreneli asen stand und güünete und fromm tat wie in einer Kirche, kam zeinersmal die Frau Tschudi und war so chäch und so appartig in ihrer gestreifleten Schoss und so gmögig und schön, dass es erst überhaupt nicht hörte, wie die Frau Tschudi fragte, ob das Vreneli denn an den Vesper gedacht heig, und ihm erklärte, in der Fabrik müsste sich drum jedes selber lugen, dort würde einem nicht getischt wie den Knechten und Mägden auf einem Hof. Als die Frau Tschudi es ein zweites Mal fragte, hörte das Vreneli sie endlich und meinte, nein, zu haberen heig es nüüt, aber das wäre nicht schlimm, es möge gut verheben bis zum Abend.

»Dumms Züüg«, sagte die Frau Tschudi und stand an den Rüsttisch und heglete einen grossen Schnäfel Käs ab und einen noch grösseren Mocken Rauchfleisch und zwei Kanten Brot und band alles in ein Tüchli und reichte es dem Vreneli, wiewohl säb füürzündrot anlief und meinte, das wäre viel zu viel.

Aber die Frau Tschudi lachte nur und meinte, ein jeder Sparer müsse einen Geuder haben, und schickte das Vreneli mit einem Fuditatsch dem Tschudi nach und meinte, der warte ihm nämlich schon im Hof.

Inzwischen hatte es auch taget, und als die Vriinä neben dem Tschudi her durchs Oberdorf durab lief und durch die gleichen Strassen und Gässli, schienen ihr die säben viel sauberer und breiter und mit weniger Gestürm als dervor. Während sie über den Zaunplatz liefen, fragte der Tschudi, wo in der Fabrik sie am liebsten well schaffen, und die Vriinä wusste gar nicht, was es in der Fabrik gab ausser einem Hänggiturm, und meinte drum, sie well am liebsten in den Hänggiturm, und als der Tschudi fragte, ob sie denn könne chräsmen, weil im Hänggiturm müsse sie all Tag stägeliuuf-stägeliab hoch über dem Boden den Stangen nach ins Leere chräsmen, für wenn der Wind die nassen Stöffe ineinander verklebt heig und es sie ordnen müsse, da meinte sie, in einem Turm sig sie noch nie gchräsmet, aber z'Berg chräsme sie öppen mit den Gämsi, und zudem könne sie weiblen so ge-sprengt als wie ein Füchsli. Und danach lachte der Tschudi, dass es tönte, als züche vom Klöntal her ein Gewitter auf, und alle Glarner gafften und werweissten dängg, wer säb Meitli war, das einen wie den Tschudi asen z'lachen machte, und für ein Momentli kam die Vriinä sich vor, als wäre sie die Königin über alles.

Dann kamen sie über das Brückli am Industriebach und zur Heer'schen, und in der Fabrik war ein Gmoscht, dass die Vriinä hinter dem Tschudi laufen musste, so viel Volk hatte sie überhaupt noch nie gesehen, und dann hätte sie den Tschudi fast verloren, und als sie ihn endlich wieder fand, hiess er sie zmittst im Gnuusch warten und ging allein durch eine Tür, und heraus kam einer von der Fabrik und brachte sie in den Hänggiturm. Und danach hängte sie den ganzen Tag pflotschnasse Bahnen Stoff auf, schwere Siechen, aber so lang und gleitig wie die Föhnfahnen ob dem Tödi und gefärbt so tüüf leuchtig wie die Fessisseeli im Abendgluet. Und als das Fabrikglöckli schlug und alle heimzu schickte, wollte die Vriinä erst gar nicht fort.

Der Melk erscheint und verschwindet wieder

Fortan schaffte die Vriinä in der Heer'schen, damit sie vor dem Pfarrer und vor ds Leglers nicht gelogen hatte, nur sonntags blieb sie z'Alp, und derweil der Vatter die Heutücher flickte, rieb sie den Tisch mit Sand ab, damit es auf Fessis dereinst dreingsäch wie auf dem Tschudihof, und figlete die Böden und wusch im Trog vor dem Hüttli die Weisswäsche mit Asche und Talg und hängte sie zwischen die Tanndli, wo sie erst steif gefror und nadisnah mit Trocknen wieder weich wurde, ausser ein Liilachen verbrach, bevor es trocken war, weil eine überstellige Geiss derdur prätscht war. Am letzten Sonntag vor der Weihnacht endlich hatten sie eben den Stall geflickt, als zeinersmal der Balzli auf dem Bödeli stand und die Vriinä fragte, ob sie zur Christnacht mit ihm zur Sooler Kirchenpforte käme, er well den Wächsistaler günnen, mit dem könnten sie kaufen, wonach immer ihnen der Sinn stünde, und die Vriinä müsste nümmen in die Fabrik.

Doch die Vriinä ging gern in die Fabrik, ausserdem hatte der Vatter ihr versprochen, zur Christnacht lüffen sie auf den Ober Stafel und fütterten den Rehen und Gämsi vom Heu, das die Glarner nicht kaufen wollten. Und als er säb hörte, fing der Balzli an grindelen und meinte, er well aber auch wieder emalen mit ihr ein Abenteuer haben, und wenn sie nicht mit ihm zur Kirchenpforte käme, so müsste sie ihm mindestens ein Küssli geben. Aber die Vriinä wollte ihm auch kein Küssli geben, bevor er sich nicht gewaschen heig, da half dem Balzli auch nicht, dass er mit gutem Grund sich nicht gewaschen hatte, weil er nämlich fered dem Silberenhexli versprochen hatte, wenn es ihm im Sommer das Veh gaume und anderes miecht, so käme er nach der Alpabfahrt mit ihm, und sich dann aber anders besonnen hatte und im Herbst doch lieber z'Tal war statt mit dem Hexli mit, und danach war es gällig geworden und hatte ihm nachgestellt, und seither durfte er sich nur noch in der Kirche waschen und mit Weihwasser, säb hatte ihm ein Venediger geraten, und an einer Kirche kam er ds Gotts Namen nicht all Tag vorbei.

Zur Christnacht foggete es dann aber, dass man nicht vom Hüttli bis zum Stall sehen konnte, und statt dass sie obsi gestiegen wären zum die Rehe und Gämsi füttern, liefen sie auf den Urnerboden und wünschten dem Bersiäneli frohe Weihnacht. Das hatte ein Tanndli in die Stube geholt und mit seinen goldigen Hudlen behängt und war gad am Guutzlen mit seinen Tierli, und als sie kamen, machte es ihnen Kaffi und sang ein Liedli in einer gschpässigen Sprache und meinte, asen heig der Heiland selber gesungen, wenn es sich recht möge bsinnen, es heig ihn nämlich getroffen, wie es noch ein junges Tüpfi gewesen sig. Und nachdem es noch einen Weil vom Heiland berichtet hatte, machte für einmal gar der Vatter das Maul abenand und verzellte seinerseits, wie er als junger Burscht auf Wanderschaft in einer Christnacht im Urnerischen heig einen langen Zug von Burschten und Meitli über einen Hoger laufen sehen, die trugen ihre Schuhe und Socken und Hosen in den Händen, als müssten sie durch einen Bach waten, nur war da kein Bach, sondern rings alles hoher Schnee, und plötzlich litzte es zudem noch einen, und danach stürchleten alle überenand und trooleten z'Tal und waren im Gleichen wieder verschwunden. Und auf dem Kornhausplatz zu Bern hatte er gesehen, wie in einer wieder anderen Christnacht im grüüli dicken Nebel die Seelen von ganz vielen Chindli einen gschpässig tuuchten Tanz tanzten, und als er fragte, sagte ihm ein Berner, die säben Chinden wären von den Mönchen und den Nonnen in den bernischen Klöstern gezeugt, und nach der Geburt hätten die Nonnen sie durch unterirdische Gänge zur Aare getragen und darin ertränkt, und von dort kämen ihre ungetauften Seelen all Christnacht mit dem Nebel wieder obsi.

Wie das Bersiäneli und der Vatter derenweg verzellten, fand die Vriinä es fast so gemütlich wie due mit ihrem Müeti im Käskeller, als säb vom welschen Kommandant verzellte, und als der Vatter kein Müsterli mehr wusste, verzellte sie halt selber, und weil ihr auch kein Müsterli z'Sinn kam, verzellte sie von der Fabrik und von der Arbeit und dass die Frau Tschudi eine Brotsäge heig, so blank als wie ein Spiegel. Aber sertigs fanden der Vatter und das Bersiäneli nicht interessant und öffneten lieber ein Fläschli Roten, und danach kam das Bersiäneli z'hirnetsen und rechnete ebigs, ob es den Heiland jetzt auf seiner ersten Reise um die Welt getroffen heig oder auf seiner zweiten, und vertat sich mit Rechnen allpott in den Jahrhunderten und Jahrtausenden, bis die Vriinä meinte, säb wäre noch langweiliger als sein Verzellen, und der Vatter fand es auch und wünschte dem

Bersiäneli und seinen Tierli einen schönen Hinecht und lief mit der Vriinä wieder auf Fessis.

So waren sie noch vor dem Einnachten wieder z'Alp, und weil es nümmen foggete, stiegen sie weiter unter den Gufelstock und rupften das Heu unter den Dachli hervor und wetteten, welches von ihnen mit Rupfen das Geschwindere wäre, und waren glii im Schweiss bächnass und hatten ein Glächt. Und während sie noch am Rupfen waren, kam schon ein Gämsi und ein zweites, die frassen der Vriinä das Heu gar aus der Hand, und im Geheimen zeigte sie jedem gad noch seinen roten Bändel und hoffte, eines würde ihn erkennen und wäre also ihres Müetis Gämsi. Es kannte dann zwar keines den Bändel, aber z'Trotz wollte sie eines von den Gämsi behalten und war schon dabei, den Bändel abzutun und ihn dem kleinsten Gämsi umzutun, als der Vatter das sah und ihr befahl, den Bändel wieder umzutun und das Gämsi züchen zu lassen, und wäffelete, was sie auch mit einem Gämsi in der Fabrik well, höchstens fange sie vom Vorarbeiter einen Tschutt in den Ranzen.

Dafür versprach er, zu Dreikönig würden sie den Gämsi wieder ein Fuder Heu reisen, und als sie zurück beim Hüttli waren und enand den Schnee aus dem Gwand schlugen, gab er der Vriinä gar ein Ääli.

Am anderen Tag in der Fabrik weihnachtete es dann gleich nochmals. Die Vriinä sollte einen missratenen Stoff zurück in die Druckerei bringen und verlief sich paarmal, weil sie noch nie in der Druckerei gewesen war, und dann pfutterete der Kolorist noch ebigs, als sie endlich den Druckerboden fand, und wollte von ihr wissen, was cheibs an seinem Druck nicht stimme, und die Vriinä müeslete nur, dass sie es auch nicht wüsste, und hätte ihm viel lieber gesagt, dass sie seinen Druck uu schön fand und gern von ihm well lernen, wie er asen appartige Farben mische, aber so wie der wäffelete, konnte sie es nicht, und gewiss würde er fortan jedes Mal wäffelen, wenn er sie sah, und nie würde sie lernen, sertige Farben zu mischen, und all säb war überhaupt nicht weih-nächtlich. Dann rief der Kolorist aber zeinersmal: »Melk, chusch gad zrugg und das ander widr holä, mir törfed der ganz Brunz nuch einisch machä!«, und als die Vriinä lugte, wem er asen heepete, stand sein Gehilfe mit einem Druck-model in den Händen im Gässli und losete, derweil der Kolorist ihm auftrug, was alles er zu holen heig, und nickte endlich und machte kehrt, und die Vriinä vergass ganz zu schnaufen und lugte numen immer auf den Gehilfen, der eine so meineidige Appartigi war mit Augen so tief und verschtuunet, wie nur ihr Müeti Augen gehabt hatte, und tuusigsmal schöner als der eben halt doch missratene Druck vom Koloristen, und all die Zeit, in welcher der Melk im Gässli stand, dachte sie ein ums ander Mal, hoffentlich luge er sie nicht an, oder hoffentlich doch, oder doch nicht, oder doch, und erst als der Melk davongelaufen war zum das an-dere Model holen und sie kein einziges kleines Mal angese-hen hatte, schnaufte die Vriinä wieder und segglete zurück zum Hänggiturm und hatte noch den ganzen Tag ds Melks Augen vor sich, die wie neumeds weit über die Fabrik hin-aus gelugt hatten und weit über die Mäntschen, in ein Ort hinein, an das normale Mäntschen niemals kamen, vielleicht gar fädig in die Ebigkeit hinein, und während die Vriinä an den Melk dachte, fühlte sie ein Wohlen und zugleich eine

Trüürigi wie bislang nur, wenn hinter ihres Müetis Gletscherli die Sonne unterging.

Fortan war die Vriinä anders als davor. Halbe Tage lang sprach sie kein Wort, dann plötzlich hatte sie zu schnäderen und zu preesnen in einer Gelle, als well sie, man höre sie bis in den Druckerboden, und einmal ging sie gar nicht zur Arbeit, obwohl sie rechtzeitig von Fessis fort auf Glarus gefüchslet war. Stattdessen lag sie all Morgen hinter dem Fabrikbach unter einem verschneiten Hag versteckt und fror und wartete dem Melk und hatte Angst, er käme, und dann wüsste sie nicht was gagsen, aber er kam dann gar nicht über säb Brückli, und die Vriinä wurde immer nervöser und segglete endlich über die Linth davon und durch die Ätzgenrus obsi bis auf den Gipfel vom Stöckli, weil es sie sonst verchlepft hätte in der Nervösi, und kam erst mit dem Feierabendglöckli wieder durab und schlich erneut zum Industriebach. Doch auch am Abend kam der Melk nicht mit den Büetzern über säb Brückli, weiss der Gugger, wo er z'Nacht blieb, und anderntags ging sie ds Gotts Namen wieder an die Arbeit und log auch nicht, als sie der Vorarbeiter fragte, wo sie geblieben wäre, sondern meinte graduus, sie heig halt tags zuvor nicht mögen schaffen. Und sogar als ihr der Vorarbeiter zwei statt nur einen Taglohn strich, machte sie keinen Wank, weil sie bereits von neuem hirnete, wie sie dem Melk wiederbegegnen könne und was sie ihm sell sagen, aber sie sah ihn nie.

Z'Nacht auf dem Heimweg segglete sie dann aus der Nervösi heraus wieder durch Schnee und gläriges Eis obsi und weiblete durch blutten, toten Fels und Tobel und ebige

Gfrörni und wäre im Finstern mehr als einmal um ein Haar vertroolet und erfallen. Doch nur so wohlete ihr nadisnah wieder, und wenn sie spät z'Nacht ins Hüttli kam mit gluetigen Wangen und einem rechten Hunger im Ranzen, meinte der Vatter z'lachetsen, das heig er auch noch nie erlebt, dass ein Fabrikkind mit einer asen gesunden Farbe im Gesicht von seiner Büetz heimkehre.

An anderen Tagen wiederum blieb sie gmögig wie ein trächtiges Chueli und wollte gar nicht wissen, ob sie den Melk einst wiedersehe oder nicht. Allein dass es solch schtuunete und schöne Mäntschen gab in der Welt, fand sie ein sertiges Glück, dass ihr gad gleich war, bekam sie den Melk für sich oder starb, ohne dass er sie je bemerkt hatte. War er ds Gotts Namen zu verschtuunet zum sie weiben, wollte sie ihm warten, allein für den Fall, es änderte einmal, und starb er vor ihr, ging sie halt danach ins Kloster, nur in kein bernisches, oder sie ging für immer auf die Fenderi wie das Bersiäneli, oder sie lief als Füchsli fort von den Mäntschen und verschloff hoch am Tödi in einem Tobel oder einem Spalt im Eis und starb darin alt und grau und magerlächt.

An solchem studierte sie ummenand, derweil sie in den Hänggiturm kletterte und kalte nasse Stoffbahnen richtete, und ganz besonders, wenn es wetterte und Wind und Schnee durch die Ritzen drückten. Sobald es auftat und die Sonne schien, dachte sie wieder ans Heiraten und wie sie und der Melk eine Schwetti Goofen hätten und einen Hof mit einem Gatter voller Sauen und mit schneeweissen Geissen und mit zwei Dutzend Stoss Veh oder mehr, eines geschleckter als das andere, und Wiesen pläpplet voller Mutteri und Hungblumen und Knaulgras. Oder sie würden reisen, auch um die ganze Welt, aber nicht wie das Bersiäneli, sondern in einer Guutsche von Edelstein und Gold, oder dann wild, als Räuber mit Säbel und Pistole und auf glänzigen, pechschwarzen Rössern mit einem Schnauf so heiss als wie der Föhn. Und wenn sie so im Traumen war, war ihr gad recht, dass sie den Melk nicht sah, denn endlich einmal sah sie ihn doch, zwar nur von weitem und für ein Momentli, aber schon war alles wieder anders, und das Herz pöpperlete ihr wie Anton, und danach konnte sie den ganzen Tag rein gar nüüt traumen, sondern plangete nur immer nach dem Melk und dachte bei sich, wegenwerum sie auch nicht zämen waren.

So endete das Jahr, und in der Altjahrsnacht wollte das Vreneli wie früher amed mit dem Vatter an die Gnüüsswand hinter Linthal. Noch sein Müeti hatte es das erste Mal dorthin gebracht, das Mariili war schon als Meitli all Altjahrsnacht unter die Wand gehockt und hatte geschaut, wie pünktlich mit dem Zwölfischlag Horden von Toggeli und Feuermanndli und bleichen, teiggeten, ebigs wäffelnden Dingelern aus allen Schlitzen kamen und nidsi pfurreten und wieder obsi, und Tunscheli und Greissen und wiechsende Molche mit Grinden gross wie ds Vatters Heuschlitten, und Funken von Glut, aber lebige, prätschten nidsi in ganzen Lauenen und verstüübten zeismal, dass es aussah, als verwinde der Luft einen Brautschleier, und auf dem Weg nidsi pfiffen die Greissen wie Geissbuben, und eine geschlagene Stunde lang war die stotzige Gnüüsswand den Geistern wie der Tanzboden und das Tal zwischen Selbsanft und Altenoren der Festsaal. Im ersten Jahr, als das Müeti sie und den Vatter zur Gnüüsswand mitnahm, hatte die Vriinä ebigs zu staunen gehabt und ein uumäres Glächt, und das Müeti und der Vatter auch, und es wurde das schönste Neujahr. Am allerschönsten aber war gewesen, als sie danach im Schnee wieder heimzu liefen durch die brandschwarze Neujahrsnacht, und der Vriinä schien, als wäre, weil ein neues Jahr angefangen hatte, auch alles andere wie neu und eben erst erfunden, der Schnee und das Tal und die Häuser, die wie numen Schätten an den Hängen lagen, und die Bäume, die aus der glärigen Luft wie herausgeschnitten standen, und sogar die Wölkli, die ds Vriinäs Schnauf machte, sahen aus, als wären es die allerersten Wölkli überhaupt. Aber noch aufregender als all säb war doch das Gefühl, dass ein noch völlig unverbrauchtes Jahr vor ihnen lag, ein Jahr wie frisch aus dem Trüggli, ganz glänzig und noch in Papier eingeschlagen.

Als sie im Jahr darauf wieder zur Gnüüsswand waren, hatte sie dieses Gefühl schon nicht mehr. Überhaupt war vieles anders gewesen, vor allem hatte das Müeti gar nümmen mögen lachen ob den Geistern, stattdessen hatte es nur immer geseufzt und trimächtet und ihrem Fliegen und Pfurren zugesehen mit einem Sehnen, als well sie auch und dürfte nicht, und das Vreneli dünkte, es verrupfe sein Müeti schier. Und danach waren sie auch ganz tuucht durch die Nacht zurück auf Fessis beinlet, keines hatte mögen schnurren, den ganzen langen Weg.

Und heuer also meinte der Vatter gar, er blübe am liebsten gad daheim, ihm wäre will's Gott nicht nach der Gnüüsswand zumut, und weil die Vriinä dennoch wollte, füchslete sie schon bald nach dem Einnachten allein das Tal derauf und kam zur Gnüüsswand, da schlug das Linthaler Zeit eben erst zehn, und hockte in den Schnee und dachte an das viele, das in dem einzigen kurzen Jahr geschehen war, wie das Müeti sie als Schrättli auf die Reise genommen hatte und bald danach als Hummeli verflogen war und nümmen ummen kam, und wie das Bersiäneli sie füchslen und das Zauberen gelernt hatte, und an die Fessisseeli dachte sie und an den Abendgluet ob ds Müetis Gletscherli und an das Wildheuen mit dem Vatter, das jetzt in der Erinnerung fast das Schönste war vom ganzen Jahr, und dabei hatte sie beim Heuen immer nur gedacht, es wäre alles asen nüütelig und blab. Und zeinersmal musste sie lachen, als ihr einfiel, wie der Balzli so grüüli gejeselet hatte, eigentlich immer, aber am meisten just, als er von ihr ein Küssli wollte, aber z'Trotz war er ein Gmögiger, und daran dachte sie, wie der Herr Pfarrer ds Leglers auf Fessis gebracht hatte und wie sie wieder z'Tal mussten mit nüüt als einem Lätsch im Gesicht. Und endlich dachte sie auch wieder an die Fabrik und an den Melk und wie er so verschtuunet alles hinterschaut hatte, und darob geriet sie immer mehr ins Traumen und malte sich aus, wie dereinst der Melk auf Fessis das Veh würde gaumen und es mit einem »Halä, halä!« über die Weid treiben, und der Vatter wäre schon lang auf dem Altenteil und täte allpott nur an der Sonne hocken und an seinem Pfiifli süggelen.

Und während sie so traumete, verrann das Jahr, und zeinersmal war die Gnüüsswand voll von Toggeli und Greissen. Säb Jahr war aber kein überstelliges Räggelen wie andere Jahre, ganz fürnehm und finöggelig ging es zu, fast, als heig die Welt die Auszehrung. Und erst dachte die Vriinä, asen wäre gar kein richtiges Geisterlen, aber dann dachte sie, dass welenweg die Geister heuer die Totenseelen zu Besuch geladen hätten, und beim Eid war zwischen währschaften

Dingelern und Greissen und Alpgeistern auch überall nebis Zärteligs und Nebligs zu sehen, das nur fein gwagglete, statt dass es zünftig getanzt und bödelet und pfurret hätte, ettis, das war wie zmittst zwischen moggigem Leben und fadenscheinigem Nüüt und dünn und dünner wurde mit jedem Schrittli und auch vorsichtiger, so als fürchte es, jetzt breche es dann gad den Scheichen oder verliere ihn gar, oder ein Flügeli, und einfach so, wie eine Spinne öppen einfach so ein Bein verliert, oder als lebe es gar in der Angst, sich selber zu verlieren und nidsi zu troolen im Schatten der Gnüüsswand und danach an der Linth zu liegen leer und starr und überkehrt wie ein ausgesogener Maienkäfer, derweil das Nüütelige sich aus ihm löste und ganz allein und noch durchsichtiger im kalten Winterluft von neuem obsi trieb und an der Gnüüsswand vorbei ins Schwarze hinein, vielleicht bis zu den Sternen – und während es so dachte, glaubte das Vreneli gar für ein Momentli, es gsäch ein Hummeli, denn da war ettis Pelzigs, Gschtabets, das konnte ring eines sein. Es war dann aber nur ein Flöckli Russ von einem Feuer, das einem Molch zum Maul heraus prätschte.

Und plötzlich war alles Fürnehme und Süüferlige verschwunden, und es chlepfte und pfiff und räggelete und meisnete wie die anderen Jahre, und gar der eint und ander Blitz ging ab. Und gleich darauf war einenweg alles vorbei, die Vriinä konnte nur staunen, wie tifig das gegangen war, dann hockte sie wieder allein im Schnee und sann dem Treiben in der Gnüüsswand nach und dem Hummeli, das keines gewesen war, und wunderte sich einen rechten Weil lang, wie gschpässig diesmal die Geister gefeiert hatten. Dann hockte sie nur noch so da und losete der Stille, die sie im neuen Jahr viel stiller dünkte als noch im alten, und dem ganz feinen Liseren und Süderen der Linth unter dem Eis, und dabei dachte sie, dass das Leben überhaupt gschpässig war mit all dem vielen, das kam und wieder ging, und so ganz ohne jede Ordnung. Und irgendwann dachte sie nichts mehr und wollte eigentlich schon lange heimzu beinlen, nur war sie dafür viel zu faul, und im Schnee war ihr gad so wohl und auch nicht kalt, und endlich rollte sie sich zusammen wie ein Füchsli, und so nuggte sie dann ein.

Zweites Buch

Der Hexer und das Fralein Heer

Als das Vreneli am Neujahrsmorgen erwachte und das Tal hinaufsah dem Tödi zu, hingen die Wolken nideldick zwischen den Bergen, und von den Bergen selber waren nur finstere Stümpfe zu sehen. Dazwischen lag der Schnee so dick und weich wie Katzenfell und stüübte unter jedem Lüftli, so dass der Vriinä war, als wäre sie in einer Schachtel, so zu war alles, duster und heimelig in einem. Und plötzlich fühlte sie sich, als wäre sie ebigs lange geloffen und hätte allzeit vergebis nach dem rechten Weg geschaut, und der Weg, den sie geloffen wäre, wäre immer enger geworden und fälscher, und zeinersmal wäre sie vor einer Wand gestanden und wüsste dadermit gewiss, jetzt müsste sie sich nur noch umtrüllen und in die andere Richtung gehen, dann wäre jener Weg ganz von allein der richtige. Und als sie sich dann umtrüllte, lag vor ihr das weite offene Tal und war zwar auch bewölkt, aber die Wolken waren dünner und heller, zuvorderst, dem Glärnisch zu, sogar viel heller, und am hellsten just ob ihres Müetis Firn, so dass er wie aus allem herausleuchtete. Und erst war der Vriinä, als well er vor ihr angeben mit seiner Wiissi und Schöni, und gleich darauf war ihr, als well er sie gar rufen, und endlich sagte sie zu sich, sie heig jetzt einenweg genug gewartet, dass das Müeti sie auf den Firn einlade, jetzt gech sie einfach und schaue, wie es überoben aussah und ob nicht doch ein Hummeli zu finden war oder ein Eingang in die Ebigkeit oder zum mindesten ein Gämsi.

Und danach füchslete sie erst über den Bös Fulen und den Rüchigrat und dann beim Zeinenfurggel auf das Rad und auf den Bächistock und über dem Radtäli auf den Grat vom Bächihorn, derweil ihr Herz tat wie eine Geissenchlepfe und sie ein ums ander Mal dachte, was wäre, wenn auf dem Firn dann einfach nüüt wäre, kein Mariili und kein Gämsi und keine Tür in die Ebigkeit und überhaupt rein nüüt als Schnee und Eis, und mehr als einmal wollte sie umkehren und doch lieber warten, bis ihr Müeti geflogen käme oder sein Gämsi schicke, zum sie auf das Gletscherli holen, und bis dahin das Gletscherli nur von weitem gschauen und sich ausmalen, was dort wäre. Aber dann fand sie immer, um den nächsten Rangg könne sie noch ring segglen, und um den wieder nächsten, und kam bis auf den Ober Glärnischfirn und war schon fast vor ihres Müetis Firn und musste nur noch einen Stotz durab und um ein einziges Eck zum das Gletscherli vor Augen haben.

Doch dann sah die Vriinä, wie unten im Kalttäli einer am Hang auf seinem Mantel sass, ein Reiter mit einem Chrottenmaul, ein gruusiger Hagel, der wohl zu lange geritten war und seine Wädli mit Hampflen von Schnee kuhlete, über ihm am Bort stand z'schlotteretsen und z'hürchletsen und voller Schaum ein Grauschimmel, ohne Sattel oder Fusshebi oder Zaumzeug, mit nur einem Bändel um, und mit dem war er an einen Felszahn gebunden. Der Bändel aber war von rotem Sammet wie ds Vriinäs Bändel, und weil die Vriinä nebst ihrem noch keinen solchen Bändel gesehen hatte, zwang sie der Gwunder durab, und sie füchslete zum Ross und fragte, woher es seinen Bändel heig. Und das Ross verschrak erst grüüli, als es das Füchsli sah, das auch noch schnurren konnte, dann liserete es aber, es sig drum eigentlich ein Mäntsch, und der auf dem Mantel sig ein Hexer aus der March und heig es mit dem Bändel gebannt. Danach kam es wieder z'hürchletsen und danach z'husten, das nutzte die Vriinä und tüüsselete im Schnee zum Hexer und gumpte zeinersmal vor ihm auf und nidsi und tat wie pickt, dass dem Hexer fast seine runden, wie gläsigen Augen aus dem Grind trooleten, und nach seinen abgfiggeten Waden schnappte sie, dass der Hexer gällig wurde und aufsprang und rief, er well sie grüüli abschwarten. Aber die Vriinä verhöselete und stand wieder still und wartete dem Hexer, bis er ihr nachen war, danach verhöselete sie wieder, und nadisnah lockte sie ihn derenweg immer tiefer dem Klöntal zu. Dann aber machte sie plötzlich kehrt und weiblete zum Ross zurück und band es los, was gar nicht leicht war so als Füchsli, und sprang auf seinen Rücken und ritt mit ihm davon, derweil der Hexer fluchte und durch den Schnee zu seinem Mantel stapfte.

Dann trieb die Vriinä das Ross über den Grat und durch eine kleine Rus den Guppenfirn hinab, und zeinersmal waren sie auf ds Mariilis Gletscher, und das Vreneli konnte aber gar nicht um sich lugen, so sehr musste es hirnen, wie es jetzt das Ross vor dem Hexer rette und wie sich selber. Und bis ihm einfiel, dass es in einem von ds Bersiänelis Büchern von einem Venediger gelesen hatte, der vor dem Leibhaftigen ab war, auch auf einem Ross, und über neunundneunzig Friedhöfe geritten war und sich asen gerettet hatte, da hatten sie den Firn schon hinter sich gelassen und waren bei der Enneteggenhütte.

Dort hielten sie, damit das Ross, das meinte, es heisse Fralein Heer, im Enneteggenbächli saufen konnte. Aber schon stand ein Fisch im Wasser mit ds Hexers gläsigen Augen und auch wieder einem Chrottenmaul, und das Vreneli sprang auf und trieb das Fralein Heer durab, auf Schwändi und über den ersten Friedhof, und danach ritten sie talauswärts über alle Friedhöfe, während der Hexer die Linth durab neben ihnen her schwamm und von einer Welle zur nächsten gumpte zum sehen, wo sie wären, bis er sich hinter Ziegelbrücke zmittst im Gump in einen uumären Mäusedieb verwandelte und das Fralein Heer aus der Luft päcklen wollte. Doch die Vriinä hatte schon ihren Bändel abgerupft und Nordwind gezaubert, so windete es den Hexer wieder ins Tal hinein. Als Nächstes verwandelte er sich in ebenfalls ein Ross, doch die Vriinä hexte ihm Hagel um den Grind, so sah er nicht, wohin sie ritten, und dann vertschlipfte er gar auf dem Eis. Und die Vriinä und das Fralein Heer expressten weiter über die Friedhöfe, dem Walensee entlang und durch das Rheintal, dort endlich tauchte auch der Hexer wieder auf und hatte sich in einen Luchs verwandelt, schnell wie eine Gewehrkugel, und war schon hinter ihnen und biss das Fralein Heer in den Schwanz, als säb einen ebigs langen Satz nahm und über die Mauer vom neunundneunzigsten Friedhof sprang, und endlich war der Bann gebrochen und das Fralein Heer wieder ein Mäntsch, eines mit blondem Haar und blaber Haut, und der Hexer verlor seine Macht über ines und musste z'wäffeletsen ab. Und danach hörte auch die Vriinä auf mit füchslen und war nur wieder ein verrupftes chäches Meitli und langte dem Fralein Heer die Hand und stellte sich vor, und danach lagen sie erst einmal ab zum sich verschnaufen.

Zmittst im Verschnaufen allerdings verschrak das Fralein Heer noch einmal und fand, was, wenn der Hexer ihnen hinter dem Müürli lauere, das Vreneli beruhigte es dann aber und verzellte, dass, wenn erst ein Bann gelöst wäre, das Opfer danach frei sig, so nämlich stand es beim Bersiäneli im Buch, und das Fralein Heer gab sich zufrieden und lag wieder still, bis es dann z'gigletsen kam und fand, das dürfte es auch niemertem verzellen, dass es an einem einzigen Tag von einem Hexer und noch einem Füchsli geritten worden sig.

Als sie sich genug erholt hatten, suchten sie das Amt – auf Heiden waren sie geraten –, damit das Fralein Heer heimtelegrafieren konnte, es wäre am Leben und im Sanktgallischen und bräuchte Geld für die Reise. Weil aber Neujahr war und Sonntag, mussten sie an vielen Türen läuten, bis ein Beamter gefunden war und mit ihnen ging und den Bescheid telegrafierte. Der Herr Heer schrieb zurück, die Heidener sollten eine Guutsche stellen, und weidli, er zahle dem Guutscher doppleten Lohn, und danach ging es rassig.

Auf der Heimfahrt dann fanden sie heraus, dass die Vriinä für ds Fralein Heers Vatter schaffte, und hatten ein Glächt, bis das Fralein Heer meinte, ab jetzt müsste der Vatter der Vriinä doppleten Lohn zahlen. Danach zog die Vriinä einen Lätsch und meinte, für Geld heig sie im Fall nicht geholfen, und das Fralein Heer lief rot an und staggelete, es heig doch nur wellen gschpässlen, und ob sie jetzt keine Freundinnen mehr wären, und die Vriinä wurde auch rot, aber vor Freude, weil sie zum ersten Mal eine Freundin hatte, ausser dem erfundenen Gschpändli vom Sommer an den Fessisseeli, und mit dem hatte sie nur gestritten. So nickte sie tifig und meinte, momoll, und das Fralein Heer lachte schon wieder und fand, da heig es noch Schwein gehabt.

Und dann verzellte es, wie es ein Ross geworden war. Wegen der dünnen, blaben Haut, durch die stets all sein fürnehmes Geäder schien, und weil es ausserdem einen flachen Schnauf hatte, musste es allpott ins Tüütsche gogen bädelen, und fered hatte es im Bad einen Burschten kennenglernt, einen Märchler, der sofort hinter ihm herstieg und tääpelen wollte und überhaupt ein Grüsel war, aber z'Trotz musste es sich in ihn verlieben, sobald es einmal in der Höfligkeit von einem Eiertatsch gegessen hatte, den hatte der Märchler ihr an den Tisch befohlen. Von da an wollte es ihn gar heiraten, obwohl es ihn noch immer einen Grüsel fand. Erst als es wieder zu Glarus war und seiner Magd von ihm verzellte, meinte die Magd, der Eiertatsch heig dängg das Fralein Heer verzaubert, und brachte es zum Pulsterenwiibli. Das gab dem Fralein Heer ein Pülverli zu essen und fabrizierte einen Gugus, und endlich erbrach das Fralein Heer ein Schlängli und musste säb nur noch packen und es ins Herdfeuer werfen, danach war es vom Zauber frei und von Stund an nicht mehr verliebt. Jetzt war aber der Märchler an dem Gegenzauber gestorben, und weil er schon daheim verzellt hatte, er täge das Fralein Heer weiben, und ds Märchlers Vatter eine Schwetti Geld auf die Heer'sche Mitgift aufgenommen und verchlüpft hatte, war der säb Vatter gad dopplet hässig, zum einten wegen dem toten Sohn, zum anderen wegen der Schulden. Und als darum das Fralein Heer in der Altjahrsnacht zur Kirche ging, entführte er es und fuhr mit ihm graduus in die Höll und machte an ihm tuusigs wüste

Sachen, was, wusste das Fralein Heer nicht recht zu sagen, doch war es am End in das Ross verwandelt, und der Hexer sprang ihm auf den Buckel und ritt mit ihm z'Berg und rief, er täge es z'Tod reiten, und trieb es über immer neue Gipfel. Zum Glück war aber der Hexer das Reiten nicht besser gewöhnt als das Fralein Heer und figlete sich die Wädli wund und musste absteigen, und die Vriinä kam und wusste selber, was danach passiert war.

Oder sie meinte amel, sie wüsste es, denn was sie auch sagte, das Fralein Heer wusste immer alles besser, und sie hatten eine einzige Chifleten, aber auch ein uumäres Glächt, und waren viel schneller wieder zurück im Glarnerland, als sie erwartet hatten.

Als sie schon fast zu Glarus waren, wollte die Vriinä dem Fralein Heer den roten Bändel wieder umtun, damit es fortan vor Zauber geschützt wäre. Doch das Fralein Heer meinte, den säben Bändel well es seiner Lebtig nümmen sehen, und zum Eiertatsch läss es sich ohnehin nicht wieder einladen.

Und dann bog die Guutsche in die Meerenge ein, und vor ds Heers Herrenhaus standen die Frau und der Herr Heer und die Mägde und ein Knecht, und alle schmüseleten das Fralein Heer ab, kaum war es aus der Guutsche gestiegen, und als das Fralein Heer verriet, dass die Vriinä sie errettet heig, schmüseleten sie alle auch die Vriinä ab und hiessen sie ins Haus eintreten, das fast wie ein Palast war, mit Stühlen mit goldigem Polster, und während das Fralein Heer verzellte, gab es Braten und Wein und Kuchen, und die Vriinä ass für zwei, weil sie ja die Geschichte schon kannte, und nur wenn ds Heers meinten, das Fralein Heer übertreibe, musste sie sagen: »Momoll, abgschtochän eso isch es gsii!« Dann achteten schon alle wieder nur dem Fralein Heer, und die Vriinä haberete fort und sah vom Platz aus die goldigen Vorhänge und die goldigen Lampen und die Tapete mit einem Muster aus Silber und wieder Gold, und durch einen Durchgang sah es in eine Stube mit einem ebigs schönen Fotöi von rotem Sammet, und davor stand ein Weihnachtsbaum fast wie beim Bersiäneli, nur säb Mal ohne Gold, dafür mit Kerzli und Kugeln aus rotem und blauem und gelbem und leerem Glas, und auf den Baumspitz war ein Engeli mit blondem Haar gesteckt, das aussah wie das Fralein Heer.

So war die Vriinä beschäftigt, bis das Fralein Heer mit verzellen fertig war und die Frau Heer meinte, die letzte Nacht wäre ihrer Lebtig die grässlichste gewesen, weil es nüüt Schlimmers gäbt als dem eigeten Kind warten und nicht wissen, ob es noch lebe. Da endlich fiel der Vriinä ein, dass auch der Vatter ihr seit nächtig wartete, und danach sprang sie ohne Exgüsi davon und weiblete auf Fessis.

Der Vatter war aber fort, dabei war schon fast Nacht, und die Kühe warteten mit vollem Euter. So molk sie erst, dann stieg sie wieder z'Tal und wollte zur Gnüüsswand, weil da der Vatter sie am ehsigsten suchte. Dann traf sie aber an der Wart die Frau vom Joggel Marti, und die verwarf die Hände und meinte, der Fessisbauer wäre mit den Sooler Mannen seit dem Mittag am Glärnisch am sie Suchen, und hiess die Vriinä zum Pfarrer expressen, dass der das Glöckli schläch und kund gäbt, dass sie gefunden war und die Mannen heimwärts konnten, nicht dass noch einer z'Tod erfiel im Dunkeln. So rannte die Vriinä wieder auf Sool und fand den Pfarrer am Chäären mit dem Waisenvogt, weil offenbar derweil nach Sool gedrungen war, dass auch zu Glarus eines verschwunden wäre, das Fralein Heer, es war aber noch nicht bekannt, dass es wieder daheim war, und eben meinte der Herr Pfarrer, so wäre es welenweg doch nicht des Fessisbauern Schuld, dass das Vreneli fort war, worauf der Waisenvogt rief, ganz im Gegenteil, der Fessisbauer wäre welenweg noch viel der Schlimmere, als sie gemeint hätten, und heig gad alle beide Meitli auf dem Gewissen.

Als aber die Vriinä zuechen trat und meinte, sie sig zurück und das Fralein Heer auch, und der Vatter heig mit der säben Sach dann nüüt zu schaffen, verschraken die beiden Mannen so grüüli, dass sie nur standen wie festgewachsen. Selbst als sie den Pfarrer hiess, er sell bisseguet die Glocke schlagen, damit der Vatter sich nicht länger sorgen müsste, machte der keinen Wank, und so ging die Vriinä halt selber und schlug die Glocke. Als sie dann aber wieder aus der Kirche wollte, fand sie das Tor von aussen bschlossen, und sooft sie auch dem Pfarrer rief und so fest sie gegen das Tor ginggete, keiner kam und schloss ihr auf. Ein zweites Türli fand sie nicht, und auch kein Zauber kam ihr z'Sinn, der ihr hier half, sie konnte ja nur dumme Wetterzauber und sertige zum ringer Buurnen. So wäffelete sie erst über das Bersiäneli, dass säb sie nicht gescheiter unterrichtet heig, dann ginggete sie noch ein paarmal an das Tor und hockte ab und wartete ds Gotts Namen.

Und endlich hörte sie die Sooler Mannen und wie der Vatter schon von weitem rief, wo seine Tochter sig und ob sie gesund und busper sig, und die Vriinä rief, sie sige schon gesund und busper, aber der Pfarrer heig sie im Versehen in die Kirche einbeschlossen, und als sie durch das Schlüsselloch lugte, sah sie, wie eben der Vatter den Pfarrer vor Freude umarmte und weiter in die Kirche wollte, aber der Pfarrer hielt ihn zurück und wollte auch das Tor nicht auftun, stattdessen meinte er, ob der Fessisbauer das Vreneli dürfe wiedersehen, müsste der Rat entscheiden. Da riss der Vatter sich von ihm los und wollte das Tor einschlagen und rief, er well zu seiner Tochter, und als das Tor nicht nachgab, hängte er dem Pfarrer und den Soolern, die um den Vatter und den Pfarrer standen und gafften, Schlötterlig an und rief noch einmal, er well seine Tochter zurück, und hantli. Und dann sah die Vriinä durch das Schlüsselloch, wie die Sooler ihren Vatter packten und ihn fortschränzten, und der Gemeindeschreiber Muggli meinte, solange sie nicht wüssten, was er dem Vreneli angetan heig und dem Fralein Heer, käme er nicht frei, und so oder so käme die Vriinä zu besseren Leuten. Und weil der Vatter sich noch immer wehrte, wies der Muggli den Schmied an, er sell den Vatter in Ketten legen, und wie sehr die Vriinä auch heepete, der Vatter sig unschuldig und alles sig ganz anders, die Sooler achteten ihr nicht und schlugen den Vatter in Ketten und schleipften ihn in den »Bären« und liessen die Vriinä allein.

Sie rief noch öppen und tämerete, dann war sie aber endlich zu erschöpft und nuggte halben ein.

Das Heftli aus Paris

Dann endlich ging der Schlüssel im Schloss, der Waisenvogt trat vor zwei Wachtmannen in die Kirche und hiess die Vriinä mit in den »Bären« kommen. Dort nahm der Schmied soeben dem Vatter die Ketten ab, und das ganze Dorf war in der Stube versammelt und stritt mit roten Grinden und tütterlete eines ums andere, bis der Herr Heer auf einen Stuhl stand und rief, sie sollten für ein Momentli still schweigen, er well drei Sachen sagen.

Danach wartete er doch, bis der Vatter befreit war und die Vriinä bei ihm, dann aber rief er, zum Ersten täg er kund, dass auch seine eigete Tochter, das Sabindli, wieder daheim wäre und wohlauf, und der Fessisbauer heig mit ihrem Verschwinden nicht das Mindeste zu schaffen. Zum Zweiten well er den Soolern hinter die Ohren schreiben, die Vriinä und ds Vriinäs Vatter wären mehr als rechtschaffene Leute. Leider verbiete ihm die Sicherheit gewisser anwesender Personen, darin ausführlicher zu werden, er könne aber den Soolern zu sertigen Mitgliedern ihrer Gemeinde nur recht von Herzen gratulieren und well ihnen fest raten, den Fessisbauern und die Vriinä tuschuur mit Höfligkeit und Anstand zu behandeln.

Das gab ein Geschnurr unter den Soolern, und der Herr Heer musste ein paarmal Ordnung heuschen, bevor er weiterfahren konnte, dass er zum Dritten gern dem Fessisbauern mit einem Geschenk bewiesen hätte, wie hoch er ihn achte. Nur leider sig der Fessisbauer so bescheiden, dass er sein Geschenk zurückgewiesen und gemeint heig, was immer er zum Leben brauche, schaffe er sich mit eigeten Händen. Weil der Herr Heer dennoch nicht ohne Dank fortwollte, so hatte er, wie er als Viertes verkündete, beschlossen, er beschenke statt seiner die Gemeinde, in der der Fessisbauer und die Vriinä wohnten, und zwar well er den Soolern die Feuersprütze kaufen, die sie, wie er gehört heig, schon seit ebigs wollten und sie drum aber nicht vermögten. Und noch bevor die Sooler sich vom Staunen erholt hatten, hiess er den Wirt ein neues Fässli Weissen anstechen, und die Sooler hiess er auf den Fessisbauern und die Vriinä und auf ihre neue Sprütze trinken.

Dann stieg er vom Stuhl und machte die Runde, und die Sooler fanden ihre Sprache wieder und werweissten alle durenand, warum der Heer so heimlifeiss getan heig und was am Fessisbauer und dem Vreneli zeismal so bsunders sige. Der Herr Heer selber schritt derweil umher und hatte mit jedem Sooler Bauern ein Wort und wollte hören, wie es daheim um Hof und Heim und Chinden stäch, und ganz wie nebenbei sagte er einem jeden noch ettis über ds Fessisbauern hohen Sinn für das Alpnen und seine begnadete Hand für das Veh, und dass er aller Büetz z'Trotz die Vriinä zu einem Meitli herangezogen heig, wie er so gschaffig und verlässlich in seiner Fabrik kein zweites wüsste.

Die Vriinä hockte inzwischen mit dem Vatter an einen Tisch im Eck und musste von ihm hören, wie er ihr z'Nacht vergebis gewartet hatte und endlich in der Früh zur Gnüüsswand war und erst nur meinte, sie wäre dängg dem Bersiäneli ein gutes Neues wünschen. Dann war er aber ihren Taapen im Schnee nach und asen über den Bös Fulen und den Bächistock bis auf den Glärnisch gekommen, und dort war zeinersmal ein ebiges Gnuusch von Rössertaapen und Männerböden, dafür von einem Schritt zum anderen plötzlich kein einziges Tääpli von der Vriinä mehr, am ganzen Glärnisch nicht, als wäre sie in die Luft verschwunden. Darob war er ebigs verschrocken und weidli doch noch zum Bersiäneli, in der Hoffnung, er heig die falsche Spur verfolgt. Das Bersiäneli hatte aber die Vriinä seit der Weihnacht nicht gesehen, und er war zurück auf Sool zum die Sooler Mannen holen und war mit ihnen wieder auf den Glärnisch. Natürlich hatten die Sooler nur darauf gewartet, dass ihm sertigs gschäch, und schiints hatte der Waisenvogt noch in der säben Stunde ettis eingeleitet, das er »Amtsvorgang« nannte, und einen Boten auf Glarus geschickt, Neujahr und Sonntag z'Trotz, damit die Vriinä, sobald sie gefunden würde, fortmüsste von Fessis und zu fremden Leuten.

Zum guten Glück war der Herr Heer am säben »Amtsvorgang« beteiligt und war sofort auf Sool expresst und kam zu ihm, als er in Ketten geschlagen im Keller unter dem »Bären« lag, und losete, was er zu verzellen hatte, dann rüsslete er den Waisenvogt an und hiess ihn den Amtsvorgang sistieren, wie säb hiess, und dann kam schon der Schmied und löste seine Fesseln, und die Vriinä, so versicherte der Heer, müsste nicht fort von Fessis.

Z'Trotz schimpfte der Vatter noch gehörig mit der Vriinä und sagte, nie wieder dürfe sie ohne Meldung über Nacht fort, und die Vriinä gab zurück, sie wäre ein freies Mäntsch und heig kein minderes Recht zu fenderen als seinerzeit ihr Müeti, und darauf sagte der Vatter schon nüüt mehr, stattdessen schwieg er gällig und meinte nur zuletzt, aber den Bändel dürfe sie dabei nie wieder abtun, gschäch was well.

»Mira wuäl«, willigte die Vriinä ein, ausser es wäre eines in Not wie heute das Fralein Heer, und sie müsste zauberen.

Darauf wollte der Vatter schon wieder wäffelen, und die Vriinä ihrerseits wollte weidli verzellen, wie sie gezaubert hatte, damit der Vatter nümmen schimpfte, sondern sie lobte. Sie kamen aber alle beide nicht dazu, weil eben da der Herr Heer kam und zuechen sass und zur Vriinä meinte, er heig dem Fessisbauern drum schon alles verzellt, und gemeinsam hätten sie entschieden, sie müsse unbedingt ihre Heldentat für sich behalten. Erfuhr nämlich der Märchler Hexer erst, dass sie es war, die seinen Zauber vernüütet hatte, so wollte er ihr ganz gewiss z'Leid werken.

Dass der Vatter von ihrer Heldentat gewusst hatte und z'Trotz nur wäffelete, fand die Vriinä überhaupt nicht lustig, und dass sie keinem sonst davon verzellen durfte und also auch nie etter sie loben würde, schon gar nicht. »Gsih hett dr Hexer mich amel nüd, ich han der ganz Weg gfüchslet«, sagte sie daher, und solange sie das Bändeli um heig, könne er ihr auch gar nüüt. Doch als der Herr Heer ihr erklärte, der Hexer kenne womöglich einen Zauber, der wäre stärker als so ein Bändeli, und wenn er sie erst heig, trachte er ihr womöglich nach dem Leben, versprach die Vriinä doch, sie well fortan das Müsterli für sich behalten.

»So isch es recht«, meinte der Herr Heer. Dafür durfte die Vriinä ihm noch erklären, was es mit säbem Füchslen auf sich heig, und er meinte mit Bewunderung zum Vatter, sein

Vreneli sig will's Gott ein Bsunderigs. Und als er aufstand zum sich verabschieden und ihnen beiden die Hand langte, meinte er gar zur Vriinä, sein Haus stäch ihr offen Tag und Nacht, und sie sell ja glii wiederkommen, das Sabindli plange schon nach ihr.

Dann rief er ein zünftiges »Adjä!« in den Saal und ging. Gleich darauf kamen die Wachtmannen an den Tisch und meinten, sie wären beauftragt, den Fessisbauern und seine Tochter sicher auf Fessis zu geleiten.

Bevor sie aus der Tür gingen, hörte die Vriinä noch den Joggel Marti sagen, die Sooler Bauern wären alle Tublen, das appartige Heu von Fessis nicht zu kaufen, derweil ihnen daheim das Veh darbe, und fortan well er mit dem Fessisbauern händelen wie vor ds Mariilis Tod. Und asen dachten offenbar noch mehr, denn in den nächsten Tagen kamen fast alle Sooler Bauern auf Fessis und märteten um ds Vatters Heu, obwohl der Winter jung war und sie noch Heu bis unters Dach besassen. Sie meinten aber, besser kämen sie nicht erst, wenn er schon ausverkauft sig.

Und als zu Sool die neue Sprütze eintraf, kam der Joggel Marti gar ein zweites Mal und schwärmte ebigs, wie neumödig die Sprützenmechanik sig und wie glänzig das Schassi und gar mit einem lackierten Hebi, und endlich meinte er, es gebe drum hinecht ein Sprützenfest, da dürften der Vatter und die Vriinä nicht fehlen. Sie fehlten aber doch, weil der Vatter fand, am Morgen müsste die Vriinä früh wieder in die Fabrik und z'Nacht beizeiten underen, und was ihn angech, so sig er noch in der Trauer ums Mariili.

Obwohl der Vatter jetzt nämlich wieder ein Entgelt hatte, werkte die Vriinä weiter in der Heer'schen und wurde je längers, je vorlauter. Wo sie auch eingeteilt war, früher oder später gab es dort ein Glächt, dass es durch alle Abteilungen zu hören war, und danach wussten alle, dass die Vriinä wieder im Hänggiturm schaffte oder am säben Tag an der Vorspinnmaschine oder in der Feinspinnerei oder beim Zwirnen oder Schlichten oder in der Färbi oder auch an den Webautomaten, wo sie mit den anderen Chinden unter die laufende Maschine haapete und Dreck kehrte, dass er nicht ins Zeug gewoben wurde.

Und bald war die Vriinä so bekannt, dass es, wann immer zwei ein Geschnäder hatten oder ein Glächt, hiess, denen wäre dängg die Vriinä zugeteilt, auch wenn die ganz woanders schaffte. Allein der Melk wollte der Vriinä immer noch nicht achten, dabei lief sie ihm mittlerweile zmittst durch den Weg, einmal gar pützlet und gschläget in einem Gestaltröckli, das dem Fralein Heer nicht passte und das drum jetzt ihres war, und bei jedem Lohnfassen mostete sie frech vor ihm in die Reihe. Doch was sie sich auch einfallen liess, der Melk war stets am Traumen, sogar beim Lohnfassen gaffte er nur auf seine Füsse und fand die schiints so spannend, dass er nicht einmal hörte, wenn der Zahlmeister ihn aufrief. Und wartete sie ihm als Füchsli unter den Büschen am Industriebach, war er wohl mit dem Feierabendglöckli verflogen, amel über säb Brückli kam er nie, nicht abends und nicht am anderen Morgen.

Erst im Februar päcklete eines Tages das Fränzi aus der Feinweberei vor Feierabend den Schön-Ruedi und meinte, heute gech es nur zämen mit ihm übers Brückli, der Melk heig drum verzellt, dort lauere all Abend ein Füchsli, und jetzt hatte es schiss, dass säb es biss. Der Schön-Ruedi lachte darob zwar und fand, der Melk täg doch nie die Schnurre abenand, und gewiss gäbt das Fränzi ihm einen Seich an. Aber solange es ihn asen eng päcklet hielt, war ihm jede Lüge recht, und das Fränzi meinte gar, totsicher heig der Melk säb gesagt, und zwar als es gwünderet heig, ob ihm nicht langweilig würde, all Nacht im Oberstübli vom Schliesser zu pfuusen mit numen alles Buben und rein gar nüüt zum Schmüselen.

Als an dem Abend die Vriinä die Fabrik verliess und im Geheimen wieder zurück und unter die Hecke am Industriebach füchslete, sah sie für einmal nicht aufs Tor, sondern empor zum Dachstock vom Schliesserhüttli. Und wirklich stand im Fensterloch der Melk und gschaute sie mit Blicken wie Ääli, und als er merkte, dass das Füchsli ihm fädig ins Gesicht sah, wurde er rot – nur ganz ein bitzeli, z'Trotz wurde es der Vriinä gad, als käme der Maien übers Land, so heiss war ihr mit einem Mal im Herzen.

Dann kamen aber die Buben gesegglet und hängten ihr Schlötterlig an und warfen Schneeböllen, am meisten der Schön-Ruedi, derweil das Fränzi vom Tor her zusah, und die Vriinä musste versegglen. Am anderen Abend lief alles wieder gleich, sie füchslete zum Brückli und gschaute den Melk, und er gschaute sie, danach kamen der Schön-Ruedi und die Buben und wollten sie plagen – nur kam säb Mal der Melk vom Oberstübli gestiegen und hiess sie das Füchsli in Frieden lassen, wenn sie nicht wollten, dass er sie abtöggele. Z'Trotz warf der Schön-Ruedi nicht einen Schneeball, sondern einen Stein und traf die Vriinä damit am Scheichen, dass sie einen Wiechs abliess und z'hülpetsen versegglete.

Fortan blieb sie auf Fessis, das hatte aber einen anderen Grund. Der Joggel Marti nämlich hatte, als das Mariili noch nicht verflogen war, eines von ihren Kälbern gekauft, und säb Kalb wurde mit den Jahren eine so gattlige und reiche Milchkuh, dass sie der Joggel Marti heuer im Frühjahr zur Weltausstellung auf Paris genommen hatte. Zu Sool gab es darob ein meineidiges Gespött, es hiess, die Frau vom Marti heig ihn geschickt, damit er ihr einen neumödigen Unterrock brächte. Doch dann gewann die Milchkuh zu Paris an der Prämierung nicht nur einen ersten Preis, sondern der Kaiser Napoleon selber kaufte danach die Kuh, und um einen rechten Batzen.

Kaum war daher der Joggel Marti zurück im Glarnerland, kam er auf Fessis mit einer schweren Gutteren Branntwein als ds Vatters Lohn, und weil sie gad beim Znacht waren, hockte er zuechen und ass mit und verzellte all Abend vom säben Paris, wie gross und wie schön es sig, und von den englischen Rindli, die einen Rist hätten, hoch wie ein Dachfirst, und die schottischen wären wohl kleiner, dafür schwarz wie das Höllloch und ganz ohne Gehörn, und die welschen wären weiss wie Geissenmilch und zärtelig wie Chüngel, die Schweizer Kühe endlich aber wären die mit der meisten und besten Milch und sein Bethli die Kuh mit der allerimeisten und der alleribesten, und zudem war es die Schönste, das heig auch der Napoleon gemeint, wie er mit seiner Kaiserin Eugenie an die Ausstellung kam und das Bethli postnete, und zum Dank hatte der Joggel Marti ihm eines gejodlet, und der Napoleon hatte geklatscht, und die Eugenie hatte fürnehm genickt.

Vor allem aber hatte der Joggel Marti der Vriinä ein Heftli

geschenkt, das hatte er eigentlich für seine Frau gekauft, aber die hatte schon ihren Unterrock und der Vatter den Brannt- wein, nur sie allein hatte noch nichts. Und in dem Heftli stand vieles geschrieben über Paris und über die Weltausstellung, auf Welsch und nicht zum Lesen, aber es hatte auch tuusigs Bilder, von Paris, das pützlet war wie die Kirche an der Weihnacht und ebigs gschpässig aussah, weil die Häuser alle tätschweiss bemalt waren und süüferli Eck auf Eck gebaut und greihelet wie Milchzähne, und die Strassen waren hell und weit und ganz ohne Günten und Gräben, und kein ein- ziges Chueli stand in der Gasse, nicht einmal eine Sau oder eine Geiss, und sogar die Bäume in den Strassen waren noch greihelet, und ob den Hausdächern waren nicht öppen Berge und Tobel und Gletscher zu sehen, sondern gad immer der bare Himmel.

Das Gschpässigste von allem aber waren uumääre Paläste für nur allein zum Bilder an die Wände hängen. Und als die Vriinä fragte, wem all die Helgeli denn warteten, sagte der Joggel Marti, die warteten rein niemertem, die hingen in den Palästen ihrer Lebtig und wären einfach nur schön und zum Anlugen, und säb hiesse dann Kunst. Die Mäntschen aber, die säb Helgeli malten, wären in Frankreich noch berühmter als der Napoleon und seine Eugenie.

Das glaubte die Vriinä ihm aufs Wort, denn die Pariser Helgeli zeigten nicht numen Alpaufzüge oder den Heiland oder den Wilhelm Tell wie die in der Kirche zu Sool oder im »Bären«, die zeigten Gärten pläpplet voll mit Blumen und Mäntschen mit Gwand so leicht wie Wolken, und eines zeig- te eine blutte Frau, die zmittst auf dem Meer pfuusete unter einem Himmel gefüllt mit Engeli, und der Frau verblies es das Haar, welches ebigs lang war und rot wie ds Vriinäs Haar oder gar röter, so rot wie die Föhnfahnen am Tödi im Abendgluet. Überhaupt zeigten die meisten Bilder blutte Frauen, die schönste und besonderste aber war ein Meitli, das tanzte neumeds ganz für sich und war nur halben blutt, mit einem Schleierli ums Fudi, und rings war auf dem Bild alles leer und grau und tötelete und sah fast aus wie bei den Totenseelen auf dem Tödigletscher, und doch hatte säb Meitli schiints eine Wöhli, als täg ihm im Geheimen ettis Uuschönes traumen, und zwischen seinen Füssen spross ein Blüemli.

Seit die Vriinä jenes Helgeli gesehen hatte, wusste sie, sie musste selber Kunst machen, und während das halbe Glarnerland auf Fessis kam zum dem Vatter ein Kalb abschwatzen, wie er es seinerzeit dem Joggel Marti verkauft hatte, hockte die Vriinä Tag um Tag an ihren Fessisseeli und studierte, wie sie es sell angattigen, dass ihre Kunst selbst für die Mäntschen zu Paris neu und besonders wäre, und kam auf keine Idee. Dann fiel ihr aber zeismal ein, dass in dem Heft auch Züügs geschrieben stand, am End half ihr das weiter, und danach rannte sie zmittst in der Nacht auf Glarus und pöpperlete ds Heers wach. Es sige späte Nacht, fand drum auch der Herr Heer, als er im Morgenrock die Stäge durab kam, doch die Vriinä erinnerte ihn, dass er sie due im »Bären« eingeladen heig für Tag und Nacht, und danach liess er sie herein, und als die Vriinä wollte, das Fralein Heer sell ihr das Heftli übersetzen, das könne doch gewiss säb Welsch, meinte er zwar, das Sabindli täg er jetzt nicht wecken, er hockte dafür aber selber mit dem Vreneli ins Fotöi und übersetzte ihm das ganze Heft.

Was dort geschrieben stand, half ihm zwar auch nicht

weiter, dafür hiess es der Herr Heer zum Zmorged bleiben, und als das Fralein Heer aufgestanden war und das Vreneli ihm die Helgeli im Heft zeigte und meinte, so Kunst well es auch malen, es wüsste nur nicht wie, da wusste das Fralein Heer, dass es als Erstes Leinwand und Farbe und einen Pinsel bräuchte, und wollte sogar, wenn der Herr Heer vom Schaffen käme, fragen, ob er nicht der Vriinä Stoff und Farbe aus der Fabrik heig.

Bis nächtig konnte die Vriinä jedoch nicht warten, so weiblete sie wieder heimzu und rupfte den Sauen die Borsten aus und band sie zu einem Pinsel und nahm ihres Müetis Totentuch, das noch verfötzlet im Gjätt unter dem Bödeli an einem Haselzwick hing, und Holderensaft und Hung für gelbe und vigolette Farbe, und zuletzt nahm sie einen Schuh vom Vatter zum ihn abmalen, weil ihr nicht einfiel was sonst malen, und stägerete wieder obsi zu ihren Fessisseeli und machte Kunst.

Nach paar Minütli war aber das Liilachen schon vermalt, und der Schuh war überhaupt nicht nach der Natur geraten und sah nach gar nüüt aus, nicht einmal wie ein Schuh, und die Vriinä sirachte und wollte das Tuch auswaschen, zum es ein zweites Mal und säb Mal schöner zu bemalen, der Holderensaft ging aber nümmen aus, und wie es ribschgete, verfeuserlete das Totentuch noch mehr und schränzte ein ums ander Mal, und die Vriinä fand, die Welt wäre ungerecht, und grindelete, und dann entschied sie, so auf ein Linnen gemalter Plunder wäre einenweg nüüt zum damit auf Paris.

So hockte sie noch einmal ebigs und hirnete an ihrer Kunst, derweil es an den Fessisseeli Sommer wurde und das Läusekraut blühte und verblühte, und sprach mit keinem als mit ihres Müetis Firn. Der nämlich leuchtete oft asen weiss und hell, als heig er weiss-der-Gugger-was zu vermelden, derweil der Vriinä überhaupt nüüt z'Sinn kam, und mängsmal rief sie ihm über das Tal zu, so sell er gagsen, was er zu gagsen heig. Doch nie wollte der Gletscher sich verroden, der leuchtete nur stumm und tat, als wäre die Vriinä keinen Gags derwert. So schnitt die Vriinä ihm jeweils ein Gesicht und hirnete allein fort, bis ihr ob seinem ebigs weissen Leuchten endlich einfiel, am End wär ds Müetis Totentuch zu wüst für eine rechte Kunst, und was sie bräuchte, wär ein Tuch so leer und weiss und leuchtig wie der Firn. Und schon im nächsten Augenblick verstand sie nicht mehr, dass sie nicht längst auf ihres Müetis Gletscher war, und expresste das Bort durab und die Glärnischflanke obsi und fädig auf den säben Firn.

Die Vriinä übt die rechte Kunst

Als die Vriinä auf den Firn kam, sass sie als Erstes wieder ab und sah sich um und stellte fest, dass er recht nüütelig aussah. Trotzdem war es ein schöner Firn, und auch das Nüütelige an ihm war schön, und dass sie selber jetzt da hockte, wo früher das Müeti gehockt war – säb halt nicht allein, sondern mit seinem Gämsi, aber doch –, war schön und gschpässig zugleich. Und als die Vriinä sich erst ausmalte, wie das Mariili über Stunden und Stunden am säben Plätz gehockt war ohne Wank und numen noch ein leeres Mäntsch gewesen, derweil sein Hummeli z'Tal die Mäntschen tränzlete oder durch die Weite und die Leere zwischen den Firnen flog oder noch höher, zwischen der Sonne und den Wolken, wurde ihr sogar einen bitz gfürchig zumut.

Dann sah sie über den Rand vom Gletscherli, dort lag das ganze Grosstal offen bis hin zur March, und hinter der March lag Zürich, und hinter Zürich lag Paris, und plötzlich kam ihr der Gedanke, wenn sie erst eine Kunst gemacht heig, die schöner sig als alles davor, so würde sie damit nicht auf Paris gehen, sondern die Pariser müssten mit einer uumäär scharfen Brille von ihren Dächern auf den Glärnisch lugen, oder wenn die Dächer zu niedrig waren, so müssten sie einen Turm bauen bis in den Himmel und von dort ihre Kunst gschauen, und asen würde sie noch viel berühmter.

So musste sie jetzt nur noch eine Kunst erfinden, die schöner war als alle Kunst davor, gar leuchtiger und schöner als der Firn, am liebsten schön und warm und leuchtig wie die Sonne. Daran studierte sie dann wieder einen Weil, nicht anders als zuvor schon an den Fessisseeli, doch anders als die Fessisseeli war ds Müetis Firn so leer und weit und weiss, dass sie ob lauter Leere bald das Studieren vergass und numen noch dem Liseren vom Schnee unter der Sonne losete und wie das Schmelzwasser unter den nassen steinigen Flanken tropfte, und nadisnah vergass sie alles, sogar sich selber, und hockte endlich still, fast wie erfroren, und machte ebigs keinen Wank mehr – bis zeismal ettis an ihr knäberlete, und als sie aufsah, stand neben ihr ein junges Gämsi und schleckte gad den roten Bändel ab.

Erst dachte sie, es wäre ds Müetis Gämsi, dafür war es allerdings zu jung, es hatte gar noch einen weissen Blätz am Hinder, aber womöglich war es just ebenso das Kind von ihres Müetis Gämsi, wie sie das Kind vom Müeti war, und also waren sie jetzt abgestochen gleich auf dem Firn wie früher ihre Müeteren. Und als die Vriinä asen dachte, war sie zeismal so glücklich, dass sie das Gämsi päcklete und es abschmüselete, und das Gämsi verwarf zwar den Grind und versprengte, doch nach paar Gümp kam es schon wieder und lag neben der Vriinä ab und wartete, was sie jetzt machten. Und die Vriinä suchte den zweiten Bändel, den ihr das Fralein Heer gelassen hatte, und tat ihn dem Gämsi um und sagte laut und feierlich, jetzt sig es ihr Gämsi, und säb Gletscher sig ihrer beider Daheim. Das Gämsi lugte aber die Vriinä an, als schnurre die einen schönen Seich, so dass die Vriinä bereits ein erstes Mal ins Wäffelen kam und meinte, sie würde es ihm gad beweisen, dass das Gletscherli jetzt ihres wäre, und das Hemp hob und zmittst auf den Firn brünzlete. Und während sie noch brünzlete, kam ihr wie angeworfen z'Sinn, sie könnte mit Bislen auch gad ettis malen, oder sie dachte es nicht einmal und tat es einfach und bislete in den Schnee ein kleines, chäches Blüemli.

Das Gämsi fand das Blüemli nicht asen interessant, es lag nur wieder ab und gähnte, aber die Vriinä sah auf ihr Blüemli, wie es so gelb und leuchtig in der Sonne lag, und wusste immer besser, säb und nüüt anders war die Kunst, an welcher sie so ebigs grüblet hatte. Dabei war sie fast gar nicht aufgeregt oder stolz. Ihr war vielmehr, als wäre sie gad in einem Leben aufgewacht, das einerseits ganz neu war, doch andererseits schon viel vertrauter als ihr altes Leben, vor allem hatte sie im säben Leben schon immer gewusst, dass ihre Kunst das Bislen wäre, und also hatte sie die säbe Kunst auch nicht erfunden, nur wie wiedergefunden, und war daher auch recht zufrieden mit ihrem Tagwerk, mehr aber nicht.

So meinte sie dann auch zu ihrem Gämsi, für heute sig Feierabend, doch morgen in der Früh fange sie ihre Kunst an üben, und spätestens übers Jahr brünzle sie auf den Gletscher ein Helgeli mit Schiffen und Krieg und Wellen und Gewitter, und heissen würde es: »Die Eroberig von Paris«.

Früher im Jahr war einst der Balzli auf Besuch gekommen, als die Vriinä noch an ihren Fessisseeli hockte und hirnete, wie eine rechte Kunst müsste sein. Am säben Tag hatte sie gad das Flötli bei sich, das ihr der Vatter von Neapel gebracht hatte, sie hatte nämlich zeinersmal gemeint, vielleicht wäre ihre Kunst eher das Musigen als das Malen. Nachdem sie paar Minütli lang geblasen hatte, meinte sie säb zwar nümmen, dafür versuchte sich der Balzli im Flötlen und konnte es noch schlechter als die Vriinä und meinte z'Trotz, er höre erst auf, wenn die Vriinä ihm das Küssli gebe, das sie ihm an der Weihnacht versprochen heig. Die Vriinä lachte aber nur und meinte, ihretwegen könne er ebigs so chrüützfalsch flötlen, ihr miecht das nüüt, und solange er derenweg jesele, bekäme er will's Gott kein Küssli. Da war er z'pfutteretsen wieder ab.

Als jetzt, kaum hatte die Vriinä ds Müetis Firn verlassen und das Gämsi in die Wildi geschickt und wollte heim auf Fessis, der Balzli ihr von oben von der Zeinenfurggel rief und gleich darauf im Gestreckten zu ihr kam, fürchtete sie bereits, er well wieder säb Küssli erzwingen. Stattdessen verzellte er z'schnaufetsen, er sig auch heuer wieder Vehbub auf der Silberen, und das Hexli stelle ihm wieder nach und tääpele an seinen Schafen ummenand, und eines um das andere seggle dernachetheren grindvoran in einen Baum oder es ligge ab mit grüüli Schmerzen, und wenn es nicht von selbst verräble, müsse der Silberen Senn es abtun. Und während er verzellte, hatte der Balzli allpott das Heulen zuvorderst und meinte zuletzt, wenn die Vriinä ihm nicht helfe und das Hexli banne, sig's über kurz oder lang auch um ihn selbst geschehen.

Wegenwerum er meine, sie könne Hexli bannen, fragte die Vriinä und meinte schon, das Fralein Heer heig gschnurret. Der Balzli meinte aber, sie plage amed doch die Jäger mit Zauberstückli, das wüssten alle. »Aha«, sagte die Vriinä und wusste erst nicht was antworten, weil wenn sie zauberte, würde der Vatter wieder wäffelen. Der Balzli war aber schiints wirklich in der Not, und also schickte sie ihn heim auf die

Silberen und meinte, sie käme nach, erst müsste sie noch ettis reisen. Dann wartete sie, bis er ennet der Zeinenfurggel war, damit er sie nicht auch noch füchslen sah, und weiblete zum Bersiäneli zum fragen, wie es säb Hexli bannen sollte.

Das Bersiäneli war aber nicht im Hüttli, und die Vriinä musste lange suchen, bevor sie es am Unter Griess entdeckte, wo es mit seinen Tierli am Enzianen-Günnen war. Als die Vriinä ihm berichtet hatte und weidli einen Zauber lernen wollte zum das Hexli bannen, ehe säb dem Balzli das Leben abschnitt, meinte das Bersiäneli allerdings, das fände es dann gar nicht schön, dass die Vriinä nur wegen dem Balzli auf den Urnerboden käme, es heig drum schon gehofft, sie käme seinetwegen zu Besuch.

Sobald der Balzli gerettet wäre, besuche sie das Bersiäneli ganz bestimmt, versprach die Vriinä gschwind und fragte wieder nach dem Zauber. Doch das Bersiäneli machte endgültig einen Lätsch und schimpfte sie einen Strüttihund und meinte, die Vriinä wüsste wohl, dass sie für sertige Zauber zu jung sig. Und überhaupt stürbe übers Jahr, spätestens über zwei, der Balzli einenweg, da lohne es der Mühe überhaupt nicht.

Jesses, sagte die Vriinä und wollte hören, woher das Bersiäneli säb wüsste. Doch das Bersiäneli antwortete nur, es wüsste es halt, und weil die Vriinä keine Zeit zu vergüegelen hatte, meinte sie lediglich, wenn der Balzli mit ihrer Hilfe auch nur ein kleines Stündli länger lebe, heig es der Mühe schon gelohnt, der Balzli sig ihr nämlich fast ein Freund, möge er auch noch so jeselen, und unter Freunden würde nicht gerechnet.

Darauf gschaute das Bersiäneli die Vriinä, als schnurre die einen rechten Gugus, dann liess es aber die Tierli allein den Enzianen günnen und lief neben der Vriinä dem Hüttli zu, und dabei verzellte es, wie es selber vor mängen hundert Jahren mit seinen Geissen emalen in die Kilchberge war und just die Mäuseplatten erreicht hatte, als zwei von seinen Geissen wie angeworfen krankten und all paar Schritte ruben mussten und durch die Nase pfiffen fast wie der Wind durchs Türloch. Im Gleichen kam ein Hexli mit einem munzigen Huttli bucklet und lief ohne Gruss an ihnen vorbei. Am Abend gaben die Geissen dann auch noch rote Milch, und ob dem Windgällen haglete es, als well's zänntummen Mäntschen und Veh erschlagen. Säb Hexli war später in der Männdlisplangg gesehen worden und wieder später erst am Furggeli und dann im Griestal, und das Bersiäneli meinte, es dünke es fast, als wäre säb das Hexli von der Silberen.

Inzwischen waren sie beim Hüttli angelangt. »Und was vertriibt's?«, fragte die Vriinä. Sie heig due numen die Schafe gebannt, sagte das Bersiäneli. Der Vriinä aber riet es zu einem Zauber mit einem Haselzwick und einer Kuhkette und versottener Milch, danach nämlich müsste das Hexli dem Balzli einerseits dienen, solange er Vehbub auf der Silberen wäre, und andererseits ihn züchen lassen, wann immer er fort well.

Dann pöpperleten die Totenseelen im Brotkasten und heepeten dem Bersiäneli, dass es ihnen den Znacht reise, und die Vriinä stieg z'Berg und hatte schon die erste Plangge genommen, als das Bersiäneli noch einmal vor das Hüttli kam und ihr zurief, sie sell sich aber ja das munzige Hexenhuttli zum Pfand geben lassen, sonst müsste sie womöglich selber bald erliggen.

Darob verschrak die Vriinä grüüli und rief zurück, was es mit säbem Huttli auf sich heig und wegenwerum sie ohne Huttli müsste sterben. Doch das Bersiäneli meinte nur, alles heig seine Zeit, und wenn das Vreneli den Balzli well erretten, sell es besser vor der Nacht auf die Silberen. Und weil schon die Sonne hinter die Waldistöck verschloff, weiblete die Vriinä weiter obsi, dem Euloch zu und hinderen auf Silberen.

Das Hexli war schon wieder bei den Schafen gewesen, als die Vriinä kam, aber der Zauber ging dafür gleitig, das Hexli war ein noch junges und herziges und wusste sich nicht zu wehren, als es die Vriinä auf den Hüttenboden rief und es zum Balzli und zum Silberen Senn in die Küche nahm und vor ihrer aller Augen die Milch von den vertääpleten Schafen versott. Sobald die Milch erwellte, fing das Hexli an jääbelen und speuzte und warf der Vriinä wüste Worte an den Grind, doch z'Leid werken konnte es ihr nichts, und je mehr die Milch im Chessi versott, umso leider und verschmüreleter wurde auch das Hexli und sah zuletzt aus wie ein verrumpfleter Chrott. Erst als die ganze Milch versotten war, wurde das Hexli wieder freundlich und gleich auch wieder herziger und versprach der Vriinä in die Hand, es well fortan den Balzli stets nur chäschelen und Mäntsch und Tier auf Silberen achten. Sogar sein Huttli gab es her, wenn es auch nochmals elend jääbelete und rief, es wüsste gar nicht wie ohne Huttli überwintern, es wäre ihm asen kommod gewesen.

Da hätte eigentlich die Vriinä gern gefragt, wofür säb Huttli eigentlich zu gebrauchen sig, dann sagte sie sich aber, am End gäbt ihr das Hexli einen Seich an und brächte derenweg doch Unglück über sie. So nahm sie es lieber stumm an sich und so, als gsäch sie sertigs Züügs all Tag, und lief dafür noch in der Nacht ein zweites Mal zum Bersiäneli.

Sie heig im Fall jetzt ds Hexlis Huttli, rief sie durch die verschlossene Tür und wollte wissen, was sie damit angattige, dass sie nicht stürbe, und überhaupt wollte sie hören, woran sie sonst stürbe, und wegenwerum, und wo. Doch das Bersiäneli rief nur durch die verschlossene Tür zurück, es wäre eine alte Frau und müde und schon am Pfuusen, und einenweg wüsste es auf sertige Fragen keine Antwort. »Ho?«, rief die Vriinä und wurde nadisnah fast gällig. Ob sie dann auch nicht fragen dürfe, wie es käme, dass der Hexer aus der March abgestochen die gleichen roten Bändel verteile wie das Bersiäneli? Und ob sie nicht emalen fragen dürfe, ob es ihr darum vielleicht gar gefährlich würde, wenn sie den Bändel trage? Sie heig nämlich dem Hexer einmal z'Leid gewerkt, und zwar heig er sie nur als Fuchs gesehen, zudem trage sie die meiste Zeit den Bändel, der sie vor fremdem Zauber schütze, nur wenn der Hexer selber sertige Bändel verteilte, hiess säb womöglich, dass er auch Macht über die Bändel hatte und sie selbst dann verzaubern konnte, wenn sie den Bändel trug. Und falls es wegen dem Hexer wäre, dass sie am End beizeiten starb, wüsste sie schon noch gern davor, ob das Bersiäneli mit ihm geschäfte.

Danach schwieg das Bersiäneli so ebigs lang, dass die Vriinä schon glaubte, es wäre wieder eingenuggt. Doch endlich grochzete es und rief mit einer Stimm so teigged, als stehle ihm eine Sorge schon tuusigs Jahre den Schlaf, der Hexer aus der March heig über die Bändel keine Macht. Wie er an die Bändel gekommen wäre, gech die Vriinä gar nüüt an, sie sell sich aber vor ihm hüten, der Hexer sig ein meineids geschickter Zauberer und boosge, was er könne. Dann müeslete es nur noch ettis mit seinen Tierli und hürchlete, derweil die Vriinä auf dem Bödeli stand und nicht schläuer war als wie davor. Nach einem Weil rief säb noch Gutenacht ins Hüttli und wartete vergebis einer Antwort, dann sah sie nach, ob sie den Bändel recht gebunden hatte, und stägerete z'Tal.

Erst dachte sie beim Laufen noch an ds Balzlis Hexli und studierte, wie das Huttli sie dereinst sell vor dem Tod erretten. Dann kam ihr zeismal wieder z'Sinn, dass sie seit heute ein Gämsi hatte, und danach dachte sie an ds Müetis Firn und wie sie zmittst in seine ebigs leere Wiissi das Blüemli bislet hatte und sah sich gleich wieder als Künstlerin, und so als Künstlerin fühlte sie sich einenweg unbesiegbar und frei von allem und sah grosszügig auf alles herab, sogar auf den Hexer. Und als sie endlich auf Fessis kam und der Vatter chienete, sie sig schon wieder viel zu spät dran, wäffelete sie überhaupt nicht zurück, sondern fand nur, sie heig ja pressiert, und geschwinder wäre es ds Gotts Namen nicht gegangen.

Und als sie abgelegen war, blieb sie noch lange wach und stellte sich vor, die Kaiserin Eugenie käme auf Fessis und würde ihre Kunst lohnen, und nicht wie ds Joggel Martis Kuh mit einem gestempfleten Papier und Batzen, sondern mit einem echten Krönli. Säb Krönli trüge sie danach auch im Pariser Heftli, wo sie abgebildet wäre, wie sie auf ihrem Firn stünde, der wiederum ein einziges uumäär grosses brünzlets Helgeli wäre, welches ein Schiff im Sturm darstellte, und sie stünde zmittst im Helgeli, als wäre sie ein

Nixli und ritte vorn am Spitz vom Schiff und halben blutt, und asen sähen sie die welschen Künstler und fänden sie eine meineids anmächelige Künstlerin, und endlich käme der appartigste und berühmteste von ihnen und holte sie fort von Fessis und auf Paris, und danach reisten sie auf Amerika und London und zu den Türken und würden überall gefeiert, und alles wegen ihrem verbisleten Firn.

In jenem Frühjahr hatte der Vatter alles für einen grossen Alpsommer bereitet. Im Maien endlich kaufte er eine Schwetti Veh zum eigenen dazu, um es im Herbst teuer zu verkaufen, und fortan war er von früh bis spät am Chrampfen mit zweimal melken und zweimal käsen und dazwischen einer verloffenen Kuh nachsteigen und Weiden abschönen und weiche Hufe und abgefiggete Euter sälbelen und Mist vom Bödeli schaben und die Ledi putzen und anknen.

Und wenn die Vriinä sich auch sagte, in einem solchen Leben wäre kein Platz für die Kunst, und nie würde sie wellen chrampfen wie der Vatter, fragte sie sich doch oft, wie es wohl wäre, mit einem wie dem Melk zu buurnen und z'Nacht in einer Küche zu hocken wie der von ds Tschudis, und es liserete ein Feuer im Herd, und das Brot wäre gebacken und die Wäsche geglettet, und spät noch haberesten sie ein Rädli Brot mit Holderensaft und Milchkaffi, derweil im Schlafgaden die Chinden pfuuseten und die Kühe im Stall dampften. Und mängsmal füchslete sie mit dem Feierabendglöckli z'Tal und wartete unter dem Hag am Industriebach ganz vergebis, dass der Melk wieder einmal von ds Schliessers Oberstübli aus dem Fenster luge.

Sie tröstete sich dann damit, dass es mit ihm gewiss nicht

anders wäre als mit dem Zauberen oder dem Füchslen: Eh sie es konnte, verbutzte es sie fast, und sie wusste bestimmt, nüüt ihrer Lebtig wäre so wichtig wie just säb. Hatte sie es aber gelernt, fand sie es wohl noch interessant, aber es gab will's Gott Spannenderes und Wichtigeres, und wichtiger als alles andere war einenweg die Kunst, und Paris, und das Berühmtsein.

Am Morgen nach dem Hexlibannen stieg sie drum bereits in aller Frühe wieder z'Berg und stägerete über die Firne am Glärnisch und prüfte, wo es sich am besten üben liesse, damit sie nicht ihr Gletscherli verbisle, bevor sie es recht könne. Endlich fand sie am Bächifirn ein weites, leeres Schneefeld und hatte schon den Rock geschürzt und wollte ans Werk, da rief vom Grat her wieder der Balzli und kam durab und vertrampte die ganze schöne Flanke und meinte, er heig im Silberenseeli bädelet und jesele jetzt keinen bitz mehr und heig gad wellen auf Fessis zum sich bedanken und zum das Vreneli erinnern, dass es ihm noch ein Küssli schulde.

So gab das Vreneli ihm halt sein Küssli, worauf der Balzli die Zunge nachschob und die Vriinä z'gigletsen kam und meinte, sie sig im Fall kein Saumagen zum Stopfen, aber er durfte dann sogar noch einmal zünglen, und die Vriinä zünglete zurück und fand es halben gruusig und halben immer noch gruusig und gleichzeitig schön. Dann schickte sie den Balzli aber zurück auf seine Alp und hiess ihn ja nicht hinter sich lugen, sie sig nämlich noch rings um Silberen den Zauber vom Vortag am Verstäten, damit er auch noch halte, falls dereinst in der Nachbarschaft, auf Dräckloch, auf der Toralp oder auf Bödmeren, ettis des Tüüfels wäre.

Das fand der Balzli eine knödige Sach, und so verlief

er ohne Spargimenter, und die Vriinä brünzlete bis in den Abend ein Figurettli nach dem anderen. Sie war aber nur unzufrieden mit sich, und auch die nächsten Tage brachte sie überhaupt nüüt Gattligs zustande. So mischte sie Bislen und Zaubern und liess es, während sie bislete, sich durch die Beine luften, dass es den Strahl verblies, oder sie liess es fiserlen, und die Schneeflocken mischten sich mit ihrem Brunnen, oder der Brunnen selber wurde zu Schnee, und danach trug der Wind die Flöckli fort, so dass sie wie ein finöggeliger gelber Fächer sich auf das weisse Schneefeld legten, und wenn sie dann noch weisse Flöckli über alles schneite, wurde das Gelb vom Fächer blass und matt wie ein ganz fernes Sonnenlicht im tiefen Nebel. Das war zwar schön zum Lugen, doch seine Kunst stellte das Vreneli sich anders vor und bislete zuletzt doch wieder numen fädig in den Schnee und fand, säb wär das einzig Rechte – und eben leider auch das Schwierigste, nur schon, dass nicht der Strich verwagglete und alles in der Form blieb.

Zwei Wochen hatte die Vriinä geübt und schon den halben Bächifirn verbrünzlet und immer noch nichts bislet, das ihr gefallen hätte, da fand sie endlich, sie fange nochmals ganz von vorn an, und liess es schneien über den Firn und rings im ganzen Glärnischbiet, und weil sie fürchtete, der Balzli käme wieder und tschiengge durch den frischen Schnee, lief sie noch gschwind auf Silberen zum ihm verzellen, sie teigge auf dem Bächifirn einen Zusatzzauber an, drum dürfe er ihn nicht betreten.

Sie kam jedoch gar nicht dazu, denn kaum sah der Balzi sie kommen, verzellte er ganz aufgeregt, auf Silberen sig zwar seit ds Vriinäs Zauber alles im Lot, auf Dräckloch aber sig es abgeschnitten, wie sie vorausgesehen heig, dort nämlich gech der Tüüfel aus und ein. Er selber heig jetzt aber alles geregelt ganz ohne ds Vriinäs Hilfe, mit numen einer List heig er ein richtig böses Mendrisch bodiget, das heig auf Dräckloch wüst getan und seinen Freund, den Melk, vergelsteret.

»Dr Melk?«, fragte die Vriinä vertwundert.

»Hä ja«, sagte der Balzli und fand, das Mendrisch wäre mehr zum Staunen als der, der Melk sig nur der Vehbub auf der Dräckloch Alp, aber die Sennen dort, das wären ebigs wüste Dingeler, kein Wunder, hätten die ein Mendrisch auf der Alp, dem heig er es aber jetzt gezeigt.

»Dr Melk vu Glaris?«, fragte die Vriinä abermals und meinte, zu Glaris in der Heer'schen heig auch ein Melk geschafft, ein ebigs Feiner und Verschtuuneter.

Wo er davor gewerkt heig, hatte der Melk dem Balzli nicht verzellt, der wusste nur, der Melk sig ein Mündel vom Doktor Tuet zu Glaris, und fein getan heig er gad nicht, den ganzen Morgen gejodlet heig er wie ein Aff und ihnen damit die Schafe versprengt, und wie der Balzli zu ihm war zum es unterbinden, heig er gar preesnet, drei farbige Käser hätten ihm das Jodlen nächtig gelernt.

Die Vriinä liess den Balzli dann endlich noch berichten, wie er zwei Tage davor das Mendrisch bodiget heig, und dachte derweil an den Melk, und erst, als ds Balzlis Müsterli an überhaupt kein Ende kam, meinte sie, dass sie ganz vergessen heig, der Vatter warte ihr z'Alp, und sprang davon, doch nicht auf Fessis, sondern fädig zu ihrem Schneefeld auf dem Bächifirn.

In den zwei Wochen, die sie am Bächifirn das Bislen übte, und ein Bild geriet leider als das davor, hatte die Vriinä oft gedacht, ihr fehle einfach eine Muus. Im Heft, das sie vom Joggel Marti hatte, stand nämlich, die Pariser Maler hätten allesamt Müüs, ohne die könnten sie überhaupt nicht malen oder nur halbbatzig, und manchmal malten sie ihre Müüs auch gad ab oder sie heirateten sie. Als einmal ds Vriinäs Gämsi kam und gwünderen wollte, erklärte sie es darum zu ihrer Muus und heiratete es gar, oder sie verzellte amel dem Gämsi, sie wären jetzt verheiratet. Doch z'Trotz wurden die Helgeli nicht schöner, und endlich stieg sie sogar z'Tal, dass das Fralein Heer ihr nochmals vorlas, was der Herr Heer der Vriinä übersetzt hatte, und danach schlugen sie in ds Herrn Heers Büchern nach, die nicht etwa feist und verbogen waren wie ds Bersiänelis Bücher, sondern steif und grad und fädig übers Eck, fast wie die Häuser zu Paris, und auch nicht schwarz, sondern in helles fürnehmes Tuch gebunden. Dort fanden sie, dass mängsmal schiints auch alte Bekannte oder Freunde mit einem Mal den Malern eine Muus wurden, für einen Weil und wie durch Zauber, danach ging es aber auch wieder vorbei, und Muus und Maler waren wieder nur Bekannte, oder sie verstritten sich auf ebig.

So schlug die Vriinä vor, das Fralein Heer sell ihre Muus sein und mit ihr an den Bächifirn, doch das Fralein Heer wollte seiner Lebtig nümmen auf den Glärnisch nach seinem Ritt due mit dem Hexer, und zwänglen konnte die Vriinä nicht, weil wiederum in ds Joggel Martis Heft gestanden war, die Maler zu Paris müssten nur mit dem Finger gwagglen, schon käme ihre Muus gehöselet, und mit dem Finger gwagglet hatte die Vriinä bereits, und das Fralein Heer war z'Trotz nicht gehöselet und also einenweg nicht seine Muus. Zuletzt lief die Vriinä gar zum Bersiäneli und fragte nach einem Zauber zum etter in eine Muus verwandeln, aber das Bersiäneli verstand sie letz und meinte, in Rättli und in Müüs wäre schon mängs einer verhext worden, sertige Zauber dürfte die Vriinä aber nicht lernen, ehe sie nicht mindestens hunderti wäre. Und weil die Vriinä geheim halten wollte, dass sie jetzt Kunst machte und andere Müüs meinte, musste sie ohne eine Muus fortbislen und hoffen, dass eines Tages ihre Muus ganz von allein käme.

Als ihr der Balzli dann verzellte, der Melk alpne numen gad ennet dem Grat, wusste sie ganz gewiss, er und kein anderer war ihre Muus und hatte allein darum die Heer'sche verlassen und war auf Dräckloch z'Alp, und noch im Gleichen spürte sie, wie die Kunst sie rief, und konnte gar nicht geschwind genug zurück sein auf dem Firn, und wenn sie auch danach nur immer Blüemli bislete und keine Kunst mit Schiffen und mit Sturm, fühlte sie z'Trotz im Bislen eine Wöhli, dass sie sich vorkam fast wie das blutte, einsame Meitli mit dem Blüemli auf dem Pariser Helgeli. Und als ihr zmittst im Brünzlen auch noch einfiel, dass eben jetzt der Melk ennet dem Grat die Herde heimtrieb und keine Ahnung hatte, dass sie hier Blüemli brünzlete und dabei an ihn dachte, da kam ihr eine Hitze hoch, dass gar der Gletscher unter ihr wie neidig wurde und mittun wollte und ins Fieber kam und glühte, und asen ging es Stund um Stund, so schien es ihr, und war der Vriinä schöner als alles Zauberen und Füchslen und Bädelen in den Fessisseeli und Zünglen mit dem Balzli und Schmüselen mit ihrem Gämsi. Dann endlich kam kein Brunnen mehr, und die Vriinä liess sich z'Tod ermattet in den Schnee fallen und machte ebigs lange keinen Wank mehr und sah nur zu, wie nadisnah der Gletscher wieder ablosch und es im Himmel schwärzer wurde und Stern um Stern hervorkam, und zeinersmal fühlte sie sich, als wäre sie ein frisch geworfenes Kalb, und rings wäre alles neu und fremd und ein einziges grosses Abenteuer, und mit dem säben Gefühl kam ihr sogar ein Trändli.

Drei Schlücke Wässerwasser

Ihr war noch immer trümmlig vor Gefühl, als sie spätnachts auf Fessis kam. Am liebsten hätte sie am Weg ein jedes Haus und jeden Baum abgeschmüselet gehabt und auch den Vatter, als sie heimkam, der nämlich sass noch vor dem Hüttli. Kaum hörte er sie aber kommen, sprang er auf und nahm sie an den Ohren hinein und zwang sie auf ein Schemeli und sagte, ein Bote heig einen Brief von ds Heers gebracht, in dem es hiesse, die Vriinä füchsle fröhlich all Tag auf den Glärnisch, als drohe ihr keine Gefahr vom Hexer, und wollte hören, ob säb stimme, und liess nüüt gelten ausser ja oder nein und wollte gar nicht hören, dass ihr doch nüüt passieren könne mit ihres Müetis Bändel umgebunden. Und als sie endlich »ja« gemüeslet hatte, da stand der Vatter vor sie hin und sagte, der Hexer heig in der säben Sach seinen Sohn verloren und seine Ehre, und ob er sich an ihr well rächen, wisse allein der Herrgott, eines aber sig gewiss: Fortan trage sie wie einen Schatten die Bedrohung von dem Hexer auf sich und könne nüüt dagegen tun. Nicht einmal, wenn der Hexer tot wäre, sig sie sicher, solange auch nur ein Kind oder ein Kindeskind aus ds Hexers Geschlecht am Leben wäre und sie am End dereinst für die Familienehre metzgen well.

Die Vriinä fand in ihrem Trotz, ein lumpiger Hexer könne ihr nüüt, und dächte sie wie der Vatter, hätte sie ja überhaupt keinen Gschpass mehr ihrer Lebtig. Und erst flamänderte der Vatter, sie wäre ein Galöri und wüsste nicht, was sie schnurre, aber dann schob er auf dem Tisch das Licht zurecht, so dass es besser zündete, und hockte vor der Vriinä ab und meinte, er well ihr eine Sach verzellen.

Als Bub war er der jüngste von drei Brüdern auf einem Hof im Muotatal gewesen, und als in einem Regensommer die Eltern Fiebers starben, hiessen sie mit dem letzten Schnaufer den Ältesten die Erbschaft so verteilen, dass jeder von den dreien sein Recht bekäme. Kaum waren sie tot und begraben, hatte der Älteste aber entschieden, er well mit Seelenwägen ausbeinlen, wer von ihnen den Hof bekäme. Er grub drei Löcher für die Höll, die Erde und das Paradies, danach warf jeder Bub sein Messer in die Luft, und während das vom Ältesten in die Höll fiel und das vom Mittsten auf die Welt, blieb ds Vatters Messer bheggen im Paradies. Eigentlich wäre der Hof jetzt darum seiner gewesen, der Älteste nahm ihn aber z'Trotz an sich, der Mittste nahm die Barschaft, und dem Vatter liessen sie nur eine Sägetsen, Steinfass und Schleifstein und ein Dengelwerkzeug, dann jagten sie ihn unter Schlägen vom Hof.

Fortan zog er der Nase nach, und wo ein Berg war, liess er sich von eingesessenen Bauern als Wildheuer dingen. Und weil er selbst die stotzigsten und gächsten Planggen mähte, in die sich für gewöhnlich keiner wagte, war er den Bauern dopplet wert. So fragte ihn trotz seiner langen Scheichen und den fadenscheinigen Ohren auch mit den Jahren paarmal eine Magd, ob er nicht bleiben well und mit ihr buurnen und einen Hof. Doch er gab stets zur Antwort, mit Weib und Hof heig er am End auch eine Schwetti Goofen, und nach seinem Tod nähmt einer den Hof und ein anderer die Barschaft, die Übrigen aber müssten allein und unter Schlägen fort, das well er seinen Chinden nicht antun, und überhaupt sell seiner Lebtig nie etter müssen leiden seinetwegen. So zog er immer weiter, bis an den Tag, da er zu Thun auf einen Schoppen Most einkehrte und nebenan zwei Mannen gschprächlen hörte.

Wenn weiterhin die Mäntschen wählen dürften, ob sie noch auf Erden oder im Jenseits ihre Schuld verbüssen wollten, käme nie keine Ordnung in die Welt, meinte der erste und fand, dem Herrgott gech alles viel ringer von der Hand, wenn fortan ohne Ausnahme auf Erden gesündigt würde und im Jenseits dafür gebüsst und fertig. Der andere fand aber, heutigentags würden die Mäntschen nur noch so grüüli nüütelige Sünden bosgen, dass es dem Herrgott in der Langweile schon trümmle, und über kurz oder lang wäre die Höll mäntschenleer, gäbt es nicht immer wieder einen, der seine Sünden well auf Erden büssen und später darob stigelisinnig würde und immer wüster täte und kriegte und mordete und hexte und andere bislang Unschuldige ansteckte.

So hatten beide Mannen einen Weil gchääret, als einer aufstand zum ein Geschäft verrichten, und derweil nahm der Vatter sein Glas und hockte zum zweiten an den Tisch und fragte, was sie da geschnurret hätten, er kenne drum zwar das Bersiäneli am Urnerboden, und von dem säben hiesse es, es büsse seine Schuld auf Erden, aber er heig bislang geglaubt, das wäre blosses Geschnurr.

Ob er denn gern well seine Schuld auf Erden büssen, fragte der andere, und als der Vatter meinte, das dünke ihn eine gäbige Sach, erklärte er ihm, bislang sig das eint so gängig wie das ander, nur wüsste niemert, für wie lange noch, der Herrgott trage zeinersmal so neumödige War im Sinn und well im Himmel eine völlig neue Ordnung. Wenn drum der Vatter noch seiner Lebtig mit ihm well abrechnen, sell er sich besser glii entscheiden.

Entschieden sig er schon, sagte der Vatter und meinte, ihm sig seiner Lebtig so vieles Unrecht widerfahren, da heig der Herrgott mängs zu vergelten und schenke ihm gewiss fortan ein Flonerleben.

»So gilt's«, rief der andere gutgelaunt und langte ihm die Hand, und wiewohl der Vatter nicht wusste, ob der andere jetzt mit ihm gschpässlete oder ob ihm ernst war, schlug er ein und fragte z'lachetsen, wo er sell unterschreiben. Da meinte der, das brauche es gar nicht, mit ihrem Handschlag sig schon alles geregelt und in ds Herrgotts Haushaltsbuch geschrieben.

Dann kam der Erste vom Brünzlen wieder, und als der hörte, hier wäre einer, der heig noch eine Vernunft im Ranzen, der heig sich gad verpflichtet, auf Erden seine Schuld zu büssen, fragte er sofort, ob er schon eingeschlagen heig, und als der Vatter meinte, das heig er wohl, und wieder lachte, sah er den Vatter an in einem ebigen Verbärmscht und hockte vor ihm ab und fragte, warum ds Gotts Namen er sich nicht erst erkundigt heig, wie viel an Schuld er sich bislang heig aufgebürdet. Der Vatter meinte aber in einer rechten Stölzi, er heig sich noch rein gar nüüt aufgebürdet, er heig ein Leben geführt fast wie der Herrgott selber.

Dann allerdings wollte der Erste wissen, ob er denn nicht im letzten Sommer ob Brig heig gheuet.

Das heig er schon, meinte der Vatter und staunte, dass

der säb es wusste. Ein wüster Sommer wäre es gewesen, erinnerte der Vatter noch, im ganzen Wallis alles verdorrt bis unter die Gipfel, vor Hitze heig es an Berg und Häusern die Steine versprengt, der armen Leute Chinden hätten in ihrem Hunger die Weiden abgegrast wie des Veh und um die letzten Hälmli gschleglet und Baumrinde gesüggelet und dabei ohne alle Trändli brieget, weil sie schon selber derenweg vertrocknet waren.

Und heig der Vatter nicht due, fragte der andere fort, beim Abstieg von der Heuet drei Schlücke von einem Wasser getrunken, das fädelidünn in einem hölzigen Kännel aus einem verschlammten Teichli geflossen sig, zum einem armen Fraueli den Weidplätz wässern.

Der Vatter dachte nach und meinte endlich, paar Hampflen Wasser heig er neumeds getrunken, wem seines das gewesen sig, wüsste er nicht zu sagen.

Der wusste ihm aber zu berichten, säb Fraueli heig am Hang in einem eischieren Hüttli gewohnt mit seinem kranken Kind und nüüt gehabt als just ein einziges mageres Chueli und für das Chueli ein verdorrtes Wiesli, nicht grösser als ein Betttuch, und als der Vatter die drei Schlücke Wässerwasser getrunken hatte, gab das verdorrte Wiesli drei Hampflen weniger Heu, und so gab das magere Chueli auch drei Strich weniger Milch, von säben drei Strich weniger Milch wiederum gab es just säb einte Mümpfeli zu wenig Käs, dass das kranke Kind vor Hunger nochmals kränker wurde und starb, und das Fraueli in seinem Kummer starb hinterdrein.

»Und wegä drii Schlügg Wässerwasser?«, fragte der Vatter und musste sich am Tischblatt halten, so anders wurde ihm.

Nur darum, meinte für einmal wieder der, der ihm eingeschlagen hatte, und fand, das sig das Schöne an der Schuld,
dass einer oft aus Versehen Schlimmeres boosge als wie ein
anderer mit einer wohl geplanten Bluttat. Dann rief er aber
auch schon nach dem Küntli und zahlte, und beide standen
auf und liessen ihn zurück, und als der Vatter aus dem Wirts-
haus stürchlete den Mannen nach und fragen wollte, was er
jetzt tun müsste zum seine Schuld verbüssen, fand er sie
nümmen.

Noch über Wochen suchte er nach ihnen und irrte durch
die Berge und dachte ständig an das Fraueli und an sein
krankes Kind und wurde beinah stigelisinnig ob seiner Tat
und lief ins Wallis zum sich erkundigen, ob alles war, wie es
die Mannen behauptet hatten. Er fand aber tatsächlich das
eischiere Hüttli vom säben Fraueli in sich verkeit, und auf
dem Amt zu Brig fand er im Totenbuch den Eintrag, und so
lief er zuletzt ins Glarnerland zum Bersiäneli und fragte
es, wer die zwei Mannen wären und wie er künftig mit der
Schuld sell leben.

Nachdem er die Mannen beschrieben hatte, sagte das
Bersiäneli, der, dem er eingeschlagen heig, wäre allem An-
schein nach der Hörelimaa gwesen, der andere der Tod, und
also galt der Handel. Der Vatter hatte es schon fast erwartet
gehabt, z'Trotz wurde er käsbleich und trümmlete. Dann
wollte er wissen, wie es ablüffe, ob ihn der Herrgott zur
Strafe für das tote Fraueli und Kind mit einem Blitz er-
schlüge, und ob glii, oder ob er noch lange müsste warten,
dass ihn die Strafe breiche. Das Bersiäneli antwortete darauf, dass vielleicht schon das Warten auf die Strafe und das
Nie-Wissen seine Busse wären, vielleicht aber würde er auch

tatsächlich eines Tages bestraft. Es wäre drum bei jedem anders, und wie es wäre, wüsste nur der Herrgott selber.

Da pfutterete der Vatter und meinte, eher würde er sich selbst das Leben abschneiden, als dass er jeden Morgen well vertwachen im Gedanken, ob ihn ächt heute die Strafe breiche, aber das Bersiäneli lachte nur und meinte, der Herrgott würde ihn nicht sterben lassen, bevor er seine Tat verbüsst heig, und schösse er sich auch ein Dutzend Kugeln zmittst durch den Grind, und gescheiter wäre, er führte nur immer ein Leben in Anstand.

Wie er säb angattige, fragte der Vatter, er könne ja nicht sicher sein, dass er nicht im Versehen ettis boosge.

Und da riet ihm das Bersiäneli, er sell einfach auf den Frühling eine Hampflen buspere Chueli kaufen und ob Sool die verlotterete Fessis Alp übernehmen und sie bewirtschaften, so gut er es verstäch, und gsäch er dereinst ein Meitli, das ihm gefalle, so sell er es weiben, danach gech alles seinen Gang und er könne gewiss sein, wenn es für ihn ans Sterben ginge, heig er genau genug gelitten und genug zum Guten getan, dass er mit gutem Gewissen könne vor den Herrgott treten.

»Wegäwerum gad d'Fessis Alp?«, fragte das Vreneli. Das heig er auch gefragt, meinte der Vatter, das Bersiäneli heig ihm gesagt, zum einten sig sie um fast nüüt zu kaufen, zum zweiten heig dort vor langer Zeit der Hörelimaa einem Jümpferli nachgestellt. Danach heig ds Jümpferlis Familie einen Venediger geheissen, er sell die Alp mit einem Bann belegen, der säbe Bann wäre aber asen mächtig ausgefallen, dass nicht einmal der Hörelimaa selber seither einen Weg gefunden heig, ihn zu brechen. Wenn darum der Vatter die

Fessis Alp übernähmt, wäre er vor dem Hörelimaa so geschützt wie überhaupt vor fremdem Zauber und wüsste fortan bei jedem Unglück, das ihm geschäch, dass es vom Herrgott käme und Teil von seiner Busse wäre.

Danach dankte der Vatter und verliess ds Bersiänelis Hüttli und schuhnete über den Glärnisch talauswärts und dachte gerade bei sich, eine Alp übernehmen und weiben wäre auch noch das Letzte, wonach ihm in seinem Elend der Sinn stäch, da sah er hoch ob dem Hang das Mariili auf einem Gletschergrat hocken mit offenem Maul und wie tot, aber z'Trotz hatte er sich z'ständletsen in ines verliebt. Und so kaufte er im Frühling Fessis und fand später das Mariili wieder und heiratete es, und seither hatte es ihm all Tag schier das Herz verrupft, weil er bei jedem Glück schon an das Unglück dachte, das säb Glück wieder wettmachen müsste, und dann war das Mariili gestorben, und ebigs warf er sich vor, dass es vielleicht noch lebte, hätte er es nicht geweibt gehabt und das Unglück über es gebracht, und jetzt war er auch noch schuld daran, dass das Vreneli ohne Müeti aufwuchs.

Aber sein Müeti heig doch *wellen* fort, sagte das Vreneli, so wie schon ds Müetis Müeti verflogen sig, und welenweg wäre säb ganz normal.

Der Vatter sagte aber nüüt mehr und hockte nur noch stumm und tuucht im graben Licht, weil das Talglicht erloschen war, und ums Hüttli tagete es erst einen bitz, und das Vreneli sah zum ersten Mal, wie hart und gekerbt sein Gesicht war, fast wie die Schieferwände am Gandstock. Ob er denn glaube, ihr Müeti wäre für das Walliser Fraueli gestorben, fragte die Vriinä endlich, und jetzt müsste sie selber noch sterben, dann wäre auch das kranke Kind gebüsst?

Nein, sagte der Vatter, bevor er aufstand und hinausging, um zu melken, eine Zeitlang heig er zwar sertigs gedacht, mittlerweile aber glaube er, das Mariili sig für das kranke Kind gestorben, für das Fraueli aber müsste überhaupt niemert sterben, weil es dem säben mehr eine Gnade als eine Plage gewesen war, dass es nicht ohne sein Kind fortleben musste und ihm nachsterben durfte. Die Vriinä heig dafür ihr eigetes Bürdeli zu tragen, so wie er das seine zu tragen heig. Wie er aus der Tümmi heraus seinem Leben mit drei Schlücken Wässerwasser wie ein Mal eingebrannt heig, das ihn seither verfolge, heig sie das abgestochen Gleiche mit ihrer guten Tat für das Fralein Heer getan, seither verfolge sie der Hexer aus der March, das sig auch wie ein eingebranntes Mal. Säb Mal würden sie alle beide ihrer Lebtig nicht wieder los, und die Vriinä täte gescheit daran, sich nicht gegen säb Mal zu sperren, sondern es anzunehmen ds Gotts Namen und ihr Leben danach einzurichten.

Wie der Vatter so bleich und steinig gewesen war in säber Nacht, beeindruckte die Vriinä noch mehr, als was er sagte, und die nächsten Tage blieb sie z'Alp und half ihm heuen und mit dem Veh, und immer wieder gschaute sie ihn und sah nur noch ein finöggeligs Manndli mit grossen Scheichen und einem Käppli und durchscheinenden Ohren und dachte verwundert, dass säb Manndli also ihr Vatter wäre, von dem sie gemeint hatte, er wäre stärker als alle Mäntschen auf der Erde. Und z'Trotz er ihr fremder geworden war, hatte sie ihn doch fast noch lieber als davor, und in gewissen Momenten hatte sie ihn gar lieber als alles andere, vor allem in den Nächten, wenn sie davon vertwachte, dass er heimlich wieder aufstand und vors Hüttli tüüsselete, um dort zu übersinnen oder dem Mariili nachzutrauern oder dem eigeten Tod zu warten. Und wenn die Vriinä dann allein im Schlafgaden lag, wollte sie gar nümmen fort von Fessis und dachte nur, dass sie und der Vatter zämen gehörten, weil sie ein Mal hatten und die anderen nicht und weil sie beide das Mariili verloren hatten, und nahm sich vor, an seiner Seite auf Fessis zu buurnen, bis dass der Herrgott eines und danach das ander zu sich nähmt.

Aber so dachte sie dann doch immer seltener, und immer öfter, zum Beispiel wenn sie einer Kuh nach dem Melken einen Tatsch gab, dass sie wieder zu den anderen lüffe, oder wenn sie ein überstelliges Geissli ginggete, weil es mit hindertsi springen um ein Haar ins Feuer unterm Käschessi troolet war, dachte sie an den Melk und dass auf Dräckloch gewiss auch gad Melketen wäre oder dass er vielleicht im nämlichen Momentli ein Geissli ab dem Bödeli jage. Und wenn er wirklich nur deshalb fort von der Heer'schen und auf die Dräckloch Alp züglet war, damit sie eine Muus hätte – und ein so Feiner und Verschtuuneter wie er hatte gewiss im Gespür gehabt, wie dringend sie für ihre Kunst eine Muus brauchte –, dann hockte er jetzt auf Dräckloch wie bestellt und nicht abgeholt und wusste nicht mehr, warum er überhaupt dort war, und bekam Heimweh nach dem Füchsli, das er am Industriebach all Tag bespienzlet hatte, und in seinem Heimweh verlor er am End sein Gespür und war danach keine gute Muus mehr oder gar keine, und schon wäre es wieder vorbei mit ihrer Kunst, und weidli, bevor es dazu kam, segglete die Vriinä zurück auf den Glärnisch und tüüsselete zur Dräckloch Alp.

Die Vriinä lernt vom Bösen in der Welt

Es war ein gläriger und heisser Sommertag. Die Sonne prätschte auf das Brunalpeli, dass die Wildheublumen stüübeten, und die Vriinä wurde immer übermütiger und vergass zuletzt alles Tüüsselen und füchslete gad wie gesprengt über die Karrenfelder und nahm Gümp den Summervögeln nach und kreuz und quer, als sie vom Napf ein Chueli kommen sah und dachte, was für ein dummes Chueli säb wäre und dass es sich noch einen Scheichen bräche in den Spalten zwischen den Karren, wenn es so weiterlüffe, und zum es zurückjagen, machte die Vriinä endlich einen Satz auf das Chueli zu – und stand ganz unverhofft just vor dem Melk. Der war dem Chueli nach, welenweg war es seines, und fing es auch gad ein und schimpfte ihm und nahm es an den Ohren und hielt es fest, bis es geruhiget hatte, und all die Zeit lang tat er, als heig er das Füchsli nicht bemerkt, dabei spienzlete er aus dem Augenspalt und wurde rot bis über die Ohren. Und die Vriinä wurde nass im Schweiss und stand und gaffte und fand ein ebigs schönes Lugen, wie er die Kuh am Grind gepackt hielt, so rauh und lieb in einem und als wäre die Kuh sein Geschwister, und wie sein Gwand verdreckt war und die Haare ein einziges Gnuusch und die Augen asen warm und leuchtig – und erst als er die Kuh mit sich zog und sie zur Herde brachte mit einem Heuerlig, der heller war als jeder Sonnenstrahl, verrodete auch die Vriinä sich und beinlete zum Bächifirn und wollte das Bislen üben.

Dann war sie aber viel zu vertrüllet und stürchlete als Füchsli durch den Schnee und tääpelete nur immer ds Melks Namen auf den Firm, bis zeinersmal ein Schatten über den Grat kam. Erst glaubte die Vriinä, es wäre der Balzli, und weidli rupfte sie den Bändel ab zum zaubern, dass ein Wind verblase, was sie geschrieben hatte. Nur ein Sekündli später sah sie aber ihr Gämsi, das kam vom Guppen her gerannt, und die Vriinä glaubte, der Schatten wäre ds Gämsis Schatten, und wunderte sich nur, dass das Gämsi unter sich noch einen zweiten Schatten hatte. Doch erst als das Gämsi einen Satz nahm und gleich darauf versprengte wie das Bisiwetter, der Schatten aber blieb, begriff die Vriinä endlich, dass ettis über ihr den Schatten warf, und lugte obsi und sah einen Mäusedieb mit Augen rund wie Gutterenböden und einem Schnabel wie einem Chrottenmaul und einem Knebel in den Krallen, der kreiste über ihr. Und noch bevor sie ihren Bändel umtun konnte und dem Gämsi nach durch das Furggeli beim Inner Fürberg, schoss der Mäusedieb herab und packte sie und war im Augenblick kein Vogel mehr, sondern der Märchler Hexer, und stiess einen Knebel in den Firn und band die Vriinä mit dem Bändel fest und bannte sie so auf den Firn und liserete ihr ins Ohr, z'Nacht sende er einen gälligen Frost, auf dass sie pickelhart gefriere, und anderntags komme er zurück und nehme das gefrornige Füchsli und täämere es über einen Felsen und breche ihm den Grind am Nacken ab.

Dann war der Hexer fort, es nachtete und wurde bald so kalt, dass selbst die Luft gefror und jeder Schnauf in tuusigs fiserlige Splitter sprang, und erst versuchte die Vriinä, sich noch zu befreien, und schränzte am Bändel und chaflete am Knebel, aber bald einmal stand sie nur noch auf dem Firn im Dunkel und biberete und schimpfte sich einen ausgemachten Tubel und dachte ans Bersiäneli, wie es gesagt hatte, ohne das munzige Huttli müsste sie sterben, und wie das Hexli sogar noch gesagt hatte, das Huttli wäre gegen das Verkuhlen, und also wäre heute das Huttli dängg ihre Rettung gewesen, hätte sie es nur bei sich und nicht im Schlafgaden auf Fessis.

Dann dachte sie an ds Melks Blick wie Ääli und glaubte, nie gsäch sie ihn wieder, doch nur schon im Denken an seine Augen und wie sie so warm und leuchtig waren, hörte die Vriinä auf schlottern, und danach schien ihr selbst die Nacht nicht mehr nur finster und gällig, sondern im Mondlicht funkelte der gefrorene und versprengte Schnauf wie tuusigs Sterne. Und dann kam ihr nadisnah ein Gefühl wie due, als der Vatter mit der Herde auf Neapel war und sie mit dem Müeti auf Fessis blieb und als ihr all Nacht träumte, sie flögen zämen auf Paris oder an ein Feuer zum Tanz mit fremden Mäntschen. Und weil sie so sehr nach dem Melk plangete, war ihr immer mehr, es züche sie über den Firn, und endlich flog sie wahrhaftig als Schrättli über die Rossmatt und zum Hüttli vom unteren Dräckloch Stafel, das zwar leer war, und danach aber weiter auf den Ober Stafel, und dort im Tril lag in der Tat der Melk und pfuusete. Und eben meinte sie noch, sie flöge, da lag sie schon an seiner Brust, und der Melk war vom Schlaf süttig wie ein Öfeli und roch nach einem sonnigen Tag z'Alp und salzig, und einen bitz roch er wie ein Milchkalb. Und die Vriinä hatte überhaupt nicht mehr kalt, nicht als Schrättli beim Melk, aber auch nicht auf dem Firn, wo sie zur gleichen Zeit am Füchslen war und hellwach in die blaue Nacht güünete, weil allpott ettis chriisete oder nüschelete auf dem Eis oder in der Kälte.

Und viel zu schnell war wieder Tag, der Melk verrodete sich, dass die Vriinä ihm von seiner Brust verfliegen musste, und schon im nächsten Augenblick war sie nur noch ein Meitli mit einer Füchsliseel, das an einem Stecken auf einen Firn gebunden war und zusah, wie ennet dem Tal ob Fessis die Sonne über den Grat stieg, und schon wieder nach dem Melk plangete und werweisste, wann sie ihn ächt dürfte wiedersehen.

Und vom Plangen kam sie in einen Gluscht und im Gluscht in ein Schlötterlen, das aber mehr aus der Hitze kam als aus der Kälte, und selbst der Bächifirn unter ihr fing nadisnah an schnaufen und triissen und kam in die Glut, dass wiederum der Vriinä das Blut in die Glieder schoss, und erst rannte sie nur immer rings um den Stecken und wurde darob immer überstelliger und rannte endlich nümmen, sondern gumpte auf und nidsi und jääblete dazu und tat wie ein Börzi – bis sie zeismal einen Heuerlig hörte, heller als wie ein Sonnenstrahl, und stillstand wie angenaglet und wusste, der Melk stand neumeds und hatte all ihr Gelööl gesehen und wie sie mit dem Firn ein Käferfest hatte und fand sie bestimmt uu blöd. Und als er gleich darauf selber ein Gelööl hatte und es noch wüster trieb als sie und z'johletsen den Hang durab geruglet kam, und das mit einer Brente auf dem Buckel, und fast noch über sie troolet wäre und endlich vor ihr sass mit Schnee im Haar und nass vom Schweiss und füürzündrot im Gesicht und gaffte, da schämte sie sich grüüli und wusste, er hatte das Kalb gemacht, zum sie verspotten, und dachte nur immer, warum er sie nicht losbinde, und nicht wegen dem Hexer, der dängg schon unterwegs war zum ihr den Grind abbrechen, den hatte sie schon lange vergessen, nur weil sie sich so grüüli schämte. Dann endlich knüpfte der Melk den Bändel auf, und die Vriina rupfte ihn ihm aus den Taapen und füchslete im Gestreckten auf den Hinter Chamm und das Loch durab und nüüt wie fort.

Danach wollte sie eigentlich auf Fessis, doch als sie hinter dem Oberblegisee war, sah sie hoch in der Luft den Mäusedieb kreisen und dachte sich, wenn er sie schon entdeckt hätte, dürfte sie ihm nicht zeigen, wo sie wohnte, und schlug einen Haken in den Wald und lief über den Stotzigen und über das Bergli auf Glarus. Dort liess sie das Füchslen bleiben und lief zu ds Heers, um zu verschnaufen und später als Mäntsch heimzulaufen, so nämlich kannte sie der Hexer nicht.

An jenem Sonntag war zu Glarus Chilbi, das Haus von ds Heers war leer und verlassen, und die Vriinä musste durch ein Fenster klettern. Als Erstes nahm sie sich vom Fralein Heer ein Kleidli, weil ihres so verschwitzt und auch verrupft war von der Nacht am Firn und ihrem Gelööl und zuletzt dem Weiblen durch den Wald, dann wartete sie auf ds Heers und lugte eben aus dem Fenster, ob sie nicht öppen retuur wären, da kam beim Eid der Melk von der Anggenwaag her tschallgget, ohne seine Brente, dafür mit einer Heugabel, und lugte wieder emalen weit fort ins Leere.

Der Vriinä schlug das Herz bis unter den Haarboden, ohne alles Studieren rief sie ihm, und erst als er sich umsah, sie im Fensterloch entdeckte und völlig ghüüslet lugte, fiel ihr ein, dass er nicht wissen konnte, dass er ihr zweimal das Leben gerettet hatte, das erste Mal, als er sie nächtig wärmte, und wieder, als er sie vom Firn losband, aber erst war sie ein Schrättli gewesen und beim zweiten Mal ein Füchsli, und auch, dass er ihre Muus war und sie eine Künstlerin, konnte er nicht wissen, und darum gschaute er sie auch immer noch, als wäre sie ein Kalb mit zwei Köpfen, bis sie ihm zurief, winters hätten sie beide in der Heer'schen büetzet. »Jä so«, sagte er und schien sich nicht recht zu erinnern, aber er kam doch, als sie ihn in die Stube einlud, und hockte brav in den Fotöi.

Dort hiess die Vriinä ihn warten und reisete ihm in der Küche einen Zvieri und kochte Kaffi und tischte auf, was ds Heers für ihren Zvieri postnet hatten, Öpfelbeggeli und süsse und saure Pastetli und Zigerbrüüt, und hockte zu ihm und musste ihn mit essen allpott anlugen, so herzig und appartig und verschtuunet fand sie ihre Muus. Und endlich dachte sie gar, dass sie die beste Muus von allen hätte und ohne ihn gar keine Künstlerin well sein und dass ihr Leben ohne ihn überhaupt ein himmeltrauriges wäre, und nahm sich vor, ihn mitzunehmen auf Paris, und darüber kam sie ins Studieren, was sie sell anziehen, wenn die Kaiserin Eugenie sie well krönen, und ob sie sich vom Fralein Heer ein Gwand vertlehnen sell oder ob sie damit zu geschleckt aussah, und als sie keine Antwort wusste, fragte sie den Melk, wie ihm ihr Kleidli gefalle, und plangete gad dopplet nach der Antwort, weil sie, noch während sie ihn fragte, mit sich wie eine Wette abgeschlossen hatte und sich versprach, falls er jetzt fände, sie gsäch aus wie ein französisches Milädi, so würde sie ihm auf der Stelle alles ganz und gar verzellen, sogar, dass sie mit ihm well auf Paris.

Aber der Melk sah überhaupt nicht auf das Kleidli, stattdessen gaffte er auf ihren Hals, der wohl einen bitz abgefigget war vom Angebundensein auf dem Firn und ihrem Gelööl am Bändel, und statt zu sagen, sie wäre schön wie eine von Paris oder zumindest schön genug für eine Krönung bei der Kaiserin Eugenie, meinte er nur, säb Striemen am Hals gsäch aber bös aus, und besser, sie gech damit zum Tokter.

Und plötzlich fand die Vriinä sich selber nicht zum Anlugen, und den Melk fand sie einen Tubel, und als er aufstand und meinte, es wäre Zeit und er müsste wieder z'Alp, hielt sie ihn auch nicht zurück. Erst als er in seiner Vertrüllten fast über die Heugabel fiel, fand sie, vielleicht dass er nicht ganz und gar ein Tubel war, und schlug ihm vor, sie käme ihn bald auf der Dräckloch Alp besuchen. Und danach schnurrete der Melk so lieb von seinen Chueli und Geissen, und zuletzt versprach er gar, er well ihr jodlen, wenn sie dereinst zu ihm käme, dass sie ihn auch ja finde z'Berg, dass ihr ganz warm im Herzen wurde und sie nicht anders konnte als ihm ganz süüferli, damit er ja nüüt gmerke, den Bändel umzutun, den sie von ihrem Müeti hatte, und dabei sagte sie sich, wenn ds Gotts Namen der Melk für auf Paris nicht tauge, bliebe sie lieber mit ihm im Glarnerland und liesse alle Kunst bleiben und alpne mit ihm oder buurne, Hauptsache, sie wären zämen.

Dann war er fort, und die Vriinä beinlete auf Fessis, wo ihr der Vatter wartete. Er war fast nochmals graber im Gesicht geworden und wollte sicher wieder wäffelen, wo sie die Nacht geblieben wäre. Aber die Vriinä war so guter Laune, dass sie ihm einen Schmutz auf seine Stoppeln gab, bevor er nur das Maul aufmachen konnte, und rief, 's gäbt doch nüüt Schöners als das Buurnen, und Schemeli und Eimer griff und das Veh zum Melkstand rief.

Beim Melken dann verzellte die Vriinä jedem Chueli einzeln, was ein Appartiger der Melk doch sig und dass er vielleicht auch auf Fessis dereinst melke. Der Vatter dagegen blieb den ganzen Abend stumm und anderntags den ganzen Morgen. Erst als die Vriinä sich, nachdem gemolken und gefiglet war, am Trog schön machte und auf Dräckloch wollte, befahl er ihr zu bleiben, das Bersiäneli sig nämlich auf dem Weg zu ihr.

In einem solchen Ton hatte der Vatter ihr noch nie befohlen, und erst zog die Vriinä einen Lätsch und fand, sie heig mit dem Bersiäneli aber nüüt zu schnurren, zudem sig sie verabredet. Doch danach sah er sie so finster an, dass sie ins Hüttli ging und wartete, bis das Bersiäneli vom Hohwald her auf Fessis geschlarpft kam mit munzig kurzen Schrittli, derweil die Tierli vor ihm weibleten und Steine und Äste verraumten, dass es nicht stürchle. Und endlich war es auf dem Bödeli und hockte z'hürchletsen vors Hüttli und sürpfte erst den Biner voll Milch, um den der Vatter die Vriinä geschickt hatte, bevor er mit dem Veh auf die Weide ging, dann hiess es die Vriinä absitzen und nannte sie ein Sorgenkind, weil schiints der Vatter gestern wieder ebigs nach ihr gesucht hatte und endlich auf den Urnerboden war und zum

Bersiäneli gemeint hatte, die Vriinä heig noch nicht begriffen, welche Gefahr der Hexer für sie wäre. Darauf hatte das Bersiäneli versprochen, ihr zu berichten, was einer wie der Hexer boosge, wenn er so richtig einem z'Leid well werken, und war jetzt hier und liess die Vriinä Stund um Stund gfürchige Müsterli hören, mit denen es ihr den Leichtsinn vergällen wollte.

Von Alpgeistern im Bündnerland verzellte es, die auf eines Hexers Befehl eine ganze Alpmannschaft erschlagen hatten und nur den Frömmsten lebig liessen, damit er wähle, ob er in Schmalz well gesotten werden oder sich z'Tod büchlen. Der Fromme hatte das Büchlen gewählt und gehofft, so würde seine Schpuuse ihn hören, die hörte ihn auch und schickte Hilfe, doch bis die kam, hatte es dem Frommen schon vom vielen Büchlen die Brust versprengt. Und als ein zweiter Hexer einen Jäger plagen wollte, geschah es, dass der Jäger einen Bären schoss und aus dem Loch kein Blut floss, sondern Mehlsuppe mit Chriesi, wie sie die Jägersfrau zum Zmittag getischt hatte, und kaum hatte er geschossen, läutete z'Tal das Totenglöckli, und als er ins Dorf zurückkam, war seine Frau vom Schlag getroffen und lag schon auf dem Kästisch aufgebahrt. Ein dritter Hexer wiederum hatte aus Rache einem Schreinermeister eine Nuss geschenkt und angekündigt, ds Schreiners einziges Kind müsste nach dem Tod als arme Seele wandern, bis aus der Nuss ein Baum gewachsen wäre mit einem Ast so dick, dass eine Wiege in einem Stück aus ihm geschnitten werden könnte, in jene Wiege endlich würde ein zweites Kind geboren, das dann in hohem Alter ds Schreinermeisters Goof erlöse, und so kam es.

Noch vieles verzellte das Bersiäneli, damit die Vriinä vernünftig würde: Da wurden Mäntschen z'Tod erstochen und versotten, so wie der Metzger seine Sauen erst ersticht und sie danach versüüdt. Ein Sigrist wurde am Glockenseil erhängt, und zu Schwyz verdrehte ein Hexer einem Bürschtli den Grind und legte es entseelt und das Antlitz im Nacken vor seines Müetis Hüttli.

So ging es, bis der Abend kam, dann meinte die Vriinä, sie heig jetzt ein für alle Mal begriffen, dass mit dem Hexer nicht zu gschpassen wäre. Danach verriet sie auch, dass sie vom Hexer beinah eingefroren und verbrochen worden wäre. Doch als das Bersiäneli sagte, fortan müsste sie unbedingt allpott den roten Bändel tragen, nur in der höchsten Not dürfte sie noch zaubern, und als die Vriinä darauf meinte, den einten Bändel heig eben drum jetzt der Melk, den anderen wiederum heig sie dem Kind von ds Müetis Gämsi umgetan, und wohl oder übel müsste das Bersiäneli ihr einen neuen Bändel geben, da pfutterete das Bersiäneli grüüli und rief, einen Bockmist heig die Vriinä schiints verstanden, die säben Bändel heig es auf seiner allerersten Reise postnet von einem Hexli am anderen Ende der Welt und heig keines mehr, und wenn die Vriinä nicht well vom Hexer gemetzget werden, müsste sie entweder ihrer Lebtig im Bann von Fessis bleiben oder z'ständletsen mit ihm mit auf den Urnerboden, damit sie das Bannen lerne und wie sie sich gegen fremde Zauber schützen könne und keinen Bändel mehr brauche.

So schrieb die Vriinä halt dem Vatter mit Kohle auf den Tisch, sie sig beim Bersiäneli und blübe, bis sie das Bannen beherrsche, dann stieg sie mit ihm und seinen Tierli im Dunkeln z'Tal.

Beim Abstieg wollte sie hören, warum das Bersiäneli den blöden Hexer nicht mit einem Zauber töte, das könne es doch gewiss, und um einen wie den wäre es amel nicht schad. Das Bersiäneli wäffelete darauf und schlarpfte fort durch die Nacht und nannte die Vriinä einen Glünggi, einen ausgemachten. »Was?«, rief die Vriinä und fand, sie dürfe doch fragen. Der Hans-Chaschperli erklärte ihr dann, dass es drei Arten Zauber gäbt. Und zwar war die erste Art keine Kunst, im Grunde konnte säb, wer immer wollte, die erste Art war das Päktlen, so wie der Balzli mit seinem Hexli. Päktlet wurde mit dem Hörelimaa oder einem Hexli oder einem Alpgeist, und immer ging es Geschäft um Gegengeschäft. Das hiess, der Hörelimaa oder das Hexli oder der Alpgeist tat ettis für das Mäntsch, danach musste das Mäntsch auch für den Hörelimaa ettis tun, ausser es konnte ihn überlisten. Das wiederum war nicht allzu schwer, weil schon der Hörelimaa nicht der Klügste war, und die Hexli und Alpgeister einenweg nicht, doch eine Gefahr blieb immer. Die zweite Art von Zauber war das Bannen, so hiess das Abwehren von einem fremden Zauber oder einem Tüüfelspakt, damit einen kein Unglück breiche. In die Natur allerdings griff das Bannen nicht ein, wenn einen also gottgewollt ein Leid über Wetter oder Krankheit breichte, half kein Bann – das Bannen war nur ein Gegenzauber wider einen anderen Zauber. Die dritte Art von Zauber endlich war, was die Vriinä einen bitz beherrschte und die eigentliche Kunst, nämlich das Sachenzaubern. Säb ging zwar wider die Natur, aber nicht jeder Zauber wider die Natur war bös. Stattdessen gab es beim Sachenzaubern noch eine Unterscheidung, und zwar gab es die weisse und die schwarze

Kunst. Die schwarze Kunst war bös: Schwarz war vor allem, wenn ein Mäntsch einem anderen mit seinem Zauber z'Leid werkte. Ein Streichli spielen war noch nicht schwarz, das gräuelete höchstens einen bitz, töten dagegen war brandschwarz. Auch einen Hexer töten war schwarze Kunst, und schwarzzaubern tat das Bersiäneli grundsätzlich nicht, denn wer schwarzzauberte, war nicht im Reinen mit dem Herrgott und hatte drum im Jenseits nüüt wie Lämpen. Das aber, meinte der Hans-Chaschperli zuletzt, sig dem Bersiäneli die Sach nicht wert, nachdem es schon so grüüli lange darauf warte, dass es ins Jenseits dürfe.

Der Schuster Hampä

So lernte die Vriinä in den folgenden Tagen zu jedem gruusigen Zauber nur den Gegenzauber, und einen Bann wie eine Wand lernte sie um sich zaubern, und endlich lernte sie gar angattigen, dass der Hexer sie vergass. Säb, sagte das Bersiäneli, wäre drum immer noch das Beste: den Hexer asen strub im Kopf zu machen, dass er sie nümmen möge erinnern. Es gab dafür auch einen ganz einfachen Zauber mit einem Sprüchli und ettis Gvätterlen in der Glut und fertig. Das Dumme war nur, man war nie sicher, dass er geraten war, denn wenn der Hexer sich fortan nicht zeigte, war es vielleicht, weil er die Vriinä in der Tat vergessen hatte, vielleicht hatte er aber auch seinerseits den Zauber gebannt und zeigte sich bloss nicht, damit die Vriinä glauben sollte, sie sige vergessen.

Die Zeit würde es weisen, meinte das Bersiäneli, aber die Vriinä wartete nicht gern und zauberte den Zauber zwar, danach stürmte sie aber weiter, wenn das Bersiäneli schon nicht well schwarzzaubern, so sell es ihr zumindest zeigen, wie sie den Hexer töten könne, ein bitz Schwarzzaubern mache ihr nichts aus, und besser, sie bodige ihn als er sie, weil dann müsste das Bersiäneli sich seiner Lebtig vorwerfen, es heig ihr nicht genug geholfen.

Doch das Bersiäneli fand, nüüt würde es sich vorwerfen,

es heig drum einmal eine Ausnahme gemacht, und säb bereue es seither all Tag. Im vorigen Jahrhundert nämlich kam einst ein gattliger Burscht und klagte, er würde vom Hörelimaa verfolgt, und das Bersiäneli zeigte ihm, wie er ihn bannen könnte. Dann war der Burscht aber so geschickt und tat zudem so lieb mit ihm, dass das Bersiäneli sich verliebte, und in der Angst, es stosse ihm ettis zu, verriet es ihm, wie er mit Zauberei sich rette, wenn etter ihm wüst well. Der Burscht versprach dem Bersiäneli sogar auf seine Seel, er würde stets nur weisszaubern, und erst als es ihm verraten hatte, wie er sich oder andere Mäntschen in einen Fisch verwandelte oder in einen Mäusedieb oder in ein Ross, und mängs anderen mächtigen Zauber, und als es ihm dazu noch einen seiner raren roten Bändel geschenkt hatte, damit ihm auch bestimmt nüüt Schlimmes gschäch, sagte der Burscht, seine Seel gehöre einenweg schon lang dem Hörelimaa, und lachte und schuhnete fort ohne Adie, und fortan zauberte er ohne Vernunft und werkte z'Leid, wo er nur konnte, und war bald überall bekannt als just der böse Hexer aus der March, der jetzt die Vriinä päcklen wollte. Due, sagte das Bersiäneli, heig es geschworen, nie wieder well es einen von den mächtigen Zaubern verraten, bevor nicht eines hundert Jahre Vernunft bewiesen heig, und wäre es ihm noch so lieb und wäre es noch so sehr in der Not.

Die Vriinä wollte jetzt einenweg den Zauber nümmen lernen und fand, an dem, was der Hexer boosge, sig das Bersiäneli gewiss nicht schuld, es sig halt due verliebt gewesen, und dass eines öppen im Verliebtsein überstellig würde und dann im Leichtsinn einen Seich angattige, sig auch das Schöne am Verliebtsein. Ob all den wüsten Geschichten würde sie aber je längers, je tuuchter, und fast wäre ihr, als hätte der Hexer ihr schon alle Freude am Leben abgehext, und drum well sie jetzt fort, sie sig mit ihrem Bann gewiss genug geschützt.

So liess das Bersiäneli sie springen, und die Vriinä lief auf Fessis zum dem Vatter berichten, was sie gelernt hatte, und der Vatter wollte paarmal dreinschnurren, aber sie liess ihn nicht, und erst, als sie ihm alle Bannsprüche aufgesagt hatte und ds Bersiänelis Geschichte mit dem Hexer verzellt, durfte er endlich auch ettis sagen und meinte, er sig ebigs froh, dass sie sich jetzt selber schützen könne, er wüsste ja schon lang, dass sie ein Fenderfüdlen wäre wie ihre Mueter. Und darum well er ihr hier und heute versprechen, fortan sig sie frei, zu kommen und zu gehen, wann sie well, und stäch ihr der Sinn danach, fortzubleiben über Nacht, so sell sie, er würde nümmen wäffelen, und heig er noch so Angst um sie, sie sell die Freiheit haben, die er seinem Mariili nicht gelassen heig.

Und als die Vriinä ihm z'johletsen um den Hals gefallen war, nahm er noch das Käppli ab, das seinerzeit das Mariili ihm gelismet hatte, und zupfte aus den Mäscheli einen roten Bändel und sagte, was er davor nicht sagen durfte: dass es nämlich recht und gut wäre, sig sie jetzt eine Meisterin im Bannen, das Mariili heig aber due seinen Bändel in zwei geschnitten und ihm die Hälfte in das Käppli gelismet gehabt, die schenke er ihr. Er selber blübe doch die meiste Zeit auf Fessis und sige hier genug geschützt, und heig die Vriinä den Bändel um, müsste sie nicht bei allem immer nur ans Bannen denken.

Danach stieg er zum Heuen auf den Breitchamm und wollte die Vriinä mitnehmen. Sie fand aber, wenn sie schon dürfe, gech sie jetzt gogen fenderen, und rannte z'Tal und auf der Glärnischseite obsi. Dort sah sie schon von weitem, wie hoch am Pfannenstock der Melk unter der süttigen Sonne sägetste Strich um Strich und das frische Gras zettete und danach am unteren Band das Heu tschöchelete, und als er endlich ins Bort hockte zum die Sägetsen denglen, rief sie und stieg an ihm vorbei und sah noch einen Weil vom oberen Band her zu, wie er wieder ans Werken ging, bevor sie zupackte und ihm das Heu band und ihm zuletzt sogar die Sägetsen abnahm und einen Stotz abmähte, wie es der Vatter ihm gelernt hatte.

Aber der Melk sagte nicht danke und sprach auch sonst kein Wort, und sogar als sie fand, sie hätten jetzt gheuet, was er allein bis in den Abend gheuet hätte, und würden drum jetzt ranzenplanggen, da hockte er zwar mit ihr ab, aber sie wartete ganz vergebis, dass er würde zünglen oder sie päcklen, er hockte wie festgewachsen und gaffte in die Ferne, und einmal meinte er, er heue drum noch gern, mehr schnurrete er nicht.

Und plötzlich dachte die Vriinä, dass sie ja aber auch ein Aff war, wenn sie erwartete, dass er täg schmüselen oder sie gar heiraten, und war im Gegenteil eine Herrgottsfröhni, machte er keinen Wank, weil eben so war er die beste Muus. Und schon fühlte die Vriinä die Kunst im Ranzen und sprang auf, ob sie wollte oder nicht, und müeslete einen Abschied und segglete zum nächsten Firn. Dort brünzlete sie asen wild und ruuch – wieder nur Blüemli, dafür war ihr, sie schössen hampflenweise aus ihr heraus, und dem Gletscher tätschte es Spalte um Spalte auf, eine jede rot wie Ochsenblut, und vorn beim Abbruch rann unter dem verschneiten Firn hervor das blutte Eis und plampete wie glärige Zungen über den Grat und brach und prätschte z'Tal, als well es dort alles Leben erschlagen.

Danach wusste die Vriinä nicht, hatte sie Kunst gemacht oder nur wüst getan, aber fortan kam sie fast jeden Tag und heuete mit dem Melk und tat ihm zuerst schön und ass mit ihm gar Chriesi und wollte nüüt lieber, als dass er sie päckle, und plangete nach ihm. Und gleich darauf wollte sie gar nüüt mehr und weiblete den Berg hinauf und brünzlete auf die Gletscher und hatte eine meineide Wöhli. Kaum war sie aber jeweils fertig mit ihrer Kunst, dachte sie wieder nur, ohne den Melk an ihrer Seite sig alles nüüt, und anderntags nahm sie ihn mit über den Grat und chräsmete mit ihm über die Borte, bis sie im Schweiss pflotschnass waren, und hoffte, jetzt aber würde er mit ihr schmüselen. Der Melk allerdings wunderte sich nur, was sie hier oben machten, und zeigte sie ihm keine Totenseel oder ein flammigs Manndli oder eine Horde Gämsi, so wollte er gleich wieder durab, oder dann fragte er, was sie vom Balzli und von seinem Hexli wisse, nur züngeln wollte er nie.

Und je längers er sie nicht päcklete und sie nicht anlugte, wie er am Industriebach due das Füchsli angelugt hatte, umso vertrülleter wurde sie und umso gälliger, und endlich wusste sie nicht einmal mehr, ob sie ihn überhaupt möge leiden.

Und als der Nebel jeden Morgen länger in den Berghängen verhockte und die Munggen am Breitchamm anfingen fressen wie närsch, um sich für den Winter zu rüsten, fand endlich auch die Vriinä, sie brauche jetzt ettis Chüschtigs und heig mit einem, der ums Verroden nicht well schmüselen, nüüt am Hut.

Weil die Vriinä kaum noch auf Fessis war und der Vatter etter brauchte, auf den er zählen konnte, wenn zeismal ob dem Klöntal die Gewitterwolken sich türmten und weidli das Heu unter Dach musste, und das frisch Geschnittene musste tschöchelet sein, dass es im Wetter nicht grabete, hatte er den Hampä in Lohn genommen, einen Schwandener Schuhmacher, der sommers nicht viel zu tun hatte und gern im Freien werkte und sich nicht zu schade war, nach einem langen Tag im Wildheu nochmals auf Fessis aufzusteigen, kaum war er zurück in seinem Kämmerli zu Schwanden, und nur, weil er vom Fensterloch her einen Schlirgg am Himmel gesehen hatte und meinte, gescheiter wäre, sie gingen noch einmal und mähten noch am Gufelstock die einte oder ander Plangge, am End wäre moredees wüst Wetter und das gute Knaulgras müsste verfaulen.

Der Hampä war zudem ein Fröhlicher, mit immer einem Müsterli parat, und wenn die Vriinä auf Fessis war, half er oft gad noch melken, und danach hockten sie zu dritt vors Hüttli mit einem Mocken Käs und Brot, und er verzellte, wie er auf Stör ins Welsche geloffen war und ins Wallis und zu den Türken und tuusigsmal ums Haar verstochen worden war oder verschossen oder anders verräblet, doch immer war er eben noch davongekommen, und was er auch verzellte, immer gab es mit ihm ein Glächt, wie gruusig es auf Stör auch zugegangen war, und das gefiel der Vriinä grüüli gut.

So war dem Hampä z'Nacht, als er einsam in einem verlassenen Alphüttli im Ibrig nächtigte, einer erschienen, und zwar so, dass erst nur die Schuhböden erschienen, und erst als der Hampä lachte und meinte, das wären aber schlecht gestochene Schuhböden, die hätte er selber schöner gestochen, erschien der ganze Senn und hockte zum Hampä zuechen und ass ihm aus der Schüssel, und eigentlich, meinte der Hampä, wäre es noch gemütlich gewesen, amel gemütlicher als so allein z'Berg, nur konnte der Senn kein Wort gagsen und grochzete nur immer wie eine Sau, und dann vertleerte er mit essen alles, auch wie eine Sau. Zuletzt gab der Hampä ihm eine Flätteren, und derenweg, dass von ennet dem Tal ein Echo kam, und meinte zum Senn, er sell gefälligst ordeli tun, und vom Moment an war der Senn erlöst und konnte zeismal gagsen und sagte, er sig der Senn von säber Alp gewesen und heig sich einst in seiner Langeweile ein Sennentuntscheli gebaut. Als säb ihn fragte, ob es ihm das Flötenblasen sell zeigen, heig er aber gemeint, lieber well er das Jodlen lernen, und danach wurde das Tuntscheli gällig und verwünschte ihn mitsamt der Alp, und bis zum Hampä seiner Flätteren war er all Nacht in einem Zug mit Totenseelen über den Ibrig gewandert.

Ein andermal hatte der Hampä mit einem Bären zu tun, der hatte ihn aus dem Hüttli geschränzt, in dem er nächtigte, ganz ohne Grund, und zwar auf einer Alp bei Wasen. Danach hatten sie ebigs gerungen und waren übers Bödeli troolet, bis sie zuletzt ins Tobel keiten. Noch in der Luft hatte der Hampä es aber angegattiget, dass der Bär unten war, und er war oben und keite auf den Bären, der Bär brach sich den Nacken und mängs anders, der Hampä aber brach sich rein nüüt. Die Wasener hiessen ihn fortan den Bärenfaller und hatten eine uumääre Meinung von ihm, im Sanetschtal jedoch tränzleten sie ihn und meinten, das mit dem Bären wäre erlogen und der Hampä ein Feigling, und einer wollte wetten, der·Hampä traue sich nicht, z'Nacht auf den Sanetschgletscher zu steigen und einem Geist, der schiints dort umging, zuzurufen: »Vertooretä Grind, red mit em grüänä Grind!« Der andere verwettete gar seine Treichelkuh, aber der Hampä stieg in der Nacht mit einem Säbel auf den Gletscher und rief, und rein kein Geist kam, nur der Sanetscher, der gegen ihn gewettet hatte. Der war ins Fell von einem Ochsen geschloffen, an dem noch die Hörner standen, und wollte ihm dängg Angst einjagen und hetzte ihn über den Grat zum Tobel. Der Hampä aber glaubte due noch, er heig es mit einem echten Ochsen zu tun, und sablete ihm zack! den Grind ab, und des Sanetschers Grind halt mit. Danach hatte es wirklich einen Geist auf dem Gletscher, der Rumpf vom säben Sanetscher bheggte nämlich nach ds Hampäs Säbelstreich wie eingefroren, sogar fünf Mannen gelang es nicht, ihn z'Tal zu schaffen, so liessen sie ihn halt im Eis, und ohne Grind, der fand sich nümmen.

Und neumeds im Bernischen hatte der Hampä einst um fast kein Geld eine schöne Kammer in einem Gasthof bezogen, sogar mit Matratzenbett und Kommödli, nur meinte das Wirtspaar, leider sig die Kammer verhext und welenweg schlafe er nicht viel. Es war aber die einzig freie, und er war lange gewandert und müde und nahm die Kammer und pfuusete glii wie ein Herrgöttli, bis mit dem Zwölfuhrschlag ein anderer zur Tür hereinkam und stumm sein Köfferli auftat und Seife und Messer reisete und eine neumödige Maschine zum die Haare schneiden und, ohne ihn zu fragen, dem Hampä Bart und Haar abschnitt. Der Hampä hatte aber auch eine Schur nötig und liess ihn machen, und keiner schnurrete ein Wort. Erst als der andere ihm den Spiegel vorhielt, meinte der Hampä höfelig, recht wäre es geworden und die Reihe wäre jetzt an ihm, und schnitt dem anderen das Haar vom Grind. Da endlich machte auch der säb die Schnurre abenand und wusste zu berichten, er wär halt leider als Barbier ein Gieriger gewesen und heig zu viel geheuscht und drum nach seinem Tod für Gotteslohn der Welt die Haare schneiden müssen, bis einer es aus freien Stücken vergelte. Der Hampä endlich hatte die Schur vergolten und ihn von seinem Fluch erlöst.

Solche Geschichten hatte er viele, und der Vriinä gefielen sie viel besser als ds Bersiänelis, sie gingen nämlich stets gut aus. Und wenn der Vatter auch allpott die Augen vertrüllete und rief: »Ja schüünä Seich!«, und: »Was ä Habasch!«, wusste sie doch, der Hampä wusste sich zu helfen, und wurde es ihm noch so gefährlich. Und immer öfter kam sie zur Abendmelketen auf Fessis, und auch der Hampä trieb nach dem Heuen oft dem Vatter gad noch die Kühe zum Melkstand und half ihm melken und schnäderete mit der Vriinä und hatte ein Glächt. Und endlich eines Morgens stieg die Vriinä auf Dräckloch zum dem Melk sagen, sie well nicht länger warten, ob er mit ihr täg schmüselen, und dass es Mannen gäbt – und echte Mannen mit Fell am Ranzen und mit Armen wie Trämel! –, die numen warteten, dass sie mit ihnen schmüüsele, allen voran der Schuster Hampä zu Schwanden, der liesse sich nicht zweimal bitten mit schmüselen oder gar tääpelen, der gech mit allem z'Werk, als täg er einen Schuh bestechen.

Doch all das konnte sie ihm nicht sagen. An jenem Morgen nämlich rief ständig am Vorder Gassenstock ein Stimmli ettis cheibs, und erst achtete die Vriinä nicht darauf, so sehr war sie damit beschäftigt, wie sie dem Melk well die Meinung stossen. Doch endlich jääblete säb Stimmli asen laut, dass selbst die Vriinä nicht überhören konnte, wie es meinte, es müsse jetzt den Berg laa gaa, da helfe nüüt. Und ehe sie noch begriffen hatte, dass da ein Zauber im Gange war, löste sich aus der Wand am Vorder Gassenstock eine Schwetti Steinigs und prätschte an der Vriinä vorbei z'Tal und verschüttete die Dräckloch Alp.

Erst dachte die Vriinä, auch der Melk läge unter der Laui begraben, und wurde trümmlig und musste abhocken und starrte auf die Staubwolke, die feist und tötelig zwischen First und Gassenstock und Chratzeren lag. Aber dann fiel ihr ein, dass sie auf Dräckloch vor der Laui kein Veh gesehen hatte, und vielleicht war der Melk schon vorher mit der Herde auf die Weide, und weidli sprang sie auf und expresste erst zum Schafstöckli und danach auf Silberen und fand den Melk mit dem Balzli endlich am Grat ob Dräckloch. Am Sünnelen waren sie gewesen, als die Laui kam, und darob so verschrocken, dass sie auch jetzt nur halbschlau staggeleten und die Vriinä fragten, was sie machen müssten, und die Vriinä schickte den Balzli heim zu seinem Senn, dass der sich nicht vergebis sorge, den Melk aber hiess sie auf Glarus beinlen, damit er dort vom Unglück berichte, und schaute ihm nach, wie er vertrüllet und mit Trändli in seinen Augen z'Tal stürchlete, und dachte, wie finöggelig er doch wäre.

Und gleich darauf hockte sie ab und brieggete selber, so fest, als heig sie den Schlotteri – weil die ganze schöne Alp mitsamt den Sennen erschlagen war, und weil es ein ebiges Glück war, war der Melk noch am Leben, und weil er ein derenweg Verschtuuneter war und nie begreifen würde, wie gern sie ihn hatte.

Am allermeisten aber brieggete sie, weil dängg der Vorder Gassenstock nur drum auf Dräckloch troolet war, weil ihr der Hexer auf der Spur war und herausgefunden hatte, wie lieb der Melk ihr war, und ihn erschlagen wollte zum sich an ihr rächen, und hätte der Melk nicht ihren Bändel umgehabt, läge er bei den Sennen tot und begraben, und vielleicht hatte er ihn ein andermal nicht um und starb, und sie war schuld. Und auch als keine Tränen mehr kamen, blieb in ihrem Kopf ein einziges Ghürsch, erst sagte sie sich, sie müsste dem Melk verzellen, wofür der Bändel sig, damit er ihn auch ja nie abtäte, gleich darauf fiel ihr ein, dass er dann aber fragen würde, was sie auf dem Gletscher gemacht heig, als der Hexer sie päcklete und mit dem Bändel auf den Firn band, und dass sie ihm dann verraten müsste, dass sie Helgeli brünzlete und dabei an ihn dachte, und säb konnte sie ihm niemals verraten, sonst hielt er sie für gesponnen oder für einen Grüsel und wollte sie gar nicht wiedersehen, und das war tuusigsmal schlimmer, als wenn sie ihn von sich aus nümmen sah, auch wenn das hiess, dass sie keine Kunst mehr miechte und nicht berühmt würde und nie auf Paris und zur Kaiserin Eugenie käme.

Erst als sie aufstand, wohlete ihr wieder einen bitz, und als sie heim auf Fessis lief, glaubte sie immer mehr, sie hätte den Melk ohne die Laui gar nie verlassen und täg es nur, damit er vor dem Hexer sicher wäre, nur ihm zuliebe verzichtete sie auf seine Liebe und das Buurnen mit ihm und auf die

Kunst und würde ihrer Lebtig traurig sein, aber dafür wäre sie eine richtig romantische Heldin.

Am Abend hatte der Hampä dann ein Fläschli Roten mitgebracht, das tranken sie, als sie nach dem Znacht noch vor dem Hüttli sassen, und als der Vatter endlich in den Schlafgaden ging, blieb die Vriinä noch neben dem Hampä hocken und tat, als lose sie seinen Müsterli, derweil sie sich fragte, wo ächt der Melk untergekommen sig über Nacht, und fühlte, wie gleich wieder ein Trändli obsi kam, und danach hörte sie weidli auf denken und losete lieber wieder dem Hampä.

Der verzellte gerade, wie er im Türkenland dereinst mit einer Jumpferen einen Trank getrunken hatte, der welenweg ein Zaubertrank war, denn danach konnte er zeinersmal nur noch ans Vöglen denken und päcklete die Jumpfer, und als sie nicht mit ihm vöglen wollte, wurde er wie angeworfen so gällig, dass er sie mit dem Messer aufschnitt, bis sie daran starb. Danach war er versegglet und schon wieder im Entlebuch, als er wie vertwachte und zeismal begriff, was er da boosget hatte, und so fest um die türkische Jumpferen trauerte, dass er nicht weiterschuhnen konnte und nur im Entlebucher Wald verhockte und nadisnah wie in ein Tier verzaubert wurde. Er konnte der Vriinä nicht sagen, in welches, aber er hatte amel ein Fell gehabt, das ihm erst wieder ab dem Leib fiel, als siebenmal sieben Jahre später ein türkischer Pfarrer in den Entlebucher Wald kam und zu ihm sagte, es sig jetzt wieder gut, er heig genug gebüsst. Da stand er auf und verlor eben sein Fell und war darunter aber kein Mann mehr, sondern wieder ein Büebli, und als säb Büebli fand er

174

überhaupt nicht, es wäre wieder gut, stattdessen brieggete er ebigs und betete mit dem Pfarrer und verzellte dem Herrgott, wie grüüli leid es ihm um säb Jümpferli wäre, und brieggete und betete so lange, bis endlich der Herrgott Verbärmscht mit ihm hatte und ihn in ein grosses Tüübli verwandelte, so dass er den türkischen Pfarrer in den Schnabel nehmen konnte und mit ihm zurückfliegen wieder ins Türkenland hinein und dort in einem Garten landen. Kaum war er gelandet, war er wieder ein Mäntsch, und kein Büebli mehr, sondern der Mann, als der er das erste Mal ins Türkenland gekommen war. Sie waren aber just neben einem ebigs schönen Rösli gelandet, säb hiess der Pfarrer ihn abrupfen, und kaum hatte er es gerupft, tat sich darunter die Erde auf, und das chööge türkische Jümpferli stieg ans Licht und war wieder gesund und lebig und nicht aufgeschnitten und langte ihm die Hand und meinte, ob sie nicht Frieden schliessen wollten, und der Hampä schlug ein und brieggete nochmals und lief danach guten Gewissens wieder heim auf Schwanden. Seither heig er aber kein einziges Meitli mehr gefragt, ob es mit ihm well vöglen.

Danach verzellte der Hampä anderes, bis das Fläschli gehöhlt war, und noch länger, und endlich nahm die Vriinä ihn in den Stall und tat mit ihm, was säb türkische Jümpferli mit ihm nicht hatte wellen tun.

Als sie danach noch wach lag, derweil der Hampä schon mit Schlafen schnob und grochzete, versuchte sie sich vorzustellen, wie sie ihn täge heiraten und mit ihm z'Tal in einem Handwerkershüttli verhocken und ihm haushalten und mit den Dorfweibern am Brunnen über der Weisswäsche stehen und über alles wäffelen und alles vernüüten und darob alt werden und noch z'wäffletsen sterben, und alles numen für den Melk, und erst wurde ihr elend zumut. Doch bald schon fand sie, dass es auch schön war, klein wie ein Hämpfeli neben dem Hampä zu liegen mit seinen Armen wie Trämel, und endlich war sie sogar stolz, hatte sie einen Tuusigsiech wie ihn, der einem Hexer nur gad den Grind würde ab den Schultern sablen und dem sogar der Herrgott nicht lange böse sein konnte.

Zweifel um Zweifel

Als die Vriinä anderntags dem Vatter half, eine Fuhre Heu zum Joggel Marti zu bringen, schnurrete im Dorf schon alles über die Dräckloch-Laui. Der Melk heig berichtet, schon lange sig auf Dräckloch mängs letz gegangen, mehr als nur einmal hätten die Sennen den Herrgott versucht gehabt, erst mit einem Tunscheli, das sie gebaut hätten und damit gevöglet, dann heig der Meistersenn noch seiner Schpuuse ein Sonnenbödeli aus barem Käs gemauert und handkehrum sein hungrigs Müeti fortgejagt mit nüüt als einem Schnäfel vergaglets Brot als Wegzehrung. So fanden alle, die Sennen wären ganz selber schuld und trügen die Verantwortung für das Unglück. Und gleich war auch die Vriinä nicht mehr ganz so sicher, dass sie die Schuld am Unglück trug und dass der Hexer den Melk bedrohte und dass es keinen Weg gab, als dass sie ihn verliess auf ebig, und glaubte schon noch, dass es nötig wäre, dass sie den Melk vor ihr beschützte, aber der munzig kleine Zweifel langte doch, dass sie nach dem Melk einen bitz mehr plangete und sich am Hampä einen bitz minder freute. Das merkte auch der Hampä, als sie danach all Tag zu dritt ins Wildheu stiegen, er liess die Vriinä aber nie lang grüblen. Wann immer sie ihm zu still schien, gab er ein Müsterli zum Besten, oder er fragte sie ettis, so dass sie wohl oder übel schnurren musste, oder dann schlich er sich an sie heran und schoppte ihr Heu unter das Hemd, oder er liess das Bein stehen, dass sie stürchlete, oder er blies ihr in den Hals, das mochte sie von allem zuletzt leiden. Der Vatter sägetste derweil stumm fort und tat, als gmerkte er nüüt, und nur wenn er die Vriinä helfen hiess, das Heu ins Tuch zu fassen, und sie danach zu zweit den Ballen unters Dachli trugen, fragte er diggemal, ob sie ettis zu bereden hätten. Aber die Vriinä fand stets, sie hätte nüüt, und liess den Hampä tränzlen und schloff all Nacht mit ihm ins Heu, oder dann stieg sie nach dem Znacht mit ihm auf Schwanden ab. Dort lernte sie von ihm das Schmüselen so gut wie das Schuhe-Bestechen: Kaum nämlich hatten sie fertig geschmüselet, sprang der Hampä jeweils wieder auf und hockte auf den Schemel und nahm das Schuhmacherbrett über das Knie und schnitt Bodenleder und Fersenkappe vom Rind und Zungenblatt und Schaft für einen Oberschuh vom Kälbli und zwirnte zwischen Fingern und Elle den Pechdraht und wand eine Borste ein und verpichte sie und schloff ins Handleder und bestach den Oberschuh und büetzte die Fersenkappe an den Schaft. Schon konnte er Brandsohle und Oberschuh an den Leisten stiftlen und mit der Sohle vernaglen und Blätze für den Absatz stiftlen und wieder naglen und feilen und alles unter dem Fummelholz glätten, und zuletzt musste er nur eben noch von innen her die Nagelspitze abzwacken und Schnaps mit Kienruss kochen und das Oberleder beizen und es mit Sauenschmalz abreiben, und fertig war ein neues Paar Stiefel. Säb ging aber gschwinder, als es verzellt ist, der Hampä war sogar im Sanktgallischen dafür prämiert worden, dass es bei ihm so uumäär gschwind ging, und nicht minder gschwind war er mit schmüselen.

Dann kam der Herbst, und damit die Vriinä nicht immer an den Melk und an die Kunst dachte, beschützte sie zur Sicherheit beim Alpabzug den Balzli vor dem Hexli, und das Hexli tat dann auch den ganzen Abzug über lieb, der Balzli selber wollte dagegen am Vorauen die Vriinä zeismal päcklen und mit ihr zünglen und liess sie erst in Ruhe, als sie ihm die Schafe versprengte und er nach ihnen segglen musste. Das Haushalten übte sie auch, für wenn sie mit dem Hampä verheiratet wäre, und sott dem Vatter die Wäsche und ging in die Holderen und Beeren und wollte Saft eindicken, der wurde aber viel zu dünn und lief vom Brot, so dass der Vatter meinte, sie bräuchte ein Rezept. So lief sie halt um ein Rezept zum Fralein Heer, das meinte aber wiederum, zum Kochen hätten sie die Magd, und die war fort, es selber aber könnte der Vriinä das Sticken zeigen und das Gerade-Sitzen und zudem ettis, das hiess Konfesatiu und war Schnäderen, ohne dass es ettis hiess. Als die Vriinä den Sinn davon nicht einsah, meinte das Fralein Heer, sertigs gefalle drum den mehrbesseren Mannen, von denen es dereinst einen well heiraten. Und einen Nachmittag lang übte auch die Vriinä sich in säber Konfesatiu, besser als nüüt, und schnäderete, bis das Fralein Heer meinte, für Konfesatiu schnädere sie zu viel, zudem hatte die Vriinä vom Alpnen und Käsen und Schuhe-Bestechen verzellt, und davon verstünden, meinte das Fralein Heer, mehrbessere Mannen nüüt, und was sie nicht verstünden, fänden sie einen Seich und dummes Weiberzüügs. Bei der Konfesatiu ginge es mehr ums Losen und selten einmal ettis sagen oder besser noch fragen und danach gad wieder losen. Danach losete aber die Vriinä wie ein Schwein im Föhn und fragte fast nüüt, und wenn, dann so, dass das Fralein

Heer, welches den Mann gab, darauf keine Antwort wusste und meinte, asen wirke jetzt die Vriinä wieder beinah zu gescheit, und säb sig noch die schlimmere Gefahr. Die wahre Kunst in der Konfesatiu sig es drum, die goldige Mitte zu finden, am ehsigsten finde ein Meitli einen Mann, wenn es gad so gescheit sig, dass es der Konfesatiu folgen könne und nicht derenweg blöd fragte, dass dem Mann das Antworten langweilig würde, aber auch nicht so gescheit, dass er merke, was er selber für einen Habasch verzapfe.

Danach wollte sie nochmals üben, aber die Vriinä hatte die Lust verloren und füchslete lieber vor dem Einnachten noch zum Fensterlen auf den Tschudihof, vielleicht kochte die Frau Tschudi gad selber Saft ein, und gewiss konnte die es am besten von allen. Die Vriinä war aber kaum unter das Küchenfenster tüüsselet, da kam vom Stall her der Melk über den Hof tschallget und ging ins Haus und hockte einfach bei der Frau Tschudi an den Tisch und schloff aus seinen Zockeln und bekam brüütlet und ein Beggeli mit Kaffi, ganz als wäre er auf dem Tschudihof daheim. Und die Vriinä wollte erst gar nicht glauben, dass es der Melk war, der da den Zvieri nahm, und güünete durch das Fenster, bis er wieder in die Zockeln schloff und aufstand und dängg zurück in den Stall wollte.

Da endlich schrak auch die Vriinä auf und machte kehrt und weiblete ab dem Hof und wieder z'Berg und vorbei am Vatter und dem Hampä zu ihren Fessisseeli, z'Trotz es schon schwarze Nacht war. Und dort verhockte sie dann die ganze Nacht und konnte nur immer daran denken, dass jetzt also der Melk bei ds Tschudis lebte, wo es am allerischönsten war und eine gfreute Sach für ihn, sie selber war aber hier mit einem ebigs tuuchten Vatter und einem Meister-Bestecher verlochet und würde nie mit dem Melk zämen kommen. Säb allein fand sie schon grüüli ungerecht, und dann war der Melk auf dem Tschudihof auch noch an ihr vorbei tschalgget und hatte sie überhaupt nicht bemerkt, und der Holderensaft wollte nicht diggen, und nicht einmal für eine lumpige Konfesatiu taugte sie.

Doch erst als der Himmel wieder gräulete und es fast schon tagete, kam ihr wie angeworfen z'Sinn, dass an all ihrem Unglück nur ihr Müeti schuld wäre, weil es einfach über Nacht als Hummeli verhöselet war und mit seinem Verschwinden die Glarner auf den Vatter gehetzt hatte, so dass er sie danach beim Bersiäneli lassen musste, wo sie das Zauberen gelernt hatte, mit dem sie dann den Hexer gällig machte, und hätte das Müeti ihr Konfesatiu beigebracht und das Saftkochen, statt sie mit dem maulfaulen Vatter allein auf Fessis zu lassen, wären sie schon ohne den Hampä zu dritt gewesen mit Heuen und Melken und hätten ihn gar nicht gebraucht, und sie wäre auch nach der Laui weiter zum Melk auf Dräckloch und hätte inzwischen schon lang mit ihm geschmüselet. All säb hatte ihr Müeti vernüütet, das also ein ebigs Treuloses war, und eigelig war es und das schlechteste Müeti überhaupt, und das rief die Vriinä dann auch in die Welt hinaus, erst über Fessis und dann gegen die Flanke vom Schafläger und obsi zum Gufelstock und über das Tal zu ds Müetis Gletscherli, und endlich packte sie gar Erdschollen und schleuderte sie das Bort durab, und gegen die Felsen ginggete sie und gumpte in die Fessisseeli und fuhrwerkte darin und tschuttete das Wasser über die Ufer und wiechste und brieggete und giglete im Gleichen. Und zuletzt rief sie wieder in alle Welt, dass sie jetzt so stigelisinnig sig wie seinerzeit das Müeti, ihr dummes eigelig Müeti, und noch viele grüüsige Wörter hängte sie ihm an, bis endlich der Tag kam, ein grauer, nüüteliger Tag mit blaben Wolken, die weit über den Breitchamm lampeten.

Da erst stieg die Vriinä wieder auf Fessis ab und fing an melken, ohne dem Vatter zu warten, und fühlte sich nur noch leer und unleidig und sah obsi in den Himmel und dachte daran, dass hoffentlich der Hampä zum Heuen käme, bevor es anfing regnen.

Bald darauf fiel auf den Gipfeln der erste Schnee und schmolz zwar wieder, aber seither herbstete es auch z'Tal. Die Vriinä stieg kaum noch zu den Fessisseeli auf, ein paarmal noch hockte sie ans Ufer wie früher und gschaute das Gletscherli ennet dem Tal, aber es war nicht mehr ihr Gletscherli, nur noch wie ettis, das fort war mit dem Melk und ihrem Müeti, und lieber wäre ihr gewesen, die Wolken hingen tiefer und hielten die Glärnischseite verschluckt. Ansonsten änderte ihr Leben kaum, ausser dass sie inzwischen dem Hampä ummengab, wenn er sie tränzlete, und einmal, als sie schmüselen wollte und er nur meinte, das Schuhbestechen sig ihm gad näher, gab sie ihm eine Flätteren. Und dann war bereits wieder Jagdzeit, die Vriinä stellte den Jägern nach und bannte die Gewehre oder die Jäger selber, so dass sie festgewachsen stehen mussten wie Tanndli, und liess sie erst am nächsten Morgen wieder laufen. Das fand sie aber auch nicht wirklich lustig und gvätterlete lieber in der Wildi und fing sich Wildmanndli. Dazu musste der Hampä ihr munzige Schuhe machen, die naglete sie auf ein Holz, den einten fürsi, den anderen hindertsi, und wenn die Wildmanndli hineinge-schloffen waren zum sie probieren, konnten sie nicht mehr heraus, und die Vriinä liess sie erst wieder laufen, wenn sie ihr Geheimnisse verraten hatten. So lernte sie, wo säb versteinert Schiff lag, von dem der Balzli schon verzellt hatte, es ligge neumeds hundert Ellen tief im Berg verlochet mit gehissten Segeln, und vierzig versteinerte Mäntschen mit Hellebarden und Sturmhauben würden darauf einen Goldschatz bewa-chen. Ein Wildmanndli verriet ihr, wo säb totes Meitli um-ging, das weiss wie Nebel war und einen Schlüsselbund am Arm trug und keine Nase hatte. Eines erklärte ihr, wie sie den Frümselihund ritt, ein viertes wusste, wie sie zu einem Topf aus Gültstein kam, der meldete, wenn in ihm Gift sott.

Kaum hatte die Vriinä aber ein Wildmanndli geplagt und wieder freigelassen, vergass sie sein Geheimnis schon, im Grunde wollte sie die Wildmanndli nur plagen, was sie ver-zellten, interessierte sie viel weniger. Asen vertat die Vriinä Woche um Woche, dabei verwilderte sie immer mehr, den Hampä sah sie kaum noch, den Vatter noch viel weniger, und als der Balzli einmal nach ihr suchte und heepete, verschloff sie sich im Unterholz.

Erst als an einem Abend spät im Herbst der Melk sie auf der Fessis Alp besuchen wollte, kam sie hervor. Sie hatte sich am säben Tag als Füchsli von den Jägern fangen lassen und wollte ihnen gad ein Hagelwetter um die Ohren zaubern, als neumeds aus dem Wald der Melk sie rief mit seiner Stim-me so weich wie Anken, und sofort kam sie z'tschuderetsen und rief zurück, sie sig in ds Thomas Dittlis Salzsack, und troolete heraus, als sie der Thomas Dittli halben tot im

Schrecken fahrenliess, und war selber viel zu aufgeregt darob, dass sie der Melk noch nicht vergessen hatte, als dass sie mit ihm hätte mögen schnurren, und segglete nur ab und das Bort hinauf und füchslete danach die halbe Nacht über die Gipfel, so überstellig war sie. Erst längst nach Mitternacht lag sie unter dem Schlafstein ab und nuggete ein und flog im Schlaf als Schrättli auf den Tschudihof und lag zum Melk und blieb bei ihm, bis dass es tagete.

Am anderen Morgen wachte sie unter dem Schlafstein wieder auf und wollte sich vor Wöhli nach der Nacht beim Melk am liebsten nie wieder verroden und sann ihm nach und traumete eine Woche lang und liess es schneien bis weit durab im Glarnerland und lugte in das Gfogg und in das Leere, Weisse dahinter und hoffte fest, der Melk heig sich besonnen und gemerkt, dass er halt doch mit ihr well schmüselen, und heig sie daderfür gesucht.

Als sie nach jener Woche heimlief, fragte sie den Vatter graduus, ob es ächt dem Melk ans Leben gech, wenn er mit ihr würde schmüselen, und meinte, sie könne drum nicht sicher sein, dass due der Bann über den Hexer gelungen sig, und falls der säb sich immer noch an ihr well rächen und erfahre, dass sie den Melk so gern heig, dann well er ihm gewiss z'Leid werken, und vielleicht wüsste er es auch bereits und heig darum die Laui auf Dräckloch geworfen.

Der Vatter nifelete darauf erst lange ettis am Talglicht und fragte endlich: »Ja, und dr Hampä?« Der nämlich sige seit dem Sommer so mängs Mal wegen ihr auf Fessis gekommen und heig zuletzt gemeint, jetzt käme er nümmen, und wenn die Vriinä einen anderen heig, sell sie es sagen, dann nähmt er sich drum auch eine neue Schpuuse.

Sie sige überhaupt nicht ds Hampäs Schpuuse, rief die Vriinä, er heig sie amel nie gefragt, ob sie ihn well heiraten.

»Aber würdisch wellä?«, fragte der Vatter. »Odr liäbr dr Melk?«

Sie käme drum nicht draus, meinte die Vriinä nach einem Weil, im Sommer z'Alp hätten sie und der Melk erst eine uumäär schöne Zeit gehabt, und due hätte sie ihn schon gern geheiratet, aber danach heig der Aff kein einziges kleines Mal versucht, mit ihr zu schmüselen, und endlich wäre es ihr dann vertleidet.

»Jä so«, sagte der Vatter und studierte seinerseits, bevor er fragte, ob der Melk und sie denn keine Freunde wären, weil, falls sie keine wären, käme es einenweg nicht gut mit heiraten.

Sie heig schon gemeint, sie wären Freunde, meinte die Vriinä und konnte aber nicht begreifen, was säb mit dem Schmüüselen zu tun heig.

Wenn der Melk und sie drum Freunde wären, sagte der Vatter, wäre es dängg entweder so, dass dem Melk ihre Freundschaft asen wertvoll wäre, dass er sogar dann nicht mit ihr well schmüselen, wenn er sehr wohl well schmüselen, weil er halt fürchte, danach gäbt die Vriinä ihm statt einem Küssli eine Flätteren, und die Freundschaft wäre versället. Oder aber die Vriinä wäre für ihn tatsächlich nur eine Freundin – säb wiederum wäre z'Trotz tuusigsmal besser als alles Schmüselen, Freunde wären nämlich viel rarer als Burschten zum Schmüselen, deren fände sie an jeder Chilbi hampflenweise, Freunde hingegen fände sie vielleicht einen oder zwei ihrer Lebtig. So oder so laute sein Rat, sie sell zufrieden sein und ihre Freundschaft pflegen, als wäre sie das Euter ihrer besten Milchkuh, und vielleicht gäbt es asen mit den Jahren gar doch noch eine Heirat.

»Ja aber... mit dä Jahrä!«, rief die Vriinä entsetzt und meinte, zudem stäch noch ds Vatters Antwort auf den Hexer aus, und welenweg verlange just ihre Freundschaft, dass sie den Melk nie wiedersehe.

Bevor der Vatter Antwort gab, stopfte er erst seine Pfeife und legte im Ofen Holz nach, dann endlich meinte er, ob es dem Melk gefährlich würde, wenn er mit ihr einen Umgang hätte, wüsste allein der Herrgott. Sie wollten hoffen, dass ds Hexers Fluch gebannt wär, doch sig's wes well, die Vriinä müsste dem Melk auf jeden Fall alles verzellen, und danach müsste er entscheiden, ob ihm die Sache zu gefährlich wäre.

Der Vatter und der Herr Heer hätten ihr doch aber verboten, vom Hexer zu verzellen, wandte die Vriinä ein und wollte einen besseren Rat.

»Wänd am Melk nüd chusch vertruuä, dass er uf d Schnurrä hogget, muäsch nä äinäwäg nüd wellä hüraatä«, gab der Vatter zurück und meinte, im säben Fall sig die Wahrheit das Einzige. Käme es letz, schnurre der Melk die Sach ummenand und führe am End den Hexer auf ihre Spur, doch für ihre Freundschaft müsse sie säb riskieren. Vom Hampä, sagte er zuletzt, sell sie ihm auch gad noch berichten, der nämlich könne dem Melk so gut wie der Hexer den Grind verschlagen.

Die Vriinä rang noch immer mit sich. »Han em duch aber schu dr roti Bändel umtaa«, sagte sie, »langet säb nüd?«

Für den Hexer möge säb langen, meinte der Vatter, gegen den Hampä helfe der nüüt. »Und überhaupt, weiss dänn der Melk, für was der Bändel guät isch?«

Die Vriinä schüttelte den Kopf. »Amel gsäit han em nüüt.«

»Und wänn er nä abtuät?«

Die Vriinä gvätterlete am Tischblatt. »Hätt er glaub's schu«, liserete sie und schwieg, und auch der Vatter meinte nur noch, er verstäch überhaupt nicht, dass sie so grüüli schüüch täg mit verzellen, im Kampf gegen den Hexer heig sie doch eine Heldentat geleistet, und wegen dem Hampä müsste sie sich auch nicht schämen.

Der Vriinä schoss das Blut ins Gesicht, der Vatter wusste ja nicht, dass sie dem Melk dazu noch beichten müsste, wie sie mit ihm als ihrer Muus die Firne verbrünzlet hatte und gsäuniggelet auf dem Gletscher. Aber im schwachen Licht vom Hüttli sah er auch nüüt und meinte nur, so sig es recht, als sie endlich versprach, sie täge dem Melk vom Hexer und vom Bändel und auch vom Hampä berichten, und well er danach gad gar nüüt mehr mit ihr, nähmt sie ds Gotts Namen doch den Hampä.

Zuvor aber stieg sie auf Schwanden ab und liess den Hampä wissen, es täg ihr leid, heig sie ihn warten lassen, und gab ihm Ääli, dass er nümmen grindele. Der Hampä langte ihr eine Flätteren, sie langte ihm zwei zurück, damit war alles beschnurret, und die Vriinä durfte mit ihm schmüselen.

Dann stand der Hampä wieder auf und machte sich daran, ein neues Paar Böden zu bestechen, und die Vriinä lag unter dem Betttuch, gschaute eine Fliege, die über die rauchschwarze Tili chräsmete, als suche sie ettis und finde nur immer mehr rauchschwarze Tili, und studierte, ob sie doch noch dem Melk das eint und ander sell verraten und ihm danach graduus einen Schmutz geben und so entdecken, ob er

mit ihr well schmüselen. Wie immer sie sich aber ein Gespräch mit ihm zurechtlegte, stets lief es darauf hinaus, dass
er fragen würde, was cheibs sie auf dem Bächifirn gemacht
heig, due als der Hexer sie an das Stöckli band, und täte sie
dann heimlifeiss, würde er grindelen, statt ihr lieb zu tun,
und würde sie ihm wiederum verraten, sie heig due Blüemli
brünzlet, und mit ihm als Muus, dann schimpfte er sie einen
Säuniggel und würfe ihr vor, sie heig seine Freundschaft
versället, und würde gad nie mehr ettis von ihr wissen wollen.

Das Vreneli übt Freundschaft und hat ein überwellendes Gefühl

Der Silberen Senn hatte im Sommer, als sie dem Balzli das Hexli bannte, gemeint, da heig die Vriinä aber dem Balzli eine schöne Freundschaft bewiesen. Der Ausdruck war ihr seit due geblieben, und ebigs gern hätte sie auch dem Melk eine schöne Freundschaft bewiesen, die vielleicht aufwog, was sie mit Blüemli bislen versället hatte, nur leider hatte er kein Hexli zum besiegen, und sonst fiel ihr nichts ein. Dafür lag das Fralein Heer schon wieder krank darnieder, und die Vriinä lief fast alle Tage auf Glarus zum es besuchen und halt ihm eine schöne Freundschaft beweisen.

Der Doktor Tuet war kurze Zeit davor Hausarzt bei ds Heers geworden, und schon bei seinem ersten Untersuch hatte er festgestellt, dass wenn er ds Fralein Heers Schnauf zählte und das Pöpperlen von seinem Herzen, es dann nicht gleich schnell schnaufte, wie das Herz pöpperlete, und fortan musste es liegen und all Stund ein Wasser trinken, das extra aus Ozeanien geliefert wurde, was schiints ein weiter Weg war, amel dem Preis nach, den der Tuet für jenes Wasser heuschte. Z'Trotz wurde das Fralein Heer um die Nase immer blasser, der Schnauf ging auch nicht gschwinder, und als die Vriinä eines Tages vom Balzli sprach und dass das Bersiäneli gewusst hatte, lang lebe der nümmen, da süüfzgete das Fralein Heer und meinte, es selber sterbe welenweg auch glii.

Da rief die Vriinä aber, ob es ihr noch gech, da heig sie einmal eine Freundin, und dann well die gad sterben, und sprang schon auf zum auf den Urnerboden weiblen und fragen, wie viel Zeit dem Fralein Heer noch blübe, und als säb sie zurückhielt und meinte, es well es so genau doch gar nicht wissen, brachte die Vriinä ihm dafür am anderen Tag das munzige Huttli vom Silberenhexli und hatte davor die ganze Nacht mit sich gerungen, weil doch das Bersiäneli gemeint hatte, sie würde es selber brauchen. Andererseits hatte das Huttli schon dem Hexli durch den Winter geholfen, und jetzt war Winter, zudem musste sie es dem Fralein Heer ja nur vertlehnen, und drittens konnte das Fralein Heer ihr gad helfen zu entdecken, wie es überhaupt funktionierte, und vielleicht würde das Huttli sie dananch alle beide erretten, und dadurch wären sie dann wie Schwestern.

Als sie mit dem Huttli kam, schnaufte das Fralein Heer in seiner Freude auch gleich pressanter, dann untersuchten sie das Huttli und pröbleten, wie es zu gebrauchen wäre, das Fralein Heer höckte es auf sein Nachtmützli drauf und meinte, vielleicht sig es gar kein Huttli, sondern ein Hüetli, und einen Fingerhut höckten sie ins Huttli und machten ihm weis, das Huttli wäre jetzt sein Hüttli, und endlich schloff das Fralein Heer mit der Hand ins Huttli und meinte zu seiner Hand, sie heig jetzt ein zweites Hüütli, und so hatten sie den ganzen Morgen lang ein Glächt, auch wenn kein Zauber daraus wurde.

Dann jedoch kam der Doktor Tuet auf Visite und schickte die Vriinä aus dem Zimmer und untersuchte das Fralein

Heer hinter verschlossener Tür, und zeismal kam er auf den Gang expresst mit füürzündgüggelrotem Kopf und pfutterete, bis Magd und Knecht und endlich auch die Frau Heer gelaufen kamen, und die Frau Heer schickte den Knecht um den Herrn Heer und weiblete zum Fralein Heer ins Zimmer und blieb dort, bis der Herr Heer kam, dann hockten ds Heers mitsamt dem Tuet in die Stube und schlossen wieder alle Türen, und die Vriinä schlich zum Fralein Heer und fragte, ob all die Aufregung bedeute, dass es jetzt sterben müsse.

Und wirklich war das Fralein Heer ebigs bleich, es meinte aber nur, es heig keine Ahnung, der Tuet heig kaum seine Tasche abgestellt gehabt, da heig er das Huttli entdeckt und gad grochzet vor Schreck und gjääblet, säb Huttli wäre Tüüfelszüügs, und kein Wunder, täg das Fralein Heer nicht gesunden, und ob es sich öppen well mit eigeter Hand ein Grab schaufeln. Als er ihm aber das Huttli fortnehmen wollte, hatte das Fralein Heer ihm gesagt, dass das Huttli ds Vriinäs sig und nur vertlehnt, und hielt es päcklet und gab es nicht her, was der Tuet auch schränzte, bis er endlich z'pfutteretsen aus dem Zimmer war und gleich darauf mit der Frau Heer kam und meinte, nur wenn er säb Huttli in Beschlag nähmt, wäre vielleicht das Fralein Heer noch zu retten.

Bis hierher hatte das Fralein Heer verzellt, da kamen ds Heers ins Zimmer und mit ihnen der Doktor Tuet, und der Herr Heer schickte die Vriinä vor die Tür, aber das Fralein Heer wollte, dass die Vriinä blieb und dass dafür der Doktor Tuet veraussen warte, und meinte, der säb heig nämlich seine Meinung schon dargelegt, jetzt sig die Reihe an ihm und an der Vriinä. Danach schien es für ein Momentli, als well der Herr Heer anfangen wäffelen wie davor der Tuet. Doch in der Aufregung schnaufte das Fralein Heer so prächtig, als wäre es wieder ins Appenzellische geritten, und hatte ein Gesicht so rot und leuchtig wie ein offenes Ofentürli, und als der Herr Heer säb sah, meinte er fröhlich, ds Sabindlis Gesundheit sig schiints auf bestem Weg und der Herr Tokter könne es gern einen Weil allein lassen, und führte ihn selber hinaus und schloss die Tür.

Als er danach das Sabindli schnurren liess, sagte es, was immer seine Eltern und der Tuet vereinbart hätten, es selber heig nur einen Wunsch, nämlich einen anderen Tokter, es heig es im Gefühl, unter dem Tuet würde es nie gesunden.

Da wussten ds Heers erst nüüt zum sagen, dann schnurreten sie alle mitenand. »Chind!«, rief die Frau Heer, der Herr Heer rief: »Itz aber los, Sabindli!«, und das Fralein Heer flehte wieder: »Vatter!«, und danach: »Mueter!«

Dann redete nur noch der Herr Heer. Ds Sabindlis alter Hausarzt Oertli sig ds Gotts Namen auf sein Altenteil ins Bernbiet züglet, seine Krankengeschichte sig wiederum so kompliziert, dass keiner sie verstäch als nur der Doktor Tuet, und der auch nur, weil ihn der Oertli vor seiner Zügleten noch selber unterrichtet heig. Das Fralein Heer fand z'Trotz, der Tuet sell an ihm nümmen tökterlen, und sehr wohl gäbt es einen anderen Tokter, der seine Krankengeschichte kenne, und zwar den Doktor Wirth im Kurbad.

»Chind«, rief da die Frau Heer zum zweiten Mal und meinte ebigs besorgt, es sig doch viel zu krank zum jetzt ins Tüütsche gogen bädelen.

Es fühle sich nur krank, solange der Tuet im Zimmer sig, erwiderte das Fralein Heer. Sige dagegen die Vriinä da, so sig ihm, als täg es gad gesunden.

Ds Heers sahen sich stumm an, dann gschauten sie das Fralein Heer, das wiederum ganz aufgeregt von ds Heers zur Vriinä lugte und zurück. Dann endlich nickte die Frau Heer, und der Herr Heer meinte, ihm sell es recht sein, und also müssten sie nur noch den Medikus ›instrieren‹. Und wie er das sagte, hörten sie alle heraus, dass er den Tuet selber nicht mög schmöggen.

Z'Trotz blieb er höfelig, als er den Tuet zurück ins Zimmer rief, und meinte zu ihm, ds Tuets Hilfe sig mängs wert gewesen, das Sabindli heig jetzt auch eingesehen, wie wichtig eine akkurate Pflege sig. Das Beste dünke sie drum alle, es würde stationär behandelt. In einem Kurbad im Tüütschen sig es den Ärzten schon bekannt, und damit ihm an ja nüüt fehle, würden seine Frau wie auch das Vreneli dem Sabindli Gesellschaft leisten. Den Doktor Tuet bitte er somit nur noch, die Rechnung zu stellen. Und bevor der Tuet das Maul abenand brachte, hatte der Herr Heer ihm schon die Hand gelangt und hiess die Magd, ihn vor das Tor zu bringen.

Auch die Vriinä blieb in ihrer Überraschung stumm, das Fralein Heer schnäderete dafür für zwei und wusste gad tuusigs Sachen, die sie im Bad dann machen müssten. Und als die Frau Heer endlich fand, jetzt müsste die Vriinä sich aber verabschieden, das Sabindli heig einen gar aufregenden Tag hinter sich und müsse verruben, und als darauf das Fralein Heer ihr das munzige Huttli zurückgab, da meinte es mit leuchtigem Gesicht, gar prächtig heig heute ihr Huttli zauberet.

Wegen dem Kurbad war die Vriinä nicht aufgeregt, zu Linthal hatte es auch eines, das Bad Stachelberg, und dort hockten nur all Tag teiggete Mäntschen in Zeinen und wäffeleten über das Wetter oder jamereten sonst oder lasen im Schurnal. Dass sie aber richtig auf die Fenderi sollte, fort aus dem Glarnerland und gar über Nacht und mit der Eisenbahn, war schon ein Abenteuer. Der Vatter nickte allerdings nur, als sie verzellte, sie sig dem Fralein Heer eine asen gute Freundin geworden, dass ds Heers sie auf ein Reisli nähmten, und fragte: »Mit em Melk hesch gredt?«

Die Vriinä fing an staggelen und meinte, zum mindesten heig sie sich afed zurechtgelegt, was sie ihm müsste sagen, und schämte sich, dass sie den Vatter anlog, und lag nachts wach und musste immer denken, was wäre, wenn sie im Tüütschen zeinersmal krank würde und stürbe und nie hätte sie dem Melk gesagt, dass sie ihn gern heig. Oder der Melk stürbe, und sie würde ihrer Lebtig nicht erfahren, ob er mit ihr hätte wellen schmüselen, wenn er nur nicht zu schüüch gewesen wäre. Und anderntags lief sie doch endlich auf den Tschudihof und fragte nach dem Melk, und die Frau Tschudi hiess sie erst absitzen und reisete schon das Vesperbrot und reisete der Vriinä gad mit und meinte aber, es dauere dängg noch einen Weil, bis sie anfingen mit essen, der Melk sig drum noch mit dem Schlitten z'Berg auf Chäseren, zum von dort eine Fuhre Heu abfahren.

Und danach hockte die Vriinä ebigs hinter dem Tisch und wartete und schwitzte immer mehr und dachte, dass sie mit ds Tschudis am Tisch und noch beim Vesperbrot dem Melk nie sagen könnte, was sie ihm sagen müsste, und je längers sie wartete, desto mehr dachte sie, dass sie ihn lieber überhaupt nicht wiedergsäch als derenweg, und wurde immer zabliger und sprang endlich auf und meinte, sie heig ja ganz vergessen, sie müsse wieder z'Alp, und wurde rot, weil sie schon wieder gelogen hatte, und höselete weidli vom Hof.

Und danach wurde ihr noch immer gschpässiger zumut. Kaum stand sie vor dem Hoftor, schlug zu Glarus die Vesperglocke und tönte aber wie ein Sterbeglöckli und tötelete ebigs, und gleich darauf schlug auch die Feuerglocke an, und als sie durch das Dorf kam, stand eine Schüür in Flammen, und alles segglete und machte, und der Bauer Tschudi, ds Melks Bauer, sprang an ihr vorbei dem Hof zu und rief noch einem zu, der arme Hagel sig in der Schüür einbeschlossen und müsse am End lebigen Leibs verbrennen, er lüffe darum um ein Hebeleisen. Und die Vriinä wusste überhaupt nicht, wer der säb arme Siech wäre, und fand z'Trotz zeismal alles grüüli schlimm und hielt nur schon das Lärmen und das Glöcklen nicht mehr aus und wie dazu die Flammen prätschten und Balken chnorzten, und dazu giirete oder wiechsete es aus dem Brand heraus, sie wusste nicht, ob Holz oder ob Mäntsch, und immer schlimmer packte sie ein Gefühl, säb Feuer heig ganz fest mit ihr zu tun, und wusste aber ums Verroden nicht, warum und ob sie schuld war an dem Brand und es nicht wusste, oder womöglich war sie selber der arme Siech, der in der Schüür verbrannte, so wie sie sich fühlte, war zeismal alles möglich, es war, als wäre mit dem Vesperglöckli plötzlich alles, die ganze Welt, dsunderobsi und nüüt mehr in der Ordnung, und die Vriinä wollte numen noch versegglen und ab in die Wildi und expresste zur Linth und ihr entlang bis hinter Linthal und an der Bogglaui vorbei und durch die Tobel, die gefrornigen, unter der Pantenbrugg hindurch und höher, immer höher, und wusste nicht einmal mehr, war sie ein blosses Mäntsch oder am Füchslen oder ein echter Fuchs oder am säben Brand gestorben und numen noch die blutte Seel und auf dem Weg in die Ebigkeit.

Als sie auf den Tödigletscher kam, war längst finstere Nacht, und erst sah sie nur ein blaues Licht am Firn. Dann allerdings entdeckte sie drei Sennen, die in den Gletscher eingefroren waren, und sah, dass zwei der Sennen schon recht tief ins Eis versunken waren, der dritte hingegen, der ein Bleicher war mit einem Mal am Hals als wie von einem Strick, war schiints noch frisch im Eis, der bheggte erst gad mit den Zeechen, und während sie noch näher lief und sah, wie ihm das Gwand vom Feuer rüüchte, dachte sie schon, säb wäre dängg der arme Siech, von dem der Tschudi gerufen hatte, er sig ins Feuer einbeschlossen. Er sagte dann auch, als sie fragte, sie wären die drei Sennen von der Dräckloch Alp, den ersten heig das Tunscheli gehäutet, den zweiten heig der Vorder Gassenstock erschlagen, er selber heig sich erst gad zu Glarus in ds Graaggen Balzes Schüür erhängt und gad auch noch verbrannt.

Es war kein schönes Lugen, aber die Vriinä wusste jetzt dafür, dass sie nicht tot war, und als sie weiterlief hinter die Gelb Wand und dem Biferten nach, und der Mond ging auf und stand weiss und gehälftelt wie ein Öpfelschnitz am Himmel, da ruhigete sie nadisnah und fühlte, wie ihr von innen heraus warm wurde und wie das Gestürm in ihrem Kopf sich wie verwandelte – worin, das wusste sie noch nicht zu sagen. Erst als sie abstieg, wieder dem Glarnerland zu, und es rings still war bis auf das Chriserlen vom frischen Schnee, wenn sie ihn nidsi stampfte, und mängsmal einem Wind vom Tödifirn, da wusste sie mit jedem Schritt bestimmter, dass an dem Nachmittag, just als das Vesperglöckli angeschlagen hatte, dass da vom Melk her ein Gefühl in sie geschloffen war und zämentütscht mit ihrem eigenen, und wie ein Chessi Milch am offenen Feuer war es danach in ihr erst z'strodletsen gekommen und dann gar überwellet und hatte erst am Tödifirn geruhiget.

Als sie schon hinterm Gandstock war, fiel ihr dann endlich ein, dass sie ein erstes Mal zu Glarus an der Chilbi ds Melks Gefühl so tief in sich gespürt hatte, und zwar nachdem sie ihm den roten Bändel umgebunden hatte, und da begriff sie auch, dass heute sein Gefühl so plötzlich und so ungestüm in sie pütscht war, weil er gewiss am säben Nachmittag erstmals seit langem den Bändel wieder trug, sig's, dass der Bändel einen Bann gelöst hatte, der sie und ihn getrennt gehalten hatte, sig's, dass es war, weil sie ihn ihm gegeben hatte. Und gleich darauf machte die Vriinä Gümp und juuchzete, denn wenn sie jetzt ds Melks Gefühl in sich trug, fühlte er gewiss auch ihres und wusste, wie gern sie ihn hatte, auch ohne dass sie es ihm sagte, und also konnte sie beruhigt gogen bädelen ins Tüütsche und musste ihn davor gar nicht mehr treffen. Dafür würde sie sofort nach ihrer Rückkehr zu ihm und neumeds mit ihm in den Schnee und kein Wort schnurren und ihn nur ganz fest heben und ihm ein währschaftes Küssli geben, ob er es wollte oder nicht.

Der Zopf

Die Reise anderntags war nüüteliger, als sie erwartet hatte, denn erstens ging es gar nicht weit ins Tüütsche, nur knapp bis hinter das Schaffhausische, und zweitens wurden die Dörfer zwar nadisnah geschleckter und die Berge hörten auf, aber dahinter kam nur leerer grauer Himmel und flaches Weidland unter Schnee und Pflotsch. Zum Dritten war das Fahren mit der Eisenbahn auch nur die ersten Stunden lustig, und viertens schwärmten während der Fahrt die Frau Heer und das Fralein Heer ebigs vom Kurbad, wie gattlig es auch wäre und wie fürnehm und wie gepflegt, dabei waren die Bädli dann nur Günten mit ringsum dicken Mauern und rein gar nüüt verglichen mit den Fessisseeli, das Wasser war lääb und salzig, und es roch, wie wenn ein Kalb die Klauen-fäule hat.

Zwei Sachen waren dennoch bsunders, nämlich die Hel-geli rings an den Wänden, die schön waren wie die z'Paris, und dass die Vriinä nie allein sein mussste, stets war sie mit dem Fralein Heer und meist auch mit der Frau Heer, und überhaupt waren allpott ganz viele Mäntschen ummenand, die kamen aus Amerika und Russland und dem Türkenland und hatten ein Geschnäder in tuusigs Sprachen. Mängs ei-ner schnurrete sogar auf Welsch, so dass es klang wie due, als ds Vriinäs Müeti ihr im Käskeller ds welschen Kommandanten Liedli gesungen hatte. Und in den Sälen und gläsigen Hallen roch es süss nach Tubak, und alles war verneblet, doch anders als im Glarnerland, viel bläuer und fürnehmer, so wie das Schleierli von einer Totenseel, und die Badegäste trugen entweder seidige Tücher um den Hals und malten Bilder zum Beruf oder schrieben Bücher oder musigeten oder tanzten, und wer kein Künstler war, der hockte neben einem und haute ihm allpott eines auf den Buckel und lachte laut und bot Stumpen herum, worauf der Künstler wiederum den Stumpen nahm und ihn aber nicht rauchte, sondern ihn in den Tschoopen steckte und ihn dann im Geheimen dem Pförtner verkaufte und die Batzen ins Kasino trug und bunte Tötzli damit kaufte und sie zu anderen Tötzli legte und zusah, wie ein Mäntsch in Uniform ein Kügeli in eine Zeine warf und tat, als well er talerschwingen, und ihm die Tötzli fortnahm, und danach lief der Künstler wieder fort und machte einen Lätsch und lief um einen zweiten Stumpen, und so all Abend.

Und an der Weihnacht durften sie gar ins Theater. Dort hatte es noch viel mehr Helgeli, auch an der Tili, und eine ganze Mannschaft musizierte, und alle mitenand, und z'Trotz tönte es, als musige nur einer, eine zweite Mannschaft tanzte auf den Zeechen, auch alle mitenand, und es war nicht ganz so spannend wie zu Neujahr das Räggelen an der Gnüüsswand, aber schon recht.

Und immer zum Znacht hatten die Mannen das Haar gefettet und die Frauen trugen Chrälleli, und beides glänzte wie getriebener Zucker, den gab es nach dem Znacht zum Dessert. Und die Mannen waren grüüli höfelig und hebeten den Frauen und sogar der Vriinä die Türe auf und schoppeten ihnen bei Tisch den Stuhl unter den Hinder, und wenn sie Hüte trugen, lupften sie sie, sobald ein Weibervolk vorbeikam, und wenn die Vriinä spät zum Znacht kam, weil sie noch neumeds güünet hatte, standen die Mannen alle nochmals auf und warteten, dass sie auch absass, und nach dem Znacht schob immer einer seinen Stuhl zu ihr und kam ganz nah, meistens ein Künstler, und liserete ihr Züügs ins Ohr in einer von den tuusigs Sprachen und mängsmal gar auf Welsch und roch nach Seife und Blüemli und Tubak.

Das Schönste aber war, dass alle Künstler gad erkannten, dass sie eine von ihnen war, und sie aufs Zimmer nehmen wollten und ihr dort zeigen, was sie an Helgeli oder an Versli angattiget hatten, oder sie wollten mit in ds Vriinäs Zimmer und gschauen, was sie für Kunst heig. Mit der Frau Heer hatten sie jedoch abgemacht, dass sie und das Sabindli nie eines ohne das andere wäre und dass sie stets im Kurhaus und dort in den Sääli blüben, und Schlag elf Uhr mussten sie aufs Zimmer. Mängsmal fanden drum die Künstler ein anderes Meitli begabter und verliefen wieder, meist aber blieben sie und rätleten, was die Vriinä für eine Kunst miecht, und zählten auf, was es an Künsten gab, und nie verriet die Vriinä, dass sie in Wahrheit gar keine Kunst mehr machte – im Gegenteil, so nadisnah glaubte sie selber, sie wär noch immer Künstlerin, und weil sie fürchtete, am End stehle ein anderer ihre Idee und brünzle selbst ein Bild auf einen Gletscher, sagte sie nur, sie wäre halt ettis Züügs am Brünzlen, und wenn sie damit fertig sig, erfahre es die Welt dann schon.

Das Fralein Heer durfte all Abend mit dem Vreneli verhocken, weil es schon in der Eisenbahn so weit gesundet war, dass der Kurtokter ihm nach der Ankunft gar keine Medizin verschrieb und es nur hiess, es sell sich zünftig amüsieren. Wenn drum beim Znacht die Frau Heer meinte, das Bädelen mache sie asen teigged, und bald nach dem Essen unteren schloff, blieb das Fralein Heer auftrüllet bei der Vriinä sitzen und hatte ein Glächt ab den Künstlern, die sich für ds Vriinäs Kunst interessierten – dass das Fralein Heer keine Kunst brünzlete, sahen sie ihm schiints an und liessen es in Ruhe –, und wenn der Künstler für einen Weil den Tisch verliess, verriet das Fralein Heer der Vriinä, was er auf Welsch oder auf Englisch gschnurret hatte, und wenn danach der Künstler wiederkam, hatten die Vriinä und das Fralein Heer unterenand weiter ein Glächt und wunderten sich nur, warum der Künstler ihnen so gar keinen Puff und keinen Knoden gab, wie das die Glarner Burschten machten, damit sie aufhörten. Stattdessen liefen sie rot an und freuten sich noch ab dem Glächt und lisereten weiter, und die Vriinä verstand wieder nicht, das machte aber nichts, sie losete auch so dem Liseren, als wäre sie ein Schwein im Föhn, und fühlte, wie der Backenbart sie chrüselete, und irgendeinmal kam dann der Moment, in dem sie ihre Augendeckel schloss und leise bebend an ihr Müeti und den welschen Kommandanten dachte.

Nach einer Woche war dann leider alles schon vorbei, das Fralein Heer war wieder beieinander, und zudem wollten ds Heers zum Jahreswechsel mit dem Fralein Heer in der Glarner Kirche dem Herrgott danken, dass fered zu Neujahr der Hexer es nicht in die Höll genommen hatte. Die Vriinä dachte zwar bei sich, ebenso sehr als wie dem Herrgott wäre es ihr zu danken, dass das Fralein Heer noch lebte, und sie wäre viel lieber noch im Bad geblieben zämen mit den Künstlern, oder noch lieber wäre sie gar auf Paris gereist. Sie fragte aber keiner, und dann kam schon ds Heers Knecht gefahren und brachte sie zum Zug, und da erst merkte das Fralein Heer, wie still die Vriinä war, und fragte, ob sie tuucht sig.

Die Vriinä sagte dann aber nur, sie sig ettis am übersinnen, und das war nicht gelogen. Im Glarnerland nämlich wartete ihr der Melk, und seit die welschen Künstler ihr ins Ohr geliseret hatten, wusste die Vriinä zeinersmal wie nümmen, was sie ihm sein well, eine Freundin oder sein Schätzli, und daran hirnete sie stumm, bis sie den Zürichsee erreichten. Dann endlich hatte sie entschieden, viel lieber hätte sie dereinst ein Gschleigg mit einem Künstler, dem Melk dagegen well sie eine Freundin sein – dafür nicht irgendeine, sondern die beste von der Welt.

Zu Glarus am Bahnhof stand schon der Herr Heer und konnte gar nicht glauben, wie frisch und rosig das Sabindli aussah, in seiner Dankbarkeit verwürgte er der Vriinä fast die Hand, dann meinte er, sie müsste noch daheim mit ihnen Kaffi trinken, dort warte dem Sabindli eine Überraschung.

Die Vriinä hatte aber zeismal eine Idee gehabt, wie sie dem Melk eine Freundschaft beweisen konnte, und wollte nur so gschwind als möglich fort und duldete nicht einmal, dass sie der Knecht im Fuhrwerk heim zum Vatter fuhr. Dann musste ihr das Fralein Heer noch ums Verroden ein Präsentli geben und nüelete im Köfferli und gab der Vriinä ein Tüchli voller Guetzli aus dem Kurhaus zur Erinnerung und päcklete danach die Vriinä und umarmte sie und hätte fast noch das Gebäck vertruggt.

Dann endlich waren ds Heers davon und um den Rangg,

und die Vriinä weiblete zum Tschudihof und pässlete dem Melk im Stall ab und staggelete einen bitz, weil es schon gschpässig war, ihn wieder richtig lebig vor sich zu sehen, und der Melk staggelete auch. Dann aber lud sie ihn auf die Nacht zum Neujahrsräggelen unter die Gnüüsswand und fühlte sich als eine richtig gute Freundin, weil ihr das Neujahr an der Gnüüsswand doch fast das Liebste überhaupt war.

Und als der Melk gmüeslet hatte, so käme er halt, spazifizottlete die Vriinä zufrieden heim auf Fessis und dachte nach, was sie z'Paris well schaffen, im Fall sie keine Kunst mehr well brünzlen, dann dachte sie zurück ans Kurbad und hirnete an ds Fralein Heers lamaaschigem Schnauf und hätte nur zu gern gewusst, warum der Tuet ihm für teures Geld säb ozeanisch Wasser verordnet hatte, und jetzt war es ganz ohne Medizin gesundet.

Während sie daran studierte, kam sie auf Fessis und wollte gleich den Vatter fragen, was er dazu meine, doch der war nicht daheim. So liess auch die Vriinä nur eben ihr Bündel hinter der Tür und fasste ein leeres Gütterli und lief zurück auf Glarus, den Melk zu holen, und weil sie noch voorige Zeit hatte, lief sie durch den Hohwald durab und über Sool statt hinters Achseli.

Dann sah sie aber zu Sool auf dem Friedhof am Grab von ds Müetis Mäntsch den Vatter hocken und sass neben ihn. Für einen rechten Weil blieben sie beide stumm, so dass die Vriinä zeismal spürte, wie das Jahr verrann, und fühlte, wie es tötelete, es war jedoch nicht schlimm, mehr schön und traurig, beides mitenand. Erst als die Nacht kam, wurde ihr allmählich gschmuuch, und endlich meinte sie zum Vatter, sie müsse weiter, weil sie drum den Melk zur Gnüüsswand führen well. Bevor sie aber ginge, müsse sie den Vatter ettis fragen.

»So frag«, meinte der Vatter und wandte endlich die Augen vom Grab, und die Vriinä fragte ihn, allerdings nicht wegen dem Doktor Tuet und dem ozeanisch Wasser, das hatte sie längst vergessen. Stattdessen meinte sie, sie heig ein ebigs Gnuusch mit ihrem Leben, allpott well sie ettis anderes. An einem Tag well sie für ihrer Lebtig nüüt als buurnen und chüechlen so wie die Frau Tschudi, am anderen Tag well sie Künstlerin werden und berühmt bis auf Paris, am wieder nächsten aber am liebsten nur immer füchslen und in der Wildi verhocken und gar nümmen unter die Mäntschen. Und einmal well sie den Hampä heiraten und dann wieder den Melk oder alle beide nicht und dafür einen Pariser Künstler oder gar ihr Gämsi, und ein andermal heig sie alle mitenand vergessen und well wieder überhaupt keinen. Wenn es so weiter gech, fand sie zuletzt, heig sie bei ihrem Tod noch nüüt Rechtes angattiget, und wollte hören, was der Vatter dazu meine.

Der Vatter hatte ihr ernsthaft zugehört und nur bei den letzten Worten kurz gelacht und danach gemeint, jetzt heig sie abgestochen geschnurret wie früher ihr Müeti. Was er aber dazu meine, sig säb: Der eine lebe ds Gotts Namen ein Leben wie eine Wurst, das fange am Anfang an und höre am Ende auf, und dazwischen wäre alles das Gleiche. Der andere dagegen führe ein Leben wie ein Zopf, da wäre erst der säb Strang oben, dann wieder ein anderer und gleich darauf ein dritter, und eine lange Zeit möge es scheinen, das Ganze wäre ein ebiges Gnuusch. Bei der Wurst jedoch ebenso wie beim Zopf zähle einzig, dass zum Ende hin süüferli geknüpft würde, ansonsten rünne die Wurst aus und der Zopf ginge wieder auf. Wäre aber so ein Zopf an seinem Ende erst sauber gebunden, wäre er mit einem Mal überhaupt kein Gnuusch mehr, sondern vielmehr ein meineids schönes Lugen und tuusigsmal gattliger als jede Wurst.

Zuletzt riet er der Vriinä noch, sie sell nicht allzu viel studieren und lieber amed losen, was das Herz ihr sage, dann käme es schon recht. Die Vriinä nickte und versprach, so well sie es dann also halten, und fand, ein Leben wie einen Zopf führe sie gern, und gleich darauf sprang sie ganz fröhlich auf und weiblete das Tal durab auf Glarus und zum Melk, und danach schnäderete sie den ganzen Weg ins Tierfehd fast wie aufgezogen, so leicht und sauber zöpflet war ihr zumut nach ds Vatters Rede.

Erst als sie unter der Gnüüsswand ankamen und sie das Gütterli mit Wasser füllte und neben dem Melk in den Schnee hockte und ihm das Gebäck aus dem Bad auftischte, wurde sie stiller, und zuletzt meinte sie nur noch, jetzt müssten sie warten, danach schwieg sie mit dem Melk und tütterlete ab und zu vom Wasser und schneuggte vom Gebackenen und übersann noch einmal, was ihr der Vatter geraten hatte, und sah schon vor sich, wie sie fortan würde hexlen und Kunst machen und buurnen alles mitenand oder auch eines um das ander, und einmal wäre der Melk ihr bester Freund und einmal ihre Muus und irgendeinmal gar vielleicht ihr Bauer…

Und als mitten in ihre Gedanken die Kirche zu Linthal erst das alte Jahr ausschlug und gleich darauf das neue ein und als noch vor dem letzten Schlag Geister und Schrättli z'räggeletsen kamen und Totenseelen und Alpgeister über die Gnüüsswand pfurreten dem Altenoren zu, da fühlte die Vriinä sich so heimelig wie numen ganz, ganz früher, als sie mit Vatter und mit Müeti das allererste Mal unter der Gnüüsswand gehockt war, jedes für sich, und z'Trotz waren sie zämen und hatten enand ebigs gern, und als die Vriinä säb erinnerte, fand sie bei sich, sie heig doch gopfertoori das schönste Leben weit und breit.

Und als die Pfurreten und Chlöpfeten vorbei war, gab sie dem Melk ganz einfach einen Schmutz, ohne Nervösi und ohne alles Studieren, und danach küsste der Melk sie wieder, nicht mit der Zunge wie der Balzli, und es blieb auch nur ein einziges warmes Küssli, doch eben so war es auch gad am schönsten. Und danach liefen sie wie allerbeste Freunde Hand in Hand bis Schwanden und schnurreten fast nüüt ausser ganz mängsmal einen Satz über das Fuhrwerken in der Gnüüsswand. Zu Schwanden sagte sie dem Melk dann bhüeti und stieg auf Fessis, und dort entdeckte sie noch eben vor dem Einschlafen, dass fast alles in Erfüllung gegangen war, was sie sich fered in der Altjahrsnacht gewünscht hatte, und dass für heuer kaum etwas zu wünschen übrigblieb.

Am anderen Tag stieg sie früh auf den Glärnisch, um dem Gämsi ein gutes Neues zu wünschen und danach endlich wieder eine Kunst zu brünzlen. Doch war das Gämsi ums Verroden nicht zu finden, und die Vriinä dachte, was, wenn es gstürchlet und ebigs mit gebrochenem Scheichen im Schnee gelegen und nadisnah verhungert und verfroren war, und nur, weil sie nicht eher zu ihm war? Und danach wollte sie gar keine Kunst mehr brünzlen, stattdessen lief sie zum Fralein Heer und wollte mit ihm feiern, wie sie vor einem Jahr den Hexer überlistet hätten. Das Fralein Heer hatte aber keine

Zeit zum Feiern, es sollte nämlich bereits anderntags auf Meiringen ans Töchteren-Institut, das war die Überraschung, die der Herr Heer versprochen hatte, ans Töchteren-Institut hatte das Fralein Heer schon immer wellen, nur war es erst zu jung und dann entweder krank gewesen, oder das Institut war voll belegt. Jetzt endlich durfte es und war gesund, und Platz war auch, und in der Freude gumpte es durchs Zimmer wie ein Gitzi.

Ob es für lange ginge, fragte die Vriinä, schon für paar Jahre, meinte das Fralein Heer, und die Vriinä fand das gar nicht schön. Dann rief aber das Fralein Heer zeismal, wieso die Vriinä denn nicht mit ihr käme, zu Meiringen lernten sie haushalten, und sertigs wäre nie vergebis. Als sie aber zum Herrn Heer liefen und ihm ihre Idee verzellten, meinte der, das wäre aus zwei Gründen keine gute Idee, denn erstens sig nur ein Platz frei und nicht zwei, und dann hätte alles in der Welt seine natürlichen Grenzen, und das Meiringer Institut sig express für höhere Töchteren, da heig die Vriinä nüüt verloren. Und weil die Vriinä gleich einen Lätsch zog, fügte er hinzu, ihr wäre will's Gott nicht gedient, lernte sie Dienstboten dirigieren und dopplete Buchhaltung führen und stägeli-ab-laufen, ohne dass ihr dabei der Scheitel gwaggle.

Das sah die Vriinä ein und ging mit dem Fralein Heer wieder ins Zimmer und half packen, und als die Frau Heer rief, das Sabindli sell sich gwanden, sie führen noch zum Tee auf Mollis, die Grossmueter well sich von ihm verabschieden, begleitete die Vriinä es zum Fuhrwerk und schlang die Arme um das Fralein Heer, und das Fralein Heer versprach, sie sähen sich zu Ostern. Dann fuhr es ab, und die Vriinä winkte, bis der Wagen hinter den Rangg war. Danach lief sie zum Tschudihof und wollte, dass der Melk sie tröstete, doch der tat mit dem Tschudi holzen und fand auch nichts für sie zum helfen, und endlich lief sie halt auf Schwanden zum mit dem Hampä schmüseln. Der wollte aber lieber noch einen Schuh bestechen und Müsterli zum Besten geben aus seiner Zeit als Störschuhmacher, und als die Vriinä unterbrach und meinte, wenn er schon nicht well schmüseln, well sie zum mindesten Konfesatiu mit ihm machen und nicht nur immer losen, wurde der Hampä sofort gällig und fragte gar nicht erst, was säb Konfesatiu denn wäre, sondern schneerzte gad, wenn sie schon käme und verlüffe, wie es ihr passe, so heig er ebenfalls das Recht, sich rarzumachen, und eben jetzt heig er Bestellungen für mindestens ein Jahr und heig drum keine Zeit für gar nüüt. Zwischen zwei Schuhen könnten sie doch aber wenigstens einen bitz züngeln oder chüscheln, meinte die Vriinä und langte ihm nur gschwind ins Haar, da schupf- te er sie schon weg, und sofort kamen sie ins Schleglen und teilten beide aus, bis die Vriinä meinte, wenn er nicht well, heig sie im Fall noch andere, und aus dem Hüttli rannte und auf Diesbach, wo der Balzli wohnte, und wollte, dass der mit ihr züngle, mög er auch jeseln wie ein drei Jahre alter Käs.

Der Balzli kam jedoch nicht einmal an die Tür, und ds Balzlis Mueter sagte nur, er wäre am Lernen für die Schule, für jedes Schwänzen und für jeden Rüffel in der Schule fange er heuer einen Knoden, zwei Beulen heig er schon und well ganz sicher keine dritte, und wenn die Vriinä ihn noch ein- mal well vom Unterricht abhalten, fasse sie auch gad einen Knoden.

Drittes Buch

Der Tuet, der Bschüssihund

So sah die Vriinä fortan nur den Melk, alle paar Tage auf ein Schwätzli in ds Bauer Tschudis Stall, und mängsmal rief die Frau Tschudi sie beide zum Zvieri ins Haus. Aber der Melk wurde je längers, je verstockter, erst glaubte sie, es wäre wegen ihrem Küssli, vielleicht dass etwas ihn im Nachhinein doch plagte. Dann jedoch meinte er dereinst beim Misten, ihm well schon lange Zeit nicht aus dem Kopf, dass er so nüüt über sein Müeti wüsste – ausser dass es von einem Tag zum nächsten ganz plötzlich stigelisinnig geworden war und seinen Bruder, Fridli mit Namen, in zwei gerissen hatte und mit der einten Hälfte ab war auf ebigs, und just am säben Tag starb zudem noch sein Vatter an der Pest. Er selber blieb mit ds Fridlis zweiter Hälfte zurück und kam zum Doktor Tuet in Obhut. Dort starb der halbe Fridli bald darauf, und fortan war der Melk allein, er war due noch ein kleiner Knopf, und seither fragte er sich allpott, was an dem säben Tag genau geschehen war und ob sein Müeti böse war und ihm den Vatter und den Fridli mit Absicht gmetzget hatte, vielleicht war es auch z'Trotz ein Liebes gewesen und nur verhext. Säb war die eine Frage, die ihn plagte; die zweite war, warum das Müeti ihn im Ganzen zurückgelassen hatte und nicht auch ghälftlet wie den Fridli und eine Hälfte mitgenommen und ob es ihn ächt weniger gern gehabt hatte als den Fridli.

Die Vriinä wollte darauf wissen, ob er denn nicht den Doktor Tuet gefragt heig, der wüsste doch gewiss Bescheid, und der Melk sagte, schon paarmal heig er ihn gefragt, auch ds Tschudis, der Tuet jedoch heig immer nur gemeint, Vergangenes sell ruben, und ds Tschudis sagten, sie hätten selber oft genug gewerweisst, wie all säb gekommen wäre, und wüssten keine Antwort.

Die Vriinä ihrerseits hatte dem Vatter bald nach der Rückkehr aus dem Tüütschen von ds Tuets sauteurem Wasser für das Fralein Heer verzellt, und der Vatter hatte gemeint, der Tuet sig seit jeher schon der grösste Bschiissihund, und hatte eine Schwetti Müsterli gewusst, wie er die Kranken kränker machte statt gesund oder sie gar unnötig sterben liess, und stets um teures Geld, und hatte selbst gemeint, ja, liesse sich doch nur beweisen, was für ein Bschiissihund der Tuet in Wahrheit sig, doch dafür müsste man beweisen, dass er daraus Gewinn zog. Und als ein Beispiel nannte er ds Melks Eltern und meinte, auch in die säb Geschichte sell endlich einer Licht bringen, es gech doch nicht mit rechten Dingen zu, wenn erst der Fränz die Pest im Land besiegt heig und viele Jahre später zeismal selber an der Pest erfallen sig, und das, z'Trotz er beim Doktor Tuet im Dienst stand, der mit dem Fränz die Pest besiegt hatte und sie demnach zu heilen wusste. Und dass danach der Tuet den Melk zwar in sein Haus nahm und ihm dann aber überhaupt nicht lugte, so wie ein Vormund seinem Mündel lugt, sondern ihn nur um paar Batzen in die Fabrik verdingte, reich, wie er war, wollte dem Vatter auch überhaupt nicht gefallen.

All das verzellte sie dem Melk nicht, doch sie versprach, sie well den Vatter fragen, vielleicht dass er mehr wüsste als wie ds Tschudis. Und noch am säben Abend fing sie beim Znacht vom Tuet an schnurren und verzellte dem Vatter, wie due an ds Fralein Heers Bettstatt der Tuet so grüüli ob dem Huttli geschumpfen heig und es sofort erkannt als Hexenhuttli, und wollte wissen, ob der Tuet am End selbst auch ein Hexer sig, und wollte dann als Nächstes fragen, ob vielleicht auch ds Melks Müeti eine Hexe war, doch dazu kam es nicht. Der Vatter wäffelete nämlich gad, der Tuet sig zum Hexen viel zu dumm, zu faul und auch zu ungeschlacht. Viel eher heig er einen Paktus diabolikus geschlossen mit dem Hörelimaa. So liesse sich amel erklären, warum ihm immer wieder Kranke schiints ohne Not verräbleten, dann nämlich, wenn der Hörelimaa die Wette gegen ihn gewonnen hatte und eigentlich der Tuet zur Hölle fahren müsste, ausser er kaufte sich mit einer fremden Seele frei. Und welenweg, meinte der Vatter, heig den Tuet, als er das Hexenhuttli sah, die Angst gepackt, ein Hexer mische sich in seinen Handel mit dem Tüüfel und rette eine schon verkaufte Seel, vielleicht gar die vom Fralein Heer, und endlich würde es dem Hörelimaa leid, noch mit dem Tuet zu gschäften, und er nähmt ihn doch selber mit durab.

Ob wohl am End ds Melks Müeti so eine Hexe gewesen wäre, fragte die Vriinä darauf doch noch und war mit einem Mal fast sicher, es heig dem Tuet einen Handel versället, und zum sich rächen hatte er das Unglück mit dem halben Fridli und dem verpesteten Fränz über es gebracht, so oder ähnlich.

Der Vatter stutzte aber, und statt zu antworten, wollte er hören, warum jetzt die Vriinä ausgerechnet von der säben Sach anfange.

Sie heig dem Melk versprochen, ihn zu fragen, verriet sie, weil der so gar nüüt Rechts über sein Müeti wüsste.

Der Vatter tat aber gad grüüli gschpässig und müeslete nur: »So, der Melk?«, und schob den Schemel fort und stand vom Tisch auf und verraumte stumm den Znacht, und erst als sie im Schlafgaden lagen und das Licht gelöscht war, meinte er noch, das mit dem Melk müsste wohl überlegt sein, und wenn er ihm einst ettis well verzellen, gäbt er Bescheid.

So richtete die Vriinä es dem Melk am anderen Tag ds Gotts Namen aus. Der Melk stand auf die Mistgabel gestützt und gaffte einen Weil ins Nüüt und sah fast aus, als well er wäffelen. Dann fragte er jedoch nur, ob ihr der Vatter wirklich weiters nüüt gesagt heig, und als die Vriinä ihm versicherte, das wäre alles, nahm er die Gabel hoch und fuhr stumm fort mit Misten. Der Vriinä wurde aber noch im selben Augenblick so elend, dass sie ihm gar nicht länger zulugen konnte, und als sie ab dem Tschudihof lief, schwor sie bei sich, sie käme erst zurück, wenn sie bewiesen heig, dass der Doktor Tuet ein Bschiissihund wäre, und danach würde sie ihn zwingen, dass er dem Melk von seinem Müeti und vom verrupften Fridli verzelle, sonst würde sie ihn auf dem Amt verzeigen. Und wenn, wie sie vermutete, säb ozeanisch Wasser in Wahrheit ganz gewöhnliches Brunnenwasser war, müsste der Tuet zudem ds Heers auf den letzten Batzen zurückzahlen, was er für seine teuren Gütterli geheuscht hatte, und danach hätte sie nicht nur dem Melk, sondern auch dem Fralein Heer die schönste Freundschaft überhaupt bewiesen.

Danach lief sie auf Glarus in die Heer'sche, und weil sie über den Tuet nicht schlecht reden wollte, bevor sein Bschiss bewiesen war, meinte sie zum Herrn Heer, sie hätten daheim ein Chueli mit akkurat dem lamaaschigen Schnauf, wie ihn das Fralein Heer gehabt heig, und falls bei ihnen noch ein Gütterli vom ozeanisch Wasser stünde, so well sie darum bitten, das Chueli sig drum nämlich das Resi und ihre liebste Kuh. Tatsächlich hatten ds Heers noch just ein letztes Gütterli daheim, das liess der Herr Heer holen und schenkte es der Vriinä, die damit zum Bersiäneli lief.

Das Bersiäneli war gad am warme Socken lismen für seine vierte Reise um die Welt, die Tierli hockten auf dem Tisch und jassten, und die Vriinä stellte erst das Gütterli nur auf den Tisch und meinte, darin sig ozeanisch Wasser, aber bevor sie mehr davon verzelle, well sie das Bersiäneli fragen, was es von all dem Unglück wüsste, das ds Melks Familie breicht heig. Inzwischen war ihr nämlich eingefallen, dass das Bersiäneli doch fast alles wusste und sicher auch, warum ds Melks Müeti so gewütet hatte, und wenn es verriet, was es wusste, konnte sie heute schon dem Melk ihre Freundschaft beweisen und brauchte nicht zu warten, bis sie den Tuet am Haken hatte.

Das Bersiäneli aber hatte schon wieder geglaubt, die Vriinä käme seinetwegen, und hatte sich gefreut und war enttäuscht, dass sie nur wieder ettis von ihm wollte, und meinte, es verzelle ihr rein gar nüüt, und danach pfutterete es ebigs, warum die Mäntschen auch stets alles wissen wollten, dabei brächte Wissen viel mehr Elend in die Welt als Nichtwissen, und wie es mehr als satt heig, dass es stets allen alles sell verzellen, und danach lüffen sie davon und graduus in ihr Elend, und danach kämen sie ein zweites Mal, dass es sie aus dem Elend wieder täg erretten, und dass es selber auch ein Elend trage, sige den Mäntschen ganz egal, und ständig jamereten sie ihm die Ohren voll, wer alles müsste sterben, und keinem käme jemals z'Sinn, dass säb unanständig wäre, weil es selber nüüt so gern well als wie sterben, seit mehr als tausend Jahren, und niemert helfe ihm dabei.

Die Vriinä fand das Bersiäneli grüüli ungerecht, weil sie doch dem Melk helfen wollte und nicht im Eigennutz gekommen war, gleichzeitig wusste sie, das Bersiäneli hatte schon neumeds duren recht, und schämte sich, dass sie nie mehr gekommen war, zum es besuchen, und wäre am liebsten sofort wieder verloffen. Doch während das Bersiäneli flamänderte, hatten die Tierli das Gütterli geöffnet und von dem ozeanisch Wasser gekostet, und endlich rief der Hans-Chaschperli zmittst in ds Bersiänelis Predigt hinein, was für einen Seich das Vreneli sich da heig postnet, das Wasser wäre gar nicht ozeanisch, das wäre Wasser aus den Märchler Fiebersümpfen und so gefährlich wie ein Schiessgewehr, wer von dem Wasser trinke und nicht sofort daran erligge, müsste dem Herrgott danken.

Und gleich vergass das Bersiäneli alles Wäffelen und zwang die Vriinä auf ein Schemeli und hiess sie aber präzis verzellen, woher das Wasser stamme, und losete und blieb danach noch recht lang stumm und legte Holz nach und reisete den Totenseelen ihren Znacht und hockte wieder ab und schlug die Beine in ein Tuch wegen dem Gsüchter. Und endlich fing es an verzellen, wie noch auf seiner ersten Reise um die Welt alles tätschgrün und gattliger und saftiger gewesen war, am Wiggis war der Wein bis auf die Ober Stafel gewachsen, am Walensee wuchsen Palmenwald und Kaktüsse, und jede Kuh gab täglich dreimal Milch, und ganze Teiche voll. Das war auch noch bei seiner zweiten Reise so, am Wiggis allerdings wuchs due schon Tannenwald, am Walensee numen noch Schilf und Haselzwick. Und als das Bersiäneli von seiner dritten Reise kam, da lag der Wiggis unter dickem Eis erfroren, die Kühe waren fast ergaltet und beinmager, der Walensee war pläpplet voll, die March war überschwemmt bis weit ins Glarner Unterland, ja ganze Dörfer waren unter Wasser, das Fieber wütete und litzte Tag um Tag ganze Familien.

Der Walensee war aber asen überloffen, weil weit hinter dem Tüütschen die Holländer sich fliegende Schiffe bauten, bis ihnen daderfür das Holz ausging. Im Glarnerland dagegen hatte es noch Holz vom besten, zäh von der Kälte und vom Föhn, und mängs ein Glarner holzte, was er holzen konnte, ganze Wälder. Wo aber keine Bäume mehr in den Flanken standen, kam glii der Berg nach und troolete in die Linth, der Fluss schleiggte Stein und Sand dem Walensee zu, und der verhockte, und noch viel mehr verhockte die Maag, die aus dem Walensee dem Zürichsee zu floss, bald war sie tätschvoll aufgefüllt mit Steinen und Trämel und Sand und Dreck, das stand wie eine Letzi und liess dem Wasser keinen Lauf, alles überloff, Mäntschen und Veh versoffen, dazu kam sommers eine iitümpfige Hitz, und sofort wütete das Fieber.

Danach packten Glarner und Märchler sich gegenseitig bei den Grinden und schlegleten, wer schuld an ihrem Elend wäre, und waren sich nur darin einig, das besser hantli ettis gschäch. So dachten amel alle ausser einem, dem Märchler Hexer. Der hatte jetzt ein Flonerleben, zu ihm kamen die Kranken aus der March und jamereten, dass er sie errette, der Hexer nahm, was immer sie noch hatten, dann führte er sie in sein Reich, das zmittst im Sumpf lag mit Chrotten und mit Schlangen, und mängsmal brachte er die Kranken wirklich wieder auf das Trockene, und gesundet, doch meistens kehrte er allein zurück und fand, sie wären halt zu spät zu ihm gekommen, und riet den anderen, sie kämen besser, bevor das Fieber sie erreiche. So stiegen auch Gesunde mit ihm in den Sumpf und kamen abgestochen gleich mängsmal zurück und mängsmal nicht. Die Wahrheit hinter allem war drum, dass der Hexer mit dem Tüüfel geschäftete, der zahlte ihm für jede Seele bares Geld. Das Geld nahm allerdings der Hexer nicht mit heim, stattdessen liess er es beim Tüüfel stehen, der Tüüfel wirtschaftete mit dem Geld und löhnete dem Hexer Zins.

Die Vriinä wollte wissen, was für Geschäfte er angattiget heig, sie konnte sich darunter nüüt Rechts vorstellen. Das, meinte das Bersiäneli, wär eine Sach für sich: Zur säben Zeit entschieden sich noch viele Mäntschen, sie wollten ihre Schuld auf Erden büssen, sie hatten aber keine Ahnung, was auf sie zukam, und viele gerieten ob dem Büssen, das viel, viel strenger war, als sie erwartet hatten, von Sinnen. Wenn dann der Hörelimaa kam und ihnen anbot, sie hätten fortan ein Flonerleben, nur müssten sie ihm diggemal anderer Mäntschen Seelen verschaffen – so wie der Hexer –, schlugen viele Büsser ein. Der Tüüfel sorgte fortan dafür, dass sie nicht leiden mussten, hielt sie gesund und reich und busper. Die Seelen, die er dafür bekam, schickte er fädig in die Höll, dort chrampften sie und wuschen ihm das Gold, mit dem er einerseits der Mäntschen Flonerleben zahlte, andererseits den Zins, den er den säben schuldete, die wie der Hexer ihr Erspartes bei ihm horteten.

Ob das Bersiäneli auch Geld beim Hörelimaa horte,

fragte die Vriinä, es büsse doch auch seine Schuld auf Erden. Doch das Bersiäneli hatte zwar sehr wohl den Tüüfel schon bei sich im Hüttli gehabt und angehört, was er ihm offerierte, einmal war es sogar mit ihm auf einen Rundgang in die Höll, damit es eine Vorstellung davon heig, was die Seelen chrampfen müssten, die es dem Tüüfel liefere. Dabei hatte es sich jedoch numen abgelugt, wie in der Hölle Gold gewaschen wurde, danach hatte es zum Tüüfel gemeint, lieber verbüsse es seine Schuld doch im Frieden mit dem Herrgott. Der Tüüfel hatte danach getan wie närsch und ihm gedroht, wenn es fortan selber Gold wasche, müsse es ihn dafür zinsen, weil er das Goldwaschen erfunden heig. Er kam auch paarmal zum den Zins eintreiben, aber es war halt viel zu gut gebannt.

»Der Tokter Tuet schaffet duch aber gwüss am Tüüfel zuä, gell?«, gwünderte die Vriinä.

Dass der Tuet diggemal mit dem Hörelimaa päktle, well sie nicht ausschliessen, meinte das Bersiäneli vorsichtig, sein Geld jedoch horte der Hörelimaa ihm nicht, das nämlich heig der Tuet in Holzgeschäfte infestiert. Kaum sige ihm zu Ohren gekommen, zu Holland spienzleten sie auf das Glarner Holz, heig er zänntummen alle Wälder aufgekauft, meist um fast nüüt von armen Kranken, die seine Rechnung nicht bezahlen konnten. Ausserdem war er mit dem Hexer verstritten, seit er mit ds Fränzes Hilfe das Pestweib festgefroren und getötet hatte, und wollte sicher nicht sein Geld am selben Ort gehortet haben wie der säb.

Davon heig ihr der Vatter auch verzellt, sagte die Vriinä, was er ihr aber nicht gesagt heig, wäre, ob ds Fränzes Frau auch mitgewerkt heig und vielleicht darum später stigelisinnig geworden wäre. Das Bersiäneli meinte jedoch, der Fränz heig seine Frau erst später kennengelernt, die heig mit säber Sach nüüt zu schaffen. Das Pestweib aber wäre eben ds Hexers Schpuuse gewesen, und eigentlich hatten sie geplant gehabt, das ganze Glarnerland sell an der Pest veräblen. Nachdem der Tuet es bodiget hatte, wollte der Hexer ihm daher auch gad ans Lebige. Stattdessen zwang er ihn dann aber nur – so amel hiess es bei den Hexen im Tal –, dass er ihm diggemal einen Kranken überliess, den dann der Hexer an den Tüüfel weitergab, so musste er nicht selber um verlorene Seelen weiblen.

Die ganze Zeit, in der die Glarner ihre Wälder holzten, hielt aber allein der Tuet sich noch zurück und sagte sich, wenn die erst alles geholzt hätten, wäre sein Holz danach gad dopplet wertvoll. Und als die Linth und Maag verhockten und alles überschwemmten, ritt er schiints eines Nachts zum Hexer und verkündete, mit seinen Wäldern könne er dafür sorgen, dass noch über Jahre alles versaufe, und das well er auch tun und dem Hexer die Seelen aller Märchler und aller Glarner überlassen, die danach Fiebers stürben, nur heig er zwei Bedingungen: Zum einten well er fortan auch in der March toktern und seine Medizin verkaufen, zum andern dürfe der Hexer ihm nie wieder nach dem Leben trachten.

In jenen Handel schlug der Hexer dann dängg auch ein, jedenfalls gschäfteten danach der Tuet und der Hexer beide zünftig und waren reich, bis dass die Not im Unterland so gross geworden war, dass Abgesandte aus der March und aus dem Glarnerland zu einem Rat zusammenkamen – von Glarner Seite kam auch der Herr Heer – und den Holzschlag im Glarnerland gesetzlich regelten. Danach durfte der Doktor Tuet nicht mehr holzen, wie er wollte, und das war noch nicht alles. Der Rat beschloss zudem, die Maag zu höhlen und den Sumpf zu trocknen, damit das Elend in der March ein End heig. Zu Zürich fanden sie auch endlich einen Tuusigsiech mit Namen Escher, der auf das Frühjahr mit hundert Mannen in die Sümpfe stieg. Ends Jahr kam keiner wieder, nur der Escher selber, der halbe Sumpf war aber trocken. Im Jahr darauf zog er mit wieder hundert Mannen los, von denen kamen fünfzig wieder, dafür war jetzt der ganze Sumpf getrocknet, und auch die Schlangen- und die Chrottenplage war besiegt, oder amel fast, nur all paar Jahre tauchten sie wieder neumeds auf und plagten Veh und Mäntschen.

Am Fieber aber starb kaum etter mehr, und das traf dängg den Hexer schlimmer als den Tuet, der sich zu Glarus ein gattliges Haus gebaut hatte, sonst blieb er aber geizig und büschelete sein Geld. Nicht so der Hexer, der bald grüüli in der Schuld war, und nicht zuletzt, weil seine beiden Söhne seit Jahren durch aller Herren Länder fendereten und stets loschierten wie der Herrgott selber, und Schwettenen von Geld verloren sie beim Spiel und mussten deshalb sogar vor den Richter. In seiner Not versuchte der einte Sohn zuletzt das Fralein Heer zu weiben, das wusste auch die Vriinä, mit der Mitgift wollte er seine Schulden zahlen.

»So riich sind ds Heers?«, rief die Vriinä, und das Bersiäneli fand, hä ja, ds Heers hätten genug. Weil dann jedoch das Pulsterenwiibli die Heirat mit einem Bann vernüütet hatte, und die Vriinä verhinderte dann auch noch ds Fralein Heers Entführung durch den Vatter, mit der der Hexer vielleicht

Geld erpressen wollte, so blieb die Hexerfamilie in der Schuld, und Zins und Zinseszins gerechnet wog sie so schwer, dass jetzt der zweite Sohn neumeds im Russischen in Schuldhaft war.

Aber der Hexervatter heig doch beim Hörelimaa Geld gehortet, meinte die Vriinä ganz verwirrt, wieso er damit seinen Sohn nicht aus der Haft auslöse.

Das Bersiäneli sagte allerdings, dem Tüüfel lüffe das Geschäft auch nümmen. Seit kaum noch Mäntschen ihre Schuld auf Erden büssten, heig er drum selber kaum noch Bares, das müssten ihm die armen Seelen fortzu waschen, zum Goldwaschen bräuchte es aber viele Seelen, die meisten wären zudem nur auf Zeit bei ihm und kämen bald ins Fegefeuer und danach zum Herrgott. Wer wiederum seine Schuld im Jenseits büsse, den schicke der Herrgott fast nie in die Höll, sig's weil er mit den Mäntschen Verbärmscht hatte, oder noch eher, weil es ihm gefiel, dem Tüüfel z'Leid zu werken.

Ob all dem musste die Vriinä zünftig studieren und wurde immer aufgeregter und rief, wenn aber doch der Tuet dem Hexer due versprochen heig, er sorge dafür, dass die March allpott versumpfe und verfiebere, und sein Versprechen nicht gehalten heig, dann heig der Hexer in der Not vielleicht dem Tuet gedroht, er gech ihm z'Trotz ans Lebige, und ihn gezwungen, Seelen zu besorgen, die in der Höll Gold wuschen, damit der Tüüfel Bares für ihn hatte und er die Schulden seiner Söhne zahlen konnte, und drum hatte der Tuet danach dem Fralein Heer... oder der Tuet musste ihm helfen, den Tod von seinem Sohn zu rächen, und hatte drum dem Fralein Heer säb giftig Wasser verschrieben... Und immer röötscher wurde sie vor Eifer und spintisierte weiter und rief, vielleicht gar heig der Tuet dann doch noch mit dem Hörelimaa päktlet, damit der ihn beschütze vor dem Hexer, und säb giftig Wasser hatte er vom Tüüfel…

Und dann gumpte sie auch schon auf und packte das Gütterli und wollte graduus aufs Amt, den Tuet verzeigen und dafür sorgen, dass er für seinen Bschiss ins Käfig käme.

Das Bersiäneli verstellte ihr aber hantli den Weg, nahm ihr das Gütterli aus den Taapen und wäffelete sie an, ob sie denn wirklich keinen Hahnenschiss gelernt heig von ihres Vatters Unglück mit dem Wässerwasser-Fraueli und ihren Lämpen mit dem Hexer, dass sie sich asen dumm well mit dem Doktor Tuet anlegen? Ja was sie auf dem Amt denn well verzellen? Dass auf dem Urnerboden ein paar gwandete Tierli das Wasser erforscht hätten? Es könnte nämlich keine Mäntschenseel erkennen, was das für Wasser wäre, ausser es trinke einer davon und verräble. Und wie die Vriinä well beweisen, dass es der Tuet war, der das Gütterli gefüllt heig, und keiner sonst, am End sie selber? Abgestochen säb nämlich würde der Tuet behaupten, und wenn die Herren auf dem Amt zudem noch hörten, das Fralein Heer heig viele Gutteren ozeanisch Wasser getrunken und wäre nicht verräblet und heig noch nicht einmal das Ranzenpfeifen davongetragen oder den Lütteri, würden sie nicht lang fragen, wer jetzt der Bschiissihund wäre, sondern täten die Vriinä ins Käfig, und danach heig der Hexer oder der Tuet oder der Hörelimaa, oder wer immer ihr bös well, alle Zeit der Welt zum sie entbannen und sie töten und in die Höll tun.

Und während es noch asen wäffelete, schlarpfte das Bersiäneli vors Hüttli, und die Vriinä hinterdrein, und leerte das Gütterli auf das Bödeli und schletzte kreuzweise Salz darüber und müeslete ein Sprüchli. »Bevor du deräwäg diis Lebä versällisch, dängg gfälligscht a disäbä, wo dich gäärn hend und dich nüd wänd verlüürä!«, meinte es zuletzt scharf, dann liess es die Vriinä stehen und beinlete allein zurück ins Hüttli und schletzte die Tür, und dahinter hörte die Vriinä es dann mit dem Hans-Chaschperli chiibnen, dass der ihr verraten hatte, was in dem Gütterli gewesen war.

Die Vriinä täämerete danach noch einen Weil gegen das eischiere Türli und rief, sie müsste wissen, was due der Tuet mit dem Pestweib gemacht heig und was der Fränz, und wer die Schuld trage am Tod von ds Melks Müeti, und versprach auch, wenn das Bersiäneli ihm säb verrate, läss sie dafür den Tuet in Ruhe. Aber das Bersiäneli rief nur zurück, es wüsste nüüt, und einenweg miecht die Vriinä stets nur, was sie well und wider alle Abmachungen und alle Vernunft, es glaube ihr darum kein Wort mehr.

So stieg die Vriinä endlich ohne das Gütterli und ohne eine Wahrheit für den Melk wieder z'Tal, und gruusig kalt war es und neblig, halben noch Nacht und halben Morgen, und erst grindelete die Vriinä ebigs und vertschuttete Steine und schimpfte das Bersiäneli einen Tubel, weil es behauptet hatte, sie denke nicht an die anderen. Aber dann schwor sie sich, umso mehr well sie beweisen, dass der Tuet ein Bschiissihund war, und wenn er erst im Käfig hockte und der Melk erfuhr, was immer es über seines Müetis Tod zu wissen gab, und ds Heers bekamen ihr Geld zurück, dann begriff wohl auch das Bersiäneli, dass es ihr numen immer um die anderen zu tun gewesen war, und würde sich bei ihr entschuldigen und beim Hans-Chaschperli.

Das Buch für Hausmüeterli

So schlich die Vriinä zu Glarus vor das Haus vom Doktor Tuet und zählte Tag für Tag bis in die Nacht hinein, wie viele Kranke hineingingen und wie viele wieder herauskamen, für den Fall, dass einer verschwände, doch es kamen immer alle wieder heraus. Und liess der Tuet den Zweispänner reisen und fuhr das Tal hinauf oder hinab zu seinen Kranken, so füchslete die Vriinä ennet der Linth oder am Waldrand nebenher und fensterlete, sobald der Tuet ein Haus betrat, und sah mängs Gschpässigs, aber nichts, womit bewiesen wäre, dass er ein Bschiissihund sig.

Zwar starb dem Tuet der Dachdecker von Mitlödi, der zu ihm kam, weil er nicht schwindelfrei war, und als der Tuet ihn hiess, er sell sich einen Steinbock schiessen und sein Blut trinken, tat er, wie ihm geheissen war, und weiblete fortan durch die Wildi, als wär er selber der Steinbock, und pütschte nach nur einem Tag in einen zweiten Steinbock und erfiel zu Tode. Und als der Oberurner Totengräber fieberte und aber kerngesund war und endlich gestand, er heig drum eben einem Toten sein Totentuch gestohlen, jetzt käme der in jeder Nacht zu ihm und well das Tuch zurück, und seither fiebere er in der Angst, da hiess der Tuet ihn entweder Fiebers sterben oder das Liilachen retournieren, und als der Tote wiederkam, reichte der Totengräber ihm ds Gotts Namen das Liilachen an einem Stecken durch das Fenster hinaus und wurde prompt erschlagen, doch nicht, weil er dem Rat vom Doktor Tuet gefolgt war, sondern weil es schiints der Anstand gefordert hätte, er gäbt das Tuch von Hand zurück, so amel schrieb der Tuet es auf den Totenschein.

Und auch beim Dritten wusste der Doktor Tuet es so zu drehen, dass ihn keine Schuld traf. Auf den Ennetbergen hatte nämlich ein altes Lehrerli mit seiner Frau ebigs versucht, ein Kind zu zeugen, und kaufte in der Not vom Doktor Tuet um all sein Geld und einen Schuldschein obendrein ein Pilleli, das machen sollte, dass die Lehrersfrau digge. Sie diggete auch wirklich, doch schon nach ein paar Wochen brachte sie ettis zur Welt, das hatte einen Kopf als wie ein blutter Vogel und das Gesicht von einer Katze und Brust und Hals als wie ein Mäntsch. Der Rücken war ein Mausrücken, mit einem Mäuseschwanz am Ende, Arm und Beine waren wiederum Katzenbeine, und zudem plampete dem Ettis eine ebigs lange Zunge aus dem Maul, wie sie die Vriinä noch an keinem Tier gesehen hatte. Säb Ettis lebte nur zwei Tage, danach wollte der Doktor Tuet es für die Wissenschaft einbalsamieren, jedoch was er auch täubelete, das Lehrerli und seine Frau gaben ihr Kind nicht her. Selbst als ihnen der Tuet im Tausch um das Korpus Defekti, wie er das tote Ettis nannte, die Schuld erlassen wollte, blieben das Lehrerli und seine Frau lieber bei ihm verschuldet und hatten dafür ein Grab, an dem sie um das Ettis trauern konnten, selbst wenn sie es z'Nacht heimlich unter die Friedhofsmauer legen mussten, weil ja das Ettis kein richtig echtes Mäntsch war und zudem ungetauft gestorben und darum nicht auf dem Friedhof liegen durfte. Und danach hockten das Lehrerli und seine Frau gar Woche um Woche im kalten Schatten an der Mauer und wachten darob, dass der Tuet das Ettis nicht wieder ausgrub, bis endlich zu Karfreitag der Pfarrer verbärmschtig wurde und mit dem Weihrauch-Chessi vor den Friedhof kam, das Ettis taufte und es zum Herrgott in die Ebigkeit empfahl.

Der Tuet trug dann z'Trotz aus dem Ettis noch Gewinn, in einem wissenschaftlichen Traktätli schrieb er nämlich, dass mit dem säben Fall bewiesen sig, dass einerseits im Alter die Mäntschen ihre Fruchtbarkeit verlören und zudem wieder Tiere würden, und numen seine Pilleli vermögten beides zu verhindern – man müsste aber all Tag davon nehmen und dürfte nicht so geizen wie das Lehrerli und seine Frau. Von seinen Pilleli verkaufte er dann bis auf Mailand aben, gelohnet wurde er für sein Traktätli auch. Was allerdings die Vriinä am meisten ärgerte, war, dass der Tuet schwarz auf weiss einen Beweis vorlegen konnte, und sie hatte noch immer keinen.

Bis weit in den Frühling bespienzlete sie den Tuet und war in jener Zeit nie mehr beim Melk – erst weil sie dachte, gewiss heig sie den Tuet bald überführt und zwänge ihn, ihr alles von ds Melks Müeti zu verzellen, und damit würde sie den Melk überraschen und ihm die schönste Freundschaft überhaupt beweisen. Und je länger sie aber am Spienzlen war und immer noch nichts bewiesen hatte, desto mehr fürchtete sie, der Melk hielte sie längst für ein Treuloses und meine, sie heig ihn hockenlassen, nur weil er einen bitz ein Eigeliger war, und desto weniger wagte sie sich zum Tschudihof, bevor sie nicht bewiesen hätte, was für ein Bschiissihund der Tuet war.

Als sie dann endlich einsah, dass sie den Tuet nicht päcklen konnte, war daher auch das Schlimmste, dass sie ohne Beweis wider den Tuet dem Melk auch nicht beweisen konnte, dass sie die ganze Zeit nur ihm zuliebe fort gewesen war und also überhaupt die schlechteste Beweiserin zänntummen war und ihn gewiss auf ebigs als Freund verloren hatte.

Am Tag, als sie es aufgab, den Tuet zu bespienzlen, lief sie darum auch nicht zum Tschudihof, sondern zum Hampä heim und dachte, vermutlich gäbt er ihr die eine oder andere Flätteren zum sie bestrafen, dass sie so lange fort gewesen war, doch danach täte er mit ihr schmüselen, und alles wäre nur noch halb so schlimm. Der Hampä gab ihr aber nicht einmal mehr eine Flätteren, stattdessen meinte er, er heig ihr lang genug gewartet und irgendwann beschlossen, falls sie je wiederkäme, well er sie für gad nochmals asen lang zum Gugger schicken, wie sie schon fort gewesen wäre, damit sie am eigeten Leib erfahre, wie es wäre, so ebigs müssen warten. Jetzt könne sie ein Vierteljahr lang übersinnen, ob sie ihn wirklich well, falls sie dann wiederkäme – und fortan blübe! –, würde er sie gar weiben. Käme sie aber nicht, so wüsste er zum mindesten, wo der Bartli den Most täg holen, und heirate ein anderes Weibervolk. Und als der Hampä säb gesprochen hatte, liess er der Vriinä nicht einmal Zeit für das kleinste Wort und schupfte sie gad aus dem Zimmer und schletzte die Tür.

Die Flätteren bekam sie aber doch, kaum nämlich war sie auf der Fessis Alp, kam schon der Vatter aus dem Hüttli und fädig auf sie zu und schnurrete kein Wort und langte ihr nur einen Gwatsch, dass ihr davon das Ohr pfiff. Und als sie jääblete, er heig im Fall erlaubt, dass sie verlüffe, wann und so lang sie well, gab er zurück mit einer Stimme, als wäre er es leid, überhaupt mit ihr zu schnurren, der Gwatsch sig nicht dafür, dass sie verloffen sig, sondern dafür, dass sie gelogen und betrogen heig.

Bald nachdem sie vom Herrn Heer das Gütterli mit ozeanisch Wasser geheuscht hatte, war nämlich der Herr Heer durch Schnee und Frost auf Fessis gestiegen zum sich erkundigen, wie es der kranken Kuh, dem Resi, gech und ob bei ihr das ozeanisch Wasser besser anschläch als beim Sabindli. Zudem hatte er der Vriinä sagen wollen, er heig für sie beim Doktor Tuet vom Wasser nachbestellt, der säb heig allerdings vermelden lassen, der Ozean, aus dem das Wasser stamme, sige inzwischen ausgetrocknet und alles ozeanisch Wasser ausverkauft. Dann hatte der Herr Heer gar noch versichert, er täg z'Trotz alles, dass ds Vriinäs Lieblingskuh wieder gesunde, und falls dem Resi nicht zu helfen wäre, well er dafür der Vriinä ein neues Chueli schenken, falls sie damit zu trösten wäre. Der Vatter aber wusste nicht was sagen, weil sie drum gar kein Resi hatten, und hätten sie eines gehabt, so hätte es die Vriinä nicht gekannt, so selten war sie auf der Alp, und eine Lieblingskuh hatte sie schon gar nicht, numen das einte oder ander Kälbli päcklete sie mängsmal und gab ihm Ääli und fuhr ihm mit der Hand über den Grind, dass es im Schreck versprang und über seine eigeten Beine stürchlete. So hatte er zuletzt zum Heer gesagt, es täg ihm leid, heig er den langen Weg vergebis gemacht, doch falls der Vriinä neumeds eine Kuh kranke, so nicht auf Fessis, und eher dünke ihn, die Vriinä wäre dem Herrn Heer eine Erklärung schuldig. Dann hatte er ihm noch versprochen, sobald sie käme, schicke er sie z'Tal zu ds Heers, auf dass sie die Sach bereinige.

Seit ds Heers Besuch waren schon wieder mänge Wochen vergangen, doch ds Vatters Wut war nicht verrochen, und wiewohl die Vriinä noch z'Tod erschöpft war vom Den-Tuet-Bespienzlen, trieb er sie anderntags in aller Frühe aus dem Bett und schickte sie noch vor dem Zmorged zum Herrn Heer. Dort hiess die Magd sie auf der Stäge warten und meinte, der Herr Heer sig noch zu Tisch und nicht gwandet, und niemert rief, sie sell doch zuechen sitzen und auch essen, stattdessen kam die Magd zurück und führte sie ins Studierzimmer zum Herrn Heer, der immer noch nicht gwandet war, sondern im Schlafmantel hinter dem breiten Pult sass und grüüli streng aussah und sie auf einen Stuhl verwies. Dann kam auch die Frau Heer und blieb im Tür-loch stehen, so dass die Vriinä sie nur sah, wenn sie sich trüllte, und beide, der Herr Heer und die Frau Heer, hatten gar nicht zurückgegrüsst und langten ihr auch nicht die Hand. Die Frau Heer sagte überhaupt nüüt, und der Herr Heer fand nur, das heig jetzt aber auch gedauert, bis sie den Weg auf Glarus gefunden heig, aber jetzt sige sie ja da, und er lose, und sie sell sich erklären.

Inzwischen aber war der Vriinä viel zu sturm im Kopf zum ›sich erklären‹, sie hörte immer nur das Bersiäneli, wie es sie due gewarnt hatte, die Mäntschen z'Tal würden sie einen Lugitatsch heissen, falls sie denen verzellen täte, seine Tier-li hätten das ozeanisch Wasser untersucht und festgestellt, es wäre Pestwasser aus der March, und weil ihr sonst nichts einfiel, sagte sie halt gar nüüt und chaflete nur an den Lippen, bis der Herr Heer nicht länger warten wollte und graduus fragte, was sie mit säbem Gütterli gemacht heig. Nüüt, sagte die Vriinä mit einem Stimmli, das so dünn war wie ein lampiges Strähnli von ds Bersiänelis Haar, das Wasser wäre auf dem Urnerboden vertleert. Und der Herr Heer lugte zur Tür, wo die Frau Heer stand, als dächte er, jetzt heig die Vriinä auch noch einen Vogel, dann sah er wieder die Vriinä an und wartete auf die Erklärung, und als sie wieder numen schwieg, fragte er scharf, ob sie denn glaube, mit Auf-die-Schnurre-Hocken würde sie ihre Positiu verbessern.

Die Vriinä schüttelte den Kopf und sagte, dass sie säb nicht glaube und dass sie im Fall nüüt Böses heig wellen und dass es ihr leid täg um das teure Wasser. Und dann verschrak sie grüüli, als nämlich der Herr Heer gad richtig gällig wurde und rief, das Schlimme sig dängg nicht, dass sie das Gütterli vertleert heig. Dass sie gelogen heig, sig ihre eigentliche Untat, und dass sie ihn vor ihrem Vatter zum Aff gemacht heig. Danach lehnte er sich zurück, und schon meinte die Vriinä, das Schlimmste wäre gesagt, da meinte er, mit einer Lügnerin wie ihr dürfe das Sabindli natürlich nümmen verkehren. Und in einem Ton, als wäre die Vriinä das Hinterletzte, sagte er noch: »Da hesch üüser Tochter ä schööni Fründschaft bewisä!«

Und genau das hatte sie doch gewollt, dem Melk und ds Heers eine Freundschaft beweisen wie due dem Balzli mit dem Hexli – wie allerdings jetzt der Herr Heer es sagte, klang es rein gar nicht mehr wie ettis Liebes und Gutes, nur bös und hinterfotzig, so dass es ihr das Gurgeli zuschnürte und sie am liebsten aufgesprungen wäre und verseggelt. Doch irgendwie war sie wie z'Tod ermattet und konnte sich nicht rühren, keinen Finger. Dabei wurde es immer schlimmer, weil jetzt der Herr Heer ihr auch noch übers Pult hinweg ein Päckli zuschob und sagte, im Winter hätten sie das

Sabindli zu Meiringen besucht, danach heig es ihnen säb Päckli mitgegeben als Geschenk fürs Vreneli, due hätten sie alle noch geglaubt, es wäre ein Ehrliches. Und die Vriinä starrte auf säb Päckli und merkte, wie es um sie nadisnah grabete und schwarz wurde und meinte schon, jetzt troole sie vom Stuhl, da fuhr der Herr Heer sie an, sie sell säb Pack schon endlich nehmen, geschenkt sige geschenkt, dann sell sie fort und sich nicht wieder zeigen, amel für einen rechten Weil.

So nahm die Vriinä halt das Päckli an sich und liserete ein »Adje«, und wieder kam keines zurück, und als sie sich erhob und aus dem Zimmer ging, stand die Frau Heer auch gar nicht mehr im Türloch, nur die Magd, die brachte sie durab und aus dem Haus.

Danach stand sie erst nur im Hof und wartete, dass ihr nicht mehr so trümmlig wäre, und schoppete das Päckli unters Hemp, und zeismal kamen ihr die Gültstein-Töpfe z'Sinn, die Gift anzeigten und von denen ihr ein Wildmanndli verraten hatte, wo sie sie finde und wie sie damit hexe, und mit den säben Töpfen hätte sie der ganzen Welt beweisen können, wie giftig ds Doktor Tuets Gütterli mit ozeanisch Wasser wären, wäre sie nicht blind zum Bersiäneli beinlet und hätte erst studiert. Jetzt aber war das Wasser fort und nichts zu ändern, ds Heers und der Vatter sähen in ihr für ihrer Lebtig nur immer einen Lugisiech.

Dann ging sie endlich durch das Tor und sah ein letztes Mal dem Haus nach obsi. Natürlich sah ihr niemert nach, die doppleten Fenster waren alle verschlossen, in ihren Gläsern spiegelten sich nur der blabe Himmel und die Weidenbäume und der Wiggis. Und danach wusste die Vriinä erst gar nicht, was sie jetzt sollte, und lief wie teigget übers Achseli und den Hächlenstock zu ihren Fessisseeli und hockte dort am Ufer Tag und Nacht und hatte kein Gefühl mehr für die Zeit und dachte allpott nur, dass zeinersmal ihr ganzes Leben aus der Ordnung war und sie noch immer keine Kunst hatte und jetzt auch niemert mehr zum Buurnen und nicht einmal mehr ein Geschick fürs Hexlen.

Ausser dem Flötli, das ihr der Vatter due aus dem Italiänischen gebracht hatte, und nebis Gwand vom Fralein Heer, das sie auftragen durfte, hatte die Vriinä noch kein Geschenk bekommen, und ohnehin noch keines, das so als Päckli eingepackt war, in hellbraunes, ganz neues Papier, das nach dem Fell von einem jungen Chueli roch, und darum war eine Schnur aus Hanf gebunden, die ganz fein stupfte, fast so, als well sie sagen, lass mich noch zu, die Vorfreud ist gad asen schön. Und ganz gewiss hätte die Vriinä sich auch zünftig vorgefreut, hätte sie nicht immer denken müssen, dass ihr das Fralein Heer säb Päckli gewiss gar nümmen würde wellen schenken, jetzt wo bekannt war, dass sie ein Lugitatsch war und dass das Päckli ihr im Grunde eben gar nicht gehörte. Drum wagte sie sich auch drei lange Tage nicht daran, es auszupacken, erst am vierten zog sie das Schnürli auf und schmöggte aber z'Trotz danach noch einen Tag lang numen am Papier und tastete das Päckli ab, das fest und bhäbig war. Dann endlich schloss sie fest die Augendeckel und rupfte das Papier ab und hatte schon beim Wiederfühlen eine Ahnung, ob der das Herz ihr z'pöpperletsen kam bis unters Haar, und als sie die Augen öffnete und gschaute, was sie in den Händen hielt, musste sie richtig brieggen, da hielt sie drum ein echtes Buch und keinen Schwarten wie die Bücher vom

Bersiäneli, sondern ein frisches, sauberes, und asen munzig war es, dass man es in die Tasche einer Schoss stecken konnte, und danach würden alle sehen, dass man ein Buch in seiner Schoss trug. Und aussen war das Buch mit blauem Linnen überzogen mit einem Bild zmittst, das ein Müeti zeigte, das eben seiner Tochter Ääli gab, da wurde ihr schon warm ums Herz. Und als das Vreneli den Deckel umschlug, ging es im Buch ums Haushalten, mit tuusigs guten Lehren, wie dass ein Hemp zu büetzen wäre und wie Sauschwarten auszusüüden und wie Socken zu flicken und die Zähne zu putzen und wie Fröschen die Beine auszurupfen und zu brätlen und wie die abenteuerlichsten Kuchen zu backen und wie der Braten aufzuwärmen und weisser Braten zu braten und Kaffee zu rösten und wie die Böden so zu figlen wären, dass sie gad glänzten als wie gläriges Eis. Und zwar verstand die Vriinä fast rein gar nüüt, weil drum das Buch in einem grüüli mehrbesseren Tüütsch geschrieben war, aber allein zu wissen, es gäbt für alles ein Rezept, und danach wär wieder Ordnung in der Welt, und all das Gnuusch und das Nicht-Wissen-Wie hätten ein End, allein säb freute sie so uumäär, dass sie nicht anders konnte als nur immer wieder brieggen, und während sie so brieggete, erinnerte sie sich erst ans Fralein Heer und wie sie in der Tümmi die schöne Freundschaft mit ihm versället hatte, und dann nahm sie sich vor, sie well das ganze dicke Buch studieren, so lange, bis sie das beste Hausmüeterli wäre weit und breit, und wenn auch niemert mehr mit ihr well buurnen, so würde sie dafür berühmt im ganzen Land für ihre Kuchen und weissen Braten und ihre gefigleten Böden und ihre Ordnung, noch zu Meiringen würden die Mäntschen von ihr verzellen, und sodann wüsste auch das Fralein Heer, wie sehr sein Päckli sie gefreut heig, und würde dann gewiss auch fühlen, dass sie ihm nur aus Freundschaft das ozeanisch Wasser abgestohlen hatte und nicht aus Eigennutz.

Aber sogleich erinnerte sie sich, dass sie das Päckli gar nicht verdiente, und wenn sie also als flinkes Hausmüeterli berühmt würde, müsste das Fralein Heer meinen, sie schäme sich gar nicht ob ihrer Lüge, dänngg gar im Gegenteil, weil sie das Buch gebrauchte, als hätte sie es verdient. Und daher schneuggte sie dann doch erst nur ganz süüferli darin, damit es keine Tolggen abbekam im Fall, das Fralein Heer well sein Geschenk zurück. Nur mängsmal fiel ein Trändli in das Buch, dort blieb das Papier dann gwellelet, wie wenn ein Luft die Fessisseeli breichte, aber das war fast nicht zu sehen.

Sie konnte dann aber nicht aufhören, und so wurde es Sommer, und sie hütete dem Vatter das Veh und las dabei, und abends nach der Melketen flickte sie noch dem Vatter das Hemp und sott und glättete es, oder dann figlete sie die Böden, wie es im Buch stand, und fast immer reisete sie nun den Znacht, damit es nümmen immer numen Fänz und Fänz und wieder Fänz gab, sondern jetzt auch verlornige Eier und Reissuppe und brätlete Herdöpfel mit dicker Milch. Und was sie nicht im Vorrat hatten, das postnete sie z'Tal, dabei sagte sie aber nur das Allernötigste, auch mit dem Vatter schnurrete sie kaum noch, weil sie bei allen Mäntschen immer dachte, die wüssten jetzt dänngg von ihrer gemeinen schönen Freundschaft mit dem Fralein Heer und hielten sie für einen Galgenvogel, und mängsmal liess sie drum auch zmittst im Werken alles hocken und weiblete mit Tränen in den Augen obsi an ihre Fessisseeli und hockte dort und dachte, dass im nämlichen Moment neumeds der Melk war und neumeds das Fralein Heer und neumeds der Hampä, und alle wollten sie aber mit ihr nüüt mehr zu schaffen haben, und darum blübe sie fortan allein wie das altledig Jümpferli, das vor Jahr und Tag auf Fessis gelebt hatte und hundert Jahre alt geworden war und all die hundert Jahre keinen hatte, der mit ihm zu schaffen haben wollte, ausser dem Tüüfel. Und zeismal wunderte sie sich nicht mehr, dass etter mit dem Tüüfel anfing geschäften, zumindest wenn er derenweg allein war wie sie selber, und paarmal war sie nah daran, den Bändel abzurupfen und ihn zu rufen, dass er zumindest mit ihr gschprächle.

Dann lief sie einst von Schwanden her heimzu, sie hatte Garn geholt zum ds Vatters Wintersocken wiflen, und auf dem Heimweg rechnete sie aus, wie viele Maschen sie, wenn sie erst selber alten täg und wie das Bersiäneli den Gsüchter hätte und Socken bräuchte, für eine Ferse müsste abnehmen und wie viele Reihen darüber lismen, als zeinersmal der Doktor Tuet ihr zmittst im Weg stand und nicht zur Seite ging und dängg sogar auf sie gewartet hatte, denn sein Gespann stand süüferli im Gras parkiert, und ausser ihr entdeckte sie ringsummen nüüt, das ein Parkieren lohnte.

Erst dachte sie, gewiss well er sich rächen, dass sie dem Fralein Heer im Jahr davor das Huttli gebracht hatte und also schuld war, dass es danach zu einem anderen Tokter war. Der Tuet meinte dann aber nur ganz freundlich, sie sige doch das Meitli, das ihm den halben Winter lang nachgewündert heig, wenn er zu seinen Kranken sig, und wenn das Tökterlen sie immer noch täg asen interessieren, well er ihr künftig das einte und ander Ämtli übertragen. Gelohnet würde sie auch.

»Es Ämtli, mir?«, fragte die Vriinä und konnte gar nicht glauben, das etter well aus freien Stücken mit ihr zu schaffen haben, gleichzeitig wunderte sich sich, dass einer, der mit dem Märchler Hexer geschäftete, so freundlich tat. Der Tuet meinte derweil, er heig drum immer schon den Wunsch verspürt, Talent zu fördern, und just im Augenblick brauche er etter, der in der Wildi ihm well rare Pflänzli günnen. Früher heig er dafür sein Mündel gehabt, den Melk, der sig jedoch heuer Zusenn auf der Chamer Alp und heig zum Pfänzli-Günnen keine Zeit.

Kaum hörte sie aber ds Melks Namen, schoss ihr gad alles Blut zu Kopf, und während ihr der Doktor Tuet vorrechnete, was sie für Frauenschüeli, Chrallenwurz und Harnischli bezahlt bekäme und was sie in nur einem Sommer verdienen könnte, dachte die Vriinä immer nur, dass also jetzt der Melk am Chamerstock nicht weit vom Urnerboden alpne, und sah ihn vor sich, wie er am Stotz dem Veh nachstieg. Und erst als ihr der Tuet den Taapen langte und wartete, dass sie ihm einschlug, fiel ihr ein, dass sie noch eine Antwort schuldig war, und sagte offen, sie sig drum das Vreneli von Fessis und jenes Meitli, das ihm bei ds Heers in sein Geschäft gefuhrwerket heig.

Danach nahm erst der Tuet den Taapen wieder an sich, dann gschaute er sie ebigs so, dass sie nicht sagen konnte, war er jetzt gällig oder nur vertwundert ob ihrer Ehrlichkeit, doch gschmuuch war ihr zumut, und eben wollte sie verhöseln, da meinte er ganz ruhig, er hätte sie beim Eid fast nicht erkannt gehabt, doch ehe sie sich wegen einem solchen Furz täg sorgen, well er ihr sagen, sertigs gschäch ihm ständig, in der modernen Welt heig jeder Handel seine Widersacher, nüüt sig mehr sicher, und als sie ihn den Winter durch bespienzlet heig, heig sie gewiss gesehen, dass es ihm an Arbeit nicht ermangle. Dass sie von Fessis komme, sige wiederum fürs Pflänzli-Günnen dopplet gut, auf Fessis heig es eine Schwetti und von den besten. »So gilt's«, sagte er gleich darauf, ohne zu warten, was sie meine, und packte ihre Hand und meinte noch, sobald sie ihm die ersten Pflänzli bringe, würde sie bar gelohnet, dann stieg er auf sein Fuhrwerk und geisslete das Ross und fuhr davon.

Und die Vriinä lief ganz vertrüllet heimzu und sagte sich, am End wäre der Tuet wohl gar kein schlechter Siech, ein Mischler vielleicht schon, dafür hatte er seinerzeit dem Pestweib den Garaus gemacht und tuusigs Mäntschen dadermit errettet. Und als sie durch den Hohwald aufstieg, stellte sie sich vor, wie sie bei ihm zu Glarus ein und aus ging und ihm graduus berichtete, wie es dem Melk den Schnauf abdrückte, weil er so rein gar nüüt zu seinem Müeti wusste, und wie sie ihm anbot, sie well ihm ohne allen Lohn die Pflanzen günnen, wenn er dafür dem Melk verzelle, was er wüsste. Wann immer sie sich allerdings bemühte, den Tuet als einen Gmögigen zu sehen, wurde ihr wieder gschmuuch, und irgendettis morgsete in ihr – und als ihr endlich z'Sinn kam, wie vor ganz langem der Vatter einst mit einem gmeisnet hatte, der von ihm rare Pflänzli postnen wollte für zum Toktern, und anderntags zu ihr gemeint, die Kühe bräuchten säbe Pflänzli nicht minder als die Mäntschen, und z'alleriletzt täg er ihr Futter schmälern, nur dass ein heimlifeisser Tokter täg auf der Herde Kosten seinen Säckel füllen. So hatte sie jetzt einen guten Grund, dem Tuet nicht zuzuschaffen – wobei, der Melk war wiederum ein guter Grund, dass doch, und also lag sie z'Nacht noch lange wach und werweisste am Ganzen ummenand.

Doch nadisnah vergass sie den Tuet und dachte nur noch an den Melk und plangete nach ihm jetzt noch viel mehr, da sie erst wusste, wo er war, und sah ihn vor sich, wie er jetzt am Chamerstock im Tril lag und losete, wie auf dem Bödeli der Wind ging und auf der Nachtweid die Herde glöcklete.

Und so sehr plangete sie, dass sie, nachdem sie eingeschlafen war, als Schrättli fort von Fessis flog über das Tierfehd und zur Chamer Alp. Dort lag beim Eid der Melk im Tril und pfuusete, und als die Vriinä bei ihm ablag, war er so heiss als wie ein Öfeli, und gar den roten Bändel hatte er noch um, und überhaupt war alles schön wie früher, oder noch schöner. Die Vriinä hatte auch wie angeworfen rein überhaupt gar keine Angst mehr, er well sie nümmen haben, und lag die ganze Nacht bis morgens bei ihm und fühlte glücklich seinen Schnauf, der iitümpfig und unruhig war wie der von einem neu geworfenen Kälbli, und wünschte nur, sie müssten nie vertwachen.

Alles entwickelt sich so schampaar gschpässig

Anderntags war sie so überstellig, dass sie dem Vatter alle Arbeit aus den Händen schränzte und schaffte für zwei, und dabei stellte sie sich vor, der Melk sehe sie asen werken und käme aus dem Staunen nicht heraus. Und plötzlich kam ihr die Idee, sie stiege auf die Chamer Alp und koche ihm und seinem Senn hinecht den Znacht, ganz wie ein rechtes Hausmüeterli, und kaum war ds Vatters Ledi gefiglet, füchslete sie auf den Chamerstock und suchte nach dem Melk. Doch der war nieneds, auch kein Senn, ein Hund gaumete ganz allein die Herde, bei dem wartete die Vriinä bis zum späten Nachmittag, jedoch vergebis. Endlich schrieb sie einem Chueli auf die Flanke, sie käme anderntags zum säben Chueli und dass er ihr sell warten, dann stieg sie wieder z'Tal.

Als sie am nächsten Nachmittag auf die Weide kam, hockte der Melk tatsächlich bei dem säben Chueli, und wenn das Wiedersehen mit ihm bei Tag auch weniger aufregend war als das bei Nacht als Schrättli, war es doch schön, vor allem, dass er ihr wirklich keinen bitz böse war, weil sie so lange nicht gekommen sig. Er meinte gar, am ehsigsten heig etter einen Bann um ihn gezogen gehabt, nur drum heig sie ihn nicht gefunden, oder sie meinte es, und der Melk glaubte es dann. Auf alle Fälle brauchte sie kein schlechtes Gewissen mehr zu haben und war darüber so sehr froh, dass sie ihm gar gestand, was sie ihm früher nicht gestehen wollte, zum einten, dass sie zaubere, zum anderen die Sach vom Hexer aus der March. Und zwar verschrak der Melk schon wegen dem Hexer, doch gschpässig fand er sie deswegen nicht, und auch schlimm gwünderen tat er nicht, das heisst, er fragte schon, was sie due auf dem Gletscher gefüchslet heig, aber als sie ihm keine Antwort gab, war es ihm gleich, weil er vor allem fand, er würde selber schampaar gern das Zaubern lernen, und als sie fand, sie könnte es ihm zeigen, vergass er einenweg alles Frägelen.

So konnte sie ihm doch noch ihre schöne Freundschaft beweisen, und fast noch schöner war, dass derenweg der Melk nicht nur an ihrer Kunst beteiligt war und vielleicht später am Gemeinsam-Buurnen, sondern gad auch am Hexlen, und damit wäre er in jedem Strang von ihrem Zopf und alles wäre plötzlich wieder in der allerschönsten Ordnung.

Für ein Momentli dachte sie dann zwar, dass das Bersiäneli grüüli meisnen würde, wenn sie dem Melk ihre Geheimnisse verriet. Doch gleich darauf sagte der Melk, sein Senn täge auch zauberen, im Hüttli hätten sie ein Buch mit Zaubersprüchen auf dem Käsbrett, und also kam es noch viel schöner, jetzt musste sie ihm nur noch zeigen, wie er im säben Buch sell lesen, damit ein Zauber daraus würde, ds Bersiänelis Geheimnisse blieben geheim, und also hatte säb auch nüüt zu meisnen.

Fortan kam sie fast jeden Nachmittag zur Chamer Alp und übte mit dem Melk das Zaubern und erklärte ihm, was es mit säbem Bändel auf sich heig, und sagte ihm, dass er ihn tragen müsse, wann immer zu berfürchten wäre, etter well ihn verhexen oder bannen und also eigentlich am besten immer, ausser wenn er well zauberen. Dann liess sie ihn auch schon das eine und ander zauberen und musste sich dabei das Gigelen verheben, weil er so gar keine Begabung zeigte und ebigs gschtabet tat und in der Gschtabeten so härzig war.

Als dann das Vierteljahr vorbei war, für das der Hampä die Vriinä fortgewiesen hatte, damit sie übersinnen täg, expresste sie auf Schwanden und freute sich grüüli darauf, ihm ins Gesicht zu sagen, sie heig jetzt einen anderen und misse seine Müsterli und seine Flätteren kein bitzeli, das Muckensäckli Schmüselen dazwischen auch gad nicht, so, und jetzt wüsste er, wo dass der Bartli seinen Most täg holen, und sell halt eine Dümmere heiraten.

Der Hampä liess sie aber gar nicht schnurren. Noch in der Türe meinte er, er heig sich derweil selber hintersonnen und well sie gar nicht wiederhaben. Mir ihr täg ihn im Glarnerland die Langeweile genauso plagen als wie ohne sie, er gech drum lieber wieder auf die Stör, säb Mal dängg auf Amerika.

Als sie das hörte, fand die Vriinä ihn einen Schafseggel und schleglete gad in der Tür ein letztes Mal mit ihm, dann lief sie fort und hockte z'brieggetsen ans Bort vom kleinsten Fessisseeli und triissete, den Abschied von dem Tubel heig sie sich schon viel schöner ausgedacht. Und während sie noch klagte, wetterte es zeismal, als heig der Herrgott eine ganze volle Zeine überleert, es strääzte, und es haglete, und die Vriinä zmittst im Wetter hockte und vor sich sah, wie der Hampä auf einem grossen Schiff durch Sturm und Wellen auf Amerika fuhr, und dabei war er nicht einmal ein Künstler, nur gad ein Meister-Bestecher, und sie selbst musste im Glarnerland verhocken und täte nie nüüt anderes als haushalten und Hemper flicken und melken und einen nüüteligen Landschaftszauber, und säb ein Leben lang, das war nicht recht.

Drum pfutterete sie noch drei Tage, dann hatte sie sich wieder halb beruhigt und lief zur Chamer Alp zum sich erholen, dort tat der Melk dann aber fast noch eigeliger als der Hampä und schnurrete fast nüüt und wollte nicht einmal mehr mit ihr zaubern. So suchten sie im Auwald zämen Feuerholz, doch es war überhaupt nicht schön, und selbst wenn sie vom Buurnen anfing, weil ihn vielleicht der säb Strang eher gluschte, so hockte er nur stets aufs Maul und liess den Tschüder plampen. Das machte ihr zuletzt so eng ums Herz, dass sie beschloss, jetzt täg sie ihm in ds Herrgotts Namen zeigen, was sie an Kunst angattige, vielleicht, dass er ihr danach wieder lieb war, und schoppete das Röckli hoch und brünzlete vor ihm zu Boden, halt ohne Gletscher oder Schnee. Doch auch so tat er wie vertwachen und wurde rot und staggelete ettis, die Vriinä mögte wieder lachen, und sie meinte, wenn es ihn täg interessieren, so well sie ihm dann einmal zeigen, was sie so amed auf den Gletschern treibe. Just da, im schönsten Augenblick, kam allerdings der Balzli aus dem Wald gesegglet und jääbelete, dass ds Gotts Erbarm, und schimpfte, was ein Treuloses die Vriinä wäre, erst gäbt sie ihm ein Küssli und dann sertigs. Und als sie fand, sie wäre frei zu schmüselen, mit wem sie well, und brünzlen täg sie auch, wohin sie well, da warf der Balzli seinen Hüterstab nach ihr, worauf die Vriinä ihm die Freundschaft kündigte und seinen Stab nahm und ihn bis hinter den Piz Segnas säfferete. Da erst versegglete der Balzli und liess sie mit dem Melk allein. Danach war ihr jedoch die Lust vergangen, den

Melk mit ihrer Kunst bekannt zu machen, stumm trugen sie das Feuerholz zum Hüttli, dann segglete sie heim auf Fessis und war dem Heulen nahe und wünschte sich schon fast, allein und von der Welt verlassen zu sein wie noch im Frühling – so hätte sie zum mindesten kein Gstrütt mit ihren Freunden.

Dann kam wenige Tage später auch noch der Sooler Pöstler am Mittag zmittst durch die brätige Hitze gstägeret, derweil sie mit dem Vatter ob dem Hüttli heuete, und brachte einen maieriesliblauen Brief vom Fralein Heer, in dem es schrieb, es wäre gad zu Glarus auf Besuch, der Doktor Tuet wäre vorbeigekommen und heig vom Vreneli verzellt, und darum wollten sie es sprechen, so glii als möglich.

Das konnte nur bedeuten, dass der Tuet inzwischen dopplet gällig war, weil er ihr erst zu Schwanden die Sache mit dem Huttli und dem Fralein Heer verziehen hatte, dafür sollte sie ihm die raren Pflänzli günnen, doch nicht ein einziges hatte sie ihm gebracht; und jetzt hatten ihm ds Heers dängg noch verzellt, wie sie ein Gütterli mit ozeanisch Wasser versället heig. Bestimmt hatte er ds Heers geraten, sie härter zu bestrafen, vielleicht gar vor Gericht, und eben wollte sie den Brief dem Pöstler wiedergeben und ausrichten lassen, sie wäre fort auf Amerika, da stellte der Vatter sich neben sie und las, was in dem Brief stand, und steckte die Heugabel ins Wiesli, dass sie bheggte, und nahm ihr die Sägetsen ab und heuete statt ihrer weiter. Und die Vriinä lief ds Gotts Namen erst zum Hüttli und nahm das Buch für Hausmüeterli mit, weil sie sich dachte, säb well das Fralein Heer gewiss zurück, und lief durab auf Glarus.

Dort war dann aber alles anders, als sie gedacht hatte. Als Erstes langte der Herr Heer ihr seinen Taapen, dann hiess er sie gar in der Stube auf den Fotöi sitzen, die Frau Heer selber schenkte ihr Limonade ein, von der die Vriinä schon im Buch gelesen hatte. Dann kam das Fralein Heer und hockte zuechen und tat so schüüch wie sie und lächelte nur fürnehm und blinzelte der Vriinä einmal zu. Und endlich sagte der Herr Heer erst »so« und »also« und hatte einen Chrott im Hals und hustete und meinte, der Doktor Tuet heig ihnen Züügs berichtet, zu dem sie gern der Vriinä ihre Meinung wüssten.

Und zwar war er nächtig zeinersmal mit einem Batzen Geld gekommen, das er ds Heers retournieren well, weil mit dem ozeanisch Wasser, das er dem Fralein Heer verabreicht heig, ettis nicht recht gewesen wäre, sig's, meinte er, dass es der Lieferant verwechselt heig, sig's, dass säb ozeanisch Meer verseucht war, jedenfalls wäre es kein Wunder, heig ihm das Fralein Heer nicht wellen gesunden, und zudem wäre es ein schlimmer Fehler, heig er den Irrtum due nicht bemerkt. Vor allem aber wäre es ein ebiges Glück gewesen, sig due das Vreneli gekommen und heig mit seinem Huttli provoziert, dass ds Heers die Trinkkur abgebrochen hätten.

Die Vriinä losete vertwundert, was der Herr Heer verzellte, und mehr als einmal rief sie »Ja was!« in der Vertwunderung, worauf sie der Herr Heer erst weiter losen hiess, er wollte nämlich noch berichten, dass er darauf dem Doktor Tuet verzellt heig, wie später ihm die Vriinä das letzte Gütterli mit ozeanisch Wasser abgeschnurret heig und wie er sie dafür bestraft heig. Da sig der Doktor Tuet ganz bleich geworden, und als sie fragten, ob ihm nicht wohl sig, heig er gemeint, doch, doch, er wäre nur so bleich, weil ihn die Vriinä von immer neuem täg erstaunen und ob sie vielleicht wüssten, was sie mit säbem Gütterli gemacht heig. Vertleert heig sie es, sagten sie ihm, und sofort war der Doktor Tuet wieder bei Kräften und rosig im Gesicht und rief: »Ja Gopf, das Vreneli isch ebän ä Naturbegabig, was ds Tökterlä aagaht«, und meinte, gewiss heig es gerochen, dass mit dem Wasser ettis letz war, und wollte verhindern, dass damit ein Unglück gschäch.

Die Vriinä war längst rot geworden, worauf das Fralein Heer z'lachetsen kam und tränzlete, sie heig noch die gesündere Farb als due der Tuet, doch der Herr Heer wies sie zurecht und meinte, er wäre noch nicht fertig. Danach heig drum der Doktor Tuet verraten, wie ihm die Vriinä im Winter nachgespienzlet heig, sie selber hätten ihrerseits dem Tuet verzellt, wie das Sabindli in ds Vrenelis Begleitung due im Tüütschen binnen Tagen wieder gesund und busper geworden war, und endlich hätten sie es alle ebigs schad gefunden, heig es noch immer Hausverbot, und numen wegen einer kleinen Lüge und weil es seinem medizinischen Instinkt gefolgt war.

Zuletzt heig dann der Tuet gemeint, das Ganze wäre um so schäder, als es ihn dünke, das Fralein Heer wär wieder einen bitz gar spitz vorn an der Nase und blab hinter den Schläfen und könnte ds Vrenelis Gesellschaft wohl gebrauchen.

Als das die Vriinä hörte, lachte sie laut und meinte, als medizinische Naturbegabung well sie vermelden, das Fralein Heer gsäch stets so aus, das heig nüüt zu bedeuten. Z'Trotz hätten sie beschlossen, entgegnete der Herr Heer, das Sabindli sell wieder gogen bädelen und die Vriinä müsste mit – und zum ihre Begabung fördern, well ihr der Doktor Tuet im säben Bad ein Praktikum besorgen, sodass sie einer Heilschwester oder einer Tokterhilfe dürfe zuschaffen.

Die Vriinä wollte eigentlich viel lieber mit dem Fralein Heer im Tüütschen nur die Zeit vergüegelen und ranzenplanggen, doch wagte sie das nicht zu sagen, und umso weniger, als sie den Tuet so ganz zu Unrecht verdächtigt hatte, ein Bschiissihund zu sein. Und als drum endlich die Frau Heer sie fragte, ob sie das Gütterli wirklich vertleert heig, zum das Sabindli schützen, und ob sie ihrem Mann von einer kranken Kuh verzellt heig statt von ds Tuets Irrtum, zum keine Unruhe schaffen, dachte sie zwar im Stillen, dass sie sehr wohl Unruhe schaffen wollte, als sie den Tuet als Bschiissihund verdächtigte, und dass sie keine Ahnung hatte, säb ozeanisch Wasser wäre giftig, laut jedoch sagte sie nur, express so wäre es gewesen, und hei!, sie wäre schon noch froh, wäre jetzt endlich die Wahrheit heraus.

Und gleich darauf packte das Fralein Heer sie und schmüselete sie ab und liserete ihr ins Ohr, im Kurbad heig es wieder eine Schwetti Künstler zum Wüsttun. Und die Vriinä dachte zwar erst, dass sie gar keine Künstler interessierten, viel lieber blübe sie im Glarnerland und fände einen Weg zum mit dem Melk ohne Lämpen leben. Das Fralein Heer war aber halt auch seine Freundin, nicht nur der Melk.

Als sie den Melk das nächste Mal besuchte, hatte sie eigentlich im Sinn, ihm zu verzellen, dass sie nur ds Heers zuliebe in das Kurbad fuhr und eigentlich viel lieber bei ihm blübe. Dann tat er aber asen eigelig und hockte numen maulfaul neben ihr im Gras und liess die Zeechen gwagglen, und selbst als sie ihr Gwand herzeigte, das sie vom Fralein Heer verlehnt hatte, und wissen wollte, ob er sie denn genug appartig fände für ins Tüütsche, da müeslete er nur, er wüsst halt auch nicht. Und darum sagte sie ihm auch nicht, dass sie am liebsten blübe – im Gegenteil, als sie dann wieder z'Tal stieg, dachte sie für sich, dass er halt doch zu eigelig war, als dass sie mit ihm zöpflen könne, und dass sie besser ohne ihn täg hexlen, und buurnen konnte sie auch mit einem anderen.

Allein die cheiben Kunst war ohne ihn als ihre Muus halt nüüt, doch fand sie das am säben Nachmittag nicht einmal schlimm. Sie sagte sich nur, gech sie halt auf ihres Müetis Firn und bisle dort ein alleriletztes Blüemli, danach well sie die Sach mit ihrer Kunst vergessen.

Als sie dann brünzlete, war sie erst überhaupt nicht bei der Sach und merkte kaum, dass sie ein Blüemli um das ander seichte, und dachte numen an den Melk und plangete nach ihm und fand es traurig, wie er sie heute nicht geachtet hatte, und wollte ihn gad z'Trotz nicht anders, als er war – bis sie bemerkte, dass unter ihr das Gletscherli längst in die Glut geraten war, und mehr als das, zänntummen leuchtete die Glärnischflanke, als brünne z'Tal ein ganzes Dorf, und da kam auch der Vriinä eine Wöhli, wie sie nur einmal ihrer Lebtig eine gehabt hatte, due mit dem Müeti, als sie als Schrättli in der Wildi um ein Feuer tanzten.

Und endlich wusste sie wie angeworfen, dass sie kein Bild mit Schiffen und mit Jumpferen und einem Sturm well bislen, nein, sondern einen Garten pläpplet voll mit Blüemli, derenweg leuchtig, und ganz alleine für den Melk!

Und das war ein so schönes Denken, dass sie noch zmittst

im schönsten Bislen juuchzete, und statt dem Echo kam vom Chamerstock ein Heuerlig vom Melk, oder es klang zumindest wie ein Heuerlig vom Melk, und gleich darauf wurde der Vriinä schwarz vor den Augen und danach farbig in tuusigs Farben, ihr war mit einem Mal, als wäre sie ein Hummeli und flüüge durch den Berglistüüber und den Öl-stüüber und den Hellstüüber und den Fall, dann wurde ihr gar noch, als wäre *sie* der Stüüber und strodle z'Tal und täg zu Schleierli verfiserlen und balle sich zu einem Wölkli und züche mit dem Wind fort und in die Welt.

Dann endlich hatte sie alles gebislet und hockte nur noch mit geschlossenen Augen im Schnee und war ganz ausser Atem und nass im Schweiss. Schmelzwasser floss um ihre Füsse und weiter z'Tal, teils war der Gletscher nach wie vor am Glueten und löschte ganz allmählich ab. Im Gleichen wurde es auch immer stiller, das Liseren und Knaspen aus dem Gletscher hörte auf, auch aus dem Tal kam nur noch selten ein Geräusch, und schliesslich war es Nacht. Z'Trotz dauerte es noch, bis dass die Vriinä sich verrodete. Als sie sich endlich an den Abstieg machte, war ihr noch immer wie im Traum. Sie schritt so fürnehm und gelassen wie eine Königin oder die Leitkuh und fand es eben derenweg am schönsten und dachte nichts und losete nur ihrem Schritt im Schnee – und zeismal hatte sie wie angeflogen das Gefühl, sie wäre mit dem Melk verheiratet!

Der Zwick im Ranzen

Anderntags wäre sie am liebsten wieder zu ihm, stattdessen musste sie mit ds Heers ins Tüütsche. Es war dann allerdings interessanter, als sie erwartet hatte, vor allem, weil jetzt Sommer war. Die Blumen vor dem Kurhaus wuchsen nicht einfach ihrer Laune nach, sondern in richtig ordeligen Mustern, fast so, als wäre überall ein Kolorist mit seinem Druckmodel über die Beete, gar eine Uhr aus Blüemli hatte es. Der Brunnen im Garten stüübte und fiserlete fast wie ein Stüüber in den Bergen, dabei floss er allerdings erst obsi und machte erst ganz oben in der Luft kehrt, und wo er nidsi kam, weibleten Goofen, derdur angetan mit weissen oder roseroten Hempli, und geusseten, und die Erwachsenen hockten wie harengeschissen in ihren Liegesitzen und flamänderten, wie heiss es wieder wäre und wie ungesund, und dazu süggeleten sie richtig kalten Schnee, im Sommer, und mit Orantschengeschmack. Und abends spielte die Kapelle Lieder aus der ganzen Welt, bei jedem Lied sprang neumeds Volk von seinen Tischen auf und rief in tuusigs Sprachen und klatschte oder sang gad mit. Das Bsunderigste aber war, dass jeden Abend auf dem Büffet Rossköpfe oder Schwäne standen, die ganz aus glärigem Eis geschnitten waren, und als der Koch an ihren Tisch kam und die Frau Heer ihn fragte, woher er all säb Eis heig, meinte er, das wäre winters in den Schweizer Bergen

aus einem See geschnitten worden, danach heig es die Hotel-
leitung in dicke Säcke eingepackt im Kellerloch gehortet bis
in den Sommer, nur zum den Gästen eine Freude machen.
Und jene Rossköpfe und Schwäne waren ein so ebigs schönes
Lugen, dass die Vriinä den ersten Abend immer nur vor ihnen
stand und zusah, wie sie nadisnah verschmolzen, und nach-
sann, wie sie Blüemli brünzlen könnte, die asen aus dem Eis
geschnitten stünden.

Am Nachmittag machten das Fralein Heer und seine Mueter
jeweils einen Nugg, wegen der Hitze, derweil musste die
Vriinä in die Klinik, so hiess ein Zimmer untertags beim Bad,
dort schaffte sie der Schwester zu, die wiederum dem Doktor Wirth zuschaffte. Auch das war aber nicht so öd, wie sie
befürchtet hatte, die Schwester hatte nämlich eine Stimme
wie eine Ente, und damit schnäderete sie allpott, gigelete
und heepete und machte so den Doktor Wirth närsch, der
tat danach, als well er ihr das Maul verbinden, und alle hatten ihren Gschpass, am meisten die Kranken. Das war auch
dängg die Absicht, denn waren keine Kranken ummenand,
taten der Tokter und die Schwester wie andere Mäntschen
auch und heepeten und lachten nümmen. Als es derenweg
das erste Mal still wurde, verschrak die Vriinä und befürchtete, sie heig ettis boosget und ihnen die Laune verdorben.
Sie machte aber immer alles richtig, und als sie erst der
Schwester zeigte, wie sie aus ihrem Buch für Hausmüeterli
gelernt hatte, einen Verband zu binden, rief die, da könne sie
auch gogen bädelen und die Vriinä schaffe allein dem Doktor Wirth zu. Sie schaffete ihm dann aber trotzdem weiter
selber zu.

Am meisten Aufregung war jedoch, wenn ein Patient von aus dem Welschen kam. Der sprach mit ihnen Tüütsch, gar Schwiizertüütsch, und zwar so, wie die Märchler schnurreten, nur dass es bei ihm tönte, als wäre er verpfnüslet, so wie die Welschen eben schnurren. Und der war nicht allein der erste Welsche, mit dem die Vriinä gschprächlen konnte. Als sie gwünderte, ob er vielleicht Pariser wäre wie ihr Grossvatter, der Kommandant, da war er will's Gott auch Pariser und hatte zwar den Kommandanten nicht gekannt, doch als sie fragte, ob er dafür vielleicht ein Künstler wäre, war er beim Eid ein Künstler, und war er auch nicht eben der Appartigste mit seinem breiten Chrottenmaul und der buckleten Haut, und Pflotschaugen hatte er, so gross wie Gutterenböden, aus denen allpott Wasser rann, gefiel er doch der Vriinä ordeli. Er litt auch nicht an einem abgedrückten Schnauf oder am müden Blut wie andere Patienten, der Welsche hatte einen zünftig tiefen Schnitt im Fleisch, weil er gestürchlet war und dumm in eine Gutteren gekeit. Säb gab dem Doktor Wirth zu putzen und zu büetzen, und das Blut strodlete, und wenn der Welsche anderntags wiederkam, um den Verband zu wechseln, war der Schnitt ein jedes Mal wie neu und nie genau am gleichen Ort und nie gleich tief, und wenn der Doktor Wirth sich wunderte, so pfnüslete der Welsche, er heig dängg auch noch die Zeit, sich zu merken, wo nächtig schon wieder der Schnitt gewesen wäre, und danach hatten sie ein Glächt – allein der Welsche lachte nicht, der grindlete im Gegenteil und rüsslete, da gäbt es nüüt zum lachen, er wär im Fall ein wichtiger Mann, amel in der Kunstwelt zu Paris wär keiner wichtiger als er.

Und eben jenes war das Zweite, das der Vriinä so gefiel,

dass er nicht nur ein Künstler war, sondern auch nebis wie ein Unternehmer, der Künstlern Geld gab dafür, dass sie Kunst machten, und zur Belohnung durfte er, wenn sie die neuen Helgeli vorstellten, auf einer Leiter stehen oder einem Stuhl und allen, die gekommen waren, erklären, was die Bilder zeigten, im Fall es nicht von Aug zu sehen war. Das machte ihn noch wichtiger und hiess Mezän, so jedenfalls verzellte er der Vriinä einmal nach dem Znacht, als er an ihren Tisch gekommen war und Schämpis bringen liess und Konfesatiu machte, bis die Frau Heer vor Müedi fast vom Stängeli fiel und schlafen ging und das Sabindli mit sich nahm.

So blieb nur die Vriinä und war schon einen bitz vertrüllet, dängg vom Schämpis, doch überhaupt nicht müde, und schon gar nicht, als ihr der welsche Mezän verriet, er wäre Spezialist im Fördern von unmöglichen Projekten, oder genauer von Projekten, von denen bislang alle meinten, sie wären ganz und gar unmöglich, fliegende Helgeli oder ein Musigwerk, das stumm und nicht zu hören war, und dennoch fing das Publikum an brieggen, kaum spielte das Orchester. Und während ihm die Vriinä losete, hatte sie zeismal die Idee, sie well ihr Helgeli schon noch »Melks Garten« taufen, doch statt es ganz allein für ihn zu bislen, well sie dafür auch ein Publikum und würde mit dem Helgeli berühmt, und alle Heftli auf der ganzen Welt würden berichten, wie schön der Garten hoch am Glärnisch leuchte, und dadermit erschiene auch ds Melks Name auf der ganzen Welt in tuusigs Sprachen, und das wäre gad noch viel das schönere Geschenk für ihn.

Und so verriet sie dem Mezän, sie wäre eine Kunst am Erfinden ganz aus Eis gestochen, aber viel grösser und noch schöner als die Rossköpfe und die Schwäne auf dem Büffet, nämlich auf einem richtig echten Gletscher, sie heig nur ein Problem, ihr Gletscherli wäre drum z'oberst in den Bergen und ausserdem zu gross, es auf Paris zu schleiggen, und wenn sie well, dass ihre Kunst berühmt und in den Heftli abgebildet würde, musste dängg zuerst einer ein Augenglas erfinden, mit dem die Mäntschen zu Paris bis auf den Glärnisch sähen.

Das fand der Mezän schampaar interessant und meinte gar, die Vriinä heig womöglich einen Gump in der Historie eingeleitet, und schenkte ihr vom Schämpis nach, und danach wartete sie schon darauf, dass er ihr ettis Züügs ins Ohr täg liseren und danach tääpelen, und hätte auch nichts dagegen gehabt, oder fast nichts. Stattdessen stand er zeismal auf und wollte in sein Zimmer zum studieren, wem er das Augenglas in Auftrag geben könnte und wie er ausserdem die Vriinä fördern well, und säb fand sie noch viel, viel schöner, als wenn er nur tääpelt hätte. Nachdem der Welsche in sein Zimmer war, sass sie darum noch lange Zeit allein am Tisch und trank den Schämpis leer und loste der Kapelle und sann nach, wie sie die Blüemli in ds Melks Gärtli ordnen wollte, ob mehr wie eine Uhr oder wie ein Druckmodel oder noch anders.

Am nächsten Tag kam der Mezän nicht in die Klinik, und schon hatte die Vriinä Schiss, er wär an seinem Schnitt verblutet oder ein zweites Mal gestürchlet und heig den Nacken abenand, dann sah sie ihn jedoch beim Znacht am Büffet stehen und mostete sich zu ihm durch und fragte höfelig, wie es um seinen Schnitt stäch. Der Mezän tat aber zeismal grüüli eigelig und schöpfte nur sein Fleisch und sah sie gar nicht an und pfnüslete nur, der Schnitt sig längst verheilt, es wäre auch nur ein Chritz gewesen, und lief zu seinem Tisch, als hätten sie sonst nichts z'beschnurren. Doch die Vriinä zwänglete ihm nach und stellte sich vor seinen Platz und meinte, exgüsi, sie wüsste aber schon noch gern, ob es ihm nächtig ernst gegolten heig.

Und endlich lugte er doch auf und sah sie an, dass sie nicht sagen konnte wie, doch gschpässig, ja, und ebigs. Dann fing er z'Trotz an essen, als wäre nichts gewesen, und leerte Wein ins Glas und trank und schoppete Fleisch auf seine Gabel, dann erst schien er zu merken, dass die Vriinä vor ihm stand wie festgefroren und sich nicht verrodete, und meinte, er käme nach dem Znacht an ihren Tisch und würde sie entführen.

Als er dann wirklich kam, war die Frau Heer schon lange im Bett, das Fralein Heer dagegen sass noch mit am Tisch, und bevor der Welsche etwas sagen konnte, erklärte ihm die Vriinä, sie ginge nicht allein, das Fralein Heer sell mit. Das reklamierte wiederum, sie dürften doch nicht ohne Mueter aus dem Kurhaus fort, und z'Nacht! Doch der Mezän beruhigte sie und sagte, säb sige auch nicht nötig, denn was er ihnen zeigen well, sig fädig unter ihnen und z'Trotz in einer fremden Welt.

Da packte auch das Fralein Heer der Gwunder, und hinter dem Mezän her stiegen sie erst ab zum Bad, das kannten sie ja schon, auch wenn es z'Nacht recht anders aussah, dunkel und mit Nebelschleierli, und fiel auch nur ein dünnes Fädeli Licht hinein, wurde der Nebel zäh wie Anken, fast zäher noch als auf den Sümpfen z'Untersool im Herbst.

Dann waren sie beim letzten Becken angelangt, und der Mezän hiess sie gad alles Gwand abzüchen und war schon blutt und sprang ins Wasser, ohne auf sie zu warten, und schletzte davon fast wie ein Schlängli oder wie ein Molch und kam zurückgeschwommen und wartete jetzt doch, und all säb fand die Vriinä schampaar lustig und gigelete immer nur und blüttlete und stieg ihm nach. Anders das Fralein Heer, das wollte nicht, amel nicht blutt, und erst als auch die Vriinä schon halbwegs wieder aus dem Wasser war und wiederholte, sie ginge numen, wenn das Fralein Heer auch käme, liess säb sein Hempli an und stieg damit ins Becken und watete hinter dem Welschen her durchs Wasser, das drum viel flacher war als z'Tag, und der Mezän schwamm z'schlängletsen vor ihnen her ins Dunkle, immer tiefer, und nach paar Schrittli war schon alles wie verzaubert. Erst schmöggte es ganz süss und schwer und halben gruusig, aber doch nicht. Dann war das Dunkel zeismal nicht mehr numen dunkel, fast mehr als wie ein schweres, ebigs finsteres Licht. Von neumeds her kam Musig, Stimmen hörten sie und Glächt, und dann ein Triissen und ein Grochzen, mehr als eines. Und schmöggen tat es nümmen numen schwer und süss, mehr so, wie wenn der Stier die Kuh besteigt. Das Fralein Heer war langsamer geloffen und rief von neumeds aus dem Nebel, wo auch die Vriinä sig, und wo der Welsche, und es heig Angst. Dann luggete der Nebel aber einen bitz, das Fralein Heer schloss auf, und auch der welsche Mezän war zeinersmal wieder ganz nah und meinte, sie müssten sich nicht ängstigen, sie wären immer noch im Bad und numen in der Zeit zurückspazifizottlet, so ungefähr zweitausend Jahre. Sie wären also jetzt noch vor dem Herrgott seiner

Mäntschengeburt, due hätten hier die Römer bädelet. Als Nächstes sah die Vriinä durch den Nebel, wie auf dem Rand vom Becken Mannen ranzenplanggten, die einen trugen weisse Röcke fast wie im Kurhaus-Garten die kleinen Meitli. Die meisten Mannen waren aber blutt und trooleten mit bluttem Weibervolk im Wasser, und alle schmüseleten durenand und leerten eines dem anderen aus Krügen Wein ins Maul, eines zerdrückte einem zweiten Traubenbeeri auf der Haut und schleckte sie dann ab, und zmittst hinein meinte das Fralein Heer, es kehre also im Fall um, und packte sie am Arm. Aber die Vriinä wollte bleiben und fand vor allem interessant, dass das Bersiäneli in säber Zeit ein junges Tüpfi gewesen war, und fand, das müsse sie schon sehen. Und just in dem Moment schmöggte es noch viel schwerer, der Vriinä wurde richtig trümmlig, und danach gmerkte sie zwar wohl noch, wie das Fralein Heer kehrtmachte und halt allein dem Gwand zu ging, doch irgendwie war säb ihr zeismal wie egal, und dann war schon der welsche Mezän bei ihr und war vollends ein Chrott geworden und überhaupt kein Mäntsch mehr, und rings taten die Mannen und die Frauen nicht mehr nur schmüselen, sie taten richtig wüst, mit Tieren, mit Rössern und mit Hunden und mit Gschlüder aus dem Meer. Dann gmerkte sie rein nüüt mehr und schwamm nur wie im Wasser fort, vielleicht floss sie auch durch die anderen derdur, es triissete und wiechste und pfnätschete und pflotschte immer mehr und war zuletzt wie in der Vriinä selber, und einmal gab es ihr noch einen Zwick im Bauch oder darunter, da war sie aber schon wie ohnmächtig vor Wöhli. Und einmal musste sie noch lachen oder brieggen, oder auch husten.

Von jenem Husten oder Brieggen und weil sie danach glaubte, sie müsste versticken, wachte die Vriinä endlich auf und lag neben dem Fralein Heer im Bett wie immer, nur hatte sie das Leintuch über dem Gesicht und drum gehustet und gekeucht. Dann rupfte sie es aber ab und schnaufte einen Weil, als wäre sie von ebigs weit herbei expresst, derweil das Herz ihr schlug, als wäre sie ein eingefangenes Vögeli. Doch schliesslich ruhigete ihr, und es war nur noch Nacht und still und dunkel. Das Fralein Heer lag erst wie tot, als sie es aber stupfte, kam es auch wieder z'schnaufetsen – lamaaschig, doch so schnaufte halt das Fralein Heer. Danach fühlte sie zwar noch einen Zwick im Bauch und roch ettis wie Stier und musste daran denken, wie sie vor ebigs langem z'Nacht mit ihrem Müeti zu einem Tanz ums Feuer geschrättlet war, da hatte sie danach auch noch den Rauch gerochen.

Doch spätestens als sie ihr Gwand sah, das süüferli gefaltet auf dem Stuhl lag, so wie es das Fralein Heer verlangte, war sie fast sicher, alles war nur geträumt. Kurz wunderte sie sich, dass sie sogar den roten Bändel abgezogen und ihn zuoberst auf das Gwand gelegt hatte. Dann band sie ihn sich aber wieder um und schloss die Augen und schlief bald fest.

Am Morgen früh gab es im Bett dann noch ein Glächt, als sie dem Fralein Heer von dem Mezän berichtete, als wäre alles derenweg geschehen, nur konnte sich das Fralein Heer an rein gar nüüt erinnern. Wohl hätten sie am Abend ebigs darauf gewartet, dass er sie entführe, meinte es, er wäre aber nie gekommen, und endlich wären sie ins Zimmer und gogen liggen wie sonst auch. Und als die Vriinä wieder anfing, wie sie im Gegenteil mit ihm ins Bad gestiegen wären und wie das Fralein Heer so schüüch getan heig, rief säb halb z'lachetsen und halb verärgert, was auch die Vriinä wieder eine Fantasie heig, und zum Beweis, dass alles nur erfunden wäre, meinte es endlich, bei einem sertigen Abenteuer, mit blutten Mannen und mit Vöglen und allem, da wäre es gewiss nicht ab, sondern zmittst drein und hätte getan wie ein Börzi.

Am säben Tag telegrafierte der Herr Heer, er sig überraschend in ein Amt auf Bern berufen worden und well sich gern noch von der Frau und vom Sabindli verabschieden. Sie packten also weidli ihre War, und während noch die Vriinä ihre Bündel schnürte, vergass sie nadisnah die Nacht mit dem Mezän, und nicht nur die. Als sie schon in die Guutsche steigen wollte, die sie zum Bahnhof brachte, fiel ihr noch ein, dass ja der Welsche ihr versprochen hatte, er well sie fördern. Doch kaum hatte sie kehrtgemacht und lief ins Kurhaus, um ihm auszurichten, wo in den Bergen er sie finde, da hatte sie ihn schon vergessen und stand zmittst in der Wiese und hatte keine Ahnung mehr, wohin sie wollte, derweil das Fralein Heer ob ihr ein ebiges Glächt hatte. Das war das letzte Mal gewesen, dass sie sich an den welschen Mezän erinnerte. Das Einzige, was ihr von ihrem Abenteuer blieb, war der Entschluss, dass sie fortan well Blüemli bislen, die aus dem Eis geschnitten stünden, und diggemal ein Zwick im Ranzen.

Der machte ihr erst Sorgen. Ein Zwick im Ranzen wäre nicht schlimm, meinte dann allerdings das Fralein Heer, nachdem sie auf Glarus gefahren waren und den Herrn Heer verabschiedet hatten und die Frau Heer entschieden hatte, es wäre zu spät für die Vriinä, jetzt noch auf Fessis zu beinlen, und sie auf die Nacht zum Fralein Heer ins Bett schlüüfen hiess. Es selber heig zwar noch keinen sertigen Zwick gehabt, andere Meitli zu Meiringen aber schon, den gebe es, wenn eines verliebt wäre. Dass sie in den Melk verliebt wäre, hatte die Vriinä sich noch gar nicht überlegt gehabt, vertwundern tat es sie aber nicht.

»Und der Zwick, der bliibt?«, fragte sie, weil darauf hatte sie wenig Lust.

Das wusste auch das Fralein Heer nicht, und also standen sie noch einmal auf und gingen zur Frau Heer. Die hockte in der Stube über einer Lismeten und schimpfte erst, dass sie nicht pfuuseten, dann hörte sie sich aber an, was sie beschäftigte, und meinte endlich, so einen Zwick aus dem Verliebtsein heig sie zwar selber nie gehabt, sie heig auch gar nicht wellen heiraten, sondern auf London und dort am Kolleg studieren, dann wäre nur alles anders ausgegangen. Mit dem Verliebtsein sig es drum aber so, dass säb in jedem Fall vergech und dadermit auch dängg der Zwick im Ranzen. Danach käme die Liebe, die kannte wiederum auch die Frau Heer, und die, so sagte sie, sige kein Zwick, sondern mehr wie ein warmes Stubenöfeli, das allpott brünne, und scheine währenddem die Sonne vor dem Fenster, so dünke einen mängsmal der Schein vom Öfeli einen bitz nüütelig, und lieber wäre man veraussen unter bluttem Himmel als asen einbeschlossen in der Stube. Doch z'Nacht und mehr noch in den langen, kalten Wintern gäbt es halt doch nüüt Schöners als ein beständiges Öfeli, und wenn sie heute müsste wählen, ob sie noch well auf London und wichtige Traktätli schreiben oder dann einen Mann heiraten, der ettis gelte in der Welt, und eine Tochter haben wie das Sabindli und ein Daheim, so würde sie ganz sicher wieder heiraten. Ein Studium vergech drum mit dem Tod, ein Kind jedoch, das lebe fort, und wenn es auch gar gschpässig töne, je länger sie gelebt heig, desto mehr hange sie am Fortleben.

Dann hiess sie das Sabindli und die Vriinä aber endlich unterschlüüfen und wollte kein Wort mehr hören, und als sie abgelegen waren, liserete drum die Vriinä, was sie wohl machen müsste, dass aus dem Zwick ein Öfeli würde.

»Hürätä, hesch's duch ghört«, liserete das Fralein Heer zurück.

»Ja wer, dr Melk?«, fragte die Vriinä überrascht – mit ihm verheiratet fühlte sie sich ja schon länger, so ausgesprochen tönte es aber doch recht gschpässig.

»Amel nüd mich«, sagte das Fralein Heer und meinte, es fände es ganz grüüli traurig, dass seine Mueter es gar nicht heig wellen und eigentlich viel lieber ab auf London wäre.

Bevor die Vriinä sie dann aber trösten konnte, rief die Frau Heer von der Stube her, jetzt sig genug Heu ab der Bühne, und wenn sie noch ein Wort höre, so müsse das Sabindli im Bett vom Vatter schlafen, und danach schloff das Fralein Heer ganz tief in seine Decke und pfnuuzgete für sich noch einen Weil und pfuusete bald ein. Und nur die Vriinä lag noch lange wach und überlegte erst, ob es sein Müeti ächt gezwickt heig, als es den Vatter kennenlernte, und später dachte sie darüber nach, ob sie eigentlich schon vor der Fahrt ins Tüütsche den Zwick gefühlt heig, und konnte sich aber ums Verroden nicht erinnern. Dafür kam ihr dann wieder das Gefühl von due am Gletscher, als ihr das erste Mal gewesen war, sie wäre mit dem Melk verheiratet, und danach wurde

ihr tatsächlich warm, als boldere in ihr ein Öfeli, und so gewärmt schlief sie auch endlich ein.

Die Vriinä brünzlet dem Melk
ein Blüemli und verliert ihn

A ls sie am nächsten Morgen auf die Fessis Alp kam, war der Vatter schon zmittst am Heuen. Die Vriinä nahm die zweite Sägetsen und half, und wenn sie einen Ballen Heu gebunden hatten und ihn der Vatter unters Dachli trug, studierte sie derweil ihr Buch, damit sie ja dem Melk ein ordentliches Hausmüeterli würde, und abends nach dem Ledi-Figlen expresste sie noch obsi in den Schnee und übte Blumenstechen, weil sie sich vorgenommen hatte, das Gletschergärtli wäre ihr Hochzeitsgeschenk für ihn.

Und jeden Tag nahm sie sich vor, am nächsten steige sie zur Chamer Alp und frage ihn, ob er sie weibe. Aber obwohl es sie noch immer grüüli zwickte und sie zudem das Öfeli in sich fühlte und also das Verliebtsein und die Liebe gleich beides in sich trug und sich jeden Tag von neuem sagte, mit all dem Gefühl im Ranzen könne es nur glücklich enden, schob sie den Gang zum Melk doch immer auf – und zwar aus Angst, dernachetheren täg der Galöri wieder so eigelig wie all die letzten Male und well sie gar am End nicht weiben.

Dann eines Tages kam dafür der Melk auf Fessis. Die Vriinä war eine Beige Sturmholz am Verscheiten und einen bitz verschwitzt, doch er war sogar bächnass im Schweiss und staggelete grüüli ummenand und brachte erst nach einem Weil heraus, ein Unglück wäre auf der Chamer Alp geschehen, die Herde wäre ihm verloffen, der Hörelimaa wäre auf der Alp und heig sie dängg entführt, und dabei heig er numen nächtig das Zauberen geübt gehabt und darob leider halt vergessen, den Segen abzusingen, und ausgerechnet jetzt sig der Stüssi hinter den Clariden gogen strahlen und könne ihm nicht helfen, und darum wüsste er jetzt nicht, was tun, und müsste wohl fort aus dem Glarnerland und auf Amerika, amel dem Stüssi könnte er ohne die Herde nie wieder gegenübertreten.

»So, hesch widr zauberet?«, fragte die Vriinä und freute sich darüber mehr, als dass sie sich gesorgt hätte, und hiess ihn warten, während sie ins Hüttli ging, und wollte schon am Herd mit Glut und einem Sprüchli den Hörelimaa auf die Fessis Alp bestellen, so wie sie es vom Bersiäneli her kannte, und ihn mit einem Handel zwingen, das Veh vom Stüssi wieder auf die Chamer Alp zu tun, da kam der Vatter aus dem Keller und wollte wissen, was sie mit der Glut im Sinn heig, und wäffelete erst und meinte dann, was immer der Melk boosget heig, es gech allein ihn an, sie jedenfalls heig mit dem Fluch vom Hexer schon genug auf sich geladen.

Die Vriinä pfutterete dawider, wie es sonst gar nicht ihre Art war, und rief, was immer er auch boosget heig, ds Melks Leben gech sie gleich viel an wie den Melk selber, und wenn er seine Herde nicht mehr finde und aus dem Glarnerland verseggle, so gech sie im Fall gad mit.

Da gschaute sie der Vatter erst nur stumm. »So hesch di dängg entschidä?«, fragte er endlich, doch so, als wüsste er die Antwort schon, dann meinte er viel freundlicher, wenn etter täg auf Fessis mit dem Tüüfel geschäften, so wäre das z'Trotz er und niemert anders. Wer sich drum einmal mit ihm eingelassen heig, den suche er stets wieder heim, das heig auf Fessis schon eine Jumpferen erfahren müssen und wäre danach ledig geblieben ihrer Lebtig und hundert Jahre einsam obendrein, und sicher well die Vriinä nicht so enden wie säb Fralein.

Nein, gab die Vriinä zu, das well sie nicht, und als der Vatter fand, er heig schon früher mit dem Tüüfel geschäftet und müsste nur noch wissen, wie er ihn rufe, dass der ihn auch höre, dem Bann auf Fessis z'Trotz, da zeigte sie ihm, wie er mit der Glut und säbem Sprüchli den Tüüfel auf die Alp zwang, und danach liess sie ihn allein im Hüttli und rief dem Melk und ging mit ihm zur Chamer Alp, um dort die Herde in Empfang zu nehmen.

Als sie zum Ober Stafel kamen, war der Hörelimaa schon wieder fort, und nur die Kühe standen vor dem Hüttli, verdreckt, mit abgeloffenen Hufen, so als kämen sie von einer weiten Reise, doch fehlen tat kein einziges. Die Vriinä half dem Melk dann gleich, die Herde zu verarzten und zu melken, dann trieb der Melk sie auf die Nachtweid und sang den Segen über die Alp, die Vriinä briet ihm derweil einen Tatsch zum Znacht, und danach hockten beide auf das Trittli unterm Türloch und pläuderleten, während sie die Sterne gschauten und sich die Vriinä im Geheimen vorstellte, sie wären schon verheiratet – zum fühlen, was für ein Gefühl es wäre –, und es am schönsten fand, als sie zuletzt im Hüttli überobsi stiegen und sie den Kopf auf ds Melks Brust legte und sein grob gewobenes Hemp am Backen fühlte und roch, wie er nach Mist und Salz und wie frisch gebacken roch, und asen einschlief.

Am nächsten Morgen molken sie, dann anknete der Melk, derweil sie Milchmöggli und Kaffi reisete und ihn danach zum Zmorged rief und mit ihm auf ein Bänkli in der Sonne hockte und ihn erinnerte, dass sie ihm einst versprochen heig, sie täg ihm ettis zeigen, due, gad bevor der Balzli ihnen Schlötterlig anhängte. Und weidli, ehe er noch öppen sagte, er wüsste von nüüt oder er well nicht, verschloss sie ihm den Mund mit einem Schmutz und zog ihn mit sich und meinte, heute well sie es ihm zeigen.

Dann lief sie vor ihm her zum Hüfifirn und in ein kleines, nüüteliges Täli, das leer und weiss als wie ein Beggeli zmittst in der Weite lag, und übersann die ganze Zeit, ob sie nicht doch sell bis zum Hochzeit warten zum ihre Kunst vorführen, und sagte sich dann wiedrum, bevor sie warte und er erführe erst nach ihrem Hochzeit, was sie so amed auf dem Gletscher tat, und danach gruusete es ihn und er bereute, dass er sie zur Frau genommen hatte, war es doch tuusigsmal gescheiter, sie zeigte sie ihm jetzt, wo er gad guter Laune war und auch nicht eigelete.

Und plötzlich lüpfte sie ganz einfach ihren Rock und bislete ins Beggeli am Hüfifirn hinein dem Melk ein Blüemli zum Geschenk. Dem achtete er aber gar nicht, er starrte nur auf ds Vriinäs roserotes Spältli, in einer Art dafür, dass sie nicht anders konnte als ihm die Hose ab den Beinen rupfen, und dabei gumpte sie sein Stecken an, unbändig wie ein Geissli, das über Nacht im Stall verlochet gewesen war, und endlich packten sie enand und trooleten über den Firn und züngleten und taten wüst, bis rings die Gletscher z'glueten kamen.

Als gegen Abend die Vriinä auf Fessis zurückkehrte, verzellte ihr der Vatter, wie er den Tüüfel gerufen hatte, der kam aber nicht, und erst als er zurück in den Keller war und wieder am Die-Käse-Salzen, stand zeinersmal der Hörelimaa neben ihm und meinte, er käme drum nur ungern auf die Fessis Alp: Erst heig säb Jümpferli nie wellen mit ihm schmüselen, dann heig noch der Venediger einen Bann auf die Alp gelegt, so mächtig, dass nicht einmal er ihn lösen könne, dabei vernüüte ihm der Bann sein ganzes Geschäft. Ds Gotts Namen aber, er heig nach ihm gerufen, da sig er und well jetzt hören, was Sach sig. Der Vatter gwünderte jedoch und wollte seinerseits erst hören, welches Geschäft der Bann ihm denn vernüüte. Der Tüüfel meinte darauf aber nur, säb ginge niemerten nüüt an, gleichzeitig pöpperlete er allzu gschpässig mit seinem Huf am Boden ummenand, als suchte er darunter eine Höhle oder ein Versteck. Der Vatter fragte dann nicht weiter, stattdessen schnurreten sie über ds Stüssis Herde. Der Hörelimaa meinte, er brächte sie schon ummen, zum Lohn müsste der Vatter aber den Bann auflösen, der auf Fessis lag. Der lachte und behielt für sich, dass er nicht wusste, wie er den Bann auflösen müsste, und fand, da müsste er schon numen halb gebacken sein, wenn er den Bann auflöste, ohne zu wissen, was cheibs der Tüüfel well auf Fessis geschäften. Der Tüüfel meinte wiederum, sodann behalte er halt ds Stüssis Herde, doch dann schlug ihm der Vatter vor, erst täg der Tüüfel das Veh heim auf den Chamerstock und danach würden sie zwei Seelenwägen spielen, wie er es als Bub im Muotatal mit seinen Brüdern gespielt heig, und das ging so: Der Tüüfel sollte drei Löcher in die Erde graben, die waren Erde, Höll und Ebigkeit, dann sollte er ein Messer obsi bis zur Tili werfen, und fiel es danach ins Erdloch, wollte der Vatter ihm aus freien Stücken den Bann von Fessis lösen, fiel es in die Höll, wollte er sogar mit ihm mit. Fiel es jedoch in die Ebigkeit, musste der Tüüfel ohne Zahltag ab der Alp. Der Vatter hatte aber kaum das In-die-Erde-Graben erwähnt, da leuchteten dem Tüüfel schon die Augen, und ehe noch der Vatter ausgeredet hatte, rief er bereits, das wäre viel der bessere Handel, und abgestochen asen wollten sie es halten. Und kein Minütli später hatte er die Herde auf die Chamer Alp gebracht und war zurück im Keller und nahm das Messer und wollte die drei Löcher graben. In seinem Eifer hatte er nur halt den Bann vergessen, der immer noch ob Fessis lag, und wo ein Bann gezogen ist, da darf der Tüüfel nicht das kleinste Möggli Erde oder Stein verschieben. So legte er das Messer auf den Kästisch und hiess den Vatter, er sell die Löcher für das Seelenwägen graben. Der meinte aber, so hätten sie nicht abgemacht und due im Wallis heig der Tüüfel ihm auch nicht verraten, was ihn erwarte, als er ihn überschnurret heig, auf Erden seine Schuld zu büssen statt im Jenseits. Wenn jetzt für einmal er, der Tüüfel, schlecht geschäftet heig, so sig das seine Sach. Der Tüüfel wäffelete dann noch ebigs und hiess den Vatter einen Fisigug und einen Tschumpel, doch ein Handel war ein Handel, das wusste auch der Tüüfel und zog drum endlich ab.

Während der Vatter der Vriinä berichtete, blieb er zwar bleich und steinig, aber zumindest in die Ohren kam ihm das Blut geschossen, und als er zu der Stelle kam, an der der Tüüfel grindelete, lachte er gar und meinte, da heig es ihm schon ordeli gewohlet.

Danach kam eine gfreute Zeit. Ds Melks Senn, der Stüssi, kam vom Clariden wieder und war dem Melk fortan gesonnen wie noch nie und lernte ihm das Alpnen und das Buurnen. Die Vriinä wiederum schaffte dem Vatter zu und fragte allpott ettis und liess sich Züügs erklären, so wie sie ein Unwetter vorhersah daraus, dass zeinersmal das Brunnenrohr ins Schwitzen kam oder die Sägetsen verrostete oder der Russ am Pfannenboden Feuer fing oder die Käsmasse im Chessi schäumte oder die Geissen sperrten und heim zum Hüttli wollten. Und abends lief sie auf den Chamerstock und hockte mit dem Melk zur Herde auf die Nachtweid und gab ihm weiter, was der Vatter sie gelehrt hatte, und asen er, und später gschauten sie die Flanken an den Bergen und werweissten, auf welchem Hof oder welcher Alp sie dereinst buurnen würden, und redeten darüber, als hätten sie schon abgemacht, dass sie heiraten würden.

Und endlich ging die Vriinä eines Abends zum Vatter in den Stall und fragte ihn, ob sie den Melk auf Fessis bringen dürfe. Der Vatter wusste erst gar nüüt zu sagen und staggelete nur, er heig drum stets geglaubt, die Vriinä wäre viel zu gischplig und zu gwündernasig für zum auf einem Hof verhocken, und gar noch auf dem nüüteligen Fessishof, und eigentlich heig er geplant, den Hof mitsamt der Herde zu verkaufen, sobald die Vriinä ausgezogen wäre, und wieder als Heuer durch das Land zu ziehen. Er gab ihr aber das Versprechen, er well die Sache übersinnen, und kam kaum eine Stunde später zu ihr vors Hüttli beinlet und nahm mit seinen langen Scheichen Gümp, als wäre er ein Geissbock, und hatte zeismal wieder Augen wie ein Bürschtli und gab Bescheid, sie sell den Melk dann bringen.

Und anderntags lief die Vriinä gefiglet und gestrählt zur Chamer Alp und übte unterwegs, wie sie es ihm sell sagen, und konnte sich bis hinter Linthal nicht entscheiden, ob sie ihn lieber raten liess, was eine Überraschung sie ihm heig, oder ob sie ihn hiess, erst müsste er ihr den Kuhreiher jodln, von dem er allpott sagte, er jodle ihn so gattlig wie kein anderer, nur zeigen wollte er es nie. Doch als sie auf der Chamer Alp ankam und ihn bei seiner Herde hocken sah, da wusste sie, am allerschönsten wäre, sie hockte einfach neben ihm ins Gras und gäbt ihm Ääli und verriete graduus, sie hätten ihre Alp, und danach würde er gewiss rot über beide Ohren und hätte ebigs Freud und würde dängg sogar ein Trändli briegen und staggelen, von einer Alp traume so mänger Vehbub, sie aber auch bekommen, und zämen mit dem Vreneli, das wäre schon ein Glück, wie er kein zweites wüsste in der Welt.

Es kam dann aber anders. Als sie sich nämlich zu ihm setzte, sah er sie gar nicht an, und selbst als sie ihm Ääli gab, machte er keinen Wank und hockte nur wie tot und gaffte z'Tal, es dünkte sie, zum Stachelberg. Den ganzen langen Tag hockte sie neben ihm und wartete, dass ettis gschäch, dass ihm womöglich ettis Goldigs ins Maul hineinflog oder dass sonst ettis machte, dass er wieder vertwachte. Es flog ihm aber nüüt ins Maul, und es geschah auch sonst nüüt, und immer mehr bekam das Vreneli es mit der Angst und wurde immer zabliger und fast wie stigelisinnig und gumpte endlich auf wie pickt und segglete zurück auf Fessis und bschloss sich in den Schlafgaden und brieggete und tat und tobte, und dann wieder nicht, und hirnete, was sie ihm z'Leid gewerkt heig, dass er sie müsse derenweg bestrafen, und kam darauf, dass er von ihrem Zünglen mit dem Balzli gehört heig oder vielleicht sogar vom Hampä und darum nichts mehr mit ihr zu schaffen haben well. Dann wieder dachte sie, dass er sie gar nicht strafen well, sondern viel schlimmer noch, dass er nicht nur so traumet war und so verschtuunet wie ihr Müeti, sondern halt wirklich auch ein Hummeli wie sie und just verflogen in die Ebigkeit, und säb am Chamerstock war numen noch sein leeres Mäntsch gewesen.

Drei Tage und drei Nächte weinte sie oder tobte und studierte allpott wie im Fieber, dann kam sie aus der Kammer und verliess das Hüttli und stieg noch einmal auf den Chamerstock, damit der Melk ihr graduus ins Gesicht sagte, so er noch lebig war, warum er so gefremdelet heig einerseits und andererseits, ob er sie nümmen gern heig.

Doch als sie auf den Chamerstock kam, fand sie die Alp verlassen, kein Stüssi und kein Melk waren zu sehen, die Herde stand mit vollen Eutern um das Hüttli und war seit Tagen nicht gemolken und brüllte schon vor Schmerzen. So melkte sie zuallererst die Kühe, dann suchte sie die Weiden ab. Den Blätz, auf dem ds Melks Mäntsch gehockt war vor drei Tagen, fand sie so leer wie alle Flanken, und wenn sie rief, verrodete sich nüüt. Als Nächstes weiblete sie wieder heim auf Fessis in der Hoffnung, der Melk wäre derweil zu ihr zum sich entschuldigen. Dort war er aber auch nicht, und während sie zu ds Tschudis auf Glarus seggelte, versammelten der Vatter und der Joggel Marti ein Dutzend Mannen und suchten erst den Chamerstock ab, weil sie vermuteten, der Melk sig einer Kuh nach und neumeds in der Wildi verschlipft, doch auch vergebis. Inzwischen hatte der Herr Heer

Bericht und reiste anderntags vom Bernischen her an und hiess noch einmal hundert Mannen suchen, vom Tödi über den Clariden und den Ortstock bis durab zur Dräckloch Alp und Silberen, ja gar im Klöntalersee, doch keiner fand vom Melk auch nur ein Knöchli.

So wurde er zuletzt für tot erklärt, der Herr Heer fuhr zurück auf Bern, und nur die Vriinä suchte weiter, Tag um Tag bis in die Nacht hinein. Mängsmal lief sie zum Urnerboden, damit das Bersiäneli ihr den Melk wiederbrächte oder zum mindesten verriet, wohin er ab war und warum, ob er ihr gällig war wegen dem Hampä oder was sonst sie boosget hatte. Das Bersiäneli wusste aber nicht mehr von säber Sach als sie, oder es verriet amel nicht mehr und sagte nur, sie sell doch endlich einmal hocken und ettis haberen. Doch erst im Herbst, als auf die Flanken der erste Schnee fiel, hockte die Vriinä ab und chaflete an einem Kanten Brot und hörte zu, was das Bersiäneli ihr sagte, oder dann hörte sie auch nicht und starrte nur durch die rauchgeschwärzte Wand ins Nüüt.

Als nämlich das Bersiäneli noch selber jung gewesen war, wurde vom einten Tag zum anderen sein Vatter krank und immer kränker, bis zeismal, als das Bersiäneli ihm eben eine Suppe kochte, der Tod neben dem Herd stand und verriet, er käme zum den Vatter holen. Das Bersiäneli verschrak aber so grüüli, dass es zu ds Vatters Kammer segglete, die Tür verriegelte, den Schlüssel abzog, ihn in die Glut warf und zum Tod fand, er müsste jetzt dängg leider ohne Vatter wieder fort, weil durch ein Schlüsselloch sich zwängen könne er gewiss nicht. Da lachte der und gab zur Antwort, er zwänge sich im Fall noch durch das kleinste Löchli, und eben säb hatte das Bersiäneli sich erhofft und rief, es glaube ihm kein

Wort, es sige denn, er schlüüfe zum Beweis in säbe Gutteren, und nahm von einer Gutteren den Zapfen ab und hielt sie dem Tod vor den Latz und wartete, dass er hineinschloff, zum weidli mit dem Zapfen die Gutteren verschliessen. Der Tod fand wiederum, statt in die Gutteren schlüüfe er gescheiter durch das Schlüsselloch und hole sich den Vatter, weil daderfür sig er ja da, und chräsmete beim Eid zum Schlüsselloch derdur und in die Kammer, und das Bersiäneli schlug halt den Zapfen in das Schlüsselloch und bschloss den Tod mitsamt dem Vatter in die Kammer, obwohl es sofort wusste, es hatte da einen rechten Seich angattiget, und wirklich hub der Vatter grüüli an zu sirachen und rief, es sell den Tod la gaa und ihn desgleichen, er heig nicht vor, auf ebigs mit dem Tod in einer engen Kammer zu verhocken, und asen rüsslete der Tod und drohte dem Bersiäneli, es würde ihm noch büssen. Und das Bersiäneli wusste nüüt Gescheiteres, als dass es auf ein Schemeli beim Ofen hockte und sich die Ohren zuhielt und tat, als wüsste es von nüüt, und keinen Wank mehr machte.

So blieb es Woche um Woche hocken und liess den Tod beim Vatter in der Kammer. Seit allerdings der Tod gefangen war, starb auf der Erde niemert mehr, geboren wiederum wurde wie stets, und daher lebte endlich eine solche Schwetti Mäntschen auf der Erde, dass sie in ihrem Hunger gar dem Veh das Gras unter dem Maul wegfrassen, und eines schlug dem anderen den Totz ein im Streit um ettis in den Magen. Weil sie einander jedoch mit noch so wüstem Schleglen nicht töten konnten, wurden sie immer gälliger und schlugen nümmen nur, sie schnäfleten und würgten und vierteilten und sotten eines das andere und taten sich noch mänges z'Leid, am End war auf der Welt ein einzig Lärmen, Wäffelen und Wüsttun. Zudem sirachte in der Kammer immer noch der Vatter, der Tod meisnete auch, und das Bersiäneli verhockte stier auf seinem Schemeli am Herd mit beiden Taapen vor den Ohren im Schreck und fest verschlossenen Augendeckeln, im ganzen hundert Jahre. Da endlich kam der Herrgott in das Hüttli und nahm dem Bersiäneli die Taapen ab den Ohren und fand, da heig es einen rechten Bockmist boosget. Danach befahl er ihm, der ganzen Sach ein Ende zu bereiten, und hantli. Und eigentlich war das Bersiäneli gar froh, dass er gekommen war und sagte, was es tun sell. Es schäme sich ja selber, was es da angattiget heig, gab es zur Antwort und stand auf und zog den Zapfen aus dem Schlüsselloch. Gleich kam der Tod herausgefuhrwerkt mit ds Vatters Seele im Gepäck und sammlete auf Erden gleich noch alle anderen, die längst schon tot sein sollten, und nahm sie mit sich. Der Herrgott nahm derweil das Bersiäneli vors Hüttli, gemeinsam sahen sie dem Tod beim Werken zu und gschauten, wie es endlich luggete auf Erden und bald nur viele tote Mäntschen z'underobsi lagen. Dann fragte er das Bersiäneli, wie es due noch der Brauch war, ob es im Jenseits seine Schuld well büssen oder auf Erden. Am besten gad, gab das Bersiäneli zur Antwort und wollte hören, was es zu büssen heig, dass nachher alles wieder gut sig. Der Herrgott hiess es aber zur Strafe so viele Jahre länger leben, wie alle Mäntschen mitenand zu viel gelebt hatten, weil das Bersiäneli den Tod zurückgehalten hatte, und als das Bersiäneli ihn fragte, wie viele Jahre das in eins gerechnet wäre, gab er zur Antwort, alles in eins gerechnet käme eine Zahl heraus, die wäre asen lang, dass ein einzelnes Mäntsch sie nicht zu Ende sagen könne, ohne darob alters zu sterben. Das fand das Bersiäneli dann gar nicht lustig und meinte, es well für seine Schuld doch lieber erst im Jenseits büssen. Nur weil der Herrgott ihm verriet, säb Anzahl Jahre wäre immer noch ein Muckenschiss verglichen mit der Ebigkeit und darum wäre es ein rechter Lappi, well es nicht noch auf Erden büssen, schlug das Bersiäneli ihm ein. Seither verlebte es Jahrhundert um Jahrhundert und wurde alt und älter wie die anderen, und Jahr um Jahr plagten es mehr Gebresten, nur sterben tat es nicht. All paar Jahrhunderte rief es darum den Herrgott an, wie um ds Gotts willen es noch tuusigs Jahre sell verlebe, ohne dass es zuvor verbreche und verrotte, bis endlich sich der Herrgott seiner verbarmte und fand, es lange, wenn das Bersiäneli zweitausend Jahre täg verbüssen.

So, sagte das Bersiäneli zum Schluss zur Vriinä, und eben drum verstäch es längst nümmen, dass etter um den Tod ein Gschiss heig, wie sie gad eines heig wegen dem Tod vom Melk. Ob einer heuer erligge oder in fünfzig Jahren, sig Hans wie Heiri, das Leben wäre stets den einten zu lang und den anderen zu kurz, und der Tod sig viel besser als sein Ruf.

Das Jöri

Solang die Vriinä aber einen Zwick im Ranzen fühlte, war sie der festen Überzeugung, der Melk wäre am Leben, und stieg auch fortan all Tag in die Wildi und gab zwar auf, nach ihm zu suchen, dafür hängte sie ihm lauthals Schlötterlig an, dass er sie mit dem Zwick im Bauch zurück läss.

Dann blieb sie aber öfter auf der Alp und schaffte wieder ihrem Vatter zu, dort wäffelete sie allerdings auch allpott, am meisten z'Nacht im Hüttli, wenn sie am Tisch verhockten und der Vatter blass und steinig seine Suppe sürpfte und stumm ihr Wäffelen ertrug. Nur einmal sagte er, er fände gschpässig, dass sie asen digge, obwohl sie nie nüüt esse, da warf die Vriinä gad den Löffel in die Suppenschüssel und gab zurück, dass neben einem Mägerlig wie ihm dängg jeder einen Ranzen heig.

Dann kam der Frühling aus dem Tal herauf, und sie fand selber, langsam gsäch sie aus wie eine trächtige Geiss. Zur gleichen Zeit wurde der Zwick ein Sperzen und ein Morgsen, und eines Tages fragte sie den Vatter, ob das Mariili eigentlich auch einen Zwick gehabt heig vor Verliebtsein. Der Vatter hatte das Mariili aber nie einen Zwick erwähnen hören, und auch das Bersiäneli nicht, als es die Vriinä fragte.

Danach schaffte die Vriinä zwar weiter wie zuvor, doch immer öfter kam es vor, dass sie die Suufi in das Ankenfass gab statt den Sauen in den Trog, dafür gab sie den Sauen frische Milch, mit der der Vatter käsen wollte, die Milchmöggli tischte sie statt im Biner in ds Vatters Holzschuh auf, und ständig kamen ihr die Tränen. Doch hirnete sie auch all Nacht bis in den Morgen, wer ihr den Bauch gemacht heig – alles, was sie wusste, war, dass sie den Zwick bereits gespürt hatte, noch ehe sie dem Melk am Hüfifirn ein Blüemli bislet hatte und seinen Stecken ausgepackt, und dass der Hampä wiederum due lang schon ab war auf Amerika.

Und endlich kam ihr z'Sinn, dass sie am Weihnachtstag beim Bersiäneli auf dem Kalenderblatt gelesen hatte, die Mutter Gottes heig das Christkind auch ganz ohne alles Schmüselen empfangen, und nicht der Josef heig ihr einen Bauch gemacht, sondern die Liebe. Da wusste sie mit einem Mal, und ganz gewiss, dass due auf ihres Müetis Gletscherli, als sie ds Melks Garten erfand und dabei eine Wöhli hatte wie noch nie, dass due die Wöhli ihre Liebe zum Melk gewesen war, dem Schafseggel, dem Affengrind, dem Treulosen – und jene Liebe hatte ihr das Possli in den Bauch gelegt.

Seither war sie wie ausgewechselt, sanft und gmögig wie ein trächtiges Chueli. Nichts regte sie mehr auf, sie werkte fort so rührig wie ein Automat, und im Gesicht hatte sie stets ein Leuchten, fast so, als wäre sie die Mutter Gottes selber. In jenem Jahr verregnete der Frühling wie seit langem nicht. Der Regen schwemmte Steinigs ab den Bergen, dass sie allpott Weiden und Bödeli abschönen mussten, mit der Zeit kamen ganze Lauenen von Dreck herab, im Kleintal wurden gar zwei Alpen zugeschüttet. Die Linth stieg über ihre Ufer und überschwemmte erst den Sooler Boden und nadisnah das ganze Tal, bis alles nur noch Pflotsch und Sumpf war, und mit den Sümpfen kamen Chrotten und danach auch Schlangen von der March herauf ins Glarnerland, erst nur ins Unterland, ins Riet ob Niederurnen und zu Näfels ins Schweigmatten, bald allerdings waren sie überall, man konnte nicht mehr durch den Wald, ohne allpott auf einen Chrott zu stehen, bis in die Ober Stafel waren die Weiden voller Schlangen, und die vergelsterten das Veh. Auf Fessis verschreckten sie ein Chueli so, dass es auf einem nassen Tannenchriis vertschlipfte und übers Bort fiel und sich zwei Beine brach, so dass der Vatter es mit seiner Holzaxt abtun musste.

Im Tal war ein Werweissen, woher die Plage käme und wie es kam, dass just auf Sool und im Hohwald und auf dem Bödeli von Fessis die meisten Chrotten und Schlangen hockten. Allein die Vriinä räumte Tag um Tag die Steine ab dem Bödeli und fragte sich rein nüüt und wunderte sich nicht einmal, als eines kalten Maien-Nachmittags ihr Kind zur Welt kam und die Hebamme wiechsete als wie ein abgestochenes Säuli und sich ans Chrüützfix langte und ohne alle Bagaasch verloff.

Das Kind war nämlich zwar kein Ettis wie das vom Ennetberger Lehrerpaar, sondern schon nebis wie ein Mäntsch, nur halt ein richtig leides, das keinen Hals hatte und einen Grind so breit wie der Rumpf, und vierg'egget war es wie ein Holztotz oder mehr wie ein Mödeli Anken, mit kurzen Armen und Beinen, die feist anfingen und immer mägerliger wurden und meist nur abenplampten, weil es zu faul war zum sich verroden und immer nur getragen werden wollte, dabei war es bei der Geburt schon grösser als ein Kalb. Und tat die Vriinä nur zwei Schritte ohne es, so schränzte es sein uumääres Maul abenand, das ihm bis hinter beide Schultern reichte, und beeggete mit einer Gelle, als täg der Scharfrichter einen gad lebig häuten. Nur wenn es auf dem Bödeli verhocken durfte und mit den Chrotten und den Schlängli spielen, hatte es eine meineidige Freude und grochzete in seinem Glächt, als wäre es selbst auch ein Chrott. Schnurrete es wiederum – es schnurrete jedoch nicht viel –, so tat es das mit einem Stimmli, wie wenn beim Trogleeren das letzte Pflotschwasser versürgget, nur lauter, grüüli viel lauter. Und seine Haut war ständig aufgeweicht und blab und fast wie tot-und-versoffen-und-nach-drei-Tagen-aus-dem-Wasser-gezogen, und halb blind war es, mit nebis wie Echsenhaut auf seinen Augen, und auf dem Kopf trug es statt Haar nur wie eine kleine, stets nasse Hampflen grabes Schilf.

Doch z'Trotz war es ihr Kind und drum der Vriinä lieber als alles in der Welt. Und weil es für zum Bislen nur ein Löchli hatte und zwar darum herum kein Pfiifeli, noch weniger jedoch ein Spältli, entschied die Vriinä sich, das Possli sig ein Bub, und liess es auf den Namen Jöri taufen. Der Pfarrer meinte nach der Taufe, ins Becken brünzlet heig ihm ja schon mänges, aber die halbe Gelte leergesoffen heig noch keines, und dass eines zuletzt noch ins Taufwasser gumpe und nicht wieder heraus well, das heig er einenweg noch nie erlebt. Das Wichtigste war aber, dass das Kind getauft war, und nur der Vatter niggelete beim Aufstieg heim auf Fessis ebigs, weil er meinte, niemals wär eines ohne Pfiifeli ein Bub, und auch nicht einmal würde er es Jöri nennen. Doch schliesslich einigten sie sich darauf, das Possli nicht *der* Jöri, sondern *das* Jöri zu nennen, danach war auch in säber Sache Ruh.

Zu guter Letzt tat auch der Himmel auf, es schwemmte nicht mehr nur Gestein und Dreck herab, sondern die Weiden grünten endlich wie in anderen Jahren. Die Vriinä chrampfte immer noch vom Morgengluet bis in die Nacht hinein, und wenn der Vatter meinte, sie sell doch der Natur auch noch ein Pöstli lassen und sich nicht überwerken, gab sie zurück, wenn erst das Jöri anfange mit laufen, so sell es einen gattligen Hof erkunden dürfen und keinen verlottereten, und schaffte fort. Aber das Jöri dachte nicht daran, den Hof zu erkunden, das lag nur stets auf seinem Plätzli vor dem Hüttli und fütterte die Schlängli, und am liebsten ein weisses mit Augen wie Gutterenböden, das all Tag kam und bis zum Abend blieb.

Nicht nur die Schlängli mochte es, die Vriinä und der Vatter durften auch den Chrotten nicht ans Lebige, da beegete das Jöri sofort grüüli, und alle Chrotten beeggeten mit, bis in die Sümpfe von Untersool. Und stellten sie auch nur ein Brett vors Türloch, weil sonst die Chrotten und die Schlangen ständig ins Hüttli kamen und zum Veh, so troolete das Jöri übers Bödeli durch Pflotsch und Dreck bis hin zum Hüttli und zum Stall, dort rupfte es die Bretter wieder fort und half den Chrotten und den Schlängli noch durchs Türloch. Waren die Chrotten und die Schlängli aber erst im Hüttli und im Stall, schlarpften und schlängleten sie ummenand und nüeleten, als suchten sie nach ettis, und am meisten und liebsten nüelten sie im Keller unter der alten rauchgeschwärzten Ledi noch vom Fessisjümpferli, die dort seit ebigs lagerte. Von dort her kamen sie dann allerdings nicht selber mehr die Stäge obsi und grochzeten und beeggeten, bis auch das Jöri anfing, und am lautesten, so lange, bis die

Vriinä und der Vatter den Chrotten und den Schlängli aus dem Hüttli halfen. Doch anderntags kamen sie wieder und gumpten, trooleten und schlängleten die Kellerstäge nidsi, als wollten sie dort gogen strahlen.

Die Vriinä wurde ob ds Jöris Freundschaft mit den Tieren oft gällig oder gar verzweifelt, vor allem abends, wenn sie erschöpft vom Alpwerk kam und nur noch gschwind die Käse wenden wollte und danach schlafen und aber kaum noch in den Keller kam vor lauter Chrotten, und Schlangen schwammen durch den Nidel, und Chrotten hockten auf dem Käsbrett und verschifften die Laibe, und das Jöri beeggete bereits, wenn sie erst auf der Stäge war.

Noch schlimmer wurde es, als erst der Frost über die Alp kam und glii dernach der erste Schnee, und zeinersmal, vom einten Tag zum anderen, blieben die Chrotten und die Schlangen aus. Erst wartete das Jöri ihnen all Tag in der Kälte vor dem Hüttli, dann endlich gab es auf zu warten, danach wollte es aber gar nicht mehr aus seinem Bettli und z'alleriletzt vors Hüttli. Es schlief auch nicht, ausser die Vriinä verzellte ihm Geschichtli und nur die wüstesten, sonst fing es gad an beeggen. Und so verzellte ihm die Vriinä, was das Bersiäneli ihr einst verzellt hatte, auf dass sie Bescheid wüsste über das Böse in der Welt: wie einst im Goms ein Leichenzug umging, und einer hatte den Ranzen aufgeschlitzt und kam den anderen Leichen nicht nach, weil er mit jedem Schritt über sein eigenes Glüngg stürchlete, und erst als ihm ein altes Fraueli das Glüngg in eine Windel band und sie ihm über dem Genick verknüpfte, konnte er zu den übrigen aufschliessen. Oder wie im Rheintal der Scharfrichter einem den Grind abgesablet hatte zmittst im glärigen

Winter, und in der Kälte fror der Grind gad hinter dem Schwert wieder an, und als der Scharfrichter mit dem Landammann noch eingekehrt war auf ein Gläsli Roten, kam ihnen der Geköpfte nach und trank vom Roten mit, bis ihm der Schnitt am Hals auftaute und zeinersmal der Grind von den Schultern troolete. Oder wie am Hinterrhein ein gfürchigs Weibervolk, das ganz aus Schnee gewachsen war, die Chinden aus dem Dorf zur Schlittenfahrt auf ihren grossen Schlitten einlud zmittst in der Nacht, und als sie im Finsteren z'Tal fuhren, fiel allpott einem Kind ein Bein oder ein Arm ab oder anderes, und endlich war der Schlitten leer, und alle Chinden waren tot und in Möggli über den Hoger verteilt, und nur ein Meitli lebte danach ganz allein in säber Gegend, das war auf beiden Ohren taub und hatte die Einladung zum Schlittlen überhört gehabt.

So ging es einen ganzen langen Winter lang, die Vriinä kam noch weniger zum Schlafen als das Jöri und war zuletzt ganz blab und durchsichtig. Doch endlich kam der Frühling, und das Jöri wollte vor das Hüttli und zu seinen Chrotten. Leider war der Frühling in dem säben Jahr ein ganz gewöhnlicher mit sonnigen und weniger sonnigen Tagen, die Hänge blieben trocken und die Linth in ihrem Bett, und Dreck und Steine blieben auf dem Berg. Vor allem aber kamen keine Chrotten oder Schlängli mehr auf Fessis, das Jöri wartete vergebis und musste wieder grüüli beeggen und liess sich nicht einmal mehr von der Vriinä trösten und hockte numen z'beeggetsen vor seinem Beggeli mit Milchmöggli, die es hatte verfüttern wollen. Im Maien endlich kam das einte weisse Schlängli wieder, doch nicht all Tag und nie für lang, das Jöri fütterte es weidli, und es hatte noch nicht aufgehört mit

Pfnuuzgen, da war das Schlängli bereits satt und schlängelte sich wieder z'Tal, und danach beeggete das Jöri die Nacht hindurch und liess sich durch die gruusigsten Geschichten nümmen trösten.

Dann stieg der Vatter einst durab auf Sool und musste sehen, dass im »Bären« Gemeindeversammlung war, und er war nicht geladen. Und weil in jenem Winter auch nicht ein Bauer auf die Fessis Alp gekommen war, um Heu zu kaufen, dachte er sich schon, warum die Sooler sich versammelten, und pässlete dem Joggel Marti auf dem Heimweg ab und wollte hören, was entschieden worden sig. Der Joggel Marti war auch überhaupt nicht unglücklich, dass er ihm abpässlet hatte, und hiess ihn auf ein Gläsli in die Stube kommen und sagte ihm graduus, schon fered hätten sie sich ein erstes Mal versammelt, wegen der Chrottenplage und dem ständigen Wüstwetter und weil man fürchtete, es bildeten sich wieder Fiebersümpfe wie seinerzeit am Walensee und in der March. Due war die Überholzung schuld gewesen und also die Glarner selber, säb Mal hingegen wusste keiner einen Grund zu nennen für das Elend, und darum hiess es bald, auf Fessis gech der Tüüfel um. Die einten glaubten gar, die Vriinä heig den Melk auf dem Gewissen und ihn gemetzget und dem Tüüfel aufgetischt, vielleicht auch noch den Balzli von der Limmeren, der fast zur gleichen Zeit als wie der Melk von seiner Alp verschwunden war. Und darum hatte die Versammlung schon beschlossen gehabt, die Vriinä und den Fessisbauer und das Jöri aus dem Glarnerland zu jagen, als dem Gemeindeschreiber Muggli zeismal einfiel, wie einst der Heer für die auf Fessis eingestanden war, und weil er jetzt sogar zu Bern in der Regierung hockte, hatten sie dann doch Schiss, sich ettis zu verderben, und fassten den Beschluss, die Sach nochmals zu überschlafen und sich nach einem Jahr von neuem zu beraten. Das hatten sie im »Bären« heute getan.

»Und, müämer guu?«, fragte der Fessisbauer.

Im Gegenteil, meinte der Joggel Marti. Zum einten heig es mit der Chrottenplage ja geruhiget, auch war kein dritter Gaumer oder Zusenn von der Alp verschwunden. Vor allem aber hatte noch im Vorjahr die Linth im Unwetter das Sooler Sprützenhüüsli fortgeschwemmt. Die schöne neue Feuersprütze hatten sie zwar mögen retten, doch seither war sie nümmen unter Dach und fing an rosten, und für ein neues Sprützenhüüsli fehlte das Geld – amel bis dem Waisenvogt einfiel, wenn der Heer die Sprütze spendiert heig, spendiere er vielleicht auch gad ein neues Sprützenhüüsli. Daraufhin wurde der Gemeindeschreiber Muggli beauftragt, in säber Sach eine Petitziu zu schreiben. Der Muggli meinte wiederum, es sige zu befürchten, dass der Heer den Fessisbauern frage, ob er der Meinung wäre, die Sooler hätten sich ein neues Sprützenhaus verdient, der Fessisbauer aber würde dängg verzellen, dass sie nümmen mit ihm geschäfteten, obwohl sie der Heer geheissen hatte, und danach müsste der Heer meinen, sie wären keine guten Mäntschen und numen auf sein Geld aus. Das leuchtete den Soolern ein, und sie entschieden, dass, bevor der Muggli die Petitziu verfasste, erst etter zu den Chrottenzüchtern müsste – so nannten sie die Vriinä und den Vatter – und ihnen schöntun.

Erst wollten sie den Joggel Marti schicken, weil er davor am meisten mit ihnen geschäftet hatte, er hatte sich jedoch geweigert und gemeint, wenn er auf Fessis gech, würde er dem

Fessisbauer ganz gewiss nicht schöntun, sondern graduus die ganze Sach berichten. Just säb wollten die Sooler aber nicht – die einten, weil sie sich dängg schämten, dass sie im einten Jahr so dachten und im nächsten anders, die anderen, weil sie noch immer fürchteten, auf Fessis gech der Tüüfel um und wenn dem Fessisbauern ihre Art nicht passe, schicke er eine neue Plage. Weil allerdings kein Sooler sich bereit erklärte, den Fessisbauern zu besuchen, dingten sie endlich die armengenössige Witfrau vom Schwandener Gerber und hiessen sie für einen Batzen Lohn der Vriinä einen Ballen Windelleinen für das Jöri bringen mit guten Grüssen von der Gemeindeversammlung als Beweis, dass sie noch Anstand hätten.

All das berichtete der Joggel Marti bei einem Gläsli Weissen, dann meinte er zum Vatter, sicher würde der dem Heer jetzt abraten, ihnen Geld für ein neues Sprützenhüüsli zu spendieren.

»Dass uuschunnt, dass du mit mir gschnurret häsch, und dir nuch einä z'Nacht dr Stall abbrännt?«, fragte der Vatter.

Z'Trotz sige ihm jetzt wöhler, meinte der Joggel Marti, das Heimlichtun heig ja doch keine Art.

Der Vatter fand dann aber, es heig in säbem Geschäft schon zu viel Leid gegeben. Ein neues Sprützenhüüsli wäre zudem eine gute Sach, eine rostige Sprütze nütze amel keinem, und falls ihn drum der Heer tatsächlich irgendeinmal frage, würde er gewiss nicht schlecht über die Sooler schnurren.

Als er danach der Vriinä vom Gespräch verzellte, weinte sie erst um den Balzli und dass das Bersiäneli recht behalten hatte. Dann hängte sie den Soolern Schlötterlig an und fand, nüüt weniger verdienten sie, als dass der Vatter auch noch für sie einstäch. Das sig wes well, meinte der Vatter, z'Trotz sollten sie die Witfrau anständig empfangen, und die Vriinä gab ihm recht. Sie freue sich auf den Besuch, meinte sie gar, ein einsames Jahr wäre es gewesen, und hoffte, wenn ds Gerbers Witfrau wirklich armengenössig wäre, so blübe sie vielleicht noch auf den Znacht.

Als dann die Witfrau auf Fessis kam, war allerdings das Jöri just am Milchmöggli-Verfüttern, und noch bevor die Vriinä sie begrüssen konnte, hatte die Witfrau schon das weisse Schlängli entdeckt und fing an wiechsen in der Meinung, das Schlängli well das Jöri fressen, und gab ihm einen Tschutt, dass es verflog bis in den Wald und gegen einen Baumstamm spickte, und das Jöri fing an beeggen, so als wär's der Jüngste Tag, und die Witfrau war derenweg vergelstert, dass sie kehrtmachte und z'brieggetsen verseggelte.

Danach musste die Vriinä das Jöri in den Wald schleiggen und mit ihm nach dem Schlängli suchen, doch das war fort und kam auch nümmen. Das Jöri beeggete sieben Tage und Nächte, dass es bis hinters Klöntal zu hören war und ennet dem Gufelstock. Erst nadisnah wurde es leiser, und die letzte Nacht beeggete es stumm und lag zuletzt nur immer da und sah mit pflotscheten halbblinden Augen ins Leere, und dann war es gestorben.

Der Tod steht auf dem Gletscherli

Zur Beerdigung von ds Jöris Mäntsch kam fast das ganze Dorf, und wenn der Vatter auch zu liseren hatte, gewiss wären sie numen für das Sprützenhüüsli da, so langte er doch allen seinen Taapen. Die Vriinä aber rannte sofort nach dem Amen fort und auf den Tödigletscher in der Hoffnung, das Jöri käme dort vorbei auf seinem Weg zur Ebigkeit und liesse sich noch sagen, wie grüüli es sie plage, dass sie ihm nicht besser gelugt hatte und ihm im Gegenteil eine derenweg schlechte Mueter gewesen war, dass es noch lieber einem vertschutteten Schlängli nach war und ab in die Ebigkeit als bei ihr geblieben.

Das Jöri kam dann zwar nicht über den Tödigletscher, dennoch hockte die Vriinä ebigs ob der Gelb Wand auf dem Firn und hätte gern geweint und konnte aber nicht und hirnete stattdessen, was sie hätte anders machen müssen, dass ihr das Jöri nicht ab wäre, und mängsmal nuggte sie kurz ein und träumte von einem Chrott in einem finsteren See, der hatte einen tiefen Schnitt im Arm, und rings war ein einziges Glächt und Grochzen, und aus dem Schnitt kam ettis wie ein Schlängli und kroch aber fädig auf sie zu, und als sie nidsi sah, bemerkte sie erst, dass sie selber bis an den blutten Nabel in der Günte stand, nur war das Wasser gar kein Wasser mehr, jetzt war es Blut, so dick wie Türkenmus, das rünnte wie aus ihr heraus, und in das Blut hinein schob sich säb Schlängli. So gruusig war es, dass sie immer an der säben Stelle aufschoss und vertwachte und sich so elend fühlte, dass sie am liebsten weinen wollte und aber immer noch nicht konnte und wieder anfing hirnen, bis sie einnuggte, und asen ging es immer fort, bis eines Nachts der Winter von den Gipfeln nidsi kam und Eisfälle und bare Steine in der Gelb Wand wie mit weissem Sammet überdeckte.

Da endlich wurde ihr, als heig der Schnee auch das Jöri zugedeckt und unter sich begraben, und mit dem Schneien und der Stille und der Wiissi rings vergass sie es ganz nadisnah. Dafür musste sie immer mehr ans Müeti denken und daran, dass sie sicherlich auch schuld war, dass due das Mariili verflogen war, und danach hirnete sie wieder, was sie mit ihrem Müeti letz gemacht heig – bis ihr auf einmal durch den Grind schoss, was sie damals boosget heig, das könne sie so oder so nicht wieder richten, weder an ihrem Müeti noch am Jöri, dem Melk dagegen könnte sie noch immer seinen Garten brünzlen und dadermit zumindest halbwegs richten, was sie ihm boosget hatte, und danach käme er zurück und würde ihr verzeihen, was immer er ihr zu verzeihen heig. Und gleich darauf war ihr, als sig er einenweg schon auf dem Weg zu ihr, und zwar um sie zu heiraten, und sie dachte nur noch, dass, wenn sie nicht fest pressiere, sie auf den Hochzeitstag sein Gärtli noch nicht bislet heig und also für den Melk kein Festtagsgeschenk. Und noch am gleichen Morgen kehrte sie zum Vatter heim und reisete ihm seinen Znacht und pfuusete im Hüttli und tat fast haargenau wie früher. Nur mit der Vehwirtschaft half sie ihm nicht mehr, stattdessen sagte sie schon vor dem Zmorged, sie müsste heute in ihr Gärtli, und jeden Morgen sagte sie es wieder so, als lüfte sie damit ein wichtiges Geheimnis, und danach stägerete sie ebigs wichtig ab der Alp. Und wenn sie abends heimkam, meinte sie in einer Stölzi, hei, was sie auch heute wieder in ihrem Gärtli gewerkt heig! Dabei war dort, wo sie all Morgen harenstägerete, kein Gärtli, die Vriinä werkte auch nicht, sie segglete nur immerfort im Gaggo ummenand und hatte offensichtlich ganz vergessen, dass sie am Glärnisch einen Firn besass zum dort das Gärtli bislen, und schnurrete allpott mit sich und chäärete, wo und wie breit und dann wie hoch sie sell die Blüemli brünzlen, und konnte sich für nichts entscheiden und machte drum auch nicht das kleinste Blüemli, nicht einmal einen Strich im Schnee.

Erst Ends November kam ihr wieder z'Sinn, dass sie ein Gletscherli am Glärnisch hatte, und eben hatte sie es erst erinnert, da wusste sie auch schon, wie breit und hoch, und nahm den Tschoopen und verriet dem Vatter, jetzt endlich wäre drum der Tag, da sie dem Melk sein Gärtli pflanze, und wollte aus dem Hüttli. Da packte sie jedoch der Vatter und hiess sie obsi lugen in den Himmel, der grüüli finster war, und meinte, bei säbem Wetter läss er sie gewiss nicht in die Berge.

Z'Trotz zablete die Vriinä und sperrte sich und rief, wenn sie nicht express jetzt anfinge Blüemli stechen, wäre das Gärtli nicht parat, wenn sie der Melk zum Hochzeit hole, und endlich schränzte sie sich los, und weil sie nicht ins Freie lief, sondern nur nidsi in den Keller, lief ihr der Vatter auch nicht nach und feuerte stattdessen ein. Die Vriinä aber holte aus ds altledigen Jümpferlis vergessener Käsledi das verrusste Chessi und höckte es sich auf wie einen Hut und rief dem

Vatter zu, so würde sie zum mindesten nicht nass, und war schon aus dem Hüttli, da hatte er noch nicht einmal den Rauch aus seinen Augen gerieben.

Während sie über Schwändi und die Guppenrus dem Gletscherli zu weiblete, schneite es erste Flocken, feist wie Hummeli, und zeismal kam ihr z'Sinn, sie hätte statt dem Chessi auch gescheiter das munzige Huttli mitgenommen, das offenbar ein Zauber express für den Winter war. Umkehren konnte sie aber nicht, der Vatter würde sie gad wieder päcklen, zudem war sie pressant, und also beinlete sie weiter und war schon auf ds Müetis Firn, da fing es an stürmen, als wär's graduus der Jüngste Tag. Erst blies ein Luft scharf wie Messer, dann zeismal keiner mehr, dafür foggete es gad nochmals dopplet, und Flocken dick wie Katzenköpfe, und rings war eine Totenstille, als wäre zeinersmal die ganze Welt verschluckt. Von einem Augenblick zum anderen war nichts zu sehen, keine Wand, kein Abbruch, kein Tobel, nichts ausser dem Schneestüüben und dahinter Weiss und Leere. Die Vriinä wagte keinen Schritt mehr, und gleich darauf wuchs ihr der Schnee auch schon erst um die Beine, dann weiter obsi, zuletzt bis über den Bauch, und anfangs war alles noch ein Abenteuer, bald aber nümmen. Ein paarmal rief sie in das Gfogg, es sell jetzt hören. Es hörte aber nicht auf mit schneien, das Käschessi auf ihrem Kopf wurde auch immer schwerer, so dass sie endlich abengruupete und unter das Chessi schloff und den roten Bändel abnahm, um sich ein warmes Windli herbeizuzaubern und dadermit den Schnee zu bannen.

Sooft die Vriinä aber zauberte, es kam kein warmes

Windli auf, auch sonst gelang kein Zauber, und als sie sich verrodete und wieder aufstehen wollte und das Chessi vom Grind lüpfen, da war das Chessi unter all dem Schnee bereits viel zu schwer zum es noch lüpfen. Die Vriinä musste schon darunter bleiben und sagte dängg noch tuusigsmal das Sprüchli für den warmen Luft, der Schnee auf ihr tat aber keinen Wank – das alte schwarzgebrannte Chessi war wie eine Wand, die zwischen ihr und der Welt stand und jeden Zauber abhielt. Vor Schreck und vor Erschöpfung war sie zuletzt so müde, dass sie halb einschlief und so halb im Schlaf deswegen mit sich schimpfte, weil sicher bald der Vatter kam zum sie erretten und heepen würde und sie nur fände, wenn sie widerheepete.

Es heepete dann aber niemand, weder der Vatter noch ein anderer. Ein paarmal stemmte sie sich noch gegen das Chessi oder wollte zaubern, doch vergebis. Zuletzt gruupete sie darum nur noch ohne Wank unter dem Chessi und spürte, wie es kuhlete, und hiess sich eine Geege, eine elende, das Hexenhuttli zu vergessen, und dabei hatte das Bersiäneli sie noch gewarnt gehabt, ohne das Huttli müsste sie bald sterben. Dann wartete sie nur noch auf den Tod.

Während sie wartete, erinnerte sie wieder, wie sie befürchtet hatte, ihr Leben wär ein ebiges Gnuusch, und wie der Vatter ihr verraten hatte, ihr Leben wär ein Zopf, kein Gnuusch, und keiner könnte sagen, ob gut gezöpflet wäre oder schlecht, bis ganz zum Schluss ein Bändeli drumkäme und zum Mäscheli gebunden würde, dann aber würde sie noch staunen, wie ordeli und schön alles zusammenkäme. Doch wenn sie jetzt ihr Leben gschaute, war trotzdem alles nur ein Gnuusch und weit und breit kein Mäscheli zum alles ordnen. Sie war sich nicht einmal mehr sicher, ob in dem Gnuusch die drei Strähnen auszumachen wären, die es zum Zöpflen bräuchte. Vielleicht war ihre Kunst ein Strähnli, nur was für eines, kein einziges währschaftes Kunstwerk hatte sie je bislet. Und fenderen und hexlen und füchslen und eben einfach frei sein hatte sie zwar immer wellen, über ein Reisli in ein Bad im Tüütschen und einen lumpigen Bauernzauber war sie jedoch nie hinausgekommen, stattdessen war sie im Glarnerland verhockt wie die Glarner selber. Vielleicht war auch das Haushalten und das Buurnen ein Strähnli, oder das Jöri – wobei, das wären dann schon vier und wiederum zu viele für einen Zopf. Ausser der Vatter heig gar keinen Haarzopf gemeint gehabt, sondern einen gebackenen, für den brauchte es vier Stränge. Ein Brotzopf hatte aber wiederum kein Mäscheli, so konnte es der Vatter also nicht gemeint haben.

Wie sie es immer drehte, sie fand doch nur ein Ghürsch statt einen Zopf und schimpfte sich ein Läubi oder einen Pajass, dass sie nicht viel mehr so gelebt hatte, wie es ihr Buch für Hausmüeterli vorschrieb. Ja, plötzlich war sie sich gar sicher, das Jöri hätte ebenso wenig sterben müssen wie der Balzli, und der Melk wäre nicht ab, und gar ihr Müeti wäre dängg auf Fessis heimgekehrt, wäre sie stets dem Buch für Hausmüeterli gefolgt, das Rat wusste für und wider alles mit seinen tuusigs Rezepten und das die ganze Welt wie in eine einzige grosse währschafte Ordnung einbeschloss. Und sofort sah sie vor sich, welch einen schönen Zopf sie derenweg gelebt gehabt hätte, und kam ins Brieggen, weil sie so grüüli gern noch fortgelebt und fortan alles besser gemacht hätte und nicht so im Ghürsch ab der Welt wäre.

Doch dafür war es jetzt zu spät, und endlich hirnete die Vriinä auch nicht mehr und gruupete nur ganz gedankenlos im Dunkeln. Mängsmal schlief sie und mängsmal nicht, und einmal war ihr beim Vertwachen, im Schlaf wäre sie ein Schrättli gewesen und heig den Melk besucht, der wieder auf dem Hof von ds Tschudis lebte und ein Mann geworden war, und eine ganze Nacht heig sie bei ihm gelegen und sich an ihm gewärmt, und sogar geschnurret hätten sie, oder sie hatte geschnurret, und er hatte zugehört.

Da klopfte es von draussen an das Chessi, dass die Vriinä aufschrak und merkte, wie sie schon recht steif war und welenweg schon fast erfroren, und wäffelete halb im Schlaf, wer ihr denn jetzt das schöne Sterben well versällen. Im nächsten Augenblick entdeckte sie den Grind von einem unterm Chessirand, der fand, er sig der Tod und well nicht gerne stören, sie hätten allerdings noch ettis auszukäsen. Und sofort war die Vriinä wieder wach und wollte zeismal überhaupt nicht sterben und rief im Gegenteil ganz hantli, sie heig im Fall ein Hexenhuttli, zwar heig sie es daheim vergessen, doch um ein Haar hätte sie es sich noch geholt, drum heig sie es genaugenommen mehr dabei als nicht dabei und müsste überhaupt nicht sterben, und also sell der Tod ihr bisseguet nur aus dem blöden Chessi helfen und danach wieder fort und erst in fünfzig Jahren wiederkommen.

Der Tod war nur viel weniger pressant als sie und fragte erst in einer Ruhe, ob sie auch wüsste, was der Nutzen von dem Huttli wäre, und als die Vriinä eingestand, sie wüsste nur, es wäre nebis für im Winter, verzellte er, die meisten Hexli wären drum schampaare Gfrörlig, zudem faule Truggen, und wenn sie in dem Huttli Brennholz für den Winter sammelten, so brünne jedes Tannenchriis und jedes Hälmli so lang und heiss wie sonst ein ganzer Trämel. Das wäre aber schon der ganze Zauber, und mit dem leeren Huttli wäre sie nicht minder rasch erfroren als mit ohne. Und überhaupt, meinte er noch, wenn ihm darum zu tun gewesen wäre, dass sie erligge, hätte ihn auch ein Hexenhuttli nicht gehindert. Dass es ihm aber eben nicht darum zu tun sig, könne sie ring daran erkennen, dass sie jetzt schon ein halbes Jahr im Schnee verhocke und z'Trotz noch lebe.

»Äs halbs Jahr?«, rief die Vriinä überrascht und fand, es heig sie nur gad einen Nachmittag lang oder so gedünkt. Dann fragte sie, warum sie denn noch nicht erfroren sig. Der Tod schlug aber vor, erst sell sie mit ihm kommen, er heig jetzt lang genug unter dem Chessirand hervor güünet und afed einen steifen Nacken, und half der Vriinä unterm Chessi hervor und in den Berg hinein.

Der war im Innern leuchtig weiss und gläsig und aus barem Eis und aus Kristall, und als die Vriinä auf dem Weg an einem Eckli nur ein kleines bitzli ankam, da glöcklete es gad im ganzen Berg, so dass der Tod noch mehr verschrak als sie und sofort rüsslete, sie müsste nicht gad alles schleissen. Dann liefen sie ein rechtes Stück, und unterwegs gestand der Tod, dem Herrgott wäre ettis letz geraten, erst nämlich hätte sie tatsächlich sellen sterben. Dann hatte sich jedoch herausgestellt, dass säb ein Missverständnis war, und also musste sie jetzt wieder heim auf Erden. Weil aber wiederum ihr Schicksal mit mängs anderer Mäntschen Schicksal wie verflochten war, ging danach allerorten ettis letz, so dass die Engel und der Herrgott ein ganzes halbes Jahr vertaten, bis endlich eine Lösung aus dem Gnuusch gefunden war. Jetzt immerhin war alles angreiset für ihre Rückkehr, sie musste nur noch gschwind mit ihm zur Himmelspforte, dort well drum etter mit ihr schnurren.

In dem Moment erreichten sie ein Plätzli, dahinter tat der Berg erst richtig auf, dort fing gewiss die Ebigkeit an. Zmittst auf dem Plätzli aber sah die Vriinä etter stehen und sah erst gar nicht recht, weil von der Ebigkeit her so helles Licht vergeudet wurde, und dachte einen Augenblick, ihr Müeti wäre aus der Ebigkeit gekommen zum sie sehen. Es war dann aber nur ein fremdes Fraueli im Armengwand, das gab der Vriinä die Hand, doch als die Vriinä einschlug, langte sie wie derdur. Danach erklärte ihr das Fraueli, es sige drum schon tot, es wäre nämlich just das Fraueli von Brig, dem ds Vriinäs Vatter einst drei Schlücke Wässerwasser vom Kännel abgetrunken heig und dadermit ein Elend eingeleitet, dem erst sein Kind und es zum Opfer fielen, und damit der Vatter seine Untat büsse, danach auch ds Vriinäs Müeti und die Vriinä selber. Doch erst als die Vriinä schon unter ihrem Chessi hockte, hatte das Briger Fraueli von der Verkettung ihres Elends mit dem Vreneli erfahren und weiblete zum Herrgott zum ihm in Erinnerung rufen, dass sein Unglück zu Brig mit dem verlorenen Wässerwasser und dem toten Kind schon eine Busse gewesen war. Das Fraueli hatte nämlich seinen Sohn zum Söldnern auf Neapel abbefohlen, des Geldes wegen, dort schnitten ihm die anderen den Hals ab, und es war schuld. Zudem liess es sein Hüttli auf ein Wiesli bauen, das gar nicht ihm gehörte, und auch das Wässerwasser war nicht seines, und darum hatte ds Vriinäs Vatter es auch nicht ihm gestohlen und war drum auch nicht schuld, dass ihm sein Kind verhungerte. Nachdem das Fraueli all säb dem Herrgott in Erinnerung gerufen hatte, fand der zuerst, gestorben wäre gestorben, und gab zwar zu, er fände es schade, dass um ein blosses Missverständnis der Fessisbauer ein versällets Leben heig und Frau und Kind so früh verloren. Das Briger Fraueli beschwerte sich z'Trotz fort, wenn er jetzt auch das Vreneli noch sterben liesse, strafe der Herrgott dadermit schon wieder Mäntschen, die es nicht verdienten, so aber nähmt das Unglück auf der Erde nie ein Ende und säb wär ungerecht.

Danach sagte der Herrgott ebigs gar nüüt, erst nachdem er lange Zeit gehirnet hatte, rief er seine Engeli mit scharfer Stimme und chiibnete, er sig es leid, dass in der Welt nur immer Gnuusch und nie keine Ordnung herrsche, und darum heig er jetzt beschlossen, dass künftig alle Mäntschen ihre Schuld nur noch im Jenseits dürften büssen, so heig er hoffentlich mehr Übersicht. Sodann befal er seinen Engeln, dafür zu sorgen, dass in der Zukunft ds Vriinäs Vatter ein gfreutes Leben heig, den Tod hiess er das Vreneli verschonen, und als er ganz zuletzt bemerkte, dass immer noch das Briger Fraueli bei ihm stand, bat er es, der Vriinä alles zu erklären und ihr auszurichten, es täg ihm leid.

Die Vriinä freute sich uumäär, dass endlich auch der Vatter seinen Frieden fand, und wollte weidli fort und heim zum Vatter zum es ihm verzellen. Noch hielt der Tod sie allerdings zurück, sie müsse erst noch einmal unters Chessi, sagte er, der Melk sig nämlich eben erst ins Glarnerland zurückgekehrt und heig gehört, sie wäre tot, und sig gad grüüli durenand und müsste erst gehörig trauern. Wenn ihn die Vriinä darin unterbreche, laufe er Gefahr, auf ebigs stigelisinnig zu werden, und danach wäre alles noch viel schlimmer dsunderobsi. Er versprach dafür, ds Herrgotts Engel würden jeden Schritt vom Melk bewachen und bei jedem Gäbeli auf seinem Weg es so angattigen, dass er die richtige Abzweigung einschlug und bald alles wieder seinen ordentlichen Gang ging und sie unter dem Käschessi hervor und zu ihm durfte.

Sosehr die Vriinä aber freute, dass der Melk zurück war, so wenig wollte es ihr passen, dass der Galöri immer noch sein eigets Süppli kochen sollte. Wie lange sie ihm denn noch müsste warten, fragte sie. So zwei, drei Jährli dauere es für gewöhnlich schon, bis sich ein Mäntsch an ein währschaftes End getrauert heig, gab ihr der Tod zurück.

»Ja au nuch!«, rief die Vriinä aus und fand, das wäre gopfertoori eine lange Zeit für unter einem engen, kalten Chessi, sie könne amel nichts dafür, wenn die im Himmel allpott nuuscheten, und wenn sie wieder unters Chessi sell, well sie dafür ihr totes Müeti wiedersehen und das Jöri, das wäre die Bedingung.

»Ja au nuch!«, rief jetzt auch der Tod, dann schüttelte er seinen Grind und sagte: »Tot isch tot«, und dass die Vriinä sie noch früh genug gsäch.

Das Briger Fraueli wäre doch auch schon tot gewesen, beschwerte sich die Vriinä, und sie heig es doch getroffen. Die Brigerin, entgegnete der Tod und wurde langsam zablig, wäre die Ausnahme gewesen und nur ans Himmelstor gekommen, damit das Vreneli von ihm erfuhr, dass all das Gnuusch einmalig war und eben nicht die Regel, und damit es nach der Heimkehr nicht der ganzen Welt verzelle, säb mit der Schuld und dem Verbüssen sig nüüt als eine Lotterie.

Die Vriinä rief, was sie der Welt verzellen täg, bestimme sie noch immer ganz allein, doch danach wurde auch der Tod wieder laut und flamänderte, wenn sie noch lang zwängle, schickten sie den Melk am nächsten Gäbeli den anderen Weg. So müeslete die Vriinä noch, er selber wäre dängg der Zwängli, dann lief sie aber neben ihm zum Chessi und fragte erst, als sie den Berg verliessen, ob eigentlich ihr Gämsi auch unter den Toten sig und ob sie säb nicht wenigstens zurückbekäme.

Hä ja, meinte der Tod, ein Gämsi well er ihr gern auf den Gletscher höcken, davon hätten sie eine Schwetti in der Ebigkeit. Sie fände es dann, wenn sie unterm Chessi hervorkäme.

»Wett aber miis, nüd irgendeis«, sagte sie, »das mit em Bändel.«

Der Tod vertrüllete die Augen und fand, ein Gämsi wäre wie das andere, doch dann erinnerte er sich, eines mit einem roten Bändel wäre vom Fels erschlagen worden, als etter von der Chamer Alp her einen Hüterstab zmittst durch den Piz Segnas heig geworfen, und versprach, er well's der Vriinä reisen, doch dafür heig jetzt er eine Bedingung.

Die Vriinä nickte fleissig und war gad füürzündrot geworden, sie selber hatte doch den Hüterstab geworfen, due, als sie auf der Chamer Alp dem Melk eines bislet hatte und ihr der Balzli hinterher so grüüli Schlötterlig anhängte. Und darum meinte sie auch weidli, jede Bedingung sig ihr recht, falls nur das Gämsi wieder lebig würde.

Der Tod verlangte allerdings nicht weniger, als dass sie fortan nicht mehr zaubere, der Herrgott gsäch es drum nicht gern.

Die Vriinä machte einen Lätsch. »Der gsiiht's gwüss numä

drum nüd gärn, will mir demit nüd sonäs Gnuusch wiä er hännd«, rief sie, dann schloff sie aber weidli unters Chessi, der Tod sah nämlich zeinersmal so aus, als well er ihr mit barer Hand den Kopf vom Nacken sablen. Sie heig im Fall nur gschpässlet, rief sie noch hinaus, und fand, sie höre auf mit zauberen, sobald er ihr das Gämsi retourniert heig.

Der Tod schwieg aber still, und schon befürchtete die Vriinä, er wäre bereits fort und heig das Letzte nicht gehört, da fragte er von draussen nach, ob sie ihr Gämsi lieber well gesotten oder brätlet, und liess sie ordeli lang jääbelen, bevor er fand, er heig auch gschpässlet.

Viertes Buch

Glarus brennt

Nachdem die Vriinä wieder unterm Chessi war, versuchte sie noch einen Weil sich vorzustellen, was wohl der Vatter sagen würde, wenn er hörte, er heig ein Leben lang die falsche Schuld verbüsst. Vermutlich aber würde er doch nur aufs Maul hocken wie immer, und so fand sie, gescheiter nugge sie noch einen Weil, asen vergingen dängg die Jahre noch am ringsten.

Kaum war sie aber eingeschlafen, da flog sie schon als Schrättli auf den Glärnischfirn und sah erst numen einen Tolggen in der Wiissi, beim Näherfliegen erst erkannte sie, dass es der Melk war, der lag in einer Mulde unterm Grat und pfuusete, derweil es um ihn Abend wurde. Und plötzlich fühlte sie einen Verbärmscht und eine Liebe wie noch nie und lag all Nacht bei ihm und hielt ihn päcklet, dass er nicht verfror, und liserete liebe Wörtli in sein Ohr und bat ihn tuusigsmal, er sell das Trauern nur ja bleibenlassen und recht bald wieder fröhlich werden, dann dürfte sie auch wieder heim und zu ihm.

Dann kam die Sonne hinterm Gufelstock hervor und gab ihm warm, die Vriinä machte, dass sie fortkam, bevor der Melk womöglich noch vertwachte und sie gsäch und den Verstand verlöre, und war kein Schrättli mehr und schlief nur wieder unterm Chessi. Dafür traumete sie, sie schlüüfe wieder in den Berg hinein wie vorher mit dem Tod und well gad z'Trotz ihr Müeti und das Jöri und den Balzli wiedersehen und beinle drum der Ebigkeit entgegen. Je länger sie jedoch so beinlete, je heller wurde es um sie und gmögiger und warm und weich, bis ihr zuletzt fast war, als läge sie in einer Herde Lämmli. Dazu spielte eine Kapelle fast wie im Kurbad, nur dass hier Engel musizierten und mit den Flügeln gwaggleten und asen einen ebigs zarten Luft bewegten, und wenn der Luft ihr um die Nase strich, so roch sie Alpenrösli und ds Frau Tschudis frisch gebackenes Brot und hatte eine Wöhli. Dann jedoch kam ein pflotschnasses Milädi recht aufgeregt herein und schnurrete mit einem Engeli in einer Sprache, wie sie die Vriinä selbst im Tüütschen nie gehört hatte, vielleicht war es ein Himmelstüütsch, derweil die andern weitermusizierten, und ebigs gern wollte sie fragen, was das Milädi asen aufgeregt tat und warum es asen nass war, doch mittlerweile wurde es rings erst nur wärmer und gleich darauf schon richtig süttig, und als es auch noch anfing schmöggen, als täg es neumeds schmürzelen, konnte sie nur noch rufen, die Engel würden auch gescheiter löschen anstatt musizieren, sonst brünne noch der Himmel ab. Und schon rann es ihr nass unterm Hinder durch, obwohl die Engel weitermusizierten und immer gschpässiger und lauter, so dass es fast wie Sturmgeläut klang, amel nicht wie Musig, und stürmen tat es auch, und winden, und die Engel schletzten mit den Flügeli wie närsch.

Dann zmittst ins Gstrütt hinein schlug etter an das Chessi und liess es gwagglen und überkehrte es, dass sie zeismal mit barem Kopf im Freien sass, dabei war sie noch überhaupt nicht richtig wach und ganz vertrüllet. Sie sah nur, dass ihr Gämsi bei ihr war, und seinen roten Bändel, und dass es Nacht war auf dem Gletscher, nur dass da unter ihr kein Gletscher war, nur aper grauer Fels, und über allem flammte kupferfarbiges Licht, und Funken stüübeten, und als sie nidsi sah, schoss Feuer bis zu ihr herauf, und sie erkannte, dass ganz Glarus brannte, die Flammen prätschten aus den Dächern, es donnerte noch schlimmer als der Fätschbach in der Frühlingsschwemme, und über allem stürmte noch der Föhnwind, der vom Tödi her ins Tal schoss und von unten in die Flammen fuhr, dass es sie überwarf und überschlug, und danach schletzte er mit ihnen obsi, an ihr vorbei dem Himmel zu.

»Ä wildi Sach«, rief sie dem Gämsi zu und wollte sich verroden, dabei stiess sie an das Chessi und versuchte noch, es wieder einzufangen, das troolete jedoch schon übers Bort durab, und alles, was die Vriinä von ihm sah, war, dass es nümmen schwarz von Russ war, sondern wie gefiglet und davon glänzte wie lötigs Gold, zudem war in den Boden ettis gestochen gewesen wie ein Zeichen oder gar ein Sprüchli. Inzwischen war das Chessi aber numen noch zu hören, es tschäderete z'Tal so ungeduldig, als well's nüüt lieber als zurück ins Feuer und sich von neuem schwärzen. Und kaum war ihr das Chessi auf der einten Seite z'Tal, versprang das Gämsi auf die andere und weiblete die Guppenrus durab. Die Vriinä füchslete ihm nach bis auf den Talboden und auf der Sooler Seite wieder obsi und rief zwar diggemal, sie möge noch nicht asen weiblen, noch nicht einmal als Füchsli, sie sig dängg aus der Übung, gopfertoori. Das Gämsi aber tat, als heig es nichts gehört, und chräsmete bis auf den Schlafstein.

Und dort dann hockte nah beim Gipfel der Melk auf einem

Bödeli im Schnee, als wäre er nie fort gewesen, und starrte z'Tal und in das Feuer und war so ab der Welt, dass er zuerst noch nicht einmal bemerkte, wie ihm das Gämsi das Salz vom Nacken schleckte. Dann endlich schreckte er doch auf und gaffte erst auf ds Gämsis Bändel, und endlich sah er auch die Vriinä, die ihm entgegen chräsmete wieder als Mäntsch und pflotschnass, weil rings der Schnee geschmolzen war und das Wasser über Lauihänge und Planggen strodlete, und sie und das Gämsi waren zmittst derdur. Als Erstes dachte sie, dass schiints die Engeli dem Melk rein nüüt verraten hatten, als sie ihn an der letzten Gabelung asen leiteten, dass er zu ihr und heimzu käme, zumindest gaffte er sie an, als wäre sie der Herrgott selber. So hatte sie zumindest Zeit, ihn haargenau zu gschauen, und verschrak am Anfang einen bitz darob, dass er ein Mann geworden war, und müd und hager sah er aus. Und dann, als er noch immer keinen Wank tat, kam ein Momentli lang die Angst, er wäre immer noch entseelt wie due im Wiesli auf der Chamer Alp, am letzten Tag, bevor er ab war. Doch schon im nächsten Augenblick schloff das Leben in ihn, das Blut schoss ihm unter die Haut, alles Hagere und Müde fiel von ihm, selbst seine Augen hatten wieder das Verschtuunete, Glänzige, das er als Possli hatte, due in der Heer'schen auf dem Druckerboden. Und sofort fühlte sie auch wieder säb Öfeli, von dem ihr die Frau Heer verraten hatte, es wär nüüt minders als die Liebe. Die Welt schien ihr mit einem Mal so schön und ordeli wie nie dervor, sie legte sich an seiner Seite in den letzten Flecken Schnee und sprach rein nüüt und dachte nur bei sich, dass sie am liebsten ihrer Lebtig asen liggen well mit ihm und ihrem Gämsi an der Seite neumeds hoch am Berg.

Der Melk liess sie jedoch nicht lange ranzenplanggen, erst musste sie berichten, wo sie herkam, das ging noch gschwind. Doch dann verzellte er von sich, wie er drei Jahre lang mit einem russischen Milädi im Bad Stachelberg verhockt war in der Meinung, er blübe nur gad über Nacht fort, und dann war ihm das Vreneli verschwunden, und ebigs hatte er nach ihm gesucht und wollte nicht mehr leben, und erst nachdem er auf dem Glärnisch z'Nacht fast totgefroren war, wobei ihm traumete, das Vreneli wäre gekommen und heig ihm befohlen, er sell fort und den Grind verluften und nicht so fest an ines denken, weil er sonst Kummers stürbe und es mit, da war er aus dem Glarnerland fort, auf Zug erst, dann auf Altdorf, dort hatte er die Medizin gelernt und wissenschaftliche Traktätli komponiert, ein erstes über die Tollwut bei Fuchs und Mäntsch, ein zweites über den Scheintod, die hätten ihn noch recht berühmt gemacht, so meinte er, dann nach drei Jahren hatte er jedoch das Toktern satt gehabt und war ans Meer spazifizottlet, auf Venedig. Und erst paar Stunden war es her, da hatte ihn ein Freund vom Stüssi, ein Venediger, im Schlaf ins Glarnerland zurückgezaubert.

Während er derenweg verzellte, wurde die Vriinä immer stiller und dachte bei sich, wie gemein säb alles war, da hatte er einen richtigen Beruf erlernt und war zudem ans Meer gefenderet, zu guter Letzt war er sogar berühmt geworden und hatte also tuusigsmal den schöneren Lebenszopf als sie, und endlich wollte sie nichts weiter hören und sprang auf und stieg allein zum Schlafstein und hockte auf den Gipfel und wäffelete für sich und fand, sie well gad nümmen mit dem Melk im Glarnerland verhocken, stattdessen well sie gad z'Trotz auf Paris und künstlern, und wie zum Trotz schürzte sie dann auch gad das Hemp und bislete ein Blüemli in den Schnee und dann ein zweites.

Doch eben da kam ennet dem Santgallischen die Sonne obsi, und von der Glarner Seite her kam der Melk und hatte ebigs Freud an ihrem Blüemli und bewunderte ihr Spältli, und als dann gar der Firn unter ihnen sich verrodete und z'süüfzgetsen kam und glühte, vergass sie alles Grindelen und rupfte nur dem Melk das Gwand vom Leib und hiess ihn tääpelen und zünglen.

Dann endlich fragte sie der Melk, wonach ihr der Sinn stäch, weil *er* well ja am liebsten wieder buurnen, und ob ächt ds Vriinäs Vatter ihm noch wohlgesonnen wäre. Und die Vriinä dachte nach dem schönen Schmüüselen schon auch, am liebsten well sie mit dem Melk den Hof auf Fessis übernehmen und buurnen und haushalten und backen wie die Frau Tschudi und ohne alles Gnuusch und stets nur in der schönsten Ordnung und akkurat, wie es im Buch für Hausmüeterli geschrieben stand. Andererseits wäre ja noch schöner, bekäme jetzt der Melk schon wieder abgestochen, wonach ihm der Sinn stand, und zöpfle derenweg sein Leben fädig fort. So fand sie z'Trotz, sie wär jetzt lang genug auf ihrem Hinteren verhockt und well viel lieber gogen fenderen, und zünftig.

Zu all ihrem vielen Gefühl hinzu meinte der Melk dann aber nur uu lieb, er well haargenau, was immer sie well, und danach fühlte sie das Öfeli in sich gad süttig heiss. Dazu trat sie dann auch noch an den Abhang und sah, wie Glarus noch im Finstern in die Berge gebettet lag und träge glühte und sich verrodete fast wie ein schlafendes Tier, und nur ganz mängsmal schoss ein Flämmli obsi und brannte wieder aus und zündlete von neuem, und rings das ganze Tal war ebigs still und friedlich und doch wie verlassen, und zeismal war der Vriinä, als gsäch sie in sich selbst hinein, wo es auch asen gluetig war und still und friedlich und neumeds duren wie verlassen, und beinah hätte sie briegget, so bsunderig und stark war das Gefühl.

Auch als sie mit dem Melk ins Tal stieg, weil sie den Glarnern helfen wollten Ordnung schaffen, war ihr ganz leicht zumut, gleichzeitig ebigs feierlich und traurig. Und darum gschpässlete sie dann unterwegs zwar mit dem Melk und tränzlete das Gämsi, sie übersann dabei jedoch so lange das säb gschpässige Gefühl, bis ihr auf einmal süttig heiss z'Sinn kam, just asen müsste sich ihr Müeti gefühlt haben, nachdem es über Nacht verflogen war als Hummeli, als es bei der Heimkehr alle Fenster bschlossen fand und nümmen in sein Mäntsch zurückkonnte und einerseits kein Heimetli mehr hatte, doch dafür war es frei, auf ebig zu verfliegen.

Als sie am Lauben waren, gab sie dem Gämsi noch den Abschied und schickte es fort in die Wildi, gleich darauf flogen von den unteren Hängen zeinersmal wie tuusigs Summervögel auf sie zu. Dabei war nur der Föhn wieder vertwacht und trieb verkohlte Fetzli Papier und verzeuslets Gwand und Hämpfeli von nebis Vogelnestli oder Wolle oder Mäntschenhaar vor sich her z'Berg. Und hinterdrein stieg der Glarner Müller mit einer Schar Gesellen obsi – die stüübten weiss von Mehl wie stets, so dachte amel die Vriinä. Es war dann aber gar kein Mehl, der Müller führte auch nicht seine Knappen an, sondern ein Grüppli Glarner auf der Flucht, das nicht vom Mehlstaub stüübete, sondern die Glut war ihnen in die Bürdeli geschloffen und frass die säben auf von innen her, mängs einem mottete zudem das Haar am Kopf oder das Gwand am Leib. Der Müller selbst, ein Tuusigsiech mit Stierennacken und mit Taapen schwer und ungeschlacht wie Grenzsteine, war schon ganz blutt und kahlgebrannt, doch keiner achtete darauf. Selbst als sie auf der gleichen Höhe waren wie die Vriinä und der Melk, liefen sie stumm und taub vorbei, mit leerem Blick ob ihrer Müedi und dem Schrecken. Allein der Müller hielt kurz an, als ihn die Vriinä fragte, wohin sie asen abgebrannt und ausgezehrt um Himmels willen wollten, und fand, es wäre eben zu befürchten, das Feuer fülle noch das ganze Tal und steige hoch und höher wie die Sintflut und überschwemme endlich alles, der Rauch zumindest käme bereits immer höher.

Ja aber, gab die Vriinä zurück, ob sie denn gar nicht gmerkten, dass *sie* es wären, die die Glut und dadermit den Rauch in ihren Bündeln obsi trügen. Und der Melk stellte fest, der Müller heig so mänge Blatere und Zwulche auf der Haut, das well verarztet sein.

In seiner Vertrülleten begriff der Müller aber nicht, was ihm die Vriinä sagen wollte, und was die Zwulchen anging, fand er nur, er gspüre nüüt, und wollte weiter, zur Begligen Alp, dort heig es losen Stein und Fels genug zum eine Letzi wider Glut und Feuer bauen.

Der Melk bestand jedoch darauf, die Zwulchen zu verarzten, und darum liefen sie ds Gotts Namen mit den schmürzeleten Glarnern mit zur Begligen, wobei die Vriinä diggemal wie im Versehen den einten oder anderen Glarner das Bort derauf in einen Schmelzbach schupfte und derenweg die

Glut in Bürdeli und Haaren löschte. Den Müller schupfte sie dann auch, worauf er endlich wie vertwachte und Auskunft gab, wie in der Nacht davor das Feuer ausgebrochen war. Mit vielen anderen war er im Schützenhaus gewesen, dort hatten sie theäterlet, und eben jääblete der Wallenstein, warum ihm niemert helfe Feuer machen, da rief die Feuerwacht, es brenne auf dem Zaunplatz. Als er gesegglet kam, standen das Schöpfli und der Stall vom Graaggen Fidel bereits hoch in Flammen, der Föhnwind prätschte in das Feuer, dass die Funken spritzten fast wie der Diesbachfall und ganze Schindeln z'brünnetsen vom Dach verflogen. Schon kam ein Haus am Oberen Zaun an, dann die ganze Reihe. Inzwischen läutete die Kirche Sturm, danach fing eine Kirche um die andere an glöcklen, der Föhn jedoch war stets der gschwinder und verschleiggte erst den Brand ins Höfli, danach in die Schreinerei am Tschudirain, dort kamen tuusigs Platten Tischholz an, die Flammen schossen obsi bis zum Glärnischfirn und schleckten übers Eis, so wie das Veh mit seinen langen Zungen einen Mocken Salz schleckt. Die säben Feuerzungen packte gleich darauf der Wind und riss sie wie verfötzlete Segel über die Hügel zum Bachquartier und weiter bis zum Spielhof. Er und noch viele Glarner seggleten allpott dem Feuer nach zum neumeds helfen löschen, doch immer kamen sie zu spät. Nach einer halben Stunde brannte es schon von der Abläsch bis ans Zollhaus und im Tigel und im Sand, vom Tschudirain bis hinterm »Goldigen Adler«, am Bach bis zur Kaserne, in der Angst und Noth, der Spielhof brannte und der alte Spital, das Babylon, die Bank und das Kasino. Dann kamen auch die Kirchtürme an, die Stürmermannschaft liess die Glockenseile fahren und versegglete, danach wurde es stumm im Turm, bis dass die schönen neuen Glocken in der Glut verschmolzen und sich vom Glockenhebi lösten und z'polderetsen durch gad alle Böden nidsi fuhren, bis dängg durab in die Höll. Und wie der Höllenwind wallte sofort der Föhnsturm wieder auf und trieb von allen Seiten her den Brand dem Dorfkern zu, wie Gletschermassen wälzte sich das Feuer durch das Bachquartier und von der Kirche fürsi, vom Schützenplatz her und der Hauptstrasse. In der Meerenge endlich pütschten alle Flammenwalzen zämen und türmten sich bis fast zum Mond, die Hitze wurde asen gällig, dass innert paar Sekündli alles versott oder verzeuslete. Den Mäntschen brannte es ihr Haar und Gwand vom Leib, so auch ihm selber, und sofort rannten alle wie gesprengt in alle Richtungen zum wenigstens das bare Leben retten, derweil die Flammen Stein um Stein verchlepften, es war ein Lärmen wie im Klöntal, als seinerzeit die Welschen mit Gewehren und Kanonen die Russen metzgeten.

Und die Mäntschen waren derenweg vergelstert, ein greises Manndli trug ein Beggeli mit Milch davon und kam nicht vorwärts in der Angst, am End vertleere es noch ettis, dabei prätschten ob ihm bereits die Flammen, und ganze Dächer stürzten ein. So gab der Müller ihm den Rat, er sell die Milch nur weidli trinken und verhöselen. Da stand das Manndli aber gad ganz still und schüttelte den Grind und rief zurück, am Abend Milch sig schlecht für den Schlaf und darum ungesund. Bei den Mehrbesseren wiederum brachen Knecht und Herr gemeinsam leere Kästen aus der Wand und schleiggten sie ins Freie, wo Frau und Kind die Ware hüten mussten, derweil die Mannen retour in die Flammen stiegen zum noch die Fenster aushängen. Der Müller selber aber

hatte just zum Kappen Sepp gemeint, gottlob sig seine Mühle weit vom Schuss, da drehte der Wind, und zur gleichen
Zeit, präzis wie die Dorfmusig, kamen die Dachstöcke am
Winkel, an der Burg, der Presse und der Hänggi an. Allein
die Burgkapelle blieb wie jümpferlig zuoberst auf dem Hügel stehen, derweil rings alles schon in Flammen stand, und
schimmerte als wie ein Gletscherli im Abendgluet. Und
gleich darauf packte der Föhn ein einzigs flammets Schin-
deli und trug es über das Kapelleli hinweg zmittst durch den
ebigs schwarzen Himmel, aber haargenau zur Mühle hin.
Der Müller segglete noch, was er konnte, doch als er heimkam, war schon alles nur noch Kalk und Asche.

Das war das Letzte, was der Müller verzellte, dann schwiegen sie, bis sie die Alp auf Begligen erreichten und der Melk
die Glarner untersuchte und ihm die Vriinä Bockswurzel
sammelte gegen die Zwulchen. Bevor sie wieder talwärts
stiegen, fragte der Melk den Müller noch, ob es beim Brand
auch Tote gegeben heig.

»Hett's au«, antwortete der Müller mit einer Stimme, die
selber war wie tot, »und 's git dängg nu mih.«

Inzwischen tagete es auch im Tal, und sie sahen, was der
Brand von Glarus übriggelassen hatte. Vom Dorfkern rag-
te nur mängs Müürli dünn und scharf wie Mäusezähne aus
einer Halde von Geröll und weisser Asche, alles sonst war
tötelige Wüste, leer und rauh und bleich wie eine eitrige
Schwääre, um die nur ringsum wie der schwarze, faulige
Wundrand einige Häuser noch standen, die entweder das
Feuer nie recht breicht hatte, nur angeschmürzelet, oder sie
standen noch in Flammen. Um jene Häuser standen stets eine

oder zwei Feuersprützen, an denen eine Horde Mannen rief und pumpte, und auch die Sprützen polderen zünftig und meisneten, und doch machte der Föhnwind nur das Kalb mit ihnen und blies den Löschstrahl hindertsi anstatt ins Feuer, so dass die Mannen selber pflötschig wurden, und löschten sie von der anderen Seite, verfiserlete er das Wasser zu einem Schleierli und schupfte es der Linth oder dem Tschudirain zu, der schwarz verbrannt und bucklet als wie eine Pestbeule am Dorfrand stand, und mittlerweile schoss im Dach das Feuer wieder aus. Nur ein paar Häuser und Gäden vom äusseren Zaun bis zur Allmend standen noch unverletzt, dafür stand dort das Wasser wadenhoch, weil obendran die Häuser in den Giessen troolet waren, und danach war er überloffen. Und tuusigs Glarner drängten, wo immer es gad nicht verschüttet und verbrannt und überflutet war, und stapelten dort haldenweise Hausrat, und alles meisnete und schneerzte und segglete vom einten Eck zum anderen, nur draussen auf den Flanken oder Bücheln ausserhalb des Dorfes hockten welche so stumm und bleich und starr und abgeloschen wie die auf Begligen.

Ein solches Unglück heig er auch noch nie gesehen, meinte der Melk und stand gad still, derweil die Vriinä es mehr interessant als traurig fand und fädig in das Gnuusch hinein expresste und rief, die schönere Gelegenheit zum Ordnung schaffen fänden sie so glii nicht wieder.

Zwischen Bahnhof und Zaunplatz drängten sich nicht nur die ausgebrannten Glarner. Von auswärts kamen fremde Fötzel mit Guutschen und auf Rössern und in der Eisenbahn, die einten zum helfen, andere wollten Glarner Verwandtschaft zu sich holen, die dritten trieb der blanke Gwunder, im Sonntagsstaat und pomadiert kamen sie angereist und freuten sich noch unterwegs am schönen Maienwetter und waren kaum erst ein Minütli zu Glarus, da konnten sie das Elend schon nicht mehr ertragen und hockten z'brieggetsen auf einen Wegstein und mussten von den ausgebrannten Glarnern gar getröstet werden.

Als sich der Melk erkundigte, wo tokteret würde, hiess es, die Verletzten würden am Zaunplatz aufgebahrt und dort versorgt. Tatsächlich fanden er und die Vriinä auf dem Zaunplatz zwischen Sprützenschläuchen, Hausrat, Sauen, Veh und Mauerschutt auch endlich die Verbrochnigen, Verbrannten und Vergifteten, schön greihelet, als wären sie schon tot, versorgen tat sie jedoch keiner, und als die Vriinä sich erkundigte, wo auch der Doktor Tuet geblieben wäre, hiess es, der sig schon länger tot. Ein Doktor Gallati wäre inzwischen hier der Tokter, der allerdings war zudem der Gemeindepräsident und darum an der Notstandssitzung.

So litzte sich der Melk die Ärmel hinderen und fing an die Versehrten untersuchen. Die Vriinä lief derweil zur Apotheke, in der fusshoch das Löschwasser stand, doch dafür war sie nur zur oberen Hälfte abgebrannt, und zämen mit dem Apotheker chramsete sie nach Messern und Schablöffeli und Franzbranntwein, und als der Melk sich bald darauf ein erstes Mal ans Schnäflen und Büetzen machte, wusch sie ihm erst die Wunden aus und legte die Verbände an, und als er länger operierte, als die Vriinä verband, erledigte sie für den Melk gleich einen ersten Untersuch und büschelete die Kranken nach Gebresten und hiess zwei Burschten alles auf die eine Seite tun, was blutete, und auf die andere, was nur versengt und angeschmürzelet war, und die Verschlagenen auf eine dritte, und wer hürchlete und dängg vergiftet war, kam wieder an ein anderes Ort. Dann mussten ihr die Burschten einen Schragen bauen mit einem Sonnendach, damit der Melk im Kühlen schaffen konnte, und weil es asen windete, hielten die Burschten ihm danach sogar all Tag das Sonnendach, dass es der Föhn nicht mit sich schränze.

Am Mittag hatte auch der Doktor Gallati gehört, an seinen Patienten schnäfle einer ummenand, verliess die Sitzung und kam auf den Zaunplatz, um zu sehen, wer da ungefragt tökterle. Das gech im Fall dann nicht, rief er, bevor er noch beim Melk war, doch der war asen gschaffig, dass er ihn gar nicht hörte, und auch die Vriinä tat, als heig sie nüüt gehört. Und als der Doktor Gallati erst zugesehen hatte, wie der Melk die Kranken operierte, gab er aus freien Stücken zu, der Melk, der schaffe süüferliger und flinker als er selber, und ging zurück zu seiner Sitzung, wo sie bereits den Wiederaufbau planten, und fortan war der Melk der neue Glarner Tokter.

Die Vriinä stiftet eine neue Ordnung

Als es am Nachmittag mit den Verletzten endlich luggete, griff sich die Vriinä eine Tasse Teer und schrieb erst »Klinik« auf das Sonnendach und weiblete danach umher und regelte, dass immer frisches Brot und Wasser unterm Dach war, und holte noch zwei Fässli Roten aus der Apotheke, an denen waren zwar die oberen Dauben angeschmürzelet, der Melk probierte ihn jedoch und fand, er heig im Italiänischen schon schlechteren getrunken. Und fortan langte zu, wer Hunger hatte oder Durst, und bald schon kam, wer immer am Verraumen oder Löschen war und einen bitz verruben wollte, und hockte zur Vriinä in die Klinik, dazu all jene, die nach Vermissten Ausschau hielten, und alle hatten zu verzellen und zu schnurren. Und während sich die Vriinä um die Patienten kümmerte, an denen nichts zu schnäflen war, hörte sie immer auch gad mit, was wem geschehen war, und wusste asen bald von jedem Glarner, was ihm im Feuer widerfahren war, und gab Bescheid, wenn etter Freunde oder Nachbarn misste oder nicht wusste, ob säb Haus noch stand und jener Gaden, und keiner dachte noch daran, dass all die Jahre über bis zum säben Tag die Vriinä und der Melk verschollen gewesen waren und für tot erklärt. Es fragte sie auch keiner, wo sie gewesen wären – was immer vor dem Brand geschehen war, schien allen zeinersmal wie nicht mehr wahr oder zumindest wie aus einer fremden Welt.

Die Vriinä hatte dafür bald heraus, dass ds Heers kein Leid geschehen war, auch ds Tschudis waren allesamt wohlauf. Und überhaupt war wunders wenigen ganz Schlimmes widerfahren, fünf Mäntschen numen waren umgekommen und nicht ein einziges Stück Veh. Und auch die säben fünf hätten ums Haar überlebt, die Frau vom blinden Kaufmann Jenny hatte sich amel schon gerettet gehabt, als sie doch wieder umkehrte zum das Familiensilber holen, da fiel vom Nachbarhaus ein Balken und erschlug sie. Der Ratsherr Luchsiger und seine Frau wiederum hatten sich fast blutt geflüchtet, drum schickten sie dann ihre Magd, das Dörli, in die Flammen, damit es ihnen Stiefel, Gwand und Tschoopen hole, das Dörli lief mit seinem Spuusi in das Feuer, und alle beide kamen sie nicht wieder. Ds Hauptmann Luchsiger-Oertlis Witfrau schliesslich wollte ums Verroden eine schwere Truhe retten, sie mögte sie jedoch nicht schleiggen, und alle Nachbarn waren längst versegglet. Dann fand sie glücklich einen Fremden, einen Spychener, der hatte sich verirrt und schleiggte ihr halt die Truhe in das hohle Gässli zwischen Schützenplatz und Hauptstrasse. Dort schloss der Brand sie aber beide ein, der Spychener verräblete am Rauch, die Witfrau fing gar Feuer und verkohlte, bis nichts mehr von ihr übrig war als ihre Asche – so jedenfalls berichteten der Schuster Heer wie auch der Schätzer Begliger, die flohen auch erst in das hohle Gässli, dann sprangen sie jedoch noch in der Zeit mit Frau und Kind und einem alten Jümpferli, der Lisä Trümpi, in einen Brunnen und verharrten Stund um Stund im eisig kalten Gletscherwasser, derweil der Brand ihnen von oben her die Kopfhaut brätlete, und hörten und sahen ds Luchsigers Witfrau und den Spychener verräblen. Die Truhe, die die Witfrau ums Verroden hatte wellen retten, blieb übrigens vom Feuer unversehrt, es lagen darin aber nur die alte Uniform vom toten Hauptmann, eine Schwetti ungebrauchter Wollensocken und eine angefangene Lismeten.

Auch Heldentaten gab es zu vermelden. So hockte einer, Täf mit Namen, zu Glarus auf dem Telegrafenamt, da brannte ihm der Stuhl schon unterm Füdlen, und töggelete alle Dörfer rings um Hilfe an, z'Trotz Nacht war und die Amtsstuben geschlossen. Der Rapperswiler Telegraf war dann wirklich noch im Büro und schlug Alarm, und keine Stunde später kam die Eisenbahn von Rapperswil mit glühend rotem Chessi und asen geschwind, dass in den Wagen alle abengruupet waren und jeder seinen Nachbarn päcklet hielt, sonst hätte es sie aus dem Zug gespickt. Zu Glarus schränzten sie die Sprütze ab dem Wagen und riefen noch: »Dängged a Winkelriäd!«, und stürmten fädig in das Feuer und hatten bis zum Morgen früh die ganze Allmendstrasse vor dem Brand errettet und noch das Iselihaus. Die Frau vom Kutscher Vögeli stand wiederum an ihrem Herd, derweil schon rings die Häuser brannten, sogar ihr eigetes fing immer wieder Feuer, doch weil sie sah, dass bei der Löschmannschaft die Mannen nur Wein soffen und rein nüüt Währschaftes in den Bauch bekamen, so kochte sie ein grosses Chessi Suppe und brachte es hinaus. Das sprach sich allerdings herum, und immer neue Löschmannschaften kamen und warteten auf ihre Suppe und löschten in der Zwischenzeit das Feuer auf dem Dach, und als am Morgen früh die Löschmannschaften allesamt gespiesen waren, hatte der Brand die ganze Strasse breicht, nur ds Vögelis Haus stand unversehrt und kam auch später nicht mehr an.

Die Mutigsten jedoch, verzellten alle, wären die Schwandener gewesen, die Stund um Stund verharrten zmittst im Feuer und dem Tüüfel ein Ohr ab pumpten, damit die Weberei vom Streiff nicht verbrannte. Der eigentliche Tuusigsiech bei den Schwandenern war allerdings schiints gar kein Schwandener, sondern ein Sooler Buurli, magerlächt, mit langen Scheichen, durchscheinenden Ohren und darüber einem roten Käppli, das halt gad zuechen lief, als sie die Sprütze installierten, und meinte, es heig nüüt zu tun und well gern helfen, und also hiessen es die Schwandener im Gschpass auf den Fabrikfirst chräsmen und das Sprützenrohr bedienen, dabei hielten sie die Fabrik schon für verloren, so wüst tat der Brand. Der Sooler langte sich dann aber z'Trotz das Sprützenrohr und chräsmete aufs Dach als wie ein Gämsi und stieg zmittst in das Feuer hinein und machte sich daran, den Dachfirst abzusprützen, damit nicht noch mehr Feuer fing, und löschte nadisnah sogar den Brand. Und dabei prätschten mehr als einmal süttig heiss die Flammen über ihn, der Föhnwind warf ihm fuderweise brennende Schindeln ins Gesicht, und doch rief er den Schwandenern nur zu, sie sollten ihn von Zeit zu Zeit von unten her absprützen, falls sich in seinem Rücken eine Glut verfange, und danach stägerete er weiter übers Dach dorthin, wo gad der Brand am schlimmsten tat, und stemmte sich gegen die gällige Glut, derweil die Strassenzüge rings verzeuseleten wie nüüt. So chrampfte er all Nacht, kein Schwandener wagte ihn abzulösen, ja paarmal gaben sie die Weberei gar schon verloren, weil rings das Feuer asen tat, und wollten nur versegglen. Wenn sie dem Buurli aber riefen, es sell durab, es brächte sich um Leib und Leben, verwarf der Tuusigsiech den Grind und rief, ausser den Kühen warte ihm daheim einenweg keiner mehr, und einmal rief er, der Fabrikherr, der Streiff, sig zwar ein harter Dingeler und ein Tubel, die Weberei jedoch gäbt Hunderten Familien Lohn, die grüüli darben müssten, wäre sie erst verbrannt, da gelte kein Versegglen. Da wagten auch die Schwandener sich nümmen fort und pumpten ds Gotts Namen, und endlich war das Feuer wirklich bodiget. Inzwischen war es Tag geworden, der Streiff kam und dankte für den Einsatz. Da kam auch der Sooler ab dem Dach gestiegen, als ihm der Streiff aber seinen Taapen langte, da legte ihm der Sooler Bauer statt der Hand das Sprützenrohr hinein und meinte, es sig noch längst nicht ausgestanden, wenn sie nicht weitersprützten, schösse das Feuer wieder aus, und hiess den Streiff selbst für einen Weil aufs Dach steigen und löschen, er müsste drum jetzt heim die Kühe melken. Nicht einmal ds Streiffs Herrenwein wollte er trinken, stattdessen meinte er zum Streiff zuletzt, wenn er beim Eid well dankbar tun, so sell er künftig seine Büetzer besser löhnen.

Als aber die Vriinä die Glarner derenweg verzellen hörte, liess sie gad alles hocken und expresste heimzu und fand den Vatter im Stall bei den Kühen und sprang ihn an, als wäre sie ein Hündli, und gab ihm Ääli und fuhr ihm mit der Hand durch das verschmürzelete Haar, als wäre er ein Stierenkalb, derweil der Vatter keinen Wank machte und nur mit nassen Augen »Jesses« und »Ja aber« staggelete und irgendeinmal: »Ja aber woher chunnsch dänn itz au du?«

Und erst nachdem die Vriinä ihm berichtet hatte von der Brigerin im Berg und ds Herrgotts Gnuusch mit seiner Schuld und dass er eine viel zu grosse Schuld verbüsst und drum der Herrgott den Engeli befohlen hatte, der Vatter dürfte fortan seiner Lebtig nümmen leiden, und als sie dann noch ordeli geschumpfen hatte, dass schiints die Engeli ihn einfach weiter hatten leiden lassen und ihm noch nicht einmal verraten, dass sie am Leben wäre und nicht tot, da fand der Vatter endlich zu sich und gab der Vriinä Ääli wider und stellte fest, er well den Engeln keinen Vorwurf machen, auf alle Fälle sig mit einem Augenblick wie säbem alles Leiden tuusigsmal vergolten. Dann wollte er der Vriinä selber eine Freude machen und ihr verraten, auch der Melk sig übrigens noch lebig und heig sie gesucht gehabt, bevor er fort ins Urnerische wäre, doch wusste sie das alles schon und noch viel mehr, und als sie ihm danach verzellte, der Melk täg nur noch ein paar Glarner zämenflicken, dann käme er auf Fessis zum fortan mit ihnen buurnen, fand das der Vatter asen schön, dass er gad wieder brieggete, und die Vriinä mit.

Dann meinte sie jedoch, jetzt hätten sie genug briegget, der Hof sig grüüli ausserstand, und hiess den Vatter Ordnung machen, damit der Melk sich auch diheimed fühle. Und während sie das Hüttli figlete und das Bödeli abschönte und mistete und Kühe und Geissen wusch, verraumte erst der Vatter die Gerätschaft, dann zimmerte er einen Schlag, in dem er fortan pfuusen wollte, damit die Vriinä und der Melk den Schlafgaden für sich hätten, und als die Vriinä sich ans Kochen machte, schnitt er dem Melk noch einen Löffel und ein Beggeli.

Es war dann aber längst schon tiefe Nacht, bis dass der

Melk von Glarus kam, zudem war er vom Toktern asen müde, dass er nichts essen mochte und numen ablag und gleich einschlief. Die Vriinä las hingegen lange noch in ihrem Buch für Hausmüeterli, erst übers Gärtnern, danach vom Einteilen der Haushaltskasse über einen ganzen Monat mittels Listen und wie sie ihre Vorratskammer ordnen musste, damit nichts grabete und keine Mäuse kamen, und freute sich, dass es für alles eine Ordnung gab, und dängg sogar für ein Puff wie das zu Glarus. Erst als sie eingeschlafen war und mitten in der Nacht vertwachte, war es ihr zeismal ganz grüüli leid um jenes meineids schöne Gnuusch von Gässli und Trittli und Bächli zu Glarus, das in nur einer Nacht so ganz und gar verbrannt war, für ein Momentli drückte es ihr gar den Schnauf ab. Dann tröstete sie sich allerdings damit, dass immerhin der Tschudirain noch stand, auf dem die Glarner ihre Gärtli hatten und der ein Ghürsch von Müürli, Hecken, Häg und Stägeli und Bäumen und eischieren Hüttli war, die waren zwar jetzt alle schwarz und abgebrannt, doch spätestens im Frühjahr stand der Rain in neuem Bluescht und war gschägget und strub wie immer.

Und anderntags lief sie schon wieder strahlend mit dem Melk auf Glarus zum dort Ordnung schaffen. Das Walcherguetli und der Winkel versoffen nadisnah im Wasser, weil immer noch der Bach gestaut war, und wo es trocken blieb, war z'Trotz kaum noch ein Durchkommen, weil alle in den Trümmern ihrer Häuser nüeleten und Steine und verdorbenes Gerät nur eben übers Müürli auf die Strasse warfen. Zudem verstellten fremde Fötzel mit ihren Guutschen und Gespannen alle Gassen, und in der Klinik wartete schon wieder

eine Schwetti Kranke, Verirrte und Vergelsterete – so viele
waren es, dass sie gar auf dem Schragen hockten und darunter, so dass der Melk sich mit den Ellenbogen Platz verschaffen musste. Die Vriinä holte sich derweil beim Apotheker
Blatt und Stift und listete die Kranken auf und schrieb in eine
Spalte, wie oft der Melk sie schon behandelt hatte und wie
oft sie noch kommen sollten oder dass eben nicht und wegenwerum nicht. Als Nächstes malte sie mit Farbe um den Schragen einen Strich und rief ein Verbot aus, über säben Strich
zu schuhnen, und wer es doch tat, kam auf wieder eine Liste
und durfte keinen Wein mehr fassen, schuhnete er ein zweites Mal über den Strich, bekam er überhaupt nichts mehr,
nicht einmal Brot, beim dritten Mal wollte die Vriinä ihn
dann gar mit Schlägen mit dem Beissstock aus der Klinik jagen – auf den Beissstock bissen die Patienten, derweil der
Melk sie operierte –, doch so weit kam es nie.

Dann hörte sie, das Verteilkomitee käme nicht nach mit
Büschelen und Horten und Verteilen all der War, die bereits
aus der ganzen Welt geschickt kam – die schickten alles, Betten, Spielzeug, Gwand und Essen, ja gar fuderweise Geld –,
und hiess an ihrer Statt die Hebamme Margrit die Verbände
wechseln und dem Melk zuschaffen. Sie selbst lief ins Gemeindehaus, wo all die War zusammenkam, und machte
wieder Listen von allem und teilte jeder War ein Lager zu
und stellte sich zmittst in die Strasse zum die Fuhrmannen
kommandieren, damit sie alles gad ans rechte Ort brachten,
und passte hinter der Vergabestelle auf, dass niemert dopplet fasste und ja zuerst die Armen und alle nach den gleichen
Regeln, und meinte einer vom Verteilkomitee, er heig sein
eigetes Gesetz, so nannte sie ihn lauthals einen Pajass und

rief, wenn jeder nach der eigeten Ordnung schaffe, wäre säb schlimmer noch als blosse Unordnung, und mahnte alle, streng nach derselben Ordnung zu schaffen, nämlich nach ihrer, daran musste sogar der Landammann sich halten, der bei der Gwandverteilet half. Dafür luggete gegen Mittag nadisnah der Verkehr um das Gemeindehaus, und wer in Not war, musste nicht mehr ebigs auf sein Gwand und Essen warten. Und wussten zwei nicht weiter oder waren sich nicht einig, hiess es bald: »So frag du d Vriinä, diä säit's der schu«, und wenn sie fragten, gab die Vriinä ihnen Rat. Daneben ordnete und listete sie fort, bis allerorten die Verteilet lief wie ein Maschineli.

Danach ging sie zurück zur Klinik, gleichzeitig mit den Herren von der Notstandskommission, die eben eine Sitzung fertig hatten und auf ein Gläsli Roten kamen, bevor sie in die nächste Sitzung mussten. Weil aber anderntags die Kommission entscheiden wollte, nach welchen Regeln und Gesetzen das neue Dorf zu bauen wäre, liessen die Glarner ihnen keinen Frieden, zu Hunderten kamen sie vor die Klinik, wo die Herren standen, schränzten sie von den Fässern weg und wollten händelen, damit sie ihre Häuser wieder haargenau wie vor dem Brand errichten dürften, oder am liebsten gad noch grösser, dafür sollte der Nachbar schmäler bauen, oder das Gässli sollte enger werden, und heepeten, schon vor dem Brand hätten sie einen Schnäfel Land gehabt, den ihnen die Gemeinde vorenthalten heig, den wollten sie jetzt zugeschlagen haben, und andere verlangten, dass das Recht geändert würde und dass sie einen oder zwei oder noch mehr Stockwerke höher bauen dürften. Und wohl riefen die

Herren von der Notstandskommission eines ums ander Mal, zu märten gäbt es nüüt, es lüffe alles streng nach Reglement, doch wäffeleten da die Glarner nur und riefen: »Ja was Reglemänt, nüümödigs Züügs!«, und wollten händelen wie immer, und als die Herren sich weiter auf das Reglement beriefen, das sie an ihren Sitzungen am Disputieren wären, wurden die Glarner gällig und fingen an wäffelen und drohen, dass jenen Herren von der Notstandskommission ganz gschmuuch wurde und sie am End noch nachgegeben hätten. Doch endlich stieg die Vriinä auf den Schragen und rief um Ruhe und verkündete, sie würde alle auf die Liste setzen und well sie in der Klinik nümmen sehen, wenn sie weiter so meisneten und die Patientenruh missachteten. Und als die Glarner endlich auf die Schnurre hockten, fragte sie graduus, ob sie alle krank im Oberstübli wären und ob sie aus dem Brand denn wirklich nichts gelernt hätten.

Dann brachte sie den Glarnern bei, was ein jedes ordeliges Hausmüeterli wüsste: dass im Gemüsebeet die Setzlinge auch Spatzung bräuchten und genügend Licht, so wie im Kellerloch die Äpfel eine Hurde bräuchten, welche die Luft von unten durchliess, Herdöpfel hätten es gern dunkel, und in der Vorratskammer sell das Mehl stets oben sein, das Eingemachte unten, das Trockene gehöre auf eine Seite vom Gestell, das Feuchte auf die andere, sonst kämen Schimmel oder Ungeziefer in den Vorrat. Asen heig alles seine Ordnung, und auch ein Dorf. Ein Gnuusch und Gmoscht von Hüttli, Gässli, Stägeli mit überall hölzigen Wänden und mit Schindeldächern, so dürr und ausgetrocknet wie die Späne, die sie zum Feuern bräuchten, ja sertigs wäre ganz gewiss die dümmste Ordnung überhaupt für so ein Dorf, und sollten es die Glarner wieder derenweg erbauen, so müssten sie danach nicht jameren, wenn es der Föhn ein zweites Mal verzeusle. Säb Mal jedoch heig dann die Welt ganz sicher keinen Verbärmscht mehr mit ihnen, nur noch ein ebiges Glächt.

Und ehe den Glarnern eine Antwort einfiel, fuhr sie fort, im Leben gech es drum abgestochen gleich wie in der Kunst: Grosszügig denken müsste man, nur Mut gäbt eine zünftige Kunst. Und wann, wenn nicht jetzt, wollten sie ettis für die armen Büetzer tun im Walchergüetli und im Winkel, denen all Jahr zur Gletscherschmelze die Linth, der Giessen und der Oberdorfbach überliefen und alle Hütten unter Wasser setzten? Und gleich verriet sie ihnen auch, was sie tun müssten, die Bäche nämlich müssten zwischen Müürli, und mit den Trümmern aus dem Brand müssten der Winkel und das Walchergut um mindestens Mannshöhe aufgeschüttet werden, erst danach würde dort gebaut. Zudem wäre ganz Glarus so zu bauen, dass jede Strasse oder Gasse genügend breit sig für den Sprützenwagen, und Holz und Schindeln für den Häuserbau müssten verboten werden.

Dann endlich war sie fertig, stieg vom Schragen, nahm einen Schnäfel Brot und machte sich daran, die Krankenlisten nachzuführen. Die Glarner waren lange stumm geblieben, jetzt pfuttereten einige, die meisten aber übersannen, was sie vernommen hatten, und endlich stieg der Herr Heer auf den Schragen und rief in ebigs guter Laune, er sig noch in der Nacht von Bern gekommen, um zu helfen, und seither in gar mängen Sitzungen verhockt. Doch was die Vriinä da gepredigt heig, sig seiner Seel das einzige Vernünftige, was in den säben dreissig Stunden sig geschnurret worden. In allem gebe er ihr recht, so müssten sie es machen, well er meinen, und nicht anders. Allein den Winkel und das Walchergut aufschütten blübe eine Illusiu, bei aller Leidenschaft zur Kunst; so viele Steine lägen nicht in Trümmern, dass dadermit zwei Meter aufgeschüttet werden könnten. Er fürchte drum, das Volk im Winkel und im Walchergüetli heig auch fortan im Frühling nasse Füsse und öppendie den Pfnüsel.

Das gab ein Glächt am Platz, doch nur, bis dass der Doktor Gallati sich auf den Schragen helfen liess und ernsthaft in die Runde rief, die Vriinä heig fürwahr mit allem recht, auch dadermit, dass im Gelände am Winkel und am Walchergut ganz dringend well gehandelt sein. Die armen Büetzer, die dort lebten, litten nämlich keinen nüüteligen Pfnüsel, all Jahr zur Schwemme gech dort das Fieber um, und eine Schwetti Mäntschen, Kind und Alt, müssten daran erliggen. Da fand selbst der Herr Heer sein Gschpässli nicht mehr lustig und rief zum Doktor Gallati empor, recht heig er, und wann immer etter wüsste, wie sie im Winkel und im Walchergut den Boden höherschütten könnten, so well er die Idee verfechten, zu Glarus und wenn nötig auch zu Bern.

Einige Glarner lachten auch jetzt wieder, weil keiner jemals einen Weg ersinnen konnte, wie ein Gelände, das so weit und tief war wie der Winkel und das Walchergüetli, aufzuschütten, und sicher hatte der Herr Heer den Doktor Gallati nur wellen tränzln. Der allerdings studierte nur gad ein Sekündli und zeigte auf den Tschudirain und rief, wenn sie den säben Buck abtrügen, hätten sie Walchergut und Winkel bald gefüllt.

Da machten alle offene Münder und wussten nicht, wollte der Gallati jetzt gschpässlen, und warteten, was daderzu der Herr Heer zu sagen hatte. Der stieg auch gad zum Gallati empor und rief den Glarnern zu, ja, also mutig wär säb schon, gopf, einen ganzen Büchel abzutragen, und dass er schon die Grinden seiner Berner Ratskollegen vor sich gsäch, was die Gesichter machen würden. Und nicht allein im Rat zu Bern würden die Glarner derenweg für ordeli Aufsehen sorgen, zänntummen in der Welt würde es heissen, die Glarner wären Tuusigsiechen, und darum finde er, just derenweg sell die Kommission beschliessen. Und darauf langte er dem Doktor Gallati die Hand, derweil die Glarner auf dem Zaunplatz Vivat! riefen und fanden, Tuusigsiechen wären sie doch gern, und einen Büchel wie den Tschudirain, den trügen sie in einer Nacht ab, und sich zu ihrem Mut beglückwünschten und allesamt zum Schragen mosteten, um den Herrn Heer zu feiern und den Doktor Gallati, wiewohl der Herr Heer allpott rief, die Vriinä hätten sie zu feiern und nicht ihn.

Der Spital, und still wird es

Die Vriina allerdings war längst ab und auf den Tschudirain und hockte unter einem schwarzgebrannten Müürli und gab ihm Ääli, während sie gar grüüli brieggete. Dann kam der Melk ihr nachgestiegen und versprach, er finde einen anderen Weg, die Überschwemmung zu verhindern, als wie den Tschudirain zu schleifen, die Vriinä schupfte aber ihre Trändli fort und schüttelte den Kopf und meinte, wenn die Glarner zwischen zwei Wegen wählen müssten, die Überschwemmung zu bekämpfen, hätten sie sofort wieder Streit und könnten sich für keinen Weg entscheiden, und endlich blübe alles, wie es war, und stellte fest, der Gallati heig eine mutige Idee gehabt, und für ein ordentliches Glarus wär noch der schönste Büchel ein geringer Preis. Und gleich darauf sprang sie schon wieder auf und weiblete durab zum Bahnhof, um die neuen Lieferungen auf die Lager zu verteilen.

Kaum war sie dort, kam das Fralein Heer mit einer Schwetti Chinden, fünfzig oder mehr, die beinleten in Zweierreihen aufs Gleis, weil ihnen Vatter oder Mueter nach dem Brand darniederlag, oder das Hüttli war verbrannt, vielleicht auch beides, und weil sie keinen hatten, der sich um sie sorgte, brachte sie das Fralein Heer auf Zürich zu ganz fremden Mäntschen, die ihnen aber lugen wollten.

So jedenfalls berichtete das Fralein Heer, nachdem die

Vriinä es entdeckt und ihm gerufen hatte und gleich darauf in seinen Armen lag und wieder brieggete. Das Fralein Heer verlor zwar keine Tränen, es meinte allerdings, es heig schon letzte Nacht gehört, die Vriinä wäre lebig und zurück, und heig due brieggt, und hockte mit der Vriinä auf ein Lager Wollendecken und verzellte ihr, es heig die Töchterenschule abgeschlossen mit Zertifikat und heig danach auf London wellen zum dort am Kolleg studieren und sig nur gschwind zurück auf Glarus, das Köfferli zu reisen. Doch in der Brandnacht war ihm dann so Gschpässigs widerfahren, dass alles wieder anders war, es war drum mit der Mueter und der Magd zum Burghügel geflohen, auf dem Weg dorthin hatten der Föhnwind und das Feuer noch gmeisnet wie ein Wasserfall, die Hitze schränzte ihnen jedes Wort schon aus dem Maul, bevor es ausgesprochen war, die Mäntschen rings verseggleten drum stumm, allein die Kälber sperrten sich, wenn sie die Bauern aus den Ställen zerrten, verwarfen z'brülletsen die Grinden und wollten im Gestreckten wieder in den Stall, dabei verschmolzen ihnen ob der Hitze schon die Hufe. Dann endlich waren sie zuoberst auf dem Hügel beim Kapelleli und lagerten die War, die Mueter und die Magd stiegen wieder nidsi, um noch mehr zu flöchten, nur es blieb bei der War und hockte auf ein Bürdeli und lugte obsi und entdeckte, dass ob ihm Schindeln und Papier und Heu in Glut und Flammen durch den schwarzen Himmel flogen, und wenn es wieder heimwärts sah, stand fern und munzig klein der Knecht auf ihrem Dach, derweil um ihn die Wasserfahnen sprützten, und stemmte sich dem Föhn entgegen, als wäre er ein Seemann zmittst im Sturm, und wies der Löschmannschaft, wo sie löschen zu hatte.

Das Gschpässige war aber, das es keine Angst mehr hatte und alles ebigs schön zum Lugen fand. Dann rubete mit einem Mal auch noch der Föhn, es wurde totenstill, nur dass die Kirchenuhr noch einen letzten Schlag tat, die Häuser waren due schon allesamt in sich verkeit und brannten still und jedes ganz für sich, ausser ein Dachstock stürzte ein, dann giirete und morgste es, und weisse Flammen stüübten bis zum Himmel, und die Löschmannschaften heepeten: »Obacht!« Danach schwieg aber sofort wieder alles, bis auf das ebigs ferne Räggelen und Pfeifen von der Eisenbahn, die weiblete und neue Sprützmannschaften brachte, und auf das dumpfe, ebigs gleiche Pumpen von den Sprützen, das schlug *dadum-dadum* fast wie das Totenmüggerli. Dazu kam noch ein helles, nüüteliges Zwicken, wenn in der Hitz ein Fensterglas verchlepfte oder Ziegel, das klang, als täg im Öfeli ein Scheit verspringen.

Noch schöner wurde es, als ausserhalb ein Haus ankam, das hatte es davor gar nicht bemerkt gehabt, weil es so ganz im Finstern stand, das kam allein vom heissen Luft an und stand mit einem Mal in Flammen, wobei erst nur die Läden und die Fensterkreuze und die Türen brannten, dann zeismal wurde überinnen Licht, just so, als wäre im Moment die Herrschaft heimgekehrt, es war sogar zu sehen, dass auf dem Tisch der Zmorged greiset war mit einer Schale Öpfel zmittst, doch gleich darauf stand schon der Tisch in Brand, und Flammen schossen aus dem Dachstuhl, und keine paar Minütli später war das Haus verschwunden und nur noch abgechaflete Müürli und eine Halde Glut und Asche. Sogar die Kreuze auf dem Friedhof brannten, und über Glarus flogen Amseli und Tüübli, denen gewiss das Nest verblasen und verzeuslet war und die nicht wussten wo abhocken und darum ob dem Feuer kreisten, bis eine Flamme aufschoss und sie packte, oder die Müedi zwang sie nidsi, so hockten sie halt in die Glut und schossen selbst als Flämmli auf, und einem von den Tüübli kamen zmittst im Flug die Flügel an, und danach flog es z'brünnetsen, als wäre es der Heilig Geist, und express in die flammete Kirche hinein. Ob allem leuchteten auch noch die Berge, dahinter stand der Himmel rot und weiter oben blau und nochmals höher rabenschwarz und war wie viele Himmel überenand, und all säb schien dem Fralein Heer so grüüli schön und fast schon heilig, dass es sich nur noch wünschen konnte, so blübe es auf immer. Und zeismal wusste es auch, dass es nicht auf London wollte, es wollte bleiben und helfen und nach Leichen graben und die Waisenchinden schöppelen, und ganz bald wollte es selbst Chinden haben, eine ganze Schwetti, und ihnen Tag um Tag vom Brand verzellen, wie ruuch und schön das Glarnerland in säber Nacht gewesen wäre und tuusigsmal aufregender als jedes andere Ort in der Welt.

So gab es mit leuchtigen Augen Bericht, die Vriinä stellte ganz vertwundert fest, so kenne sie das Fralein Heer gar nicht. Das aber gigelete ganz verschämt und wollte ettis sagen, doch just pfiff gälli die Lokomotive, und fünfzig Chinden riefen aus dem Zug, wenn jetzt das Fralein Heer nicht käme, so führen sie allein auf Zürich. Das Fralein Heer sprang auf und rief, es käme, und während die Vriinä ihm noch verriet, sie selber blübe auch im Glarnerland, auf Fessis mit dem Melk, und fand, mit ihm als ihrer Freundin wäre alles fast wie früher und noch schöner, rannte das Fralein Heer bereits zum Zug, der auch schon z'stampfetsen in Gang kam, und rief nur noch vom Trittbrett her, es täg sich melden, und schloff ins Wägeli und fuhr davon.

Am Abend hatte die Vriinä mit dem Vatter beim Misten ein Glächt, als er ihr verzellte, wie in der Brandnacht die Sooler ihre Sprütze in einer meineidigen Stölzi das Tal durab gefuhrwerkt hatten, und erst als sie zu Glarus waren, kam ihnen z'Sinn, dass nur der Joggel Marti wusste, wie sie in Gang zu setzen war, den aber hatte seine Frau noch einmal auf Paris an eine Ausstellung geschickt, damit er ihr bei seiner Heimkehr ein französisches Nachthemp brächte, und danach fingerleten sie an der Sprütze ummenand, bis sie vom Feuer einbeschlossen waren und ihre schöne Sprütze in den Oberdorfbach stossen mussten, damit sie in der Hitze keinen Schaden nähmt, und ohne sie versegglen.

Dann aber stand mit einem Mal der Melk im Türloch so verschupft und tuucht, dass ihnen alles Glächt verging. Ihm wären gad drei Kranke gestorben, sagte er, die heig der Brand auch einbeschlossen gehabt, und konnte gar nicht recht verzellen, weil ihm immer das Pfnunzgen kam, und erst als ihn die Vriinä hebete und mit ihm vor das Hüttli hockte, verzellte er, dass in der Brandnacht der Gerichtspräsident Zwicky mit Frau und Tochter sich vor der Hitze in den Keller geflüchtet hatte. Dann brannte über ihren Köpfen alles ab, die ganze Nacht durch hörten sie das Feuer wüten und wie nadisnah das Haus in sich verkeite, im Keller wurde es im Gleichen immer süttiger, bis ihnen war, sie hockten in einem Ofenrohr, der Rauch kam durch die Ritzen in der Tür und stahl ihnen den Schnauf, so dass sie endlich numen z'hürchletsen am blutten Boden lagen, dort sott es noch am wenigsten, und Stund um Stund. Erst als das Haus ob ihnen ausgebrannt war, kam der Schwiegersohn von aussen zuechen, stemmte die gluetig heisse Eisentür auf, verschmürzelete sich asen Hand und Schultern, und rettete sie. Als er sie fand, lagen sie ohne Wank und fast wie tot, er schleiggete sie z'Trotz eines um das ander aus dem Kellerloch auf einen Karren und schoffierte sie ins Altenheim, Spital gab es drum keinen einzigen im ganzen Tal. Im Altenheim hatte es zwar keinen Tokter und auch keine Schwester, doch Platz für Kranke fand sich meist – nur ausgerechnet jetzt nicht. Im Brand war nämlich das Gefängnis abgebrannt, und die Behörden hatten Vehdiebe und Mörder zu den Alten einbeschlossen. So weiblete der Schwiegersohn dann auf Schwanden und gab ds Zwickys zu Verwandten in die Pflege. Dort kamen sie auch zu Bewusstsein und berichteten, danach kam aber bald das Fieber über sie. Der Schwiegersohn war vor dem Brand mit ds Zwickys fürchterlich verstritten gewesen und hatte sich von Frau und Schwiegereltern losgesagt gehabt. Jetzt tat es ihm gar grüüli leid, er blieb an ihren Betten Tag und Nacht und schwor der Frau all Stund und öfter seine Liebe, und sie ihm, derweil das Fieber weiter stieg. Doch erst am säben Mittag hatten sie den Melk geholt, da war die Schwiegermueter gad gestorben, der Schwiegervatter am Erliggen, und bald darauf starb auch die Tochter. Selbst due noch wollte sie der Schwiegersohn nicht lassen und hielt sie päcklet asen eng, dass sie ihn von ihr schränzen mussten, um sie zu waschen und zu binden.

Das fand die Vriinä auch zum Brieggen. »Z'Trotz isch es schüü, hend si sich noch biziitä widergfundä und d Frau het fridlich törfä sterbä«, sagte sie.

Der Melk verlangte dennoch, dass sie ihm in seine Hand versprach, sie well nicht vor ihm sterben. Die Vriinä lachte aber nur und meinte, alles heig seine Ordnung und käme, wie es müsste, ausserdem sig auch der Tod noch nicht das End von allem. Dann lehnte sie sich asen sanft an ihn, dass er nüüt mehr zu sagen wusste und still mit ihr gschaute, wie nadisnah vom Hohwald her die Nacht einbrach. Erst lange später meinte er, er plange bereits nach dem Tag, an dem der Gallati das Toktern wieder übernähmt und er auf Fessis bleiben dürfte und nur noch all Tag mit ihr buurnen.

Später lag er, statt zu schlafen, aber ebigs wach und weckte auch die Vriinä immer wieder zum vermelden, ds Zwickys wären im Fall nicht gestorben, wären sie im Spital behandelt worden, mit einer regelrechten Kur mit Wickeln und Schröpfen und Einleitungen und Ausleitungen, und dass es eine Schande sige, heig's im Glarnerland noch immer keinen Spital. Beim vierten oder fünften Mal dann endlich sass die Vriinä auf und hiess den Melk ds Gotts Namen anderntags aufs Amt auf Glarus gogen meisnen, dass sie ihm einen Spital bauten, jetzt aber herrsche Ruhe, die hätten sie drum alle beide nötig.

Und wirklich lief der Melk am andern Tag aufs Amt und kam danach zur Vriinä auf den Zaunplatz, dort half sie der Hebamme Margrit mit Patienten sälbelen und frisch verbinden, und rief von weitem schon, dass der Gemeinderat den Antrag vom Herrn Heer genehmigt heig und den Beschluss gefasst, das Dorf nach ds Vriinäs Plänen neu zu bauen, ganz ohne Schindeln und mit breiten Strassen, und die Bäche kämen zwischen Müürli oder unter Tag, und gar der Tschudirain sell abgetragen werden und dadermit der Winkel und das Walchergüetli aufgeschüttet.

Die Vriinä aber tat nicht halb so gfreut als wie der Melk und fand nur knödig, asen käme endlich Ordnung in die Sach, und wollte lieber hören, was denn die säben auf dem Amt zur Sach mit dem Spital gemeint hätten. Nüüt hätten sie gemeint, sagte er, stattdessen hätten sie ihm aufgetragen, am Nachmittag zurückzukommen und gad vor dem Gemeinderat persönlich aufzutreten. Säb tat er auch, die Vriinä wartete ihm währenddessen in der Klinik, doch dann kam er so ebigs lang nicht wieder, dass sie zurück auf Fessis musste, zum mit dem Vatter melken, anknen und die Ledi figlen.

Dann irgendeinmal ging sie gogen liggen, und erst im ersten Morgenglühen weckte sie der Melk und tat so überstellig wie ein Goof und schnäderete und verzellte. Kaum nämlich hatte er dem Rat den Fall von ds Zwickys Tod berichtet, hatten die Ratsmitglieder eine Kommission gegründet, die einen Spital planen sell, und ihn zum Kommissionspräsidenten gewählt, und sofort hatte sich die Kommission beraten und beschlossen, er müsste eine Liste machen mit was immer nötig wär für einen zünftigen Spital, und was er auch auf säbe Liste schrieb, das wollte ihm die Kommission bewilligen, so war es jedenfalls versprochen, in säber Kommission hockten drum ausser ihm nur der Herr Heer, der Tschudi und der Gallati, und der Herr Heer hatte ihm im Geheimen schon gesagt, er sell ihm einfach jedes Mal auf Bern telegrafieren, wofür er stimmen müsste, und überhaupt war alles wie im Paradies, gar einen Kreisssaal und eine Kammer für Behandlungen mit iitümpfiger Luft und einen ganzen Trakt allein für Seuchenkranke hatten sie versprochen, und bauen wollten sie noch heuer, vielleicht gar schon im Sommer, und darum war er nach der Sitzung noch ummenand spazifizottlet und hatte geplant und aufgelistet und darob ganz die Zeit vergessen.

Nur Tage später rief der Doktor Gallati ihn zudem zu sich in die Praxis und eröffnete dem Melk, er well sich künftig ganz dem Wiederaufbau widmen, und weil er es kein Lugen fände, wie da der Melk bei Wind und Wetter zmittst am Zaunplatz toktere, und weil der Melk zwar eigentlich das Herrenhaus vom Doktor Tuet geerbt heig – wovon der Melk noch gar nichts wusste – und säb nur leider abgebrannt war, wollte der Doktor Gallati ihm erstens seine Praxis überlassen, bis der Spital gebaut sig, und ausserdem verriet er ihm, der Melk würde dann dort Obertokter.

Fortan war keine Rede mehr von Buurnen auf der Fessis Alp, am liebsten wäre es dem Melk im Gegenteil gewesen, die Vriinä schwestere ihm weiter zu, den Vatter wiederum versuchte er zu überschnurren, dass er ihm eine Kräuterapotheke hege, und weil der Vatter sich ohnehin mit den Jahren überchrampft hatte und ohne Hilfe nicht einmal mehr einen Käsbruch aus dem Chessi heben konnte, schlug ihm der Melk gar vor, die Vehwirtschaft auf Fessis einzustellen. Da wäffelete allerdings die Vriinä mehr noch als der Vatter und stellte klar, als Bauer und als Mann wär ihr der Melk auf Fessis jederzeit willkommen, doch wenn er lieber toktern well, so müsste er schon damit leben, dass sie die Fessis Alp nach ihrer Ordnung führten, und im Zuschwestern sig die Hebamme Margrit ebenso geschickt wie sie. Und weil die Glarner Bauern sich erst wieder Ställe bauen mussten, nahm sie gad z'Trotz noch ds Graaggen Fidels Veh zum Sömmern auf die Alp und anderntags auch noch die Herde vom gschtabeten Frigg.

Nach jener Auseinandersetzung hatten sie sich dafür wieder dopplet gern und heirateten noch im Maien beim Sooler Pfarrer. Das Hochzeit war zwar munzig, mit nur dem Vatter und dem Joggel Marti und ds Tschudis als ihren Gästen, das Fralein Heer war zwar geladen, es kam dann aber nicht und liess auch nüüt vermelden, und nach dem allerersten Gläsli Most im »Bären« wurde der Melk schon wieder fortgerufen, zu einem von den Fremdarbeitern, die nach dem Brand zum Wiederaufbau in das Tal gezüglet waren, der war vom Dachfirst troolet und hatte einen Scheichen abenand. Auch ds Tschudis mussten wieder gogen melken, der Vatter einenweg, so war der Umtrunk nach nur zehn Minütli schon beendet. Die Vriinä hatte sich fest vorgenommen gehabt, sie gech noch mit dem Melk an ihres Müetis Grab, und war drum erst noch tuucht, doch als sie mit dem Vatter durch den Hohwald obsi stieg, fand sie schon wieder, meineids schön wäre der Hochzeitstag gewesen, und überhaupt wäre ihr Leben so appartig wie noch nie.

Das fand sie sogar dann noch, als der Melk sich immer häufiger verspätete mit seinen Patienten und dem Planen für den Spital und seinen Sitzungen mit Notstandskommission und Spitalkommission und Finanzkommission und mit den Liferanten und er drum auf die Nacht oft gar nicht erst auf Fessis lief, stattdessen schlief er in der Ärztestube auf dem Schragen. Denn wenn er heimkam – und wenn die Vriinä dann nicht ihrerseits gad einer Kuh beim Kalberen half oder zum Heuen obsi war und in der Wildi unter einem Dachli schlief, weil halt die Sägetsen im Morgentau am besten griff –, so hatten sie es schön wie früher und weibleten fast immer zämen z'Berg. Dort tat die Vriinä dann dergleichen, sie well dem Melk ein Blüemli brünzlen, davon bekam er hantli einen Stecken, und danach trooleten sie übers Wiesli und schmüseleten mitenand, bis hinterm Glärnischgrat die Sonne nidsi ging.

Wenn sie danach noch Zeit hatten, gemeinsam zu verhocken, gwünderte sie stets, wie jetzt das neue Glarus dreingsäch, und hiess ihn haargenau verzellen und wär am liebsten selber gogen lugen, hätte sie nicht die viele Büetz gehabt, und losete, wie schön und flach und fädig gerade das neue Glarus würde und wie es hiess, ein neuer Zeitgeist blase durch das Tal, vor allem jetzt, da endlich alles seine Ordnung heig und darum besser sig als je zuvor, und während ihr der Melk verzellte, bekam die Vriinä leuchtige Augen und rief, hä ja, mit all den Gässli, Stägeli und Günten wäre davor zu Glarus auch ein gruusigs Gnuusch gewesen.

Nur mängsmal dachte sie für sich, so aufgeräumt und pützlet wäre schon meineids langweilig – sogar hoch in den Bergen war es seit dem Brand wie nüütelig geworden. Wohl waren noch die Planggen fett und voller Katzentääpli und Geissenmäjeli und Maieriesli, sah sie jedoch zum Glärnisch hin und wollte ihres Müetis Gletscher gschauen, war seit dem Brand dort numen noch ein grauer Flären zmittst im Steinigen. Und Finken oder Meisli pfiffen zwar auch heuer, Kuchlepfen schletzten, und allpott juuchzete von einer Nachbarsalp ein Geisser, doch früher war da auch ein Liseren gewesen wie das Werweissen von vielen schüüchen Wildmanndli oder wie der Schnauf von einem Toggeli oder wie das Triissen von einer armen Seel, und von den Tobeln her hatte es diggemal gchoglet und tätscht, als würden sich die Alpgeister in ihrer Gälligen gegenseitig die hohlen Grinden vertschutten. All säb war nümmen, und an gewissen Tagen war der Vriinä darum auch zumut, als lebte sie in einer ebigen Leere gefangen, und das Herz pöpperlete ihr so gesprengt als wie einem verschreckten Vögeli, und allpott konnte sie nur an ihr Müeti denken, wie es auf Fessis immer gschpässiger geworden war und ums Verroden fenderen wollte und Tag und Nacht nur nach der Weite planget hatte und endlich ab und ihrem engen, schweren Mäntsch entschloffen war auf ebig.

So dachte sie hingegen längst nicht alle Tage, und dann kam auch bereits der Herbst, die Glarner holten ihre Herden ab, und sie fand endlich Zeit, auf Glarus zu laufen und sich die neue Ordnung anzulugen.

Schon als sie übers Achseli kam, sah sie, wie weit über Glarus hinaus ein einziges Gläuf von Mäntschen war und Ochsenkarren und Rössern, und als sie näher kam, waren beim Eid die Trümmer vom Brand schon überall verraumt und alles flach und präzis bödelet, und vielerorten standen schon die Mauern für die neuen Häuser oder gar bereits der Dachstock. Der halbe Tschudirain war auch schon abgesprengt, und hinterm Oberdorfbach war ein tiefer Graben ausgehoben für den neuen Lauf, und hinter Glarus stand wie noch ein ganzes Dorf von hellen, frisch gezimmerten Verschlägen, in denen dängg die tuusigs Fremdarbeiter wohnten, und als sie durch das Dorf lief, roch es überall nach Sägmehl und dem Harz der jungen Balken und dem Staub vom Steineschlagen und nach Pulverrauch vom Sprengen unterm

Tschudirain und nach der nassen Erde, die bei der Sprengung durch die Gegend flog. Und z'Trotz im ganzen Dorf ein Gläuf war und ausserdem ein Lärmen und Chäären an allen Ecken, hatte doch alles nur das eine grosse Ziel, dass zu Glarus eine gemeinsame Ordnung entstäch – und sie lief zmittst derdur und konnte immer numen denken, dass *ihre* Ordnung hier entstand, und eine grössere und schönere als alle Kunst! Und wenn die Glarner auch lange schon vergessen hatten, dass sie es war, die ihnen alles säb entworfen hatte, und rüssleten und heepeten, sie sig im Weg und sell woanders spazifizottlen, fand sie den Tag den allerschönsten ihrer Lebtig, noch schöner als das Hochzeit mit dem Melk.

Es weihnachtet

Schon bald nach dem Besuch zu Glarus wurde die Vriinä jedoch eigelig und schweigsam und vertrüllet. Allpott erledigte sie eine Arbeit nicht oder gleich dopplet, oder sie hörte zmittst im Werken auf, weil sie vergessen hatte, woran sie gewesen war. Und immer öfter rief der Vatter sie vergebis und entdeckte sie im Stall, wo sie auf einem Melkeimer verhockte völlig ab der Welt und erst vertwachte, wenn sie der Vatter bei der Nase nahm, und lachte und gestand, sie wüsste selber nicht, wo guggers sie in den Gedanken gad gewesen wäre – der Vatter fragte auch nicht nach.

Dann wieder tat sie wie aufgezogen und sass die halbe Nacht am Tisch und büetzte ihre Aussteuer und fand es schlimm genug, dass sie der Melk ganz ohne Linnen oder überstickte Faselettli heig müssen weiben. Den Keller füllte sie mit Eingemachtem, und alles wurde eingemacht, nicht numen Kohl und Kraut und Öpfelmus, auch Heusalat und Geissenmäjeli und Eichennüssli. Und Haus und Schopf und Stall dünkten sie oft wie angeworfen grüüli aus der Ordnung, dann musste alles umgestellt sein und gefiglet und die Böden abgezogen und gewachst, sogar das Veh band sie der Grösse und der Farbe nach hinter die Futterkrippe.

Der Melk werkte auch weiterhin all Tag bis in die Nacht hinein, oft kam er eine ganze Woche über nicht auf Fessis und sandte mängsmal gar am Sonntag nur ein Botenbüebli heim mit einer Wurst oder vielleicht einem bsunderigen Stöffli, mit dem ein Fremdarbeiter ihn gelöhnet hatte, dabei lag dann ein Zetteli, auf dem geschrieben stand, wie sehr er sie täg missen und dass es vorwärts gech mit dem Spital und dass die Hebamme sie läss grüssen. Die Vriinä schrieb dann auf das Zetteli, sie wäre wohl und grüsse auch, und mit dem Zetteli gab sie dem Botenbüebli noch ein Glas mit eingemachten Rindfleischvögeln, damit der Melk nicht ob dem vielen Toktern magere, und schrieb, er sell sie aber wärmen.

Sie selber kam nur einmal noch auf Glarus, als sie im Winter an der Aussteuer büetzte und zeismal fand, jetzt heig sie einen Sommer lang vergebis darauf gewartet, dass sich das Fralein Heer täg melden, wie es versprochen hatte, dabei wäre es doch viel schöner, sie büetzten ihre Ausstattung gemeinsam und hätten währenddem zu rätschen und ein Glächt, und sprang gad auf und lief zu ds Heers und musste mehrmals klopfen, bis die Frau Heer an die Tür kam und sich wunderte, dass schiints die Vriinä gar nicht wusste, dass das Sabindli schon vor langem ab auf London war. »Ja was«, rief die und wollte es erst nicht fassen und meinte, ja, das Fralein Heer heig sich doch aber nach dem Brand noch umbesonnen gehabt und gemeint, im Glarnerland gefalle es ihm viel, viel besser als zu London, und darum blübe es für immer und wär ihm wieder eine Freundin. Ja, sagte die Frau Heer, kurz nach dem Brand heig das Sabindli in der Tat eine Anwandlung in der Art gehabt, die sige aber gschwind verrochen, und bei der Abfahrt heig es schon gemeint, wahrscheinlich käme es nie wieder heim. Sie hätten sich doch aber nicht einmal Lebwohl gesagt, beschwerte sich die Vriinä und verlor darob ein Trändli, worauf die Frau Heer meinte, dem Sabindli schlage drum das Abschiednehmen so aufs Gemüt, dass es gad niemertem Lebwohl gesagt heig.

Die Vriinä ging darauf zum Melk, um ihm ihr Leid zu klagen, und fand ihn neumeds hinter ebigs hohen Kistenstapeln in der Praxis und erfuhr, beim Räumen in der abgebrannten Bücherei wären ds Tuets Schriften und Notizen aufgefunden worden, die hatte die Gemeinde nach dessen Tod schiints dort versorgt gehabt, und weil der Melk ds Tuets einziger Erbe war und zudem selber Tokter, hatte der Bibliothekar ihn beauftragt, sie zu ordnen.

»Was, hütt nuch?«, rief das Vreneli entsetzt und machte einen Lätsch, da lachte allerdings der Melk und fand, der Tuet heig über jeden Hahnenschiss Buch geführt, das alles zu ordnen dauere Monate und Jahre, und wenn schon einmal seine Frau auf Glarus käme ihn besuchen, täg er gewiss nüüt anders mehr als Feierabend machen und gemütlich mit ihr heimzu beinlen.

Das taten sie dann auch, und während sie der Linth entlang spazifizottleten, berichtete die Vriinä ihm vom Fralein Heer, und er berichtete von seinen Sitzungen und Kranken, und erstmals seit dem Brand verzellten sie enand ganz ohne Pressant, bis alles gschnurret war, das ihnen einfiel. Als sie von Schwanden her den Hoger obsi stiegen, kam nadisnah die Nacht ins Tal, und eine Zeitlang chräsmeten sie stumm, dann fragte sie den Melk, ob er nicht vielleicht sehen well, wo sie das leere Mäntsch von ihrem Müeti due begraben hätten. Das wollte er dann sogar unbedingt, und also gingen sie zum Friedhof, die Vriinä zeigte ihm ds Mariilis Grab, und endlich gab sie sich gar einen Schupf und zeigte ihm das Grab vom Jöri. Natürlich fragte er sofort, ob er der Vatter wäre oder wer, die Vriinä kam ins Briegen und gestand, sie wüsste es ds Gotts Namen selbst nicht, und danach wartete sie schon darauf, dass der Melk anfing pfutteren oder gar z'grindletsen verloff, stattdessen hielt er sie nur fest in seinen Armen und meinte ebigs lieb, es wär auch nümmen wichtig, zumindest nicht für ihn, und danach standen sie bis in die späte Nacht an ds Jöris Grab und hebeten enand, und die Vriinä brieggete die ganze Zeit vor Fröhni, dass sie jetzt vor dem Melk keine Geheimnisse mehr hatte – oder fast keine.

Kurz vor der Weihnacht kam vom Fralein Heer ein zweites maieriesliblaues Briefli, in dem es schrieb, es käme für die Feiertage heim, zu London sige drum so schlecht geheizt, und sie, der Melk und ds Vriinäs Vatter wären eingeladen, den Heiligabend mit ihnen zu feiern. Und weil der Doktor Gallati bereits gefunden hatte, er hüte über Weihnachten dem Melk die Praxis, dass der nicht immer numen chrampfe, schloffen am vierundzwanzigsten die Vriinä und der Melk in ihre besten Kleider, und nur der Vatter brauchte ebigs und hatte erst vergessen, die Schuhe zu polieren, danach fand er sein Faselettli nicht, den Kühen hatte er noch nicht ihr Gleck gebracht, und dabei hatten die auch Weihnacht, und als er endlich aus dem Stall zurück ins Hüttli kam, waren die Schuhe von neuem vergaglet. Da endlich schloff er aus dem Tschoopen und gestand, er blübe einenweg viel lieber bei den Kühen und gech beizeiten gogen liggen, und ds Heers, die würden ihn gewiss nicht missen. Und dabei blieb er, was die Vriinä auch flamänderte und rief, er wüsste nicht, was er versaume, und gab nur stur zurück, das wüsste sie so wenig als wie er.

So gingen sie halt ohne ihn, wenn auch das Vreneli bis hinters Achseli noch ihrem Vatter Schlötterlig anhängte. Ein paarmal ginggete sie zudem in den Schnee und stüübete sich asen selber voll, so dass der Melk sie z'lachetsen abputzen musste, und endlich lachte sie auch selber, z'Trotz meinte sie dann aber, ein Galöri wär der Vatter schon.

Dann wäffelete sie aber nümmen, und zeismal war es ein uuschönes Laufen, so unter dick verschneiten Bäumen, der Neuschnee giirete mit jedem Schritt, ansonsten war es ebigs still und friedlich, und nur der Schnee fiel diggemal von einem Ast, und einmal scheuchten sie ein Reh auf.

Bei ds Heers war es vorbei mit heilig. Der Herr Heer stand noch im Morgenmantel in der Stube auf einem Leiterli und rüttlete an einem Tanndli voller roter Äpfel, das dünn und eischier im Gestältli lehnte, und schimpfte auf den Marti Frigg von Netstal, dass der ihm wieder einen asen magerlächten Baum geholzt heig, und hängte Engelshaar in das Geäst und schlug in seiner Gschtabeten allpott die Äpfel wieder ab. Die Frau Heer pfurrete derweil mit heimlifeissem Blick durch die Zimmer und schleiggte Biigeten von Päckli in Goldpapier mit silberigen Mäscheli darum und jamerete, kaum entdeckte sie die Vriinä und den Melk, dass sie der Brand fast all ihr Erspartes koste und sie im säben Jahr so gar nüüt Rechtes schenken könnten, und höselete weiter um den Rangg und rief noch, das Sabindli sig dann in der Chuchi.

Dort war das Fralein Heer am Guutzlen und schnürte Mandelbrot und Chrämli in Servietten und brauchte weidli ds Vriinäs Hilfe, sonst würde es nicht fertig. So stand die

Vriinä zu ihr an den Tisch, da chienete die Magd, die keinen Platz mehr hatte zum den Znacht bereiten, aber das Fralein Heer hatte dann nur ein Glächt ob ihr, und danach schnäderete es mit der Vriinä ganz wie früher, und bis der Vriinä z'Sinn kam, dass der Melk noch neumeds war, und sie ihn präsentieren wollte, lag der schon auf dem Ofenbank mit einem Büsi auf dem Bauch und schlief.

Dann rief die Frau Heer von der Stube her, das Christkind wäre da gewesen, jetzt käme die Bescherung. Die Vriinä rüttlete den Melk wach und nahm ihn in die Stube. Dort hatte der Herr Heer noch Kerzli auf den Baum gezwickt und gläsige Glöckli und die Kerzli angezündet und alle Lampen abgelöscht, und die Kerzli und das Engelshaar leuchteten asen warm und hell, der Vriinä war zumut, als stünde sie noch einmal vor der Ebigkeit. Derweil ds Heers Liedli sangen, fasste sie ds Melks Hand und liserete ihm ins Ohr, es wär dann übrigens ihr erster Heiligabend zämen. Der Melk fragte aber nur, ob er nicht wieder dürfe gogen pfuusen, und fing sich einen Puff, und gleich darauf hatten ds Heers ausgesungen und gaben enand Küssli und auch der Vriinä und dem Melk und wünschten eine frohe Weihnacht, und während sie den Melk abküsste, gab die Vriinä ihm nochmals einen Knoden und sagte, wenn er nicht brav täg, bekäme er auch sein Geschenk nicht. Und zeismal war der Melk hellwach und lugte ganz verschreckt und rief: »Was Gschängg?«, und er heig für sie im Fall nüüt, worauf die Vriinä heimlifeiss tat und versprach, er heig ihr schon auch ein Geschenk, nur wüsste er davon noch nicht, und sich ob ds Melks Vergelstereten freute.

Im nächsten Augenblick schon war sie selber ganz vergelsteret, von ds Heers bekam sie nämlich vier schneeweisse Liilachen geschenkt mit gar noch geklöppleten Börtli und hatte selbst für ds Heers rein nüüt, nicht einmal für das Fralein Heer. Dem Melk schenkten sie eine schwere, glänzige Pfeife aus Chriesiholz und einen Sack voll Tubak, und als der Melk die Pfeife gar nicht entgegennehmen wollte und fand, er heig von ihnen kein Geschenk verdient, schlug ihm der Herr Heer auf die Schulter und meinte bester Laune, er und die Vriinä hätten nach dem Brand so vieles für das Glarnerland getan, da hätten sie sich dängg ein Pfiifli auf den Feierabend und einen Nugg in weissem Linnen wohl verdient.

Dann gingen sie zum Essen, davor hob der Herr Heer sein Glas und dankte erst der Vriinä, dass sie das Sabindli vor dem Hexer heig errettet, und seiner Frau dankte er, dass sie ihm das Sabindli überhaupt geboren und es aufgezogen heig, dem Sabindli selber dankte er wiederum, dass es jetzt ab auf London sig und nümmen jeden Sonntagmorgen sein Honigbrüüt vom Teller stehle. Da gab es wiederum ein Glächt, bevor er noch dem Herrgott dankte für Speis und Trank und dass der Brand ihnen das Haus verschont heig, und endlich rief er nach Magd und Knecht und dankte ihnen, dass sie ordeli gwerket hätten, versprach, er zahle ihnen einen Weihnachtsbatzen, und schickte sie den Znacht auftragen.

Dann gab es einen Braten und zum Dessert ettis Gschpässigs, das das Fralein Heer von London gebracht hatte und das Pudding hiess, es war dann aber mehr ein Kuchen, nur heiss statt kalt und gesotten statt gebacken und nicht zum essen. Und nach dem Znacht nahm der Herr Heer den Melk mit ins Studierzimmer auf ein Schnäpsli und um dem Melk das Pfeifestopfen beizubringen, derweil das Fralein Heer gemeinsam mit der Vriinä unterm Christbaum sass und ihm ein Heftli mit der neuen englischen Mode zeigte.

Bald schon meinte jedoch die Frau Heer, es wäre Zeit zur heiligen Messe, und die Vriinä suchte nach dem Melk, doch der war weder beim Herrn Heer noch in der Chuchi hinterm Ofen. Erst als sie schon beschlossen hatte, so gech sie ohne ihn, und gwandet unters Türloch stand, entdeckte sie den Melk im Garten, wie er den klaren, schwarzen Himmel gschaute, an dem nur diggemal ein kleines Wölkli vor die Sterne chräsmete, und fasste ihn von hinten und versteckte das Gesicht in seinen Rock und lugte ein, derweil der Melk noch einen rechten Weil so stand und ohne Wank und endlich süüfzgete und meinte, seit dem Brand heig er noch fast keine Zeit gehabt zum übersinnen und dass es schon ein ebiges Wunder sig, wären sie beide hier und zämen.

»Nüd nur mir beid, mir drüü«, entgegnete die Vriinä leise und packte ihn und drehte ihn zu sich und nahm ds Melks Hand und legte sie auf ihren Bauch. Der Melk fragte dann aber nur, ob sie den Vatter meine, und als sie z'lachetsen den Kopf verwarf, fand er, ja also dann verstäch er nicht. Erst als sie ihm verriet, er halte sein Geschenk in Händen, seines und ihres, es gech jedoch noch einen Weil, bis sie es auspacken dürften, schossen dem Melk die Tränen in die Augen, und danach packte er ihre Taapen und staggelete ummenand. Und die Vriinä fand es gad eine meineide Schöni und war so richtig zünftig glücklich, da fing aber das Glöckli von der Burgkapelle an läuten und rief zur Messe, und säb war überhaupt nicht schön. Sie konnte nämlich, als sie das einsame finöggelige Glöckli hörte, nichts anderes denken, als dass es mehr wie ein Sterbeglöckli klang als wie ein Weihnachtsglöckli, und zeismal packte sie die Angst, auch mit dem säben Kind gech wieder ettis letz, und musste an das Jöri denken und wie es sich z'Tod beegget hatte, und fühlte, wie es in ihr tötelete und finster wurde.

Das dauerte jedoch nur ein Sekündli, im nächsten schon verchlepfte es den Melk vor Glück, sie lachte mit ihm und rief gutgelaunt, dass er ihr aber nicht die Hand vermüesle, die bräuchte sie zum Melken, und ganz verschreckt liess er sie fahren und rief, das müssten alle hören, und wollte schon zu ds Heers, da hielt sie ihn zurück und gab ihm Ääli und liserete ihm ins Ohr, bevor es ds Heers erführen, well sie es dem Vatter sagen, der Galöri heig ja ums Verroden müssen bei den Kühen bleiben.

Am Morgen wusste es dann auch der Vatter und hatte eine ebige Freude. Erst als der Melk zu seinen Kranken weiblete, weil er dem Gallati nicht alles überlassen wollte und, mehr noch dängg, weil alle rings erfahren sollten, dass er jetzt Vatter würde, erkundigte sich ds Vriinäs Vatter, ob sie auch sicher sig, dass sie das Kind vom Melk heig und von keinem anderen. Säb Mal schon, sagte sie, und danach freute sich der Vatter dopplet und fand, dann würde es gewiss kein Beeggi wie das Jöri, sondern ein Stilles wie der Melk, und wer zum Vatter einen Tokter heig, der blübe sicher auch gesund und lebe länger als ein Jahr und überlebe sie all zämen.

Die Vriinä selber hatte in den letzten Wochen mängsmal planget, ob es auch wirklich säb Mal besser käme als due mit dem Jöri. Erst als sie diggete wie due und z'Trotz nie keinen Zwick im Ranzen fühlte, vertraute sie darauf, dass alles anders sig, und freute sich, dass säb Kind einen Vatter heig, von dem es lernen würde, was es zum Leben bräuchte, und der ihm sorgen täg und Ääli geben, so dass es keine Schlängli oder Chrotten nötig heig zum Glücklichsein.

Schon vor der Weihnacht hatte sie entschieden, das Fralein Heer sell ihrem Kind die Gotte sein, und hätte nicht der Vatter asen eigelig getan, so hätte sie am Christfest allen laut verzellt, dass sie das Kind bekäme, und es gefragt, ob es well Gotte werden. So musste sie ein zweites Mal auf Glarus, der Melk schlug vor, sie gingen gad am Weihnachtstag und alle beide. Doch an der Weihnacht musste sie will's Gott zum Bersiäneli, das hatte sie noch überhaupt nie besucht, seit sie zurück war aus der Ebigkeit, und dabei musste es doch hören, dass sie das Hexenhuttli vor dem Schnee daheim vergessen hatte und z'Trotz nicht tot war, vor allem aber wollte sie dem Bersiäneli das Huttli schenken, das litt doch asen unter seinem Gsüchter und könnte derenweg sein Hüttli ringer heizen.

Doch schon beim Aufstieg auf den Urnerboden war alles so still wie früher nie, am Berglistüüber und am Ölstüüber und am Hellstüüber und am Fall war auch nicht das kleinste Toggeli am Pfurren, auch sonst war keine Seele unterwegs. Und auf dem Bödeli war alles hoch verschneit, erst fand sie nicht einmal das Hüttli, und als sie es entdeckte, war der Fels bereits so weit darüber hin gewachsen, dass nur ganz unten noch ein Spalt war, durch den sie langen konnte zum an die Türe tämeren. Es war dann aber alles vergebis, das Bersiäneli war fort, auf seine vierte Reise um die Welt dängg, die Tierli rings um den Hans-Chaschperli waren entweder mit oder sonst ab, nicht einmal die armen Seelen im Brotkasten machten einen Wank.

»Dorum het's au ob Fessis asä tötelet«, sagte die Vriinä sich und wollte sich gern freuen, dass das Bersiäneli endlich dem Tod entgegenreisen durfte. Sie war dann aber doch vor allem traurig, zudem warf sie sich vor, dass sie nicht sofort nach dem Brand das Bersiäneli besucht heig. Sie konnte aber nur das Hexenhuttli in den Schlitz am Felsen schoppen für den Fall, das Bersiäneli heig ettis Züügs vergessen und kehre nochmals um, oder es sende eines von den Tierli, dann wüsste es danach zum mindesten, dass sie an ines dachte.

Beim Abstieg wurde sie noch immer trauriger und musste allpott daran denken, dass mit dem Bersiäneli das letzte Mäntsch aus ihrem Leben fort war, das seinem Müeti wie verwandt gewesen war, und zeismal kam der Vriinä das ganze Glarnerland tot und verlassen vor und überhaupt nicht weihnächtlich. Erst als sie z'Tal war und am »Adler« zu Linthal vorbeikam und sich erinnerte, dass just im säben Haus ihr Müeti aufgewachsen war und dass vor Jahr und Tag ihre Pflegeeltern auf die Fessis Alp gekommen waren, ds Leglers, und sie auf Linthal zum Besuch geladen hatten, wurde der Vriinä wieder warm im Herzen, und sie sagte sich, so wäre doch nicht alles fort, das sie mit ihrem Müeti täg verbinden.

Auf einer Tafel an der Tür stand zwar, es wäre Feiertag und zu, die Vriinä konnte auch kein Licht entdecken, doch als sie nach dem Türknopf langte, fand sie die Tür z'Trotz unverschlossen und ging hinein, wo die Frau Legler in der finsteren Wirtsstube gad die Tische wischte und ds Vriinäs Schritte hörte und nicht einmal aufsah und nur müeslete, sie hätten zu, das stäch doch bei der Tür. Erst als die Vriinä stumm blieb, schupfte die Frau Legler sich ein Strähnli aus der Stirn und liess den Hudlen in das Seifenwasser fallen und richtete sich auf und lugte bös zum dunklen Gang und wollte gad ein Zweites pfutteren, da sagte ihr die Vriinä, dass sie die Tochter vom Mariili sig und numen gschwind hereingekommen zum eine frohe Weihnacht wünschen. Da starrte die Frau Legler erst nur ebigs, dann nadisnah kam aber wie ein feines Licht in ihre Augen, das Kinn fing ihr an zitteren, doch schwieg sie nach wie vor, der Vriinä wurde fast schon gschmuuch, gleichzeitig fand sie gschpässig schön, wie schüüch ds Mariilis Pflegemueter tat, und wollte so gern ettis tun zum ihr helfen und wusste nur nicht, was, bis sie zuletzt ganz ohne studieren sagte, dass sie jetzt selbst ein Kind erwarte, und wenn sie well, dürfe die Frau Legler dem Kind die Gotte sein.

Danach stand die Frau Legler gad noch steifer, nur dass das Kinn noch fester gwagglete, dann wurden ihr die Lippen schmal, und endlich zog es ihr die Winkel nidsi, als müsste sie gleich weinen, die Vriinä konnte nur noch nicht erkennen, ob in der Freud oder im Leid – bis endlich die Frau Legler stumm den Arm ausstreckte und ds Vriinäs Taapen langen wollte.

Im Gleichen aber kam der Legler aus der Chuchi gsegglet, schwang den schweren Bratenrost wider die Vriinä und flamänderte, dass sie nur ja die Frau im Frieden läss. Darob verschrak die Vriinä zünftig, doch noch viel mehr verschrak die Frau und fing an wiechsen und täubelen, dass der Vriinä nichts übrigblieb, als kehrtzumachen und so gschwind als möglich zu verhöselen. Der Legler rannte ihr noch nach bis vors Dorf und rief, sie wäre ds Tüüfels und ein Galgenvogel wie ihr Vatter, erst heig er das Mariili fort und in den Tod gelockt und ihnen dadermit auf ebigs allen Seelenfrieden abgestohlen, jetzt käme sie und well gewiss nur an ihr Geld, doch ohne ihn! Und endlich segglete er gar zurück zum »Adler« und schoss vom Dachstock aus mit dem Gewehr nach ihr, so dass die Vriinä bis auf Rüti alles rennen musste.

Als sie auf Fessis ankam, rupfte es ihr im Bauch, und kötzlig war ihr wie noch nie. Dann kam der Melk von Glarus heim und untersuchte sie und fand, womöglich heig sie einen Schranz in der Plazenten oder in der Fruchtblateren, und sirachte, warum sie auch heig müssen segglen wie ein Aff und ihrer beider Kind gefährden. Die Vriinä rüsslete zurück, ob sie den Legler denn gescheiter hätte sie verschiessen lassen und dass sie nur heig wellen dafür sorgen, dass an der Weihnacht Frieden sig und Ordnung. Der Melk befahl ihr, eine Woche still zu liegen und süttigen Süessmelchteren- und Sonnenrösli-Tee zu trinken, die Vriinä aber war noch immer gällig und rief, ganz sicher täg sie keine Woche lang im Nest verhocken, ja und zudem heig der Herrgott in sein Buch geschrieben, der Vatter sell seiner Lebtig nümmen müssen trauern, drum könne ihr gar nüüt geschehen. Zum es beweisen sprang sie dann gad auf, doch sofort stach es sie im Bauch, und trümmlig wurde ihr und wieder schlecht, und als sie ablag, hatte sie nicht einmal mehr die Kraft zurückzugeben, als der Melk schon wieder fand, wenn sie im Fall das Kind verliere, sig sie an allem schuld.

Die Wahrheit um ganz vieles

Am nächsten Morgen stieg der Vatter ohne sie zum Gufelstock und fütterte den Gämsi und den Rehen Weihnachtsheu, und selbst als sie zur Altjahrsnacht zur Gnüüsswand wollte und fand, jetzt wäre sie doch eine Woche lang gelegen, verbot es ihr der Melk und hiess den Vatter sie bewachen. Z'Trotz stand sie auf, sobald der Vatter melken musste, doch sofort schränzte es von neuem, sie jääblete und lag gad wieder ab und fing vom Vatter und vom Melk noch Schimpfis ein.

So wurde es Neujahr und dann Dreikönig, das Fralein Heer fuhr wieder ab auf London, bevor die Vriinä fragen konnte, ob es äch well als Gotte dienen, denn die lag noch den ganzen Winter über still und las im Buch für Hausmüeterli erst fürsi und dann wieder hindertsi, und wenn sie nicht mehr lesen wollte, so gschaute sie zum Fensterloch hinaus, was draussen vor dem Hüttli vor sich ging, obwohl dort gar nichts vor sich ging, ausser dass diggemal die Geissen, wenn sie der Vatter zum Verluften aus dem Schlag liess, z'schlotteretsen übers Bödeli spazifizottleten, soweit der Schnee gekehrt war, und dass mängsmal früh am Morgen oder vor dem Einnachten ein Rehli kam und wieder ging, und dass bei klarem Wetter auf die Nacht hin oft der Glärnischspitz über den schwarzen Tannenwipfeln erst goldig wurde und dann röötsch, und meist kam glii darauf der Vatter mit dem Talglicht ins Hüttli und reisete den Znacht, und irgendwann kam auch der Melk vom Tal herauf, ausser er blieb zu Glarus, und jedenfalls war wieder ein Tag vorbei.

Deswegen hatte sie mit ihm auch einmal zünftig Streit. Als sie ihn fragte, wie er eigentlich dereinst ihr Possli well erzüchen, wenn er fast nie daheim wäre, meinte er ganz vertwundert, er heig geglaubt, das wäre ihre Sach. »Ja, au nuch!«, rief sie ebigs gällig und gab zurück, sie wäre amel auch vom Vatter aufgezogen worden, ihr Müeti wiederum von ihrem Vatter, so sig die Ordnung. Zudem sig sie schon lang genug mit ihrem Füdlen an das Bett gebüetzt gewesen, und wenn das Kind erst auf der Welt sig, well sie drum auch hantli wieder ab in die Wildi, und endlich gogen fenderen well sie auch, auf London oder auf Paris, nicht anders heig's ihr Müeti drum gehalten und ds Müetis Müeti. Der Melk rief ganz entsetzt, das wäre aber wider alle Ordnung, und fragte, ob er wegen dem Kind öppen sell seine Patienten sterben lassen, und dachte wohl, sie sage, sicher nicht, stattdessen rief die Vriinä aber, toktern könnten dängg auch andere, dem Kind ein Vatter sein hingegen könne numen er. Ihr Vatter wäre amel auch noch da, gab in der Not der Melk zurück, und sofort rief die Vriinä nach dem Vatter, und als er in der Kammer stand, hiess sie ihn dem Melk erklären, was eine rechte Ordnung wäre. In ds Vrenelis Familie well es in der Tat der Brauch, erklärte der darauf dem Melk, dass ds Posslis Vatter gaume, nicht die Mueter – bislang zumindest sige säb der Brauch gewesen, fand er noch, und mehr zur Vriinä als zum Melk, vielleicht erfänden sie gemeinsam ja noch eine bessere Ordnung. Da wurde allerdings die Vriinä vollends

357

gällig und schneerzte, eine stets andere Ordnung wäre wie gar keine, und wollte hören, ob sie öppen lieber hätten, sie würde stigelisinnig wie seinerzeit das Mariili, und lieber hätten säb der Vatter und der Melk natürlich nicht.

So kam der Melk von da an öfter heim und sass mit einem Putsch Papier vom Tuet zu ihr und blätterte ihn durch und las ihr vor, sobald es spannend wurde, und spannend wurde es recht oft. Der Tuet hatte drum haarklein festgehalten, wie er due mit dem Fränz das Pestweib hatte bodiget und wie er dadermit den Hexer hässig machte und ihm versprechen musste, er sorge als Entgelt dafür, dass fortan jedes Jahr die Linth das Glarnerland bis in die March hinab täg überschwemmen, so dass danach das Fieber wüte. Über sein Müeti las der Melk, dass es ein ganz normales Mäntsch gewesen war und keine Hex, hingegen hatte schiints der Hexer einst dem Fränz eine Pestbeule angezaubert als Rache für das tote Pestweib, die säbe Beule schnitt der Fränz sich dann daheim auf ds Doktor Tuets Geheiss hin ab und naglete sie in ein Astloch, dort wartete sie auf den Tuet, weil der versprochen hatte, er käme dereinst zum sie bannen, doch dafür hätte er den Hörelimaa um Hilfe bitten müssen, und das war ihm die Sach nicht wert. Drum blieb die Beule dann im Hüttli und plagete das Anneli und machte es so struub im Grind, dass es in der Vergelstereten ds Melks Brüederli verrupfte und die Beule freiliess und mit dem halben Fridli floh auf ebigs, derweil die Beule wieder auf den Fränz sprang und ihn doch noch tötete.

Dass jetzt der Melk nach all den vielen Jahren doch erfuhr, was ihm die Eltern und das Brüederli vernüütet hatte, freute die Vriinä ordeli – nur einen munzig kleinen bitz war sie verärgert, dass nicht sie es ihm herausgefunden hatte. Am nächsten Tag entdeckte er gar eine Liste, die bewies, dass der Tuet bei anderen Gelegenheiten durchaus mit dem Hörelimaa päktlet hatte, nur nicht dem Anneli zuliebe, fast ein ganzes Heft voll fand der Melk alleine mit den Namen all der Toten, die einst der Tuet dem Tüüfel anempfohlen hatte, und den Ärbetli, die ihm der Tüüfel daderfür verrichtete.

Selbst über ds Fralein Heers Erkrankung und seine Kur mit ozeanisch Wasser hatte der Tuet in den Schurnalen Buch geführt. Als drum der Glarner Rat den Holzabbau reglementierte und zudem beschloss, die March und alle Sümpfe auszutrocknen, kam eines Nachts der Hexer heim zum Tuet und wäffelete bös, im Fall der Tuet jetzt sein Versprechen nümmen könne halten, all Jahr die March zu überschwemmen, so sig ihr Handel keinen Bockmist wert und also wäre er auch wieder frei, dem Tuet sein Leben abzustehlen. So war der Tuet gezwungen, den Tüüfel anzustellen, dass er ihn vor dem Hexer schütze, sonst hätte der ihn totgeschlagen. Er fand das Päktlen mit dem Tüüfel aber mühsam und schrieb in sein Schurnal, wie froh er sig, heig endlich einer von ds Hexers Söhnen das Fralein Heer verzaubert, denn das entzauberte sich wieder und tötete dabei den Hexerssohn, worauf der Hexer selbst das Fralein Heer entführte, um sich zu rächen, wobei er schiints von einer Hex in Fuchsgestalt daran gehindert wurde ...

»Hä gwüsst, er hett mi nüd erkännt«, rief die Vriinä.

»Wart ab«, fand allerdings der Melk und las der Vriinä weiter vor, dass nämlich due der Tuet ein besseres Geschäft gewittert hatte als das Päktlen mit dem Tüüfel, und zwar bot er dem Hexer an, er bodige das Fralein Heer für ihn, dafür wär fortan Ruh und Frieden zwischen ihnen.

»Ha's gwüsst«, rief sie, »ha's gwüsst!«, und gumpte fast zum Bett hinaus und fühlte aber sofort wieder Schmerzen, so dass der Melk sie untersuchen musste, die Vriinä dagegen musste versprechen, sie liege fortan still und rege sich nicht auf, sonst wollte der Melk nicht weiterlesen.

Der Märchler Hexer hatte drum dem Handel eingeschlagen und verschaffte gar dem Doktor Tuet das ozeanisch Wasser, mit dem der Tuet das Fralein Heer vergiften sollte, und alles war schon fast vollbracht gewesen, da kam die Vriinä mit dem Hexenhuttli, hinter dem der Tuet gad einen Gegenzauber witterte, vor allem aber überschnurrete sie ds Heers, das Fralein Heer seiner Behandlung zu entzüchen und es zur Kur zu schicken.

»Das isch älleigä ufem Fralein Heer siim Mischtstock gwachsä«, beschwerte sich die Vriinä.

»Hä ja nu«, entgegnete der Melk, in ds Tuets Schurnal stäch's asen, vor allem aber stand darin, der Hexer heig danach den Tuet schon wieder wellen töten, zum guten Glück war er aber inzwischen recht verarmt, so bot der Tuet ihm an, er leihe ihm um wenig Zinsen Geld, das war dem Hexer dann auch recht. Der hatte drum beim Tüüfel zwar noch einen rechten Batzen angelegt, der wiederum hatte sich selbst verwirtschaftet und gad kein Bares mehr und konnte drum den Hexer nicht auszahlen – wobei, er hatte schon noch eine Schwetti bares Gold im Vorrat, der Vorrat lag sogar im Glarnerland, nur hatte etter ihn mit einem Bann belegt, so dass der Tüüfel nümmen zuechen kam und auch kein anderer, es sige denn, er fand ein ganz bestimmtes Gold vom säben Gold mit nämlich einem Zeichen eingeritzt und legte das säb Goldstück auf die Pforte, die zur Vorratskammer führte, und fuhr das Zeichen mit dem Finger ab, und säb bei Leermond, dann endlich war der Bann gelöst.

»Im Glarnerland«, vertwunderte die Vriinä sich, »und wo?«

Es stand dann aber nur noch im Schurnal, der Tüüfel heig dem Hexer und dem Tuet die Hälfte von dem Gold versprochen, so sie den Bann vernüüteten, die grösste Schwierigkeit von allen aber sig, dass drum der Bann so mächtig wäre, dass keine Hexer, Geister, Mendrisch und so Züügs, ja nicht einmal der Tüüfel selbst die Alp betreten dürften, auf der der Schatz verlochet sig – es sige denn, es rufe sie ein Mäntsch, das auf dem Bödeli daheim war.

Mit jenem Eintrag endete das elfte Heft von ds Tuets Schurnal, das zwölfte fand der Melk nicht in der Schwetti Dokumente, die der Tuet ihm hinterlassen hatte.

Stattdessen fand er Briefe, die der Hexer an den Tuet geschrieben hatte. Vor dem ersten hatte schiints der Tuet versucht gehabt, die Vriinä in sein Haus zu locken, doch vergebis, weshalb der Hexer ihm schrieb, er sell die Vriinä in ein Wasser locken, sig's ein Fluss oder ein Bad, dass er selbst es dort päckle. Beim zweiten hatte offenbar der Tuet die Vriinä schon ins Bad im Tüütschen zöchtet, der Hexer schrieb ihm drum, er sig als Schlängli in das Vreneli gefahren und heig es begattet, so dass es übers Jahr ein Kind gebären müsste, säb könne er dann auf der Fessis Alp besuchen.

Die Vriinä hatte schon seit langem nur noch stumm geloset und schlotterete nadisnah und wurde nass im Schweiss, doch erst als ihr der Melk den letzten Satz gelesen hatte, liess sie einen Wiechs und rief, als well sie nicht begreifen, ja was, der Sausiech wäre ds Jöris Vatter? Und als der Melk dazu noch anderes in den Papieren fand, hielt sie sich beide Hände vor die Ohren und jääbelete, sie möge nüüt mehr ghören, nie mehr, ihrer Lebtig nicht, und alle ds Tuets Notizen müssten sofort ab der Alp, und dabei schoss das Wasser ihr wie Bäche aus den Augen.

Die nächsten Tage blieb sie schweigsam, und mängsmal brieggete sie noch im Stillen. Dann aber kam der Frühling, Hummeli und Vögel weibleten im Wiesli vor dem Fenster, und endlich wurde auch die Vriinä wieder gschäftig und hockte Stund um Stund in doppleten Kissen und nähte oder lismete Gwand für das Kind und schnurrete mit ihm und sang ihm all die welschen Liedli, die sie von ihrem Müeti kannte. Und weil sie nicht mehr alles recht erinnerte, stand sie auch einmal auf und wollte nur gschwind in den Keller zum sich bsinnen. Sie stand jedoch noch nicht einmal auf beiden Füssen, da lag sie auch schon wieder ab und jääblete und hatte für drei Tage Schmerzen.

Dafür rief sie den Vatter zu sich und fragte ihn nach tuusigs Sachen, warum das Mariili due überhaupt mit ihm gegangen war, wenn es am allerliebsten nur gefenderet wäre und durch die Luft gehummelet, und ob es denn aus freien Stücken auf der Fessis Alp geblieben war oder nur darum, weil es diggete, und ob es überhaupt ein Müeti werden wollte, und ob es, als es ganz zuletzt auf ebigs ab der Alp war, wohl gern gegangen war, und ob's es nicht zumindest einen kleinen bitz gereut heig, Kind und Mann zurückzulassen.

Der Vatter wusste erst darauf rein nüüt zu sagen und

müeslete nur ummenand und machte, dass er in den Stall kam, doch endlich hockte er zur Vriinä zuechen und verzellte, wie er seinerzeit im »Adler« dem Mariili ins Gesicht versprochen heig, er gech jetzt um säb Gämsi, und auf ein kleines Gletscherli ganz hoch am Glärnisch gchräsmet war. Auf säbem hatte er drum das Mariili früher einmal sitzen sehen, das war, als das Bersiäneli ihm riet, er sell doch Fessis übernehmen, und due schon hatte ihm das Mariili gar meineids gut gefallen gehabt mit seiner Haut wie Nidel und den honiggelben Augen. Auf säbem Gletscherli verhockte er und wartete nur ab, zwei Tage und zwei Nächte lang, und stieg dem Gämsi gar nicht hinterher und musste auch nicht. Am dritten nämlich kam drum das Mariili ganz von allein und hockte neben ihn und wollte wissen, wie er wüsste, dass es auf säbem Gletscherli daheim sig. Danach verzellte er, wie er es due gesehen heig und es nicht anzusprechen wagte, weil er nicht lang davor mit Tod und Tüüfel übereingekommen sig, all seine Sünden noch auf Erden abzubüssen, seither hafte die Angst an ihm, er bringe Unglück über die Mäntschen.

»Und si het aber gar kei Angscht ghaa?«, fragte die Vriinä gespannt.

Im Gegenteil, antwortete der Vatter, ein ebiges Glächt heig das Mariili nur gehabt, und endlich heig es ihm verraten, ihm selber hafte drum auch ettis an, das wäre der Grund, warum es nie einen Mann genommen heig. Sein Müeti sige nämlich immer wieder ab und in die Wildi und wäre eigentlich am liebsten fort für immer, nur seinetwegen blieb es z'Tal und sorgte ihm für Speis und Trank und wurde darum ganz zuletzt von seinem ersten Mann erschlagen, es und der Vatter.

Seither war das Mariili überzeugt, es bringe Unglück über die Mäntschen.

Da hatte auch der Vatter lachen müssen und nach ds Mariilis Hand gelangt, und das Mariili hatte ganz von selbst nach seinem Gämsi gheepet und ihm, als es zum Gletscher kam, den Bändel abgenommen. Den heig das Bersiäneli ihm seinerzeit geschenkt gehabt zum Schutz vor fremdem Zauber, meinte es dazu, und welenweg wäre das alles Gugus, doch vielleicht heig es ja auch recht gehabt, zumindest well es jetzt gern daran glauben und sich den Bändel mit ihm teilen und sehen, ob sie zämen glücklich würden. Und käme z'Trotz ein Unglück über sie, so sell's ds Gotts Namen – stets nur allein zu sein, sig auf die Dauer auch kein Gfell.

Beim Abstieg erst hatte der Vatter dann gefragt, ob das Mariili denn auch Lust auf Buurnen heig, es wäre drum ein hartes Tagwerk, und ein Tag wäre wie der ander, worauf es ihm zur Antwort gab, vor Jahr und Tag heig ihm das Bersiäneli einst angeboten, es well ein Hexli aus ihm machen, so dass es zaubern könnte, was es well, den Mäntschen Streiche spielen, fenderen, was immer. Das heig es aber abgelehnt, im Gegenteil heig ihm drum immer traumet, es heig dereinst ein Leben haargenau wie alle anderen, mit Kind und Mann und regelrechtem Tagwerk. Es wisse nur halt nicht genau, ob es zu sertigem auch wirklich tauge, womöglich sig es viel zu gischplig und zu verschtuunet. Und säb war endlich auch das Einzige, das es vom Vatter sich erbat: dass er es züchen läss, falls es mit einem ordeligen Alltag nicht z'schlag käme und ihm zu fest nach anderem plange.

»Und hesch's versprochä?«, fragte die Vriinä.

Er nähmt es, wie es käme, sagte der Vatter, heig er dem

Mariili versprochen und gemeint, er wüsste wohl, dass es ein bsunderigs Mäntsch sig, und anders würde er es auch nicht wellen haben.

»Was hett's dä gmeint, won ich uf d Welt chu bi?«, fragte die Vriinä und wusste gar nicht recht, ob sie es wirklich wissen wollte.

»Nüd viil«, antwortete der Vatter, »duch glüüchtet het's.«

»So hett's nüd öppä gmeint, ich heb es uf Fessis, und derbii well's furt?«

Nein, sagte er, nie heig's auch nur ein Wort gesagt, dass es das Vreneli zum Bleiben zwinge. Allein der ebigs gleiche Alltag heig es plaget, und mehr als einmal war es ab und kam dann doch zurück – nicht weil es hätte müssen, allein, weil es das Vreneli nicht missen wollte.

Gesagt heig es säb aber nie, stellte die Vriinä richtig und blieb dabei, wenn sie nicht auf der Welt gewesen wäre, wäre ihr Müeti noch am Leben.

Das fand der Vatter einen rechten Habasch und sirachte mit der Vriinä. Als sie aber graduus fragte, ob das Mariili auch nur ein einziges Mal gesagt heig, dass es froh sig, gäbt's das Vreneli, oder gar mehr, gestand er ein, nein, sertigs heig es nie gesagt. Es sige aber auch nicht seine Art gewesen, fügte er hinzu, ihm selber heig es auch kein einziges Mal ins Gesicht gesagt, es heig ihn gern, und doch heig es ihn gern gehabt.

»Und wegäwerum isch's dänn ab?«, fragte die Vriinä nochmals.

Der Vatter meinte aber nur, es heig ds Gotts Namen müssen an die Luft, das sig so seine Natur gewesen, ein Hummeli müsste fliegen. »Ussertem«, fiel ihm dann ein,

»isch es sich vu dihei gwännt gsiih, dass stets der Vatter ds Chind tuät gaumä und ds Müeti gaht i d Welt.« Er heig ja noch versucht, ihm eine neue Ordnung beizubringen, doch schiints vergebis.

Das allerdings hätte die Vriinä auch gar nicht gewollt. Wenn sie ihr Müeti wirklich um der Ordnung willen verlassen heig und nicht, weil es sie leid gewesen wäre, so heig sie daran nüüt zu määggelen, meinte sie im Gegenteil und war mit einem Mal fast wieder fröhlich und gab dem Vatter einen Schupf, damit er endlich ging den Znacht gogen reisen.

Das Vreneli gebiert die schönste Kunst

In den nächsten Wochen hatte sie auch wieder öfter ein Glächt, und wenn das Kind in ihrem Ranzen überstellig tat und fand, es müsste ginggen und so wüst, dass sie bei ihrer Büetzeten die Nadel nicht mehr führen konnte, schimpfte sie im Gschpass mit ihm und drohte ihm, wenn es so weiter gingge, müsste es in ds Melks Bauch weiterwachsen.

Nicht minder fröhlich weckte sie den Melk dann eines frühen Morgens und sagte ihm, das Meitli wäre unterwegs.

»Was, weles Meitli?«, fragte er und schlief schon wieder halb, doch als die Vriinä sagte, ihrer beider Meitli halt, sprang er auf und rief dem Vatter und gschaute ds Vriinäs Unterbauch und wie die Wehen rüttleten und wollte wissen, woher sie wüsste, dass es ein Meitli würde. Sie fühle es, antwortete die Vriinä, während sie schon schob und morgsete, und zwischen einer Wehe und der nächsten gab sie kund, es müsste Blüemli heissen.

»Blüemli«, rief der Melk entgeistert, »Jesses! Wegäwerum Blüemli?«

»Wil mer's biim Gletscherbrünzlä gmacht händ dängg«, rief sie und konnte nicht begreifen, dass er fragen musste.

»Hä ja, das hemmer«, sagte er und half dem Kopf vom Possli an die Luft und schwieg. Erst als der Vatter mit dem heissen Wasser kam und sich verwunderte, wie rassig das jetzt wieder gech, tat auch der Melk das Maul wieder abenand und müeslete, die Vriinä well's im Fall dann Blüemli namsen.

»Blüemli!«, rief der Vatter so entgeistert wie davor der Melk und fand, sie hätten früher eine Geiss gehabt, die Blüemli hiess.

Bevor die Vriinä aber zünden konnte, kam schon das Kind zur Welt und war beim Eid ein Meitli, ein ganz langes, zartes mit fast weissem Haar und Tääpli asen schmal und schön, als wäre es ein Engeli. Dem Vatter wurden in der Freud die Augen nass, und weidli meinte er, das Veh sig drum noch nicht gemolken, und machte, dass er aus dem Hüttli kam. Die Vriinä rief derweil nur ein ums ander Mal, das wäre jetzt schon noch die schönste Kunst, die jemals etter bislet heig, und nur der Melk blieb stumm und staunte, und endlich schlug er vor, wenn Blüemli kein Name für ein Mäntsch sig, so könnten sie es vielleicht Rösli nennen.

Dem willigte die Vriinä ein, bevor sie beide Augendeckel schloss und gad so tief und lange nuggte, als heig sie ebigs nicht geschlafen.

Als sie die Augen wieder auftat, war vor dem Fenster ein graber und verhangener Tag, vom Stall her hörte sie die Kühe brüllen, und während sie geschlafen hatte, war dängg das Rösli auf sie gchräsmet und pfuusete jetzt zmittst auf ihr, das eine Tääpli an ihr Ohr geklammert, das zweite lag auf ihrer Brust. Die Vriinä machte erst das Rösli los und legte es aufs Bett, dabei bemerkte sie, dass unter ihr das Linnen pflotschnass war, und glaubte erst, das Rösli heig geronnen.

Doch dann begriff sie, dass sie selber asen schwitzte, und wollte auf und frisches Linnen holen und war nur viel zu schwach zum sich verroden, und während sie noch chrampfte, stand mit einem Mal die Hebamme Margrit neben ihr und rief: »Nüüt isch!«, und hiess sie numen ja still liegen.

Das Rösli sig doch aber jetzt geboren, stellte die Vriinä fest, und seit dem Winter plange sie nach dem Tag, an dem sie wieder aufstehen dürfe. Es fehle ihr auch nüüt, sie wäre nur das Stehen nümmen gewohnt.

Höchs Fieber heig sie, gab die Hebamme knapp zurück, und damit gelte es keinen Gschpass.

»Mir chu duch aber nüüt mih gschiih«, beschwerte sich die Vriinä. »Dr Herrgott selber hett versprochä, er täg dr Vatter nümmä plagä.«

Da wurde zeinersmal die Hebamme so bleich, dass auch der Vriinä trümmlete. »Was?«, fragte sie und wollte hören, was sie asen plage.

Die Hebamme gab aber nur zur Antwort, der Melk wäre der Tokter, nicht sie. Und als die Vriinä meisnete, sie well nicht warten, bis er irgendeinmal z'Nacht von seinen Glarner Kranken käme, liserete sie, er sig nicht z'Tal, und schien das Brieggen zu verheben.

»Wo isch er dä?«, fragte die Vriinä und wollte nach ihm rufen, es kam dann aber nur ein Chrosen aus dem Rachen, dann musste sie husten. »Und was tüänd d Chüä im Gadä asä meisnä?«, bohrte sie, sobald sie wieder reden konnte.

Auch darauf gab die Hebamme keine Antwort, doch endlich kam der Melk ins Hüttli, gab der Vriinä Ääli und fühlte ihr die Stirn. Dann schickte er die Hebamme um kalte Wickel.

»Melk, was tüänd d Chüä au deräwäg?«, wollte sie wieder wissen.

Jetzt brachte auch der Melk das Maul nicht abenand, die Vriinä wollte ihm bereits die Meinung stossen, da gestand er leise: »'s isch dr Vatter.« Der war nach ds Röslis Niederkunft die Kühe gogen melken und kam und kam nicht ummen. Zuerst hatte der Melk geglaubt, der Vatter well im Stall nur ruhigen, und wickelte derweil das Rösli, dann bettete er noch die Vriinä, die due schon schlief wie tot. Doch zeismal tat das Veh wie närsch, und als er in den Stall kam, lag der Vatter zmittst in der Strau und war ganz bleich und grab und hatte schiints ein Schlägli abbekommen.

Zumindest aber lebte er. So legte ihn der Melk ins Stroh und schnitt zwei Böllen auf und band die Hälften mit zwei Schnuderlumpen auf ds Vatters Stirn und Ohren und packte ihn in Essigsocken, dann rannte er zum Joggel Marti, dass der die Hebamme Margrit hole.

»Und wiä schtaaht's itzed um nä?«, liserete die Vriinä.

Er ligge immer noch wie tot und schnaufe zwar, antwortete der Melk, es könne aber niemert sagen, wie sehr sein Oberstübli Schaden heig genommen. Vielleicht – und säb wär dängg noch nicht einmal das Schlechteste, fand er – vertwache er auch nümmen.

Z'Trotz drang er in die Vriinä, dass sie sich nicht sorge, sie müsse jetzt sich selber lugen, und trinken sell sie, das vor allem, viel trinken, um das Fieber auszuschwitzen. Die Vriinä trank auch, allerdings nur einen Schluck, dann hiess sie ihn Papier und Schreibstift reichen, und als er keinen Zettel fand und rief, was überhaupt das Ganze sell, sie müsste ruben und nicht schreiben, liess sie nicht lugg und hiess ihn ihr das Handbuch für Hausmüeterli bringen und Kissen in den Rücken schoppen, und als der Melk flamänderte und rief, das täg er nicht, das lüffe seiner ärztlichen Vernunft zuwider, nahm sie seine Hand und war mit einem Mal ganz ruhig und sagte ihm gerade ins Gesicht, der Herrgott heig sich sicher einiges gedacht, als er den Vatter umgelitzt heig, vermutlich well er derenweg verhindern, dass sich der Vatter plage, wenn er sie zu sich hole. Und als der Melk sie ghüüslet ansah und nichts zu sagen wusste, fuhr sie fort, säb gschäch zwar früher, als sie selbst erwartet heig, und lieber wäre sie noch mängsmal mit dem Rösli in den Käskeller gehockt und hätte ihm von früher berichtet. Die Ordnung hätte aber einenweg verlangt, dass sie gech gogen fenderen, und für sich selber freue sie sich auch, jetzt endlich treffe sie ihr Müeti, dem sie so viele Fragen heig. Und ihrem Rösli schreibe sie halt auf, was sie ihm zu verzellen heig, so könne es dann alles selber lesen. Nur leider sige sie mit Schreiben einen bitz pressant, viel Zeit gäbt ihr der Tod dängg nümmen.

Der Melk war weiss wie Käs und wollte paarmal ettis sagen, er schoppte ihr dann aber doch nur stumm zwei Kissen unter und hiess die Hebamme dem Vatter lugen und hockte in ein Eck im Kämmerli und sah mit nassen Augen zu, wie sie das Buch aufschlug und anfing aufschreiben, was sie von ihrem Müeti noch erinnerte, vom welschen Kommandanten und seinen Liedern und wie ds Mariilis Müeti in der Wildi für es kämpfte. Dann schrieb sie von sich selbst, wie sie an ihren Fessisseeli mit sich gestritten hatte, als wäre sie zwei Meitli, deren eines due schon eine schöne Ordnung wollte, das andere wollte ein Gnuusch, und vom Bersiäneli schrieb sie, was säb ihr beigebracht hatte und wo sein Hüttli stand, von seinen Tierli und besonders vom Hans-Chaschperli, über das Schrättlen schrieb sie und das Füchslen und das Zauberen, und alle Zauber, die sie kannte, schrieb sie nieder, und wie sie erst den Balzli rettete und später leider nümmen, und wie sie über ihrer Kunst ghirnet hatte und den Melk zur Muus erkor, vor allem aber schrieb sie von der Liebe, die brannte wie ein Öfeli, und vom Verliebtsein, das mehr zwickte, vom Jöri schrieb sie ihm – nur was der Hexer an den Tuet geschrieben hatte, schrieb sie nicht. Dafür verzellte sie, wie sie dem Melk ein Rosengärtli auf den Gletscher brünzlen wollte und keines brünzelt hatte, dafür ein neues Glarus und vor allem das Rösli selber, und wo das Rösli täg den Gletscher finden, im Fall es selbst einst well ein Gärtli brünzlen, und dann verzellte sie noch, wie sie sich das Chessi aufgehöckt hatte und im Schnee verlochet worden war und mit dem Tod zur Ebigkeit geschuhnet und wie das Gämsi ihr das Chessi ab dem Tschüder schupfte, das zeinersmal nicht schwarzgebrannt war, mehr wie von barem Gold, mit einem Zeichen zmittst.

Wo immer sie ein freies Fleckli fand im vollgedruckten Buch, schrieb sie, und bis die Nacht um war und auch der nächste Tag und wieder Nacht, und merkte nicht, wie sich das Rösli an sie klammerte und auf sie chräsmete, als wäre sie ein Berg, und wie der Melk ihr einen kalten Umschlag um den anderen machte und sie zum Trinken zwang und diggemal frisch bettete und immer wieder Stund um Stund im Eck verhockte und zusah, wie sie ihr Leben für das Rösli aufschrieb. Längst hatte sie schon alles Weisse im Buch verschrieben und schrieb die Schnittmusterbögen voll, die hinten in das Buch gefaltet waren, auf einen Musterbogen für

Nachthemper schrieb sie, was alles ihr zum Ordnunghalten z'Sinn kam, auf einem Hosenmuster schrieb sie auf, warum das Leben für gewisse Mäntschen zöpflet war und aber kein Brotzopf, sondern einer mit Mäscheli. Und ganz zuletzt schrieb sie aufs allerletzte freie Achselstück von einem Tragrock dem Rösli all die Fragen nieder, auf die sie selber keine Antwort hatte: »Hatte mein Müeti mich wohl gern?« »Warum hat mich der Hexer due im Tüütschen nicht getötet und mir stattdem das Jöri gemacht?« »Warum hatte das Jöri seinen Vatter lieber als mich?« »Woher hatte das Fessisfraueli ein goldigs Chessi?« »War ich gemein zum Balzli?« »Bringt dir der Melk wohl auch die rechte Ordnung bei?« »Hast du eine Tierliseel wie ich, und was für eine?«

Noch einen Weil studierte sie danach, ob sie nicht ettis Wichtiges vergessen heig, dann faltete sie auch den letzten Musterbogen ein und schloss das Haushaltsbuch und sah, dass es schon wieder tagete, und hiess den Melk die Kissen aus dem Rücken nehmen und lag gad z'Tod ermattet ab, da kam die Hebamme ganz aufgeregt vom Stall und rief schon auf dem Bödeli, der Vatter wär im Fall vertwacht und könnte leider nümmen reden, er müesle numen ettis cheibs, doch dafür heig er eine ebige Wöhli, krank, wie er wäre, zumindest gigele er ständig.

Darob verchlepfte es die Vriinä, obwohl sie viel zu müde war zum lachen, danach schlug sie den letzten Musterbogen wieder auf und fand auf einem Saum noch ettis Weiss. »Weisch, dass der Ätti, wo'd geborä bisch, vor Freud fascht gschtorbä wär?«, schrieb sie, während der Melk rief, wenn der Herrgott es so gut mit ihnen meine, läss er gewiss auch die Vriinä gesunden.

Die sagte aber nüüt dazu und lag nur vollends ab und schloss die Augen so, als wäre es bereits das letzte Mal, und nuggte ein.

Das Mäscheli am Zopf

Als sie das nächste Mal vertwachte, fand sie sich allein. Draussen war heller Tag, sie hörte Amseli und Meisen pfeifen und Bienen übers Wiesli surren, und als sie aufsass, sah sie auch die Sonne prätschen und wie im gleissend weissen Licht die Blumen stüübten und Summervögel gwaggleten. Sie fühlte keinen Schmerz und keine Müedi mehr, schiints war sie über Nacht gesundet, und lachte und stand auf zum das Rösli aus der Wiege heben. Das lag dann aber nicht in seinem Nest, dängg hatten es die Hebamme oder der Melk gad eben erst geholt, das Liilachen war jedenfalls noch warm und fast wie lebig. Die Vriinä trauerte ihm allerdings nicht nach, stattdessen schränzte sie das Fenster auf und hockte auf das Bettensims und roch, wie es von draussen her nach Gras und Wetterstaub und Tannenreisern schmöggte, und fand es ebigs schön, so zu verhocken, und lachte ganz für sich und fühlte sich, als wäre sie das junge Tüpfi von ganz früher, das mit dem Melk in einer Wildheuplangge hockte.

Und überstellig, wie sie war, beschloss sie endlich, dass sie ettis zaubern müsste, und hätte es der Herrgott tuusigsmal verboten, und rupfte ihren Bändel ab und schnetzlete das Sprüchli aben, mit dem sie Heu vom Tril herab vors Hüttli zaubern konnte, und wirklich kam vom Tril ein zünftiger Putsch Heu gewindet, die Heugabel kam gad mit. Dann sagte sie ein zweites Sprüchli, damit das Heu zurückflog in den Heugaden, stattdessen flog es aber durch das Fenster zur Vriinä in den Schlafgaden herein, so dass sie fast im Heu versoff und ebigs lachen musste und erst das Heu vom Bett zum Boden schoppete und es danach mit wieder einem Sprüchli aus der Kammer zaubern wollte. Doch ettis machte sie verkehrt, das Heu blieb, wo es war, dafür flog noch ein zweiter Putsch vom Gaden her und luftete ihr um die Ohren. Die Vriinä wiechsete und wäffelete mit dem Heu und wollte schon ein drittes Mal versuchen, es aus der Kammer fortzuzaubern, da pöpperlete es zeismal, und der Tod stand in der Tür.

Der Vriinä schoss sofort das Blut ins Gesicht, und weidli meinte sie, sie wüsste schon, dass der Herrgott es ihr verboten heig, es heig sie nur gad asen gluschtet und nur noch einen Zauber, danach höre sie schon auf.

Wegen dem Zaubern sig er nicht da, antwortete der Tod.

»Weiss schu«, sagte die Vriinä, »z'Trotz muäss Ordnig sii, bevor mer günd. Asä im Puff chun ich nüd guu.«

Und weil sie vor dem Tod doch nicht mehr zaubern wollte, nahm sie die Heugabel zur Hand und fing das Heu an tschöchelen. Der Tod sah paar Sekündli zu, dann warnte er sie allerdings, gingen sie nicht bald, brächt der Melk das Rösli aus dem Stall zurück, und sofort gäbt es Tränen und ein ebiges Gschiss, und darauf heig er keine Lust.

Ein Gschiss und Tränen wollte auch die Vriinä nicht. »So gümmr«, sagte sie und fragte, ob sie sich sell gwanden. Dann langte sie sich an den Grind und rief, sie sig schön blöd, sie ginge dängg als Füchsli.

Sie könne gehen, wie es sie gad gluschte, gab der Tod zurück, in jedem Fall blübe ein leeres Mäntsch auf Fessis.

Die Vriinä konnte sich noch immer nicht entscheiden. »Han ebigs nümmä gfüchslet«, meinte sie, »am Änd glingt mer's nüd besser als wiä ds Zauberä, und dernah kiiän ich über dr eiget Schwanz.« Ob sie auch später noch Gelegenheit zum Füchslen heig, wollte sie wissen.

Sie könne in der Ebigkeit noch füchslen, bis es ihr aus den Ohren plampe, antwortete der Tod gischplig und drängte wieder, dass sie gingen.

Ihr Leben sig doch aber noch nicht sauber zöpflet, wandte die Vriinä ein und wollte immer noch nicht fort.

»Ja was«, entgegnete der Tod gereizt, ein schöner zöpflets Leben als ihres gsäch er selten. Sie heig gekunstet, hausgehalten, buurnet, stets mit Erfolg, und alle Stränge hätten mit dem Melk zu tun – ja, was ds Gotts Namen well sie mehr?

Ihr fehle noch das Mäscheli, gab sie zur Antwort, der Tod vertrüllte aber beide Augen. Das Rösli wäre dängg das Mäscheli, rief er, das büschele nicht nur die Stränge, es wäre ausserdem dem Zopf die schönste Zierde, die sich die Vriinä wünschen könnte.

Da gab die Vriinä ihm endlich recht und fand auch sonst nichts weiter einzuwenden und lief dem Tod nach aus der Kammer.

In der Chuchi sass der Vatter grüüli eischier in einem Armsessel aus ds Doktor Gallatis Praxis, er hatte aber noch sein rotes Käppli auf wie immer, und als die Vriinä aus der Kammer kam, fing er an lachen. Selbst als sie ihm verriet, sie gech jetzt in die Ebigkeit, lachte er noch, und als sie fragte, ob sie sell das Müeti von ihm grüssen, da grochzete er gar und pfnätschete, dann müeslete er: »Rösli!« Dabei lachte er noch lauter, und als die Vriinä ihm erklärte, das Mariili sig seine Frau gewesen, nicht das Rösli, rief er z'Trotz immer wieder ds Röslis Namen und hatte daran eine ebige Freude.

Sie müssten fort, erinnerte der Tod, und also gab die Vriinä ihrem Vatter numen noch gschwind Ääli und stieg dem Tod nach in das Kellerloch, nicht ohne allerdings zu wäffelen, sie könne ums Verroden nicht begreifen, dass er den Vatter nicht auch mitnähmt – ihn derenweg zu plagen, heig doch keine Art.

Da gab der Tod jedoch gad gällig ummen, er sig dann im Fall stolz auf seinen Einfall. Dem Vatter gech es nämlich gut, der heig die Wöhli, und er heig studiert wie blöd zum eine Lösung finden. In ds Herrgotts Büchern herrsche nämlich nach wie vor ein ebiges Gnuusch, und dass der Vriinä ihre Uhr zwar abgelaufen war, der Vatter wiederum ob ihrem Tod nicht leiden durfte, er durfte selber aber auch nicht sterben, weil ohne ihn das Rösli seinen Lebenszopf nicht flechten konnte, säb alles unter einen Hut zu werken, war alles andere als einfach. So hielt der Tod im Gegenteil den Einfall mit ds Vatters Schlägli gar für ein Meisterstück.

Bevor die Vriinä allerdings mit ihm darob in Streit geraten konnte, tat sich im Kellerloch die Wand auf, dass der blutte Berg zum Vorschein kam und darin eine Höhle, aus der es goldig funkelte. Und gleich vergass die Vriinä alles Wäffelen und staunte nur und beinlete dem Tod nach immer tiefer in die Höhle, bis rings die Wände wieder gläsern wurden wie due im Glärnisch, und hell und heller wurde es und war zuletzt, als lüffen sie im schönsten Sonnenlicht, und asen klar und heiter, dass sie nicht einmal ummen gab, als sie der Tod ermahnte, sie sell nicht wieder alles abenschlagen, und nur die Nase rümpfte und sich gleich wieder ebigs freute, wie schön das Leben hinter dem Käskeller war.

Dann fing sie zeinersmal an biberen, das merkte auch der Tod und fragte, was sie bibere. Und sofort lief die Vriinä gluetig an und meinte halb im Glück, halb in der Angst, seit ihres Müetis Tod plange sie nach der Stunde, da sie das Müeti wiedergsäch, sie well es drum schon immer fragen, ob es sie gern gehabt heig. »Und itzed gsiin i's villicht glii.«

»Wür's meinä«, gab der Tod zurück und lachte.

Erst als sie schon das Himmelstor erreichten, verschrak die Vriinä und stand still und fand zum Tod, das Zauberen auf Fessis hätte ihr gar nicht gelingen dürfen, es ligge doch ein Bann über der Alp zum Mäntsch und Veh beschützen, der Bann vernüüte alles Zauberen, und wenn jetzt z'Trotz ein Zauber abgegangen war, hiess säb, der Bann war aufgehoben und Mäntsch und Tiere waren in Gefahr, allen voran das Rösli, das nicht emalen einen Bändel trug, weil sie in all dem Gstrütt um ihren Tod vergessen hatte, dem Rösli ihren umzutun. Und darum, sagte sie zuletzt zum Tod, miecht sie jetzt kehrt und lüffe wieder heim zum alles richten.

»Nüüt isch!«, rief da der Tod, das Rösli hätte seinen eigeten Zopf, da heig die Vriinä nichts mehr zu vermelden. Die Vriinä wollte aber immer noch davon, und so schränzte er sie mit Gewalt zum Himmelstor und schletzte es ins Schloss, derweil er chienete, sie sell nicht wie ein Börzi tun und lieber daran denken, dass in der Ebigkeit ihr Müeti warte.

Die Vriinä wollte allerdings ihr Müeti bereits nümmen sehen und rief, das Rösli sig viel wichtiger, und überhaupt sig es ein Fehler ihrerseits gewesen, dass sie heig wellen sterben, allein damit die Ordnung ihres Müetis und die von ds Müetis Müeti weiterlebe, das wäre nämlich eine dumme Ordnung, wenn sie dafür ihr Kind verlassen müsste. Und zmittst ins Täubelen hinein fiel ihr noch ein, dass sie dem Rösli nicht einmal ins Buch geschrieben hatte, dass sie es gern heig. So musste jetzt das Rösli seiner Lebtig darob hirnen, ob sie gegangen war, weil sie es nicht gewollt heig, und allein schon darum musste sie zurück, da konnte ihr der Tod noch so die Türe vor der Nase schletzen.

Als sie dann allerdings das Himmelstor aufschränzen wollte, war säb ihr viel zu schwer, und als sie schrie, er sell ihr helfen, sah ihr der Tod nur ganz pomadig zu und machte keinen Wank. Die Vriinä aber fing an geussen und ginggte ein um das ander Mal ans Himmelstor, dass schon die Engeli geloffen kamen, und da wurde auch dem Tod so langsam gschmuuch. Erst hielt er ihr das Maul zu, doch da biss sie ihn so grüüli, dass er sie wieder fahrenlassen musste und ihr nur scharf das Lärmen verbot und fand, sie störe dadermit den Herrgott beim Studieren. Er heig ihr gar nüüt zu verbieten, flamänderte die Vriinä und spöttlete, der Herrgott täg ja schiints auch ohne Lärm nicht viel studieren, zudem sig ihr gad recht, wenn er sie höre und geloffen käme, sie heig drum ettis mit ihm zu beschnurren.

»Ha«, rief der Tod und zündete zurück, sie selber täg für keinen Fünfer hirnen, sie wären nämlich erst am allerersten Himmelstor ganz in der untersten Etasche und am Rand, derweil der Herrgott sein Studierstübli zuoberst heig und in der Mitte und sie darum erstens gewiss nicht höre, er heig das nur zum Gschpass gesagt. Und zweitens käme einenweg für einen nüüteligen Sooler Stierengrind, der nicht well sterben, der Herrgott sicher nicht den ganzen langen Weg beinlet – worauf die Vriinä meinte, wenn sie den Herrgott nicht mit Lärmen störe, so dürfe sie ja wieder meisnen, und gad so grüüli wiechsete und stämpfelete, dass sich die Engeli die Ohren hielten und gar weinten und ganz vergelstert meinten, sertigs wären sie sich will's Gott nicht gewöhnt. Und endlich hatte auch der Tod genug und nahm die Vriinä grob am Arm und lief mit ihr durch viele Gänge und Etaschen obsi, in denen war ein Gläuf wie in der Heer'schen, und immer noch mehr Stägentritte obsi, bis sie beim Eid zuletzt beim Herrgott waren.

Der sass in einem niederen Kämmerli dicht unterm Himmelsdach an einem schweren Pult. Als allerdings der Tod die Vriinä brachte, erhob er sich und wartete auch gar nicht ab, was sie zu schnurren heig, stattdessen meinte er, er heig sie schon gehört, sie wäre ja auch laut genug gewesen, er könne sie jedoch will's Gott nicht wieder auf die Erde lassen, er heig drum ihren Namen schon ins Totenbuch geschrieben.

»Ja aber«, rief die Vriinä, und warum er sie nicht einfach wieder streiche. Der Herrgott meinte allerdings, danach stimme die Anzahl Toter nicht und alles käme wieder z'underobsi – und das, nachdem die Engel eben erst mit Müh und Not ein elendes Puff bereinigt hätten.

»Dänn nännd duch ds Bersiäneli statt miiner«, schlug die Vriinä vor, »das hett schu lang verdiänt, dass es törf sterbä.«

Da stutzte er und fand, am End heig das Bersiäneli tatsächlich lang genug gebüsst, und sofort rief die ganze Schwetti armer Seelen, die sich im Türloch eingefunden hatte zum gwünderen, wie es dem Vreneli ergech, das Bersiäneli heig sie in seinem Brotkasten nicht numen wohnen lassen, es heig sie auch all Tag gespiesen.

Das fand der Herrgott dopplet löblich und versprach, er well sich für das Bersiäneli bald ettis überlegen, das alles heig nur mit der Vriinä nüüt zu tun, die nämlich sig auf Erden alles andere als eine Heilige gewesen und hätte keine Ausnahme verdient.

»Was?«, wehrte sich das Vreneli und zählte an den Fingern her, wie es zuerst das Fralein Heer errettet heig und dann den Balzli, und den Glarnern heig es auch geholfen nach dem Brand, und mehr als einmal.

Der Herrgott lachte aber nur und meinte, wenn er alle Mäntschen sell vom Tod erlösen, die anderen Gutes täten, hätte er bald einen leeren Himmel. Ausnahmen von der Regel gäbt es nur, so etter für die Toten Gutes heig gewirkt – und säb hätte sie nie, im Gegenteil heig sie noch nicht einmal gebetet. Er wollte ihr sogar in seinem Buch die guten und die schlechten Taten zeigen, die seine Engeli aus ihrem Leben aufgelistet hätten, die Vriinä schüttelte jedoch den Kopf, derweil sie mit den Tränen kämpfte, und liserete, sie heig drum halt geglaubt, die Lebigen hätten es nötiger.

Da heig sie falsch gedacht, antwortete der Herrgott knödig und hockte wieder hinters Pult und fand, er heig noch anderes zu studieren, und sofort packte sie der Tod am Arm und wollte sie in einen von den unteren Himmeln bringen. Da meisneten jedoch mit einem Mal die Totenseelen alle mitenand und blieben einfach zmittst im Türloch stehen, so dass der Tod nicht mit der Vriinä aus der Kammer konnte, und flamänderten, natürlich heig die Vriinä ihnen Gutes an-

getan – als nämlich das Bersiäneli auf seine vierte Reise auf-
gebrochen war, schloss es das Hüttli ab und lief davon und
liess sie ohne Feuerholz zurück, so dass sie winters grüüli
schlottern mussten, bis an der Weihnacht die Vriinä kam
und ihnen zum Geschenk ein Hexenhuttli an den Türspalt
legte, so dass sie fortan nur noch diggemal ein Hälmli Stroh
von ds Bersiänelis Bettstatt ins Huttli legen mussten, schon
heizte es wie bestes Buchiges und wärmte sie den ganzen
Winter.

»So?«, müeslete der Herrgott, und das klang nicht eben
gfreut. Dann sah er aber doch von seinen Büchern auf und
bat den Tod, die Vriinä loszulassen und das Bersiäneli zu
holen. Nur ein Minütli später führte es der Tod bereits herein, das Bersiäneli war recht vergelsteret und mittlerweile
auch halb blind und wusste nicht, wie ihm geschah, und rief
nur immer dem Hans-Chaschperli, der war jedoch nicht mit-
gekommen. Erst als der Herrgott nochmals hinter seinem
Pult hervorkam, das Bersiäneli zu einem Schemel führte
und es erst einmal sitzen hiess, ruhigete es einen bitz und
wollte wissen, wo es hingeraten wäre.

Der Herrgott well es sprechen, gab der Tod zur Antwort,
dann fragte es der Herrgott, wie seine vierte Reise sich ent-
wickle.

»Dr cheibä Gsüchter«, fand das Bersiäneli, und jetzt er-
blinde es schiints noch. Doch seine Tierli täten ihm gut sorgen, so könne es nicht klagen.

Und als der Herrgott ihm verriet, die Vriinä stünde neben
ihm, da gumpte es trotz seinem Gsüchter auf, als sig es noch
ein junges Tüpfi, und rief nach ihr, und als die Vriinä ihren
Taapen nahm, da päcklete sie das Bersiäneli und liess sie

nümmen los, bis es mit einem Mal verschrak und sich erkundigte, ob denn das munzige Huttli ihr keinen frühen Tod erspart heig.

Bevor die Vriinä etwas sagen konnte, schob allerdings der Herrgott dem Bersiäneli den Schemel wieder unter und erklärte ihm, die Vriinä sell zurück unter die Lebigen, das ginge aber nur, wenn das Bersiäneli an ihrer Statt im Jenseits blübe.

»Ich?«, rief das Bersiäneli verwirrt und wandte ein, es sig noch ganz am Anfang seiner vierten Reise.

Von ihm aus sig das in der Ordnung, erwiderte der Herrgott, ausser es well noch reisen. Darauf verwarf das Bersiäneli den Grind, und während ihm das Wasser aus den wie teiggeten Augen rann, gestand es leise, wenn es dürfe, blübe es gern.

»So gilt's«, verkündete der Herrgott, dann hiess er auch bereits den Tod die Vriinä heim auf Erden bringen, und weidli, ehe noch mehr Zeit verrünne, und sofort nahm der Tod sie mit sich, dabei hatte die Vriinä erst dem Herrgott und den armen Seelen danken wollen und das Bersiäneli abschmüseln. Stattdessen weiblete der Tod mit ihr durch tuusigs Gänge und tat, als höre er sie nicht, als sie ihn fragte, was sie derenweg pressierten. Erst als sie hinter ihm durchs Himmelstor expresst war, wartete er ihr und lief danach zwar zügig, aber nicht mehr gad wie pickt, und sagte, ob all ihrem Gstrütt im Himmel wäre drum die Zeit nicht stillgestanden.

»Mir hend duch aber höchschtens paar Schtund gschritttä«, meinte die Vriinä, derweil es um sie wieder dunkelte und grabete.

Säb schon, entgegnete der Tod und fuhr nach kurzem

Zögern fort, nur würde in der Ebigkeit anders gerechnet als auf Erden.

»Wiä anderscht?«, fragte die Vriinä misstrauisch.

Da waren sie jedoch schon aus dem Berg heraus und zmittst im Hohwald, und also gab der Tod nur knapp zur Antwort, dass sie es dann ja selber gsäch, und fand, er nähmt von hier aus einen anderen Weg, und liess sie stehen.

Doch allzu viel Zeit konnte nicht verstrichen sein. Es war noch immer Sommer, durch die Bäume prätschte weiss die Sonne, und ehe die Vriinä noch aus dem Wald trat und über das tätschgrüne Wiesli obsi lief, hörte sie schon die vertrauten Chlepfen und roch die Kühe.

Nur ein einziger Bugg lag noch zwischen ihr und Fessis, da hörte sie vom Hüttli her ein Glächt und wie der Melk gerufen wurde – fast war ihr, der Balzli heig gerufen. Doch ehe sie sich wundern konnte, rief eine Frauenstimme: »Vatter, chumm!«, und auch die säbe Stimme kannte sie und kannte sie doch nicht, sie war so pelzig oder goldig wie die von ihrem Müeti früher, nur fester. Gleich rief vom Stall oder vom Hüttli her der Melk, er käme ja, die Stimme kannte sie bestimmt und fühlte, wie das Herz ihr überloff, und wunderte sich nur, dass nicht der Vatter Antwort gab, und wartete darauf, dass er noch riefe.

Stattdessen hörte sie dann allerdings nur wieder Glächt und stägerete weiter durch das schwere, satte Gras und hatte fast den Bugg schon hinter sich und losete weiter wie ein Schwein im Föhn und lachte mit den anderen und hatte erstmals ihrer Lebtig das Gefühl, sie käme neumeds heim.

Danksagung

Ich danke allen, die mir über die Jahre ihr Wissen und Können zur Verfügung stellten und viel herzlichen Zuspruch schenkten, insbesondere Karin Brack, Jonas Knecht, Brigitte Ortega Velázquez, Urs Albrecht, Christoph Brunner, Michelle Hagmann, Sarah Marti, Regula Sprecher, Claudia Käter, Sjœrd Hondema, Dr. Susanne Fischer, Gabriele Sindler, Donat Keusch, Mario Portmann und dem Personal der Glarner Landesbibliothek. Ich danke den Kultur- und Fürsorgestiftungen von Pro Litteris, Streiff AG Aathal und Suisseculture Sociale, die mir in einer Notlage sehr unbürokratisch aus der Patsche halfen, meinem Verleger Wolfang Hörner für seine unendliche Geduld und allen Menschen bei Eichborn Berlin für ihre Gastfreundschaft in kritischen Zeiten. Und ganz besonders danke ich Petra Fischer, die mir half, einige knifflige Knoten in Vrenelis Zopf zu lösen, und die grossen Anteil an diesem Buch hat.

Tim Krohn

Glossar

A

Ääli	*ein Ääli machen* = streicheln, liebkosen
aaper	schneefrei
aatääpelen	angrapschen
ab	*ab gehen* = wegrennen, abhauen; *er isch ab* = er ist abgehauen
aben	hinab, herab
abenand	*das Maul abenand tun* = sprechen
abengruupen	niederkauern
abenschnetzlen	runterrasseln
abgefickt	abgewetzt
abgestochen	*abgestochen wie sein Müeti* = haargenau wie seine Mutter (Ausdruck aus der Kupferstecherei, entspricht dem deutschen »abgekupfert«)
abschmüselen	abknutschen
abschönen	die Weiden aufräumen
abschwarten	verprügeln
abtöggelen	verhauen
abtun	töten, notschlachten
ächt	wohl
afed	mittlerweile, bisher
äh ba!	(von. franz. »ah, pas!«) sicher nicht!, keinesfalls!
allpott	immer wieder, andauernd
Alpvogt	gewählter Vorstand einer Alpgenossenschaft
altmödig	altmodisch
amed	jeweils
amel	jedenfalls
Ämtli	Aufgabe
anenand	aneinander

angattigen	etw. anfangen, einfädeln
angreiset	*etw. anreisen* = etw. anrichten, vorbereiten (oft pejorativ verwendet)
Angst und Noth	Ort im alten Glarus vor dem Brand
Anken	Butter
ankommen	in Brand geraten
anmächelig	appetitlich, verlockend
appartig	hübsch, besonders
Arvel	Armvoll
asenweg	so
Ätti	Grossvater
ausspienzlen	heimlich durchsuchen, aushorchen

B

Bachbummelen	Dotterblume
bächnass	triefend nass
Badänneli	Schlüsselblume
bambelen	hängen
Bärsianeli	s. *Bersiäneli*
barten	sich rasieren
Batzen	Bis 1852 galt ein Glarner Gulden 15 Batzen. Mit der Gründung der Helvetischen Republik wurde der Schweizer Franken eingeführt, danach wurde die Bezeichnung Batzen für 10-Rappen-Stücke gebraucht. Heute bezeichnet sie eine beliebige Geldmünze.
beeggen	brüllen
Beggeli	Tasse
beinlen	rennen, trippeln
Beiz	Wirtshaus
Bersiäneli	so genannt nach seinem Kleid aus Stoff mit orientalischem Muster, dem Persienne, der in Glarus gedruckt wurde.
beschnurren	besprechen
bespienzlen	s. *spienzlen*
betääpelen	s. *aatääpelen*
bheggen	stecken (*bheggen lassen* = eingeschlagen stecken lassen)

bhüeti	Grüssgott (von *bhüät di Gott* = Gott behüte dich)
biberen	schlottern, zittern
Bügeten	Stapel
bügnen	aufschichten
binenand	beieinander
Biner	hölzerne Trinkschale
birenbitz	kleines bisschen
Bisi	Pipi
bislen	pinkeln
bisseguet	(*bis so guät* = sei so gut) bitte schön
bitz, bitzeli	bisschen
Blaateren	Blase
blab	eigentlich: blau; auch: lasch, dünn, blass
blabe Milch	entrahmte Milch (blaue Milch)
Blätschge	auch Blackte; grossblättriger Ampfer, auf der Alp ist er ein Zeichen für überdüngte und übernutzte Weiden.
blübe	(eigentlich *blübi*) bleibe (Konj. 1)
Bluescht	Blütezeit
blutt	nackt
Bockswurzel	Bibernelle; hilft gegen Verschleimungen aller Art, Durchfall und Asthma
Bödeli	Talboden; auch einfach: Platz
Böden	Sohlen
bodigen	fertigmachen
Böllen	Zwiebeln
boosgen	*etw. boosgen* = etw. anstellen
Bort	Abhang
Börzi	*tun wie ein Börzi* = wild und ausgelassen tun; die Sau rauslassen
Brente	auf dem Rücken getragener Milchbehälter
brätig	schmorend
brichten	berichten
brieggen	weinen
Brittli	Fensterläden
brösmelen	krümeln
Brosmen	Krümel
Bruch	Käsemasse nach der Scheidung der Milch
Brunz	Urin (*einen Brunz machen* = urinieren)

brünzlen	pinkeln
Brüüt	gestrichenes Brot
brüütlen	Brötchen streichen; Brotzeit
bsinnen	über etw. nachdenken (*sich bsinnen* = sich erinnern)
bsunders	speziell, anders
Büchel	1. Hügel; 2. Naturhorn (Musikinstrument)
büchlen	den Büchel blasen
büezen	nähen, allg.: arbeiten
Bugg	Erhebung
bugglet	hügelig
Bürdeli	Bündel
Büsi	Katze
busper	knackig, attraktiv, »*aamächelig*«
buurnen	landwirtschaftlich bewirtschaften
büüte	(eigentlich *büüti*) biete (Konj. 1)

C

chäären	zanken
chäch	mit schön was auf den Knochen
Chämi	Kamin
Chammblüemli	(auch Schabenkraut oder Bränderli) Männertreu
chäschelen	hätscheln
Cheib	Kerl (ursprünglich Kadaver)
cheiben	mords-
cheibs	*was cheibs sie verbrochen hätten* = was sie bloss verbrochen hätten, was Schlimmes sie verbrochen hätten
chienen	jammern, meckern
chübnen	schimpfen
Chilbi	Kirchweih
Chinden	Kinder
Chlapf	Knall
Chlepfe	geschmiedete oder gelötete Weidschelle aus Blech
chlepfen	knallen
chlütterlen	etwas tüfteln oder »*schäffelen*«

Chlummeri	den *Chlummeri haben* = erfrorene Finger haben
chlummeren	an den Fingern frieren
Chogen	Kerl
chogen	*chogen schön* = verflixt schön
chöög	heikel
Chrälleli	Perlen
Chrallenwurz	Korallenwurz (Orchideengewächs)
Chrämli	Keks
chrampfen	(hart) arbeiten
chramsen	wühlen, suchen
chräsmen	klettern, kriechen
Chriesi	Kirschen
Chritz	Kratzer
chrosen	keuchen, auch: rasseln
Chrott	Kröte (*Chrott im Hals* = Frosch im Hals)
Chrüützfix	Kruzifix
Chuchi	Küche
chüechlen	kleinräumig hantieren (von »Küchlein backen«)
Chueli	Kuh (Koseform)
Chüngel	Kaninchen
chüschelen	schmusen, sich aneinander anschmiegen
chüschtig	nahrhaft

D

Dachli	auch Figler genannt: einfache Hütte an einem Berghang, die dazu dient, das Wildheu bis zum Winter zu lagern
daderfür	dafür
dadermit	damit
daderzu	dazu
dängg	vermutlich, gewiss; auch: selbstverständlich
derdur	hindurch; auch: dadurch
derenweg	so, derart (*derenweg lang* = so lange)
dernachetheren	danach
dervor	zuvor, davor
derwert	wert

dicken	gerinnen (Milch), fest werden (Rahm, Butter); schwanger werden
diggemal	manchmal, ab und zu
Dingeler	*wüster Dingeler* = übler Gesell
dsunderobsi	durcheinander; *etw. dsunderobsi tun* = vermischen
due	damals
durab	hinab
durchmosten	*sich durchmosten* = sich durchdrängeln
durenand	durcheinander

E

ebig, ebigs	ewig; (bekräftigend) *ebig schön* = unendlich schön
ehsigsten	*am ehsigsten* = am ehesten
eigelig	eigensinnig, sonderbar
eigete	eigene
einenweg	sowieso
einlugen	so heisst es, wenn man beim Versteckspiel das Gesicht verbirgt, um nichts zu sehen
eischier	schief, eigensinnig
elend	(bekräftigend) *elend schön* = unendlich schön
enand	einander
ennet	auf der anderen Seite von
ergalten	keine Milch mehr geben (man spricht von einer galten, leeren oder trockenen Kuh)
erliggen	hier: sterben (auch im Sinn von begreifen gebraucht)
ettendie	ab und zu
etter	jemand
ettis	etwas
Exgüsi	Entschuldigung
express	eben, geradewegs; aber auch: genau (*express äso* = genauso); in anderem Sprachgebrauch ausserdem: absichtlich
expressen	eilen

F

fädig auf geradem Weg

Fänz gekochtes Alpgericht aus Butter, Mehl und Schotte

Faselettli Taschentuch (von ital. fazzoletto)

fenderen (eigentlich *fänderä*) *umherfenderen* = durch die Gegend streichen, ständig auf der Reise sein

Fenderi *der Fänderi* = der Reiselustige, *die Fenderi* = Reiserei

fered im Vorjahr, letztes Jahr

Fideri eisenhutblättriger Hahnenfuss; nicht sehr nahrhaftes Weidegras

figlen sauber putzen

finöggelig fein, verzärtelt

Firn Schneefeld aus bleibendem Schnee; durch das eigene Gewicht wird der unten liegende Schnee allmählich zu Eis gepresst, das unter dem Firn herausfliesst: Eine Gletscherzunge entsteht.

fiserlen fein regnen, stieben, rinnen

Fisigug Schlaumeier

flamänderen meckern

Flären Fleck

Floh *aus einem Floh heraus* = aus einer sonderbaren Anwandlung heraus

Flonerleben Faulenzerleben

foggen schneien (heftig)

Fotöi (franz. fauteuil) Polstersessel

Frauenmänteli Frauenmantel; Futter- und Zauberpflanze

Fötzel *fremder Fötzel* = Fremder, Auswärtiger (im Gegensatz zum *Hiesigen*). Die Fremde beginnt in den Bergen schon nach wenigen Kilometern, für viele beispielsweise ausgangs Tal, wo die Weiden flacher sind und die Kühe kein Geläut mehr tragen.

Fuder Fuhre

Fudi Popo

füdlenblutt splitternackt

fürsi vorwärts

füürzündgüggelrot (*Güggel* = Hahn) hochrot; eigentlich: rot wie
der Feuerhahn

G

gad gerade, gleich

Gaden Stall, (Heu-)Speicher, auch Schlafkammer

Gaggo wörtl. Kakao; *im Gaggo ummenand
seggien* = umherirren

gagsen radebrechen, mühsam aussprechen
(abwertend)

Galle *eine Galle sein* = wütend sein

gällig wütend

Galöri Trottel

Ganen Stock

gattlig ansehnlich, edel

gaumen hüten

gech gehe (Konj. 1)

Geege Dummkopf (weiblich)

Gegigel Gekicher

Geissenblatere Ziegenblase

Geissenmäjeli Gänseblümchen

Gelle Mundwerk; *mit einer Gelle* (wobei »einer«
betont ist) = laut, vorlaut

gelstern *gelsterte ummenand* = irrte umher,
lief ziellos umher

Gelte Wanne

gesprengt eilig, gehetzt

Gestrütt je nachdem: chaotische Eile oder Zankerei

Geuss Schrei

geussen schreien

Gewiechs Gequietsche

Gfell Glück

Gfogg Schneefall

Ghürsch wirres Haar

ghüüslet verständnislos, begriffsstutzig
(wörtlich: kariert)

gieren quietschen (Tür o. ä.)

gigelen kichern

gübsen kreischen, quietschen

Gingg	Tritt
gischplen	hampeln, zappeln
Gitzi	Zicklein
Gjätt	*durch das Gjätt segglen* = im Zeug umher- rennen
glärig	klar, strahlend schön, spiegelglatt
Glarus	Alpenkanton zwischen Ost- und Inner- schweiz mit heute knapp 40 000 Menschen, davon ca. 6000 im gleichnamigen Hauptort. Der Talboden liegt rund 500 Meter über dem Meer, dahinter geht es himmelwärts bis auf 3614 Meter (Tödi). Glarus ist eine der frühestindustrialisierten Gegenden Europas, gleichzeitig herrscht hier eine archaische und weitgehend anarchische Bauernkultur. Meistgenannte Eckpfeiler seiner Geschichte sind daher auch die zweitletzte Hexenver- brennung Europas und der erste Schweizer Farbrikstreik, als historisch bedeutsamste Exportgüter gelten Textilien, die Gelehrten Glarean und Aegidius Tschudi, dazu Söldner und Auswanderer. Ausserdem schrieb zu- hinterst im Tal, in einem kleinen Hotel zwischen Chamer Stock und Limmerensee, noch hinter Linthal und nicht weit von der Gnüüsswand, Karl Kraus den Epilog zu »Die letzten Tage der Menschheit«. Vom 10. auf den 11. Mai 1861 brannten in Glarus 600 Gebäude nieder, fünf Menschen starben im Feuer, drei weitere an den Folgen. Am Tag nach dem Brand besuchten rund zehntausend Neugierige die Brandstätte. Die Katastrophe löste eine Flut interna- tionaler Spenden aus, mit deren Hilfe das Städtchen (offiziell kein Städtchen, sondern ein »Flecken«) im Wesentlichen innert zweier Jahre nach einem modernen Gesamt- plan neu errichtet wurde.
Gleck	Lecksalz fürs Vieh, oft mit Mehl vermischt
Gleichsucht	Rheuma

gleitig	eilig
gletten	bügeln
glii	bald
Glüsseli	Hahnenfuss
Glüngg	Gedärm
Glünggi	verschlagene Person
Gluscht	Lust, Appetit
gluschten	gelüsten
gmögig	nett, sympathisch
Gmoscht	Gedränge
Gnuusch	Durcheinander
gogen	*er ging gogen schlittlen* = er ging
	Schlitten fahren
goldig	auch: golden
Goof	Kind, Balg
Gopfertoori	Verflixt noch mal!
Görps	Rülpser
Gotte	Patentante
grab	faul, modrig (von *grab* = grau, schimmlig)
graduus	geradewegs, auch: geradeheraus
Greiss	Sagengestalt
Grind	Kopf (meist abwertend)
grindelen	trotzen
grüblen	bohren, wühlen; sich den Kopf zerbechen
grüüli	furchtbar
grüüsig, gruusig	hässlich, widerlich, ungeniessbar
gruupen	kauern (*abengruupen* = niederkauern)
gsäch	sehe (Konj. 1)
gschaffig	arbeitsam
gschägget	gescheckt
gschamig	verschämt
gschauen	ansehen
Gschleigg	illegitime Geschlechtsbeziehung
gschmuuch	ungeheuer
Gschpändli	Spielgefährte
gschpässig	sonderbar
gschprächlen	schwatzen, plaudern
gspüren	fühlen
gschtabet	ungeschickt
Gstrütt	s. *Gestrütt*

Gsüchter	Gicht
Gugger	*weiss der Gugger* = weiss der Teufel
Gugus	Firlefanz, Quatsch
gumpen	springen, hüpfen
günnen	ernten, pflücken
Günte	Pfütze
Gutsch	Schwall
Gutteren	Flasche
güünen	starren, gaffen
guutzlen	Kekse backen (von *Guetzli* = Kekse)
gvätterlen	an etwas herummachen, spielen
Gwatsch	Ohrfeige
Gwunder	Neugierde
gwünderen	neugierig sein
gwündernasig	neugierig

H

haapen	kriechen
Habasch	(auch *Hawasch*) Unsinn; der Begriff geht vermutlich auf die französische Presseagentur HAVAS (gegründet 1835) zurück
haberen	futtern
Hag	Hecke, Zaun
Hahnenschiss	ein bisschen (pejorativ)
Halbeli	halber Liter Wein
Hampfle	Handvoll
händelen	verhandeln, aushandeln
Hans wie Heiri	egal
hantli	sofort
haren	heran
harenbringen	fertigbringen
härzig	niedlich
hässig	wütend
heben	halten
Hebi	Griff
heepen	rufen
heglen	schneiden
heig	habe (Konj. 1)
heimlifeiss	geheimniskrämerisch

Helgeli	Heiligenbild, kleines Bild
Hemp, Hempli	(eigentlich *Hämp*) Hemd
Herdöpfel	(von *Erdäpfel*) Kartoffeln
Herrgottsfröhni	*eine Hergottsfröhni sein* = hergottsfroh sein
Heuerlig	Jauchzer
heuschen	heischen, verlangen
hindertsi	rückwärts
hinecht	heute Abend, heute Nacht
hirnen	angestrengt nachdenken
hocken, höcklen	sitzen
höcken	setzen
Hoger	Hügel
Holzscheit	Stück Brennholz
Honigbrüüt	Brot mit Honig beschmiert
Hörelimaa	Teufel
hören	aufhören
Hosenpfüdi	Kleinkind
Hudlen	Lumpen
hülpen	hinken
Hung	Honig
Hungblumen	Wiesenklee; Futterpflanze
hürchlen	husten
huren-	Bekräftigungsaffix
Huscheli	von *verhuschelet* = zerzaust, vernachlässigt oder unbedeutend
Huttli	*Hutte* = Rückentragekorb

I

iitümpfig	drückend (Wetter)
ines	es (Akk. oder betont, nur für Personen)
itz, itzed	jetzt

J

jääblen	jammern
Jass	Kartenspiel
jeselen	stinken (Käse)
jümpferlig	jungfräulich

K

Käschessi	kupferner Käsekessel
das Kalb machen	herumkaspern
Katzentääpli	Katzenpfötchen
keien	(eig. *kiiä* =) fallen, stürzen
Knaulgras	Knäuelgras; Futterpflanze
knödig	dürr, knochig; auch: knapp, wortkarg; im übertragenen Sinne: zünftig, währschaft, derb, toll
Komissionen	Einkäufe
kuhlen	abkühlen, kalt werden
Kuhreiher	(eigentlich Kuhreigen; Kuhreien) Eintreibelied der Sennen und Kuhhirten, ursprünglich Lockruf für das Vieh, meist aber blosses Kunststück
Küntli	(franz. compte) Rechnung
kurlig	sonderbar, auch: auf witzige Weise eigenartig

L

lääb	lauwarm
lamaaschig	träge, langsam, bummelnd
Lämpen	Differenzen mit anderen Menschen, Zoff
lampen	hängen, welk sein
Lappi	Dummkopf
läss	lasse (Konj. 1)
Lätsch	einen *Lätsch* ziehen, einen *Lätsch* machen = ein langes Gesicht machen, eine Schnute ziehen
Läubi	Dummkopf, Quatschmaul
Laui	Lawine
Lebtig	(eigentlich *Läbtig*) seiner *Lebtig* = zeit seines Lebens
Ledi	Gesamtheit der Sennereigerätschaften
leid	hässlich
lernen	jemandem etwas lernen = jmd. etw. beibringen
letz	falsch; *etwas geht letz* = etwas geht daneben, misslingt
Lülachen	Bettlaken

liislig leise
liseren flüstern
lismen stricken
losen zuhören, lauschen
lötig vollwertig
lüffe laufe (Konj. 1)
Luft *der Luft* = der Wind; *die Luft* = die Luft
lugen sehen, schauen
lugg locker, lose
Lugitatsch Lügenmaul
Lugisiech Lügenbold
Lütteri Duchfall

M

määggelen quengeln, nörgeln, etwas auszusetzen haben
magerlächt mager
mängs manches
Maienblume Löwenzahn
Maieriesli Maiglöckchen
märten verhandeln
Maul Mund
Mäusedieb Bussard
Meerenge Ort im alten Glarus vor dem Brand
mehrbesser höhergestellt (abschätzig gebraucht)
meineid(s), meineidig sehr, gross, riesen- (generelles Steigerungswort)
meisnen Krach machen
Meitli Mädchen
Melketen das Melken
miech, miecht mache (Konj. 1)
Milädi (engl. milady) Mylady, Dame
mira meinetwegen (*mira wuäl* = von mir aus gern)
mögen vermögen, können (*si mög das alleigä* = sie schafft das allein)
moggig prall, klumpig
Möggli Klumpen, Bröcklein
moll doch
momoll (verkürzt von *moll, moll*) doch, doch
moredees anderntags

401

morgsen	mit Gewalt versuchen, würgen
motten	schwelen
Muckensäckli	ein bisschen (pejorativ)
Mümpfeli	Mundvoll; auch: Kinderwort für Süssigkeit
Mungg	Murmeltier
munzig	winzig
müeslen	undeutlich sprechen
Mutteri	wertvolles Futtergras (Alpenliebstock, Alpenbärwurz)

N

nächtig	am Abend davor
nadisnaa	allmählich
nähmt	nehme (Konj. 1)
namsen	nennen, benennen
närsch	verrückt
neumeds	an einem Ort, irgendwo
neumeds anderscht	woanders
neumeds duren	(wörtl.: irgendwo durch) irgendwie
neuslen	wühlen, kramen
Nidel	Rahm
nidsi	nieder, herab
nie nüüt	nichts
nieneds	(eigentlich *niäneds*) nirgends
nifelen	an etwas herumspielen, -basteln
niggelen	nörgeln
nüelen	wühlen
Nugg	Schläfchen
nuggen	dösen
numen	nur
nuuschen	nuscheln; auch: kramen
nüüt	nichts
nüütelig	unzureichend, unscheinbar

O

obsi	hinauf
Öpfelbeggeli	süsse Glarner Blätterteig-Spezialität
ordeli	ordentlich

P

Pajass	Kasper, Dummkopf
Pfiifli	Pfeife
Pflotsch	Matsch
pflotschnass	triefend nass
pfnätschen	schmatzen
Pfnüsel	Schnupfen
pfnuuzgen	schluchzen
pfurren	sausen
pfutteren	schimpfen
pfuusen	schlafen
pickt	*wie pickt* = beknackt
plampen	(schlaff) hängen
plangen	sehnen
Plangge	Weidabschnitt
pläpplet	*pläpplet voll* = randvoll, gestopft voll
pluderen	plaudern (wortreich)
pöpperlen	klopfen
Possli	Kleinkind
Pöstler	Postbote
Pöstli	Aufgabe
prätschen	donnern, knallen, sausen
preesnen	angeben
Pressant	Eile (*pressant sein, presssant haben* = in Eile sein)
pröblen	probieren
püffen	rempeln, stossen
Puff (m.)	Stoss
Puff (n.)	Durcheinander
Pulstere	Pestwurz; gegen Pest und andere ansteckende Krankheiten wie Diphterie und Grippe, ausserdem als Kühlmittel bei offenen Wunden, Gichtknoten und Insektenstichen
pütschen	stossen
Putsch	Stapel, Haufen

Q

Quatember Quatemberzeiten sind Buss- und Fasten-
zeiten zu Beginn der vier Jahreszeiten, je
nachdem werden noch einige andere Tage
dazugerechnet, zum Beispiel Allerseelen.
Wer in jenen Tagen und Nächten geboren
ist (die sogenannten Quatemberkinder), lebt
in zwei Welten: Er hat Umgang mit den
Menschen, doch auch mit Geistern,
Totenseelen und vielleicht gar dem Tod
persönlich.

R

Rafauslen gewimperte Alpenrose; harntreibend,
gegen Augen-, Ohren- und Zahnweh,
im Waschwasser gegen Gesichtsrose

Rafen Dachbalken

räblen poltern

räggelen umherziehen

Rangg Kurve

Ranzen Bauch

Ranzenpfeifen Bauchweh

ranzenplanggen faulenzen

rätschen lästern, plaudern

reisen parat machen, packen

retuur zurück

ribschgen raspeln, reiben

Rindfleischvögel Rindsrouladen

ring leicht

röötsch rot, rötlich

ruben, rübelen ausruhen

rüebig arbeitsam, fleissig

Rus Runse: Rinne eines Wildbachs, auch Halde
einer Geröllawine

rüsslen schimpfen, meckern, lästern

ruuch rauh

S

säb *die säb* = jene
Sack Tasche, auch Hosentasche
säderen sausen
säfferen scharf werfen, schleudern
Saft Marmelade
Sägetsen Sense
sälbelen einsalben
Säuniggel Ferkel (Schimpfwort)
schampaar sehr, enorm
Scheichen Füsse (derb)
schünts (von: *schünt's* = scheint es) angeblich
Schiss Angst
Schlag Verschlag
schlarpfen die Füsse nachziehen
Schleck Zuckerlecken
schleglen prügeln
schletzen zuschlagen; schleudern
Schlirgg Schliere
schlittlen Schlitten fahren
schloff schlüpfte (Imp.)
Schlötterlig jdm. *Schlötterlig anhängen* =
        jdn. beschimpfen
schlüüfen schlüpfen
schmöggen riechen
schmürzeln anbrennen, nach Verbranntem riechen
Schmutz Kuss
Schnäfel Schnitte, Abschnitt, Schnitz
schnäflen schneiden
Schnauf (eigentlich *Schnuuf*) Atem
schneerzen schreien, schnauzen (*anschneerzen* =
        anschnauzen)
schneuggen naschen
Schnuder Rotz
Schnurre Maul
schnurren reden, auch quasseln
Schnuufer Atemzug
Schöni *eine meineide Schöni* = wunderschön
Schöpfli Geräteschuppen
schoppen stopfen, schieben

Schotte	wässrig-grünliche Restflüssigkeit nach der Käse- und Zigerproduktion; wird auch als Sirte bezeichnet
Schpuuse	(ital. sposa) Verlobte
Schranz	Riss
schränzen	reissen
Schrättli	eine Geistererscheinung resp. halbmaterialisierte Traumgestalt
schuhnen	gehen
schüüch	scheu
Schupf	Stoss
Schwetti	Schwall, Menge
segglen	rennen (eher derb)
Seich	Mist, Quatsch (eigentlich Urin)
seichen	pinkeln
sell	solle (Konj. 1)
Senn	Käser und Leiter des Alpbetriebs
Siech	Mistkerl (auch positiv gebraucht: Kerl)
sig, sige	sei (Konj. 1)
silbrig	auch: silbern
sirachen	heftig schimpfen
Sonnenrösli	Helianthemum vulgare, als Auflage auf frische Wunden, als Tee gegen innere Risswunden und Durchfall
Spargimenter	*ohne Spargimenter* = ohne Umstände; *jetzt mach keine Spargimenter* = hör auf, so dumm zu tun
spazifizottlen	spazieren
sperzen	entgegenstemmen
speuzen	spucken
spicken	schleudern
spienzlen	heimlich beobachten
Spränzel	hagerer Mensch
Stafel	Weidstufe einer Alp mit Alpgebäuden
stägeren	steigen, klettern
Stäge	Stiege, Treppe
Stängeli	*ab dem Stängeli keien* = vor Müdigkeit umfallen
stigelisinnig	irr vor Ärger oder Schmerz; blöd
Stölzi	*eine Stölzi sein* = stolz sein

Stör	Wanderarbeit (auf die Stör gehen)
Stoss	Masseinheit für den Futterbedarf einer Kuh während der Alpzeit
Stotz	steiler Abhang
stotzig	steil
strääzen	in Strömen regnen
strahlen	im Gebirge Kristalle sammeln
strodlen	strudelnd kochen, hier: sich ergiessen
strub	wild, durcheinander; auch sonderbar, undurchsichtig
Strüttihund	Antreiber oder gehetzter Mensch
Stumpen	Zigarre
stürchlen	stolpern
süderen	nässen; glucksen
süggelen	lutschen
Summervogel	Schmetterling
sünnelen	sich sonnen
süttig	siedend heiss
süüferli	sorgfältig, vorsichtig
Suufi	anderer Ausdruck für Schotte, aber auch Name eines flüssigen Nahrungsmittels aus Schotte, der Ziger beigemischt wurde
süüfzgen	seufzen

T

täämeren	hämmern, donnern
tääpelen	grapschen
Taapen	Hand, Pfote
Tääpli	Händchen, Pfötchen; auch die Abdrücke im Schnee werden Tääpli genannt
täg	tue (Konj. 1)
Tatsch	Dazu wird ein Teig aus Mehl und Wasser in eine Pfanne mit heisser Butter gegossen und unter Kratzen zu Körnern geröstet.
tätschgrün	knallgrün
täubelen	toben, einen Wutanfall haben
Teiggaff	hochmütiger oder eitler Geck
teigged	weich, teigig
tifig	schnell, flink

Tili	Decke
Tobel	Schlucht
töggelen	klopfen
Toggeli	Geist
Tolggen	Fleck
törf	dürfe (Konj. 1)
Totenmüggerli	Sagengestalt
Totz	Kopf, auch: Dummkopf (ursprünglich Holzscheit)
Trämel	Baumstamm
tränzlen	necken
Treichel	gegossene Kuhglocke als Prunkschelle für die Alpfahrt. Eigentlich aus dem Emmental stammt der Brauch, den zwölf milchstärksten Kühen zum Alpaufzug klanglich aufeinander abgestimmte Glocken umzuhängen (das Treichelgeläut).
trüssen	stöhnen
Tril	Heulager oder Schlafbühne im Dach der Sennenhütte
trimächten	stöhnen, jammern
troolen	rollen, kollern
Trüggli	*wie aus dem Trüggli* = gepflegt, gut gekleidet
trüllen	drehen
trümmlig	schwindlig
Trüürigi	Traurigkeit
tschäderen	scheppern
tschalggen	latschen
tschienggen	lustlos oder mühevoll laufen
tschöchelen	zu Haufen zusammenrechen
Tschoopen	Jacke
Tschüder	Kopf
tschuderen	schaudern
Tschutt	Tritt
Tubel	Trottel
Tümmi	*aus der Tümmi* = aus Dummheit
Tunscheli	Sagengestalt (von *Tunsch* = Tolpatsch)
Tüpfi	affektiertes oder naives Mädchen
Türkengries	Maisgriess
tütterlen	trinken; *eines tütterlen* = Alkohol trinken

tuschuur	(von franz. toujours) stets
tuuch, tuucht	niedergeschlagen
Tuusigsiech	Tausendsassa
tüüsselen	leise gehen
Tüütsch	Deutsch; *das Tüütsche* = Deutschland

U

überinnen	drinnen
überkommen	bekommen
übersinnen	überdenken
überwellen	überkochen
umlitzen	umknicken, falten
ummenand	umher
umtrüllen	umdrehen
underen	unter, hinunter (*früh underen müssen* = früh ins Bett müssen)
uu	sehr, enorm
uumäär	riesig

V

Vehbub	Hirte
veraussen	draussen
Verbärmst	Erbarmen
verbutzen	*es verbutzt mich* = es zerreisst mich
verchlepfen	platzen
verchlüpfen	verschleudern
verfötzlet	zerfetzt, zerfranst
verfrüüren	erfrieren
vergaglet	mit Kot beschmutzt
vergebis	vergeblich
vergelstert	verwirrt, entgeistert
vergüegelen	*die Zeit vergüegelen* = die Zeit totschlagen; die Zeit vertrödeln
verguuschtig	neidisch
verhöselen	aus Angst wegrennen (vor allem für Kinder gebraucht)
verkeit	eingestürzt, zusammengestürzt
verluften	auslüften
vermögen	*etw. vermögen* = sich etwas leisten können

vernüüten	niedermachen, schlechtmachen, zerstören
verpfnüslet	verschnupft
verräblen	krepieren
verroden	*sich verroden* = sich bewegen, von der Stelle rühren; *ums Verroden* = unbedingt (mit Negation = partout nicht, keinesfalls)
verruben	ausruhen
versällen	verdrecken, in den Dreck ziehen, zerstören
verschiffen	bepinkeln
vertlehnen	ausleihen
vertroolen	abstürzen
vertruggen	zerdrücken
vertschlipfen	ausrutschen
voorig	übrig

W

wäffelen	meckern, schimpfen
Wank	*keinen Wank tun / machen* = sich nicht rühren
wegenwerum	(eigentlich *wägedwerum*) warum
Weibervolk	Frauenzimmer
weiblen	eilen, auch: sich um etw. bemühen
weidli	geschwind, hurtig
welenweg	wahrscheinlich
wellen	wollen
welsch	je nachdem italienisch, französisch oder einfach nur fremdländisch
werweissen	grübeln
Wettergäbeli	verzweigtes Tannenästchen, das man vors Haus hängt, um daran das Wetter abzulesen; je nach Abstand der Astspitzen ist die Luft feucht oder trocken
Wiechs	gellender Schrei
wiechsen	quietschen, kreischen
wiflen	stopfen (ein Loch im Stoff)
Wildheuplangge	meist schwer zugängliche Magerwiese
Wildi	obere Regionen der Berge, zu denen kein Vieh mehr vordringt
Wildmanndli	heidnische Ureinwohner der Alpen
will's Gott	weiss Gott

Z

z'schlag	zurande
z'ständletsen	im Stehen; sofort
zablen	zappeln
zämen	zusammen
zämentütschen	zusammenstossen
zänntummen	ringsumher, überall
zeismal, zeinersmal	plötzlich
Zeit	*das Zeit* = die Uhr
zetten	Heu zum Trocknen ausbreiten
Ziger	Der Begriff Ziger (oder Zieger) wird in der Schweiz für drei verschiedene Produkte verwendet: einerseits für einen aus Magermilch und Buttermilch hergestellten Sauerkäse, dann als Kurzform für Kräuter- oder Schabziger (s. dazu *Zigerbrüüt*), hier aber für Schottenziger. Schottenziger wird nach dem Labkäsen in einer zweiten, siedenden Scheidung aus der Schotte gewonnen, zur Gerinnung wird entweder Milchessig (eine Mischung aus Schotte, Milch und evtl. Blackten) oder Etscher (mit Brot vergorene Schotte) verwendet. Auf Alpen und Höfen, auf denen nicht gekäst wird, stellt man Ziger oft auch direkt aus der abgerahmten (blaben) Milch her.
Zigerbrüüt	Glarnerspezialität, Brot mit Schabziger. Schabziger wird aus gesalzenem Zigerkäse und Gewürzklee hergestellt, zu Kegelstümpfen gepresst und getrocknet. Für die *Zigerbrüüt* wird er gerieben und mit Butter vermischt.
Zmittag	Mittagessen
zmittst	mitten
Zmorged	Frühstück
Znacht	Abendessen
zöchten	locken, verlocken
Zockel	Holzsandalen
züche	ziehe (Konj. 1)

zuechen	hinzu; *zuechen sitzen* = sich an den (gedeckten) Tisch setzen, sich zu einer Runde hinzusetzen
züglen	umziehen
Züglete	Umzug; Alpfahrt
Zusenn	die rechte Hand des Sennen
Zvieri	Nachmittagsjause
Zwulche	Hautgeschwulst

Übersetzung der Dialektpassagen

S. 27 *»Luägsch, dass es nüd gad...«*
Sieh zu, dass es nicht gleich in den Käsekessel springt.

S. 28 *»Witt nu mih.«*
Will noch mehr.

»Für üüsereis isch ds Lebä duch schu asä kurz.«
Für unsereins ist das Leben doch schon so kurz.

S. 46 *»Dänn isch es öppä wahr...«*
Dann ist es etwa wahr, dass Ihr Mariilis Tod verschuldet
habt?

S. 49 *»Sell's ...«*
Soll es ... solange es dabei nicht unglücklich wird.

S. 50 *»Sig's wes well.«*
Wie auch immer.

S. 52 *»Hans-Chaschperli, chotz mer Schmalz.«*
Hans-Kasperle, kotz mir Schmalz.

S. 53 *»Dert i dr Ebigkeit wärisch du selber au geerä, gell?«*
Dort in der Ewigkeit wärst du selbst auch gern, nicht
wahr?

S. 58 *»Und hett's dänn au ds Zauberä glernet?«*
Und hat es dann auch das Zaubern gelernt?

»Was hett's dänn so ebigs müessä überdänggä?«
Was musste es denn so ewig lange überdenken?

S. 59 *»Aso ich tät's grüüli geerä lernä!«*
Also ich würde es schrecklich gern lernen!

S. 62 *»Und wänn isch das?«*
Und wann ist das?

S. 70 *»Und, isch's säb Gletscherli undän am Glärnisch gsii?«*
Und, war es jener kleine Gletscher unten am Glärnisch?

S. 73 *»Verlumpä sicher nüd!«*
Ich verlumpe gewiss nicht!

»Lüdä gar nüd!«
Ich leide überhaupt nicht!

»Gseit hänem, dass wenn's di iinä Aaaschtalt…«
Ich sagte ihm, wenn sie dich in eine Anstalt schliessen
oder zu sonst etwas zwingen, gibt es ein Unglück, auf der
einen oder anderen Seite.

»Und was hett er gmeint?«
Und was meinte er?

S. 82 *»Muäss dängg i d Fabrik gogä schaffä…«*
Ich muss halt in die Fabrik arbeiten gehen. Vaters Heu
kauft uns ja niemand ab, und essen müssen wir trotzdem.

S. 83 *»Z' Glaris… ja, da häsch äs Gläuf!«*
In Glarus … ja, da hast du ein schönes Stück zu laufen.

S. 93 *»Melk, chusch gad zrugg und das ander widr…«*
Melk, du kannst gleich umkehren und das andere wieder
holen, wir können den ganzen Mist nochmals machen.

S. 109 *»Momoll, abgschtochän eso isch es gsii!«*
Doch, doch, haargenau so war es.

S. 116 *»Gschäch was well.«*
Geschehe, was wolle.

»Mira wuäl.«
Meinetwegen gern.

»Gsih hett dr Hexer mich amel nüd ...«
Gesehen hat der Hexer mich jedenfalls nicht, ich habe
den ganzen Weg über gefüchselt.

»So isch es recht.«
So ist recht.

S. 130 *»Und was vertriibt's?«*
Und was vertreibt es?

S. 145 *»Und wegä drii Schlügg Wässerwasser?«*
Und wegen drei Schlucken Wässerwasser?

S. 147 *»Wegäwerum gad d'Fessis Alp?«*
Warum gerade die Fessis Alp?

S. 170 *»Vertooretä Grind, red mit em grüänä Grind!«*
Verdorrter Kopf, rede mit dem grünen Kopf!

S. 171 *»Ja schüünä Seich!«*
Ja, schöner Mist!

S. 185 *»Aber würdisch wellä?«*
Aber würdest du wollen?

»Odr liäbr dr Melk?«
Oder lieber den Melk?

»Jä so.«
Aha.

S. 186 *»Ja aber ... mit dä Jahrä!«*
Ja aber ... mit den Jahren!

»Wänd am Melk nüd chusch vertruuä ...«
Wenn du dem Melk nicht vertrauen kannst, dass er die
Klappe hält, musst du ihn sowieso nicht heiraten wollen.

»Han em duch aber schu dr roti Bändel umtaa…«
Ich habe ihm doch aber schon das rote Band
umgebunden … reicht das nicht?

»Und überhaupt, weiss dänn der Melk…«
Und überhaupt, weiss denn der Melk, wozu das
Band gut ist?

S. 187 *»Amel gsäit han em nüüt.«*
Gesagt habe ich ihm jedenfalls nichts.

»Und wänn er nä abtuät?«
Und wenn er es auszieht?

»Hätt er glaub's schu.«
Hat er schon, glaube ich.

S. 194 *»Mit em Melk hesch gredt?«*
Mit dem Melk hast du geredet?

S. 219 *»Der Tokter Tuet schaffet duch aber gwüss am
Tüüfel zuä, gell?«*
Der Doktor Tuet dient doch aber gewiss dem
Teufel zu, nicht wahr?

S. 221 *»So rüch sind ds Heers?«*
So reich sind Heers?

S. 224 *»Bevor du deräwäg diis Lebä versällisch…«*
Bevor du derart dein Leben versaust, denk gefälligst an die,
die dich gern haben und dich nicht verlieren wollen!

S. 231 *»Da hesch üüser Tochter ä schööni Fründschaft bewisä!«*
Da hast du unserer Tochter eine schöne Freundschaft
bewiesen!

S. 246 *»Ja Gopf, das Vreneli isch ebän ä Naturbegabig…«*
Verflixt, das Vreneli ist eben eine Naturbegabung,
was das Doktern angeht.

S. 261 *»Hüratä, hesch's duch ghört.«*
Heiraten, du hast es doch gehört.

»Ja wer, dr Melk?«
Ja wen, den Melk?

»Amel nüd mich.«
Jedenfalls nicht mich.

S. 264 *»So, hesch widr zauberet?«*
So, hast du wieder gezaubert?

»So hesch di dängg entschidä?«
Dann hast du dich wohl entschieden?

S. 284 *»Und, müämer guu?«*
Und, müssen wir fort?

S. 285 *»Dass uuschunnt, dass du mit mir gschnurret häsch…«*
Damit herauskommt, dass du mit mir geredet hast, und
dir noch einer in der Nacht den Stall abbrennt?«

S. 298 *»Wett aber miis, nüd irgendeis… das mit em Bändel.«*
Ich will aber meines, nicht irgendeines … das mit dem
Band.

»Der gsüht's gwüss numä drum nüd gärn…«
Der sieht es bestimmt nur deshalb nicht gern, weil wir
damit nicht so ein Durcheinander haben wie er.

S. 313 *»Hett's au… und 's git dängg nu mih.«*
Gab es auch … und es gibt bestimmt noch mehr.

S. 319 *»Dängged a Winkelriäd!«*
Denkt an Winkelried!
(Winkelried: Schweizer Freiheitskämpfer, der sich in
eine Wand gegnerischer Lanzen warf, um seinen Mannen
eine Bresche zu schlagen)

S. 321 *»Ja aber woher chunnsch dänn itz au du?«*
Ja aber woher kommst denn du jetzt auch?

S. 325 *»So frag du d Vriinä, diä säit's der schu.«*
So frag die Vriinä, die sagt es dir schon.

S. 326 *»Ja was Reglemänt, nüümödigs Züügs!«*
Ja was Reglement, neumodischer Kram!

S. 335 *»Z'Trotz isch es schüü, hend si sich noch biziütä…«*
Dennoch ist es schön, dass sie sich rechtzeitig wiedergefunden haben und die Frau in Frieden sterben durfte.

S. 345 *»Was, hütt nuch?«*
Was, heute noch?

S. 350 *»Nüd nur mir beid, mir drüü.«*
Nicht nur wir beide, wir drei.

S. 353 *»Dorum het's au ob Fessis asä tötelet.«*
Deshalb war auch im Gebirge oberhalb von Fessis solche Totengräberstimmung.

S. 359 *»Hä gwüsst, er hett mi nüd erkännt.«*
Ich wusste ja, er hat mich nicht erkannt.

S. 360 *»Das isch älleigä ufem Fralein Heer süm…«*
Das ist allein auf Fräulein Heers Mist gewachsen.

S. 363 *»Und si het aber gar kei Angscht ghaa?«*
Und sie hatte aber gar keine Angst?

S. 364 *»Und hesch's versprochä?«*
Und hast du es versprochen?

S. 365 *»Was hett's dä gmeint, won ich uf d Welt chu bi?«*
Was fand es denn, als ich auf die Welt kam?

»Nüd viil … duch glüüchtet het's.«
Nicht viel … doch geleuchtet hat es.

»So hett's nüd öppä gmeint, ich heb es uf Fessis…«
Dann fand es nicht etwa, ich halte es auf Fessis, und dabei
wolle es fort?

»Und wegäwerum isch's dänn ab?«
Und warum ist es dann abgehauen?

»Ussertem … isch es sich vu dihei gwännt gsiih…«
Ausserdem … war es von daheim gewohnt, dass stets der
Vater das Kind hütet und die Mutter zieht in die Welt.

S. 367 *»Blüemli… Jesses! Wegäwerum Blüemli?«*
Blümchen … herrje, weshalb Blümchen?

»Wil mer's biim Gletscherbrünzlä gmacht händ dängg.«
Natürlich weil wir es beim Gletscherpinkeln gemacht
haben.

»Hä ja, das hemmer.«
Stimmt, das haben wir.

S. 369 *»Nüüt isch!«*
Kommt nicht in Frage!

»Mir chu duch aber nüüt mih gschüh…«
Mir kann doch aber nichts mehr passieren … Der Herrgott
persönlich hat versprochen, er werde den Vater nicht mehr
plagen.

»Wo isch er dä?«
Wo ist er dann?

»Und was tüänd d Chüä im Gadä asä meisnä?«
Und was machen die Kühe im Stall für einen Krach?

S. 370 *»Melk, was tüänd d Chüä au deräwäg?«*
Melk, was tun die Kühe bloss so wild?

»'s isch dr Vatter.«
Es ist der Vater.

»Und wiä schtaaht's itzed um nä?«
Und wie steht es jetzt um ihn?

»Weisch, dass der Ätti, wo'd geborä bisch…«
Weisst du, dass der Grossvater bei deiner Geburt vor
Freude fast gestorben wäre?

»Weiss schu … z'Trotz muäss Ordnig sii…«
Ich weiss schon … trotzdem muss Ordnung herrschen,
bevor wir gehen. Ein solches Durcheinander kann ich
nicht hinterlassen.

»So gümmr.«
Also gehen wir.

»Han ebigs nümmä gfüchslet…«
Ich habe Ewigkeiten nicht mehr gefüchselt … am Ende
gelingt es mir nicht besser als das Zaubern, und ich falle
über den eigenen Schwanz.

»Und itzed gsiin i's villicht glii.«
Und jetzt sehe ich es vielleicht bald.

»Wür's meinä.«
Das würde ich meinen.

»Dänn nännd duch ds Bersiäneli statt müner…«
Dann nehmt doch das Bersiäneli an meiner statt … das hat
schon lange verdient zu sterben.

»Dr cheibä Gsüchter.«
Die verflixte Gicht.

»Mir hend duch aber höchschtens…«
Wir haben doch aber höchstens ein paar Stunden gestritten.

»Wiä anderscht?«
Wie anders?

»Vatter, chumm!«
Vater, komm!

Bitte beachten Sie
auch die folgenden Seiten

Tim Krohn
im Diogenes Verlag

Irinas Buch der
leichtfertigen Liebe
Roman

Eigentlich will die in Paris lebende Russin Dunja ihrem Mann ein Fax nach Moskau schicken – dass es bei seiner Ex-Geliebten Ewa in Schweden landen wird, kann sie nicht wissen. Das fehlgeleitete Fax bringt Turbulenz ins Leben und die Phantasie der jetzigen und einstigen Liebenden. Als Ewa sich entschließt, nach Paris zu fliegen, löst dies einen Wirbel von Missverständnissen aus. Und je mehr die Beteiligten die Verhältnisse in den Griff zu bekommen versuchen, desto größer wird die Verwirrung.

Wieder einmal zeigt sich, dass die Welt mehr Vorstellung als Wille ist, dass Erotik vor allem im Kopf entsteht – und dass die Liebe ein zauberhaftes, kompliziertes Ding ist.

»Irina Jurijewna ist Tim Krohns bester Trick oder vielleicht tatsächlich sein Glück. Denn wie auch immer: Sie, die Exilrussin, rehabilitiert das inflationäre Wortgebinde vom Fräuleinwunder. *Irinas Buch* ist eine Charme-Bombe.« *Literaturen, Berlin*

Quatemberkinder
und wie das Vreneli
die Gletscher brünnen machte
Roman

Quatemberkinder sind nicht wie andere Kinder – sie leben nicht nur unter Menschen, sondern gleichzeitig in der wundersamen Welt der Sagen und Mythen. Ein solches Quatemberkind ist der Waisenknabe Melchior, genannt der Melk. Er verbringt die Jugend auf der Alp, zwischen rauhen Sennen und wilden Berggeistern, und trifft auf das unbändige Mädchen Vreneli. Bald sind die beiden unzertrennlich. Als aber das Vreneli nach dramatischen Ereignissen verschwindet, treibt es den Melk zu einer rastlosen Reise…

»Ein hintersinniger Heimatroman, ein abenteuerlicher Teufelspakt und eine berührende Liebesgeschichte. Tim Krohn ist ein glänzender Erzähler.«
Süddeutsche Zeitung, München

Vrenelis Gärtli
Roman

Das Vreneli ist nicht wie andere Kinder. Schon über seine Eltern kursieren im Tal die seltsamsten Gerüchte, und als die Mutter früh stirbt, heißt es, der Vater habe mit bösen Mächten paktiert. Das Vreneli soll fort von ihm und auf die Schule, doch lernt es lieber das zwielichtige Handwerk des Zauberns und streicht in Gestalt eines roten Füchsleins über die zerklüfteten Berge und Gletscher. Nachdem es die Tochter eines reichen Fabrikanten aus der Gefangenschaft eines Hexers gerettet hat, verfolgt der es mit Wut und Ausdauer. Bald darauf trifft das Vreneli den Waisenknaben Melk, einen jungen Sennen, ein Quatemberkind wie sie – und spürt ein Sehnen, das sie bis dahin nicht gekannt hat.
Doch bringt der Fluch des Hexers auch den Melk in Gefahr…

»In einer faszinierenden schwiizerdüütsch-hochdeutschen Kunstsprache erzählt Tim Krohn seine wilden, anrührenden und ›meineidig schönen‹ Geschichten.«
BücherPick, Zürich

»Ein von Erzählkunst und Sprachwitz sprühender Roman.« *Roman Bucheli / Neue Zürcher Zeitung*

Ans Meer

Roman

Anna und Josefa waren als Mädchen unzertrennlich. In Lütjenburg an der Ostsee, wo sie aufgewachsen sind, sah man kaum je die eine ohne die andere. Nun lebt Anna in Kiel, Josefa in Zürich, und sie haben seit zwölf Jahren nicht mehr miteinander gesprochen. Anna, die sich nichts sehnlicher wünscht als eine Familie, hat sich gerade von ihrem Freund getrennt. Und Josefa, die impulsive Kindfrau, ist die Mutter des elfjährigen Jens. Zu ihrer Vergangenheit hat sie jede Verbindung gekappt. Aber Jens träumt vom Meer … Als die Freundinnen wieder aufeinandertreffen, stehen sie nach wie vor im Bann der dramatischen Ereignisse von vor zwölf Jahren. Ein Roman über die Sehnsucht nach einem Zuhause und die schwierige Kunst des Verzeihens.

»Eines dieser Bücher, die einen nicht mehr loslassen, bis man auf der letzten Seite angelangt ist.«
Christine Lötscher / Tages-Anzeiger, Zürich

Urs Widmer
Herr Adamson

Roman

Es ist Freitag, der 22. Mai 2032. Einen Tag nach seinem vierundneunzigsten Geburtstag sitzt ein Mann in einem üppig blühenden Garten – es ist der Paradiesgarten seiner Kindheit –, neben sich einen Rekorder, und spricht seine Geschichte mit Herrn Adamson auf Band. Er erzählt sie uns, aber vor allem Annie, seiner Enkelin. Und er wartet – auf ebendiesen Herrn Adamson, den er seit seinem achten Lebensjahr nicht mehr gesehen hat. Es war eine seltsame Begegnung. Ein Blick in Bereiche, die den Lebenden sonst verborgen bleiben.

Ein grandioses Buch, das mit seiner Vitalität und Lebensfreude zu bannen weiß, was der Skandal eines jeden Lebens ist: der Tod.

»*Herr Adamson* ist ein Versuch, den Schrecken des Todes im Schreiben magisch zu bannen und auf die Urangst eine versöhnliche Antwort zu finden. Urs Widmer hat ein Buch geschrieben, das wahrscheinlich sein privatestes ist. Vor allem aber ist es sein kühnster, verrücktester, riskantester und wohl auch bester Roman.« *Pia Reinacher / Die Weltwoche, Zürich*

»Ein raffiniert erzähltes, nachdenkliches und reifes Buch über den Tod. Ein Buch ohne Schlusspunkt.« *Michael Bauer / Focus, München*

»Einer der verblüffendsten und erfolgreichsten Schweizer Schriftsteller der Generation nach Frisch und Dürrenmatt.« *Frankfurter Allgemeine Zeitung*

Hugo Loetscher
War meine Zeit meine Zeit

In seinem letzten Buch zieht Hugo Loetscher Bilanz. Die Stoffe und Themen seines Lebens und seines Werks entfaltet er zu einer weltumspannenden Autogeographie, der Entwicklungsgeschichte eines globalen Bewusstseins. Flüssen entlang, an Brücken, Kanälen vorbei, zu neuen Ufern führt Hugo Loetschers Erzählfluss, mäandernd, tiefgründig und sprudelnd vor Einfällen und Witz.

»Hugo Loetschers literarisches Vermächtnis ist mehr als Rückblick und Bilanz. Es ist eine große und letzte Liebeserklärung: an den Fluss des proletarischen Viertels seiner Vaterstadt, an die Mutter und die Großmutter, an die früh verstorbene Schwester, an die Bücher, die in dem Arbeitersohn die Sehnsucht nach Welt geweckt hatten, und an die Menschen, denen er später auf seinen Reisen begegnet ist.«
Roman Bucheli / Neue Zürcher Zeitung

»Pointen, skurriler Humor, überraschende Beobachtungen, witzige Bemerkungen – man langweilt sich keine Sekunde mit Hugo Loetscher.«
Jürg Altwegg / Frankfurter Allgemeine Zeitung

»Der beeindruckende Schlussstein eines Lebenswerks.« *Der Spiegel, Hamburg*

Friedrich Dürrenmatt
Meine Schweiz
Ein Lesebuch

Herausgegeben von Heinz Ludwig Arnold,
Anna von Planta und Ulrich Weber

»Ich bin gerne Schweizer«, sagte Dürrenmatt wieder-
holt. Damit meinte er nicht die Nation, die sich in
Mythen feiert, sondern das Nebeneinander und proble-
matische Miteinander der vier verschiedenen Kulturen.
Als Kleinstaat, der aus der Niederlage gegen Napoleon
hervorging, war die Schweiz für den pragmatischen
Schweizer eine politische Chance: ein Staatenbund *en
miniature* und als solcher durchaus eine Art Modell für
Europa. Als Vaterland war sie ihm oft ein Ärgernis.
Belustigt hat ihn die Diskrepanz zwischen der klein-
staatlichen Realität und ihrer ins Heldische entrückten
Geschichte. Bedrückt aber hat schon den ganz jungen
Dürrenmatt, was heute alle Welt und viele Schweizer
an der Schweiz irritiert: die Art, wie sie ihre Vergangenheit – ihre Verschonung und Isolation im Zweiten
Weltkrieg – unter Legenden verbarg.
Die Enge der Schweiz war ihm nie ein Problem. »Da
liegst du nun, ein Land, lächerlich, mit / zwei drei
Schritten zu durchmessen, / mitten in diesem unglück-
seligen Kontinent.« Doch gilt für Dürrenmatts Ver-
hältnis zur Schweiz, was er einmal in bezug auf einen
erfundenen liechtensteinischen Schriftsteller formu-
lierte, »der mit ungeheurem Vergnügen Liechtensteiner
ist und nur Liechtensteiner, für den Liechtenstein viel
mehr ist, unermeßlich viel größer als die 69 Quadrat-
kilometer, die es tatsächlich mißt. Für diesen Liechtensteiner wird Liechtenstein zum Modell der Welt werden, er wird es verdichten, indem er es erweitert, aus
Vaduz ein Babylon und aus seinem Fürsten mindestens
einen Nebukadnezar schafft.«

Robert Walser
im Diogenes Verlag

Der Spaziergang

Ausgewählte Geschichten. Herausgegeben von
Daniel Keel. Mit einem Nachwort von Urs Widmer

»Robert Walser erfüllte bewußt die Erwartungen nicht,
die man schon zu seiner Zeit an einen Schriftsteller
stellte. Walser wollte nicht analog der Konsumartikel-
industrie jährlich irgendwelche neue Hundertprozen-
tigkeit ans Tageslicht gelangen lassen. Eine seiner
Qualitäten ist gerade, daß er das nicht wollte.«
Urs Widmer

»Ganz ungewöhnlich zart sind diese Geschichten, das
begreift jeder. Nicht jeder sieht, daß nicht die Nerven-
spannung des dekadenten, sondern die reine und rege
Stimmung des genesenden Lebens in ihnen liegt.«
Walter Benjamin

Maler, Poet und Dame

Aufsätze über Kunst und Künstler
Herausgegeben von Daniel Keel

Dieser Band vereinigt Walsers Aufsätze über Kunst
und Künstler, seine Gedanken über Talente, Könner
und Dilettanten und nicht zuletzt seine Studien über
Balzac, Baudelaire, Beardsley, Büchner, Čechov, Cer-
vantes, Cézanne, Dickens, Dostojewskij, Eichendorff,
Goethe, Gotthelf, Hauff, Hebel, Keller, Kleist, Thomas Mann, Maupassant, Meyer, Molière, Mozart, Poe,
Rousseau, Scheffel, Schiller, Shakespeare, Stendhal,
Stifter, Van Gogh, Watteau und viele andere mehr.

Außerdem erschienen:

Im Bureau

Kleine Prosa
Gelesen von Stefan Suske
1 CD, Spieldauer 72 Min.

Jeremias Gotthelf
im Diogenes Verlag

»Gotthelf war ohne alle Ausnahme das größte epische Talent, welches seit langer Zeit und vielleicht für lange Zeit lebte.« *Gottfried Keller*

»Dieses großartige, alles Literarische sprengende Phänomen.« *Thomas Mann*

»Es hilft nichts, man kann sich um Gotthelf nicht drücken.« *Hermann Hesse*

»Wieviel Nobelpreis-Bekränzte werden schon längst vergessen sein, wenn Jeremias Gotthelf noch in aller Gemütlichkeit fortexistiert.« *Robert Walser*

Ausgewählte Werke
Herausgegeben von Walter Muschg

Uli der Knecht
Eine Gabe für Dienstboten und
Meisterleute. Roman

Die schwarze Spinne
Elsi, die seltsame Magd
Kurt von Koppigen
Ausgewählte Erzählungen

Gottfried Keller
im Diogenes Verlag

»So erklärt sich's doch einigermaßen, daß diese
Bücher ihre schönste Wirkung, eine seelenhafte Freiheit und Heiterkeit, gar nicht in den Kopf ausstrahlen,
sondern wirklich direkt ins Blut, so daß sie einem im
Leben weiterhelfen und das nächste leichter machen,
was man wirklich selbst von Goethe kaum sagen
kann.« *Hugo von Hofmannsthal*

»Kellers eigentliches Gebiet war die kräftige Kleinpla-
stik, und daher ist alle seine Romandichtung Novel-
lenschichtung, auch wo sie dies nicht äußerlich ist. Er
schrieb einmal, eine ungeschriebene Komödie gehe
durch alle seine Epik, und in der Tat war seinem dich-
terischen Wesen eine feine Falte lächelnder Ironie
dauernd eingekerbt.« *Egon Friedell*

Der grüne Heinrich
Roman. Zweite Fassung von 1879/80
Herausgegeben und mit einer Einleitung
von Gustav Steiner

Die Leute von Seldwyla
Erzählungen. Erster und zweiter Band
Herausgegeben und mit einer Einleitung
von Gustav Steiner

Meistererzählungen
Mit einem Nachwort von Walter Muschg